Auf der zauberhaften Isle of Mull ist die Welt noch in Ordnung: Hier findet man wilde, unberührte Natur, schroffe Klippen, blühende Heiden und freilaufende Tiere. Und in Tobermory leuchten die Häuser in allen Farben des Regenbogens – kein Wunder also, dass es für Allison, Hailey und Lin keinen schöneren Ort gibt. Hier, wo die schottische See den Rhythmus der Herzen bestimmt, betreibt jede der drei Freundinnen einen eigenen Laden. Als eines Tages der gutaussehende Jamie Pearson auf der Insel auftaucht, ist die Aufregung groß! Der alleinerziehende Vater ist in seine Heimat zurückgekehrt, um die Farm seiner Eltern zu übernehmen. Prompt verirrt er sich in Allisons Buchladen und in ihr Herz. Doch was hat Jamie zu verbergen? Haben Allys Freundinnen recht, sie vor ihm zu warnen?

*Emma Bishop* ist das Pseudonym der erfolgreichen Autorin Tanja Neise. Schon früh entdeckte sie ihre Liebe zum Schreiben und erreichte mit ihren Romanen Top-Platzierungen in den E-book-Charts. Ihre zweite große Leidenschaft gilt Schottland und seiner einzigartigen Schönheit und Natur. In ihrer Isle-of-Mull-Reihe entführt sie uns aus dem Alltag und erzählt mit viel Gefühl von zwischenmenschlichen Beziehungen, Freundschaft und Hilfsbereitschaft. Dabei darf die Liebe nie zu kurz kommen, und ein Happy End ist garantiert. Die Autorin lebt mit ihrem Mann und ihren Kindern in einem Dorf in Brandenburg.

*Weitere Informationen finden Sie auf* www.fischerverlage.de

EMMA BISHOP

# Ein schottischer *Buchladen* zum Verlieben

Roman

FISCHER Taschenbuch

MIX
Papier | Fördert gute Waldnutzung
FSC® C083411
www.fsc.org

2. Auflage: Juni 2024

Originalausgabe
Erschienen bei FISCHER Taschenbuch
Frankfurt am Main, April 2024



Redaktion: Christiane Branscheid

Satz: Dörlemann Satz, Lemförde
Druck und Bindung: CPI books GmbH, Leck
ISBN 978-3-596-70928-1

# 1.

Is fheàrr teicheadh math na droch fhuireach.

*– Ein guter Rückzug ist besser als ein schlechter Standpunkt. –*

## Montag, 7. April

Der Wind zerrte an meinen dunklen Haaren, und der Sprühregen sorgte dafür, dass eine Strähne an meinem nassen Gesicht kleben blieb. So früh am Morgen waren meistens wenig Menschen unterwegs, doch an diesem Tag wirkte es, als wäre ich die Einzige, die es wagte, durch die Main Street zu gehen. Die Straße verlief direkt am Wasser entlang und der Wind war hier stärker als im Landesinneren.

Im Gegensatz zu vielen anderen Leuten liebte ich dieses Wetter. Es war das Aufbegehren des Winters, der dem Frühling noch nicht weichen wollte. Es war ein Versprechen, dass es bald wärmer werden und die Sonnenstrahlen ihren Weg durch die graue Wolkendecke finden würden.

Dementsprechend lief ich auch an diesem Montagmorgen mit einem Lächeln durch die Straße und begann meinen Arbeitstag gutgelaunt mit einem kleinen Spaziergang wie an den meisten sonnigen Tagen auch. Vom Wetter ließ ich mich nicht abschrecken. Ich hatte mir die lilafarbene lange Regenjacke, die mit großen Blüten bedruckt war, angezogen und die Kapuze sorgte dafür, dass ich einigermaßen trocken blieb.

Die Wellen brachen sich an der Kaimauer, die das Wasser des

Meeres davon abhalten sollte, das Land zu unterspülen. Die Insel war felsig, und die Straße lag einige Meter über dem Meeresspiegel, doch an manchen Tagen schaffte das Wasser es tatsächlich, auch diese Barriere zu überwinden. Heute hielt sich das Meer jedoch zurück.

Tobermory war die Hauptstadt der Isle of Mull, und in der Hafenstraße schmiegte sich ein buntes Haus an das andere. Die Häuser waren blau, pink, grün und rot und allein der Anblick dieser Architektur hellte die Laune jeden Betrachters auf. Diese bunten Häuschen waren zwar recht untypisch für Schottland, verliehen der Insel und im besonderen Tobermory jedoch einen außergewöhnlichen Charme. Hinzu kamen die alte Kirche und die grünen, saftigen Hügel, die das Bild abrundeten.

Ich wohnte schon mein ganzes Leben hier, dennoch wusste ich, dass es nur ein Wort für diesen Streifen gab, der die Küste der Isle of Mull beschrieb – malerisch. Auf vielen Postkarten, die die Touristen so fleißig verschickten, war ein Bild der Main Street und der bunten Häuser zu finden, weil sie eine solch traumhafte Kulisse bildeten. Vor dieser viel fotografierten Häuserzeile verlief eine Straße und davor wiederum lag das Hafenbecken, in dem sich bei schönem Wetter viele Segelboote tummelten.

In dieser Straße – der Main Street – hatte nicht nur meine kleine Buchhandlung ihren Sitz, sondern auch die Geschäfte meiner beiden besten Freundinnen. Den besonderen Blumenladen von Lin konnte man hier genauso finden wie Haileys Bäckerei.

Noch immer prangte über den großen bodentiefen Fenstern des Ladens der alte weiße Schriftzug: *Lizzy's*. Das dunkelblau gestrichene Haus wirkte einladend und wunderschön. Und genau diese Bäckerei steuerte ich nun an.

Das Glöckchen über dem Eingang bimmelte freundlich, als ich die Tür aufdrückte und der Duft von Tee, Kaffee und Gebäck mir um die Nase wehte. Die weißen Möbel und der elfenbeinweiße Anstrich der Wände gaben dem Raum einen klaren Ausdruck, aber durch den dunkelbraunen Holzfußboden ebenso ein gemütliches Flair. Überall hingen schöne Sprüchebilder in verschnörkelter Schrift an den Wänden und auf den Tischen standen Blumen aus Lins Laden. Von der Decke hing über jedem Tisch eine andere Lampe und lockerte so die Atmosphäre zusätzlich auf.

Es war kein Wunder, dass so viele Inselbewohner hier häufig zu Gast waren. Bisher hatte ich nirgends ein schöneres Café auf der Isle of Mull gesehen.

»Guten Morgen, Ally!«, begrüßte mich Hailey gut gelaunt, während ich bereits meine Regenjacke öffnete, um in der gemütlichen Wärme nicht ins Schwitzen zu kommen. Ihre blonden Haare trug sie wie jeden Tag, an dem sie arbeiten musste, zu einem Pferdeschwanz zusammengebunden. Ihre grünen Augen waren ein Hingucker und ich hatte schon früh begonnen, sie um diese ausdrucksstarke Farbe zu beneiden. Das grüne Langarmshirt, das sie über ihrer verwaschenen Jeans trug, betonte ihre Augenfarbe und unterstrich ihren hellen Teint.

»Morgen, Hailey.«

Für einen kurzen Augenblick kam sie hinter der Theke hervor und nahm mich mit einem Lächeln auf den Lippen in den Arm, dann huschte sie rasch wieder an ihren Lieblingsplatz.

»Hast du was Leckeres für ein nicht gerade gesundes Frühstück?« Ich aß morgens nie zu Hause, denn Hailey machte einfach die leckersten süßen Teilchen der Welt. Viele der Rezepte, die sie verwendete, hatte sie von meiner Granny geerbt. Die beiden hatten oft zusammen gebacken und Hailey hatte schon früh begonnen, im *Lizzy's* kleine Jobs zu übernehmen. Kaum hatte sie die Schule beendet, hatte meine Granny sie fest bei sich eingestellt und letztendlich war es uns allen klar gewesen, dass Hailey irgendwann die Bäckerei übernehmen würde. Elizabeth Forbes, genannt Lizzy, war nicht nur meine Großmutter, auch für meine beiden Freundinnen war sie einfach nur Granny oder Granny Forbes gewesen. Wir alle hatten sie sehr geliebt. Die Erinnerungen waren noch so frisch und der Stachel des Verlusts saß tief.

Hailey zwinkerte und vertrieb damit meine aufkommenden trüben Gedanken. »Ich habe Zimtschnecken gebacken. Riechst du das etwa nicht?«

Erst jetzt nahm ich den unverwechselbaren Geruch nach der karamellisierten Butter-Zucker-Mischung und Zimt wahr. Sofort lief mir das Wasser im Mund zusammen und mein Magen gab ein lautes Knurren von sich.

Wissend grinste Hailey. »Wie viele soll ich einpacken?«

»Drei.« Ich reichte ihr meine Metallbüchse, die ich immer verwendete, damit ich keinen unnötigen Verpackungsmüll verursachte.

»Hast du Lin schon gesehen?«, fragte Hailey und gab mir die gefüllte Dose zurück.

»Nein, seit gestern Mittag, als sie mich weggeschickt hat, nicht mehr. Ich hab es gestern Abend nicht mehr geschafft, zu ihr rüberzugehen, aber nachher in der Mittagspause schau ich mal im Blumenladen vorbei. War sie denn gestern nicht mehr bei dir, um sich was zu essen abzuholen?«

Hailey schüttelte den Kopf.

Lin, deren richtiger Name Lindsay war, die von allen aber nur Lin genannt wurde, war unser Sorgenkind. Seit ihr Verlobter

Brian vor einem halben Jahr mit einer Frau vom Festland durchgebrannt war, hatte sie sich verändert. Sie war schon immer still und in sich gekehrt gewesen, doch seitdem war etwas in ihr zerbrochen, das weder Hailey noch ich kitten konnten.

»Mach das, und wenn ihr wollt, könnt ihr ja herkommen, es gibt eine Möhren-Ingwersuppe zum Mittagessen.«

Hinter mir bimmelte wieder das Glöckchen, und ich drehte mich um.

Wie aus einem Mund begrüßten Hailey und ich den älteren Herren, der nun die Bäckerei betrat: »Guten Morgen, Mister Turner.« Dann kicherten wir leise, so als wären wir wieder zehn Jahre alt und würden noch zur Schule gehen.

Mister Turner war unser alter Mathelehrer aus der Primary School in Salen. Früher hatten wir ihn gefürchtet, doch heute wirkte er eher wie ein gutmütiger Großvater auf mich. In seinem Trenchcoat, der Schiebermütze und dem grauen Bart hatte er den Schrecken, den er damals immer in meine Glieder fahren ließ, verloren. Zudem lächelte er mittlerweile viel mehr, so wie auch jetzt.

Mister Turner setzte sich an einen der Tische, die direkt am Fenster standen. Anschließend packte er den Sudoku-Rätselblock aus, den er vor ein paar Tagen bei mir gekauft hatte, und zückte den Stift. Ein wenig erinnerte mich die Situation an die Zeit, als er sich über unsere Tests gebeugt und sich auf die Suche nach Fehlern gemacht hatte. Doch im Gegensatz zu damals wirkte er in diesem Moment durchaus zufrieden.

Hailey schaute mich entschuldigend an.

»Ist schon gut, kümmer dich um deinen Gast. Ich muss eh den Laden aufmachen. Wir sehen uns nachher und ich bringe Lin mit.«

Hailey nickte lächelnd und ging anschließend zu Mister Turner, während ich die kleine Bäckerei mit meiner Metallbüchse voll Zimtschnecken verließ.

Draußen hatte der Sprühregen aufgehört, stattdessen wehte nun ein stärkerer Wind, der es hoffentlich schaffen würde, die grauen Wolken zu vertreiben.

*Es wäre schön, die Sonne mal wieder zu sehen*, dachte ich. Selbst wenn mir jedes Wetter recht war, gierte auch ich nach den wärmenden Sonnenstrahlen, die zuerst der Frühling und dann der Sommer mit sich bringen würden. Außerdem hatte ich das Gefühl, dass die meisten Menschen es bitternötig hatten, dass die Sonne sich bald sehen ließ.

Ich warf einen Blick zu Lins Blumengeschäft, doch sie hatte noch nicht geöffnet, vermutlich war sie mit der ersten Fähre auf das Festland gefahren, um frische exotische Schnittblumen einzukaufen. Alles, was auf der Insel angebaut werden konnte, erwarb sie bei ihren Eltern, die noch immer die kleine Gärtnerei gegenüber von meinem Zuhause führten.

Beim Gedanken an die Gärtnerei musste ich schmunzeln. Dort hatten Lin, Hailey und ich oft die Nachmittage verbracht. Sobald die Schule vorbei gewesen war und wir unsere Hausaufgaben erledigt hatten, hatten wir uns dort getroffen – meine besten Freundinnen und ich. Es war ein verwunschener Ort für mich gewesen, weil es so viele Plätze gegeben hatte, an denen wir uns verstecken konnten. Herabhängende Pflanzen, eine Höhle und nicht zu vergessen die kleine Gartenlaube, die nur Lin gehört hatte und dadurch auch ein wenig Hailey und mir. Unser Clubhaus, wie wir es genannt hatten. Mittlerweile wurde es als Schuppen genutzt, in dem Gerätschaften untergestellt wurden. Es war eine schöne Zeit gewesen, auch wenn es in meiner Kindheit viele Tage gegeben hatte, an denen ich das anders gesehen hatte.

Heute war ich zufriedener als damals. Ich war glücklich. Haileys, Lins und mein Geschäft konnte man hier in der Main Street finden und noch immer waren wir beste Freundinnen.

Doch obwohl unsere Läden nebeneinanderlagen und man hätte meinen können, dass wir uns dadurch täglich sehen konnten, war das nicht immer so. Die unterschiedlichen Öffnungszeiten und die Arbeiten, die wir auch nach Feierabend oder in Lins Fall vor Öffnung des Ladens erledigen mussten, ließen es nicht zu, dass wir ständig aufeinandergluckten. Dennoch versuchten wir, uns einmal am Tag bei Hailey zum Mittagessen zu treffen.

Gestern hatte Lin keine Zeit gehabt, zumindest hatte sie das in unseren Gruppenchat mit dem Titel *Lieblingsmenschen* geschrieben. Mittlerweile fragte ich mich jedoch, ob das nicht nur eine Ausrede von ihr gewesen war. Ich würde sie nachher auf jeden Fall zur Rede stellen, nahm ich mir vor. Irgendetwas war da im Busch, bedrückte sie vielleicht sogar, und ich würde herausfinden, was es war.

Ich blieb zwei Schritte von meinem Laden entfernt stehen, um mir das Schaufenster, das ich gestern neu dekoriert hatte, eingehender anzusehen. Passend zur kommenden Osterferiensaison hatte ich Bücher ausgewählt, die in Schottland spielten, und sie mit vielen maritimen Accessoires dekoriert – die Touristen liebten das. Da lagen Seesterne, kleine Fischernetze und ein Leuchtturm. In Form von Bildern hatte ich außerdem ein paar Sehenswürdigkeiten unserer Insel dazu gelegt. Es sah alles unabsichtlich aus, was es interessant machte und genau das hatte ich erreichen wollen, als ich mich an die Neudekoration gemacht hatte. Zufrieden nickte ich. Alles war so, wie ich es haben wollte.

Ein Hupen riss mich aus meinen Gedanken und ich drehte mich zur Straße um. Ein älterer roter Pick-up überholte gerade ein anderes Auto, erwischte dabei die Pfütze neben mir und da ausnahmsweise kein parkendes Auto mich rettete, spritzte eine Wasserfontäne hoch, die dafür sorgte, dass meine Jeans anschließend völlig durchnässt war.

*Na toll! Einfach großartig!*

»Hey, passen Sie doch auf, Sie ... Sie ...« Ich verstummte, als ich die Bremslichter aufflammen sah. Anschließend legte der Fahrer den Rückwärtsgang ein.

Der Wagen hielt direkt neben mir und der Fahrer beugte sich über den Beifahrersitz, um das Fenster ein Stück herunterzukurbeln. Viel konnte ich nicht von dem Mann erkennen. Er trug einen dunklen Regenmantel, dessen Kapuze er über den Kopf gezogen hatte. Wer bitte zog sich in seinem Auto eine Kapuze über den Kopf? Vermutlich der gleiche Typ Mensch, der ohne Rücksicht durch Pfützen fuhr und Passanten nicht wahrnahm.

Dem würde ich ordentlich die Meinung sagen!

»Entschuldigen Sie bitte. Ich hätte besser aufpassen müssen, aber der Fahrer vor mir hat so plötzlich gebremst, dass ich ausweichen musste.« Mit dieser simplen Entschuldigung nahm er mir den Wind aus den Segeln. Und das sympathische Lächeln, das seine Lippen umspielte, tat sein Übriges.

»Schon gut, ist ja nur Wasser«, hörte ich mich sagen.

»Ja, da haben Sie recht und mit Ihrem hübschen Regenmantel waren Sie zum Glück einigermaßen geschützt. Trotzdem ist das kein schöner Tagesbeginn. Ich hoffe, Sie nehmen es mir nicht krumm.« Sein Lächeln war das eines Herzensbrechers. Zumindest ging ich davon aus, dass er einer war. Mit diesem Lächeln konnte er vermutlich Eisberge zum Schmelzen bringen

Ich jedenfalls war nicht mehr wütend, und lächelte stattdessen zurück. »Alles gut.«

»Super. Dann einen schönen Tag noch.« Er ließ das Fenster offen und fuhr los.

Ich blickte dem roten Ungetüm verwirrt hinterher. Da hatte ich mich ja schnell um den Finger wickeln lassen. Aber so, wie ich die Situation einschätzte, war es keine böse Absicht gewesen und er hatte mich tatsächlich nicht einmal bemerkt gehabt. Bei dem Affenzahn wäre das jedenfalls kein Wunder gewesen.

Ich fragte mich, wer da am Steuer gesessen hatte. Erkannt hatte ich denjenigen nicht. Und dieses Lächeln hätte ich mit Sicherheit nicht vergessen, wenn ich es schon mal zu Gesicht bekommen hätte.

Kaum dass ich die Tür zu meinem eigenen kleinen Reich aufgeschlossen hatte, wehte mir der Duft entgegen, den ich so sehr liebte – Bücher. Der Geruch von Druckerschwärze und Papier, mit deren Hilfe Buchstaben, Wörter, Sätze und Kapitel zum Leben erweckt wurden. Mein Zugang zu Welten, die mich oft mehr faszinierten als die Realität. Hier konnte ich alles sein – Kampfmittelspezialistin, Tatortreinigerin, Zauberin, Fee oder eine Serienkillerin. Na gut, das Letztere wäre nicht unbedingt die Wahl, die ich treffen würde, aber hin und wieder las ich gerne einen Thriller.

Tief atmete ich ein und schloss kurz die Augen. Hier in diesen Räumen hatte ich mein Glück gefunden.

Die Eröffnung der Buchhandlung war das Beste, was ich in meinem Leben getan hatte. *More than words* lief zwar nicht so gut, dass ich mir große Sprünge erlauben konnte, aber ich brauchte auch nicht viel zum Leben. Ich wohnte mit meinem Dad zusammen in dem alten Cottage meiner Großmutter. Zudem hatte meine Granny uns dieses Haus vererbt. In der Wohnung über dem Buchladen war ein kleines Anwaltsbüro untergebracht, das durch eine monatliche Miete für ein gutes Einkommen sorgte. Wir waren nicht reich, aber wir mussten uns auch keine Sorgen um Geld machen.

Granny war diejenige gewesen, die mir geholfen hatte, den Laden zu eröffnen, als nach dem College in mir der Traum eines eigenen Buchladens herangereift war. Zuerst hatte ich versucht, diesen Traum allein zu verwirklichen, aber keine Bank wollte einer so jungen und unerfahrenen Frau einen Kredit gewähren, und ohne Startkapital hätte ich niemals ein eigenes Geschäft aus dem Boden stampfen können. Genau in diesem Moment war Granny zur Stelle gewesen und ich hatte das erste Mal erkannt, dass meine Großmutter wohlhabend war. Sie hatte kurzerhand ein Gebäude in der Main Street gekauft und mir an meinem dreiundzwanzigsten Geburtstag die Schlüssel zu dem Laden überreicht. Zwei Monate später hatte ich *More than words* eröffnet und Granny fortan eine kleine Miete von den Einnahmen gezahlt.

Noch immer musste ich mit den Tränen kämpfen, wenn ich an Großmutter dachte. Sie war vor zehn Monaten gestorben und es tat so schrecklich weh, ohne sie zu sein – ohne ihr Lachen, ihre lieben Worte oder ihre Umarmungen, die es immer geschafft hatten, aus einem trüben Tag etwas Besonderes zu machen.

In unserem Haus hing noch immer der Duft ihres Parfums, das sie aufgelegt hatte, sobald sie aufgestanden war. Sie hatte darauf beharrt, dass man sich pflegen musste, egal wie alt man war.

»Nichts riecht erbärmlicher als ein alter Mensch. Lass mir also die Freude, mir einzubilden, ich wäre nicht so alt, wie ich mich manchmal fühle«, hatte sie immer gesagt, wenn Dad geschimpft hatte, weil das ganze Haus nach Parfum roch.

Mir war noch nie ein Mensch begegnet, der mit einem solch enormen Stolz und einem Selbstverständnis durchs Leben ging, wie Granny es getan hatte. Ich hatte ihr so viel zu verdanken.

Sie hatte mir meine Mutter ersetzt, als diese gegangen war. Mein Vater oder Granny hatten mir nie erklären können, wie meine Mutter mich und ihre Vergangenheit einfach so zurücklassen konnte. Sie hatte noch nicht einmal an meinen Geburtstagen angerufen oder eine Karte geschrieben. Nichts. Rein gar nichts. Kein Kontakt. Sie war wie vom Erdboden verschwunden.

Ich hatte mich so oft gefragt, ob ich es nicht wert war, dass sie um mich kämpfte. Warum sie mich nicht bei sich haben wollte, oder mich wenigstens besuchte.

Mein Leben würde vermutlich ganz anders aussehen, hätte meine Mutter mich damals mitgenommen und von der Insel fortgebracht. Es hatte viele Tage gegeben – wenn ich mich mit meinem Vater gestritten hatte –, an denen ich mir dieses Leben in bunten Farben ausgemalt und es gehasst hatte, auf dieser Insel zu sein. Doch heute war ich froh, dass ich hatte bleiben dürfen, dass Granny richtig entschieden und verhindert hatte, dass ich meine Mutter begleitete.

Bei dem Gedanken an meine Mutter schüttelte ich kurz den Kopf. Nein, ich würde mich nicht in einen Sumpf aus Fragen ziehen lassen, die ich nicht beantworten konnte und die mich dennoch viel zu sehr vereinnahmten. Diese Lektion hatte ich mittlerweile schmerzlich lernen müssen.

Also schob ich die Gedanken von mir, schloss die Tür und stellte fest, dass sich am Boden unter mir eine kleine Pfütze mit dem Wasser gebildet hatte, das an meinem Regenmantel herabgeflossen war. Ich nahm den Schal und die Mütze ab und ging durch den Laden auf die schmale Tür hinter dem Verkaufstresen zu. In dem kleinen Hinterzimmer befanden sich eine Küchenzeile und ein Schreibtisch, an dem ich die Abrechnungen machte oder frühstückte. Außerdem hatte ich das kleinste Sofa gekauft, das man sich vorstellen konnte, und hier reingestellt, so konnte ich mir in ruhigen Momenten auch selbst einmal einige gemütliche Minuten mit einem Buch gönnen.

Ich hängte meinen Mantel an einen der Haken, die hinter der Tür angebracht waren. Das hatte ich genauestens überdacht, als ich den Laden eingerichtet hatte. So konnte man vom Verkaufsraum keine Jacken und Mäntel sehen, sollte ich mal vergessen, die Tür zu schließen.

Ich griff nach meiner Ersatzjeans, die ich für Notfälle im Laden deponiert hatte, und zog rasch die nasse Hose aus und die andere an. Als ich damit fertig war, nahm ich den Wischmopp aus dem Schrank und ging zurück in den Verkaufsraum, um die Pfütze mit Regenwasser und die Fußabdrücke, die ich hinterlassen hatte, zu beseitigen. Auf keinen Fall wollte ich, dass das alte Parkett aufgeweicht wurde und sich an diesen Stellen unschöne Wasserflecken bildeten.

Anschließend kochte ich mir einen Tee und zündete eine Duftkerze an. So begann ich den Tag am liebsten. Der Duft der Kerze vermischte sich mit dem Aroma der Bergamotte des Earl Greys und ich atmete das Bouquet tief ein.

Während draußen der Regen erneut einsetzte, räumte ich die Lieferungen weg, die gestern Abend eingetroffen waren. So viele neue und schöne Bücher. Das war der einzige Nachteil an meinem Job – ich sah täglich, was ich immer noch nicht gelesen hatte und ehe ich dazu kam, dies nachzuholen, erschien schon wieder ein neues Buch, dessen aufregender Klappentext mich ansprach.

Als ich damit fertig war, sah ich mich um und nickte zufrieden. Alles war an seinem Platz und mein kleines Reich sah genau so aus, wie ich es haben wollte.

Zwei gemütliche Sessel und ein Tischchen in der Ecke luden zum Schmökern in den Büchern ein. In den Regalen waren nicht nur dicke und dünne Wälzer zu finden, sondern auch viele Kleinigkeiten wie zum Beispiel hochwertige Notizbücher und besondere Stifte. Außerdem hatte ich außergewöhnliche Postkarten, Lesezeichen und bezaubernde Tassen im Angebot. Alles, was ein Leserherz begehrte, fand man hier. Und ich liebte es ganz besonders, all die hübschen Kleinigkeiten zusammenzusuchen und hier auszustellen.

Ehe ich den Laden öffnete, wischte ich noch einmal über den Thekenbereich. Anschließend rückte ich den Stuhl am Eingang zurecht, schaltete die Beleuchtung an und drehte das Schild herum, so dass man sofort wusste, dass ich geöffnet hatte.

Fast alle Ladenbesitzer in der Main Street lebten größtenteils von den Einnahmen, durch die Touristen – Hailey und das *Lizzy's* ausgenommen – und die Besucher der Isle of Mull freuten sich über hübsche Kleinigkeiten und regionale und urige Geschäfte. Klar gab es auch viele Leute von der Insel, die zu unseren Kunden zählten. Aber mit gerade einmal neunhundert Einwohnern konnte Tobermorys Bevölkerung nicht allein dafür sorgen, dass wir überlebten. Viele Inselbewohner verirrten sich nur selten in die Hauptstadt. Das war auch ein Grund, warum ich mich so sehr auf den Frühling freute, denn dann kamen sie wieder in Scharen – Touristen aller Altersklassen und Nationen und viele wurden von meiner Auslage dazu inspiriert, ihre Urlaubszeit auch mal mit einem guten Buch verbringen. Und da kam ich ins Spiel. Ich beriet die Leseinteressierten und konnte ihnen helfen, das richtige Buch zu finden.

Bis heute hatte mich die Faszination und Erfüllung eine solche Beratung durchzuführen, nicht verlassen. Ich brannte regelrecht dafür, anderen Menschen gute Bücher empfehlen zu dürfen.

* * *

Gegen Mittag hatte es die Sonne endlich durch die Wolken geschafft. Kurz bevor ich meine Pause machen wollte, kam eine junge Frau in den Laden, die in etwa in meinem Alter sein musste. Sie trug ihr dunkles Haar zu einem kinnlangen Bob geschnitten und war sportlich gekleidet. Ich wusste, dass sie auf der Insel wohnte, weil ich sie schon mehrmals beim Einkaufen gesehen hatte, aber ich kannte sie nicht weiter. Es war doch immer wieder erstaunlich, wie gut man sich auf einem so überschaubaren Plätzchen Erde wie der Isle of Mull aus dem Weg gehen konnte.

Doch es lebten auch viele Menschen hier auf der Insel und in Tobermory, die nicht dauerhaft sesshaft waren. Viele von ihnen fanden nur vorübergehend Arbeit und lebten nach dem Rhythmus, den der Tourismus ihnen vorgab. Die meisten kannte man vom Sehen oder von flüchtigen, sich jährlich wiederholenden Begegnungen, man tauschte sich jedoch nicht weiter aus. Die Touristen würden allerdings erst im Frühjahr hier eintreffen, noch waren also auch die Saison-Insulaner nicht zurück.

»Hey«, begrüßte mich die Frau, nachdem sie die Tür geschlossen hatte.

»Willkommen«, erwiderte ich mit einem einladenden Lächeln. Kunden mochten es, wenn sie von Anfang an das Gefühl hatten, nicht zu stören. »Kann ich Ihnen helfen?«

»Ja, irgendwie schon«, begann sie mit einem unsicheren Lächeln. »Ich will meiner Mutter ein Buch kaufen. Sie musste operiert werden und liegt seit zwei Tagen in Glasgow im Krankenhaus. Vermutlich langweilt sie sich sehr, sie ist eigentlich immer in Bewegung und es nicht gewohnt, still herumzusitzen oder zu liegen.«

»Das tut mir leid zu hören, ich hoffe, es ist nichts Schlimmes.«

»Das werden wir heute Nachmittag erfahren, wenn die ersten Testergebnisse eintrudeln. Ich fahre gleich aufs Festland. Hoffentlich ist es kein Krebs.« Bei den letzten vier Wörtern wurde ihre Stimme immer leiser. Nervös nestelte sie am Reißverschluss ihrer Tasche herum.

»Liest sie denn gern und viel?«, tastete ich mich vor und hoffte, sie so von den trüben Gedanken ablenken zu können. Nicht nachhaken. Das hatte ich gelernt. Wenn man das nicht berücksichtigte, fingen die Menschen an zu weinen, und das führte weder für die Kunden zu etwas noch für mich. Besser man half ihnen, indem man das Thema wechselte und sie dadurch aus den immer wiederkehrenden Ängsten riss. Es war mein Job, sie in andere Welten zu entführen und für ein paar Augenblicke von ihrem Alltag zu erlösen.

Ich erhielt ein begeistertes Nicken und atmete insgeheim erleichtert auf.

»Oh ja, sie liest total gern, aber meistens kommt sie nicht dazu.«

»Wie alt ist Ihre Mutter?«

Kurz überlegte die Kundin, dann antwortete sie: »Im Januar ist sie achtundfünfzig geworden.«

»Welches Genre mag sie?«

»Krimis und Thriller sind ihr am liebsten.«

In meinem Kopf ratterte es bereits. »Da sie nicht oft zum Lesen kommt, wird sie wahrscheinlich nicht immer die neuesten Bücher kaufen, oder?«

Die Frau lachte kurz auf und antwortete dann: »Ja, das stimmt. Sie hat sich letztes Jahr selbst ein Kaufverbot auferlegt, weil sie erst mal all die Bücher lesen will, die sie bereits zu Hause hat. Aber ich möchte ihr trotzdem ein neues kaufen, weil es nun mal das ist, was meiner Mum die größte Freude macht.«

Lächelnd ging ich um den Verkaufstresen zu ihr. »Dann schlage ich vor, dass Sie ihr den neuen Stacey Storx mitbringen, den habe ich vorhin erst ins Regal einsortiert. Gestern erst erschienen. Ich habe ihn gestern Abend innerhalb von wenigen Stunden verschlungen und das, obwohl ich selten Thriller lese.« In dem Bereich, in dem ich die Neuerscheinungen platzierte, stoppte ich und zog das erwähnte Buch heraus. Es hatte ein düsteres Cover, auf dem ein einsames Haus zu sehen war. Lächelnd reichte ich es der Frau. »Es ist nicht sehr blutig und handelt eher von der Ermittlungsarbeit. Die ermittelnde Polizistin müsste in etwa im Alter Ihrer Mutter sein. Sie ist etwas schrullig und die Eigenarten, die sie hat, sind urkomisch. Das Buch handelt nicht von Krankheiten und Krankenhäusern und bei Stacey Storx gibt es immer ein gutes Ende. Ich wollte jetzt nicht spoilern, aber vielleicht ist das für Sie wichtig. Wenn man selbst in einer Situation ist, die einen unsicher werden lässt, ist es doch schön, wenn die Geschichte gut ausgeht, oder?«

Die junge Frau erwiderte mein Lächeln erleichtert. »Das hört sich klasse an. Sie sind echt genial.« Voller Tatendrang strebte sie der Kasse entgegen und zückte bereits den Geldbeutel.

Stolz breitete sich warm in mir aus und wieder einmal hatte ich das Gefühl, genau das zu tun, was ich tun sollte und wollte, und worin ich gut war. Die Arbeit hier erfüllte mich und gab mir die Möglichkeit, anderen zu helfen, wenn auch auf weit weniger weltbewegender Ebene, als es vielleicht eine Ärztin tun konnte.

»Das macht zehn Pfund«, sagte ich, nachdem ich den Preis eingetippt hatte.

»Wissen Sie, ich denke, ich werde das Buch nach meiner Mutter auch lesen. Ich hab es nicht so mit Büchern, aber irgendwie glaube ich, dass es auch zu mir passen könnte.«

»Das wäre toll. Und dann kommen Sie her und berichten mir von Ihrem Leseerlebnis. Abgemacht?« Ich reichte ihr die kleine Papiertüte, in die ich noch ein schönes Lesezeichen gepackt hatte. Diese besonderen Zugaben bastelte ich selbst und die Kunden freuten sich meistens sehr über die kleinen Geschenke.

»Einverstanden, das werde ich machen. Bis dann.« Sie winkte mir kurz zu.

»Bis dann.«

Zufrieden blickte ich ihr hinterher, während sie den Laden verließ und dann aus meinem Blickfeld verschwand. Dabei entdeckte ich ein Mädchen vor meinem Schaufenster, das in den letzten Wochen schon öfter dort gestanden hatte, ich zuvor aber noch nie gesehen hatte. Ihre braunen Haare, die von helleren Strähnen durchzogen waren, trug sie in einem hohen Pferdeschwanz. Das hübsche Gesicht mit den großen Augen wirkte interessiert und offen. Bisher hatte ich nicht herausgefunden, zu wem sie gehörte. Normalerweise brachten Saisonarbeiter keine Kinder mit auf die Insel. Es musste also jemand sein, der neu zugezogen war.

Bei ihren Besuchen schaute sie sich an, welche Bücher ich ausgestellt hatte, und drückte sich die Nase an der Scheibe platt. Bisher hatte sie sich nicht getraut, in den Laden zu kommen, aber ich war mir sicher, irgendwann würde sie die Tür aufstoßen und die Welt entdecken, die ich ihr hier zu bieten hatte.

Die Kleine erinnerte mich ein bisschen an mich selbst. Als ich in ihrem Alter gewesen war, hatte es allerdings kein Buchgeschäft auf der Insel gegeben. Stattdessen hatte es mich alle paar Tage in die Bücherei gezogen, wo ich dann viele Schätze für mich hatte entdecken können.

Als das Mädchen merkte, dass ich sie beobachtete, senkte sie rasch den Blick und stürmte los. Ihr roter Regenmantel flatterte dabei um ihren schlanken Körper, und die Schultasche auf ihrem Rücken wippte auf und ab. Beinah spürte ich deren Gewicht auf meinem eigenen Rückgrat, so gut konnte ich mich an diese Zeit noch erinnern.

Schmunzelnd drehte ich das Schild, auf dem stand: *More than words hat geöffnet* auf *More than words hat geschlossen* um.

So konnte jeder, der gerade ein Buch kaufen wollte, sofort sehen, dass ich in der Mittagspause war. Anschließend verließ ich den Laden und schloss die Tür ab. Sonnenstrahlen kitzelten meine Nase und ich hob das Gesicht gen Himmel, um einige Sekunden regungslos stehen zu bleiben und zu genießen, ehe ich mich nach links wandte.

*Mal sehen, wie es Lin geht und ob ich sie heute zu einem Mittagessen überreden kann*, dachte ich voller Motivation und nahm mir vor, mich nicht von meiner Freundin abwimmeln zu lassen.

* * *

Ich sah Lin bereits durch die gläserne Eingangstür ihres Ladens. Sie saß an der Theke, an der sie die kunstvollen Sträuße band, die sie jedem Anlass entsprechend wunderschön kreierte. Lin knabberte an einem Bleistift, während sie gedankenversunken auf irgendwelche Aufzeichnungen starrte, die vor ihr auf der Arbeitsfläche lagen. Ihre Stirn hatte sie in Falten gelegt und ihr Körper wirkte in sich zusammengefallen, trotz des hübschen Kleides, das sie trug und mit Sicherheit wieder einmal selbst designt und geschneidert hatte. Sie war schon immer schlank gewesen, im Gegensatz zu mir hatte sie eher damit zu kämpfen, nicht zu dünn zu werden, und mittlerweile wirkte sie regelrecht abgemagert.

Normalerweise wirbelte sie durch das Geschäft, auch wenn kein Kunde da war. Sie arrangierte die Blumen neu, goss Pflanzen und wischte Staub. Oder, sobald alles erledigt war, ging sie ihrem Hobby dem Schneidern nach. Dafür hatte sie extra eine kleine Nähecke im Hinterzimmer eingerichtet. Es war selten, dass man sie mal so ruhig erlebte wie in diesem Moment. Außerdem war ihr Strahlen verschwunden, seit dieser Hornochse Brian sie verlassen hatte. Allein dafür hätte ich ihm am liebsten ...

Ich öffnete die Tür zum Blumengeschäft, deren Rahmen weiß lackiert war, was einen schönen Kontrast zu dem grün gestrichenen Haus bildete. Auch im Innern erstrahlten die Wände in einem kräftigen dunkelgrün, so dass man das Gefühl hatte, hinter den bunten Blumen begänne ein dichter Wald. Die große Theke dominierte den Raum. Ich wusste, dass von der Rückseite etliche Schubladen darin eingelassen waren, in denen Lin alle möglichen Utensilien aufbewahrte, die sie zum Binden und Verzieren der Kränze und Sträuße benötigte. Davor stand ein filigraner Tisch mit zwei Stühlen, auf dem jede Menge Deko und natürlich auch Blumen arrangiert waren. Alle Möbel waren aus Holz, wie die Tür weiß lackiert und schon alt. Nach und nach hatten wir Mädels sie gemeinsam auf Flohmärkten ergattert und restauriert. Genau wie Hailey und ich hatte auch Lin ihren Laden vor ungefähr drei Jahren eröffnet. Ihre Eltern hatten ihr dafür ein bisschen Geld zukommen lassen.

Als ich in das Geschäft kam, blickte sie erschrocken auf. »Ally! Was machst du denn schon hier?«

Irritiert runzelte ich die Stirn. »Es ist Mittagessenszeit. *Same procedure as every day, my dear.*«

»Ach ja, stimmt. Die Zeit geht so schnell vorbei, wenn man sich konzentriert. Ich habe gar nicht gemerkt, dass es schon Mittag ist. Wobei ich keinen großen Hunger habe. Am besten ihr esst heute ohne mich.« In ihren Augen entdeckte ich einen gehetzten Ausdruck, und ihre Wangen waren viel zu eingefallen. Sie war nur noch eine ätherische Erscheinung ihrer selbst und wirkte, als könnte sie gleich vom Wind erfasst und über das Meer getrieben werden.

»Was soll das, Lin? Seit wann isst du nicht mehr richtig?« Vor der Theke blieb ich stehen, verschränkte die Arme und blickte sie ernst an. Sie musste nicht glauben, dass sie mich ein weiteres Mal wegschicken konnte. Bis jetzt hatte ich sie immer mit Samthandschuhen angefasst, aber damit war nun Schluss. Ich hatte während der letzten Wochen beobachtet, wie sie immer seltener etwas gegessen hatte und wenn, dann waren es so kleine Portionen gewesen, dass sie bestimmt nicht davon hatte satt werden können.

»Ich habe vorhin ein Brot gegessen und deshalb keinen Hunger.« Nervös strich sie sich die wilden Locken hinters Ohr. Ihre Haare hatten eine außergewöhnliche rote Farbe. So schön, dass andere dafür morden würden. Gepaart mit ihrer sehr hellen Haut, die für Rothaarige so typisch war, und ihren dunkelbraunen Augen wirkte sie wie eine Feenprinzessin. Lediglich ihre Größe von einem Meter siebzig stand im Kontrast zu dieser Vorstellung.

»Du hast bisher selten die gemeinsamen Mittagessen sausen lassen, und heute willst du das schon den zweiten Tag in Folge tun?«

Ihr Blick traf auf meinen. »Ally, ich bin eine erwachsene Frau. Hin und wieder brauche ich meinen Freiraum. Das müsstest du doch am besten wissen.«

Tief atmete ich ein. Ihr Argument zog bei mir, weil ich ebenfalls ab und zu einfach allein sein wollte. Ich machte vieles mit mir selbst aus und brauchte Zeit, um in mich hineinhorchen zu können. Das wusste sie ganz genau, aber ich wusste auch, dass Lin nie so gewesen war. Sie war ein geselliger Mensch und freute sich immer, wenn wir uns trafen und sie die Zeit nicht allein verbringen musste. Sie besprach die Dinge, die sie beschäftigten, lieber mit uns, als sich selbst damit zu quälen.

Warum war das nicht mehr so? Was hatte sich verändert? Was steckte hinter ihrem sozialen Rückzug?

»Ich will einfach nur, dass du weißt, dass du jederzeit zu mir oder Hailey kommen und über das reden kannst, was dir auf der Seele liegt.« Ich ließ die Arme schlaff herabfallen und sah auf die Arbeitsplatte, die sauber und leer war – bis auf das Kassenbuch, das zugeschlagen vor Lin lag.

»Das weiß ich, Ally. Wirklich. Im Moment muss ich erstmal wieder bei mir ankommen und verstehen lernen, was passiert ist.« Traurig sah sie aus dem Fenster. »Und ich muss vergeben, denn die Wut, die ich auf Brian und diese Frau verspüre, ist echt heftig.«

Ich trat einen Schritt zur Seite, wollte zu ihr gehen, um sie in den Arm und ihr den Schmerz zu nehmen, doch sie hob abwehrend die Hand und hielt mich mit dieser simplen Geste auf Abstand.

»Nicht.« Vehement schüttelte sie den Kopf. »Das würde nur dazu führen, dass ich wieder einmal Tränen an den Idioten verschwende und das ist er nicht wert.« Sie schluckte und lächelte dann gequält. »Ist schon gut, ich komme mit. Aber ich will nicht über ihn sprechen, verstanden?«

Rasch nickte ich und erwiderte ihr Lächeln, aus Angst, sie würde ansonsten einen Rückzieher machen. »Versprochen.«

* * *

Fünf Minuten später saßen wir an unserem Stammplatz im *Lizzy's* direkt neben der Theke. Von hier aus konnte Hailey sich zwischendurch immer wieder um ihre Gäste kümmern und dennoch an der gemeinsamen Mahlzeit teilnehmen. Nicht nur wir hatten die köstlichen Suppen und Salate für unser Mittagessen entdeckt, die Hailey täglich frisch zubereitete. Auch andere Bewohner der Insel oder Leute, die hier zeitweise Arbeit gefunden hatten, verbrachten ihre Mittagszeit gerne in Haileys Café. Auch heute waren alle zehn Tische belegt. Im Sommer kam noch der Außenbereich hinzu. Hailey hatte immer viel zu tun und stellte in den Sommermonaten deshalb zusätzlich Hilfskräfte ein, um den Ansturm bewältigen zu können.

Von uns dreien war sie eindeutig die erfolgreichste Geschäftsfrau. Wobei sie immer betonte, dass meine Granny schon enorme Vorarbeit geleistet hatte. Das stimmte zwar, aber das Konzept mit dem leichten Mittagessen war allein Haileys Verdienst.

»Die Suppe schmeckt mal wieder himmlisch. Was ist das, was so zitronig schmeckt, ohne sauer zu sein?«, wollte ich wissen und schloss genießerisch die Augen, während ich die Explosion an Aromen in meinem Mund auskostete.

»Orangensaft. Ich habe die Suppe mit einem Schuss Saft abgeschmeckt. Irgendwie ist sie mir dieses Mal besonders gut gelungen«, antwortete Hailey bescheiden.

»Nicht nur irgendwie und auch nicht nur dieses Mal«, murmelte Lin zufrieden und wischte den letzten Rest Suppe auf ihrem Teller mit einem Stück selbstgebackenem Ciabatta auf.

Erleichtert hatte ich die letzten Minuten beobachtet, dass es Lin schmeckte und sie auch eine völlig normale Portion aß. Vielleicht hatte ich mich doch geirrt und es gab gar kein Problem – von ihrem gebrochenen Herzen einmal abgesehen. Aber vorsichtshalber würde ich Lin weiterhin im Auge behalten.

Haileys Gerichte schmeckten selten wie beim letzten Mal, weil sie oft Neues ausprobierte. Sie war wie eine Künstlerin, die sich immer wieder neu erfand. Und ihre Kreationen waren stets großartig. Nur bei den Backwaren hielt sie sich strikt an Grannys Rezepte.

»Wollt ihr Nachschlag?«

»Ich nicht«, antwortete Lin.

»Ich auch nicht. Ich bin pappsatt. Am liebsten würde ich mich jetzt in meinen Lesesessel legen und ein Mittagsschläfchen machen«, sagte ich, gähnte hinter vorgehaltener Hand und schaute durch das seitliche Fenster, das einen guten Blick auf den Eingangsbereich meines Ladens bot. Dabei entdeckte ich wieder das Mädchen mit dem roten Regenmantel. Wie bereits vorhin stand sie vor dem Schaufenster des Buchladens und drückte sich die Nase platt. Ein Lächeln legte sich auf meine

Lippen. Ich mochte die Kleine, obwohl ich bisher noch nicht einmal mit ihr gesprochen hatte.

»Hey, was grinst du denn so vor dich hin?«, wollte Lin wissen, als sie meinen Gesichtsausdruck bemerkte.

Mit dem Kinn deutete ich nach draußen. »Kennt jemand von euch das Mädchen?«

Lin und Hailey folgten meinem Blick.

Lin schüttelte den Kopf. »Nein, noch nie gesehen. So wie es aussieht, steht sie vermutlich mehr auf Bücher als auf Blumen.«

Hailey schwieg und als ich zu ihr blickte, erkannte ich, dass sie angestrengt nachdachte. Plötzlich hellte sich ihr Gesicht auf. »Ich glaube, das ist Jamie Pearsons Tochter.«

»Jamie Pearson ... irgendwas sagt mir der Name«, überlegte ich laut. Mit Namen hatte ich öfter Probleme. Es fiel mir schwer, sie Gesichtern zuzuordnen.

»Ist das etwa, *der* Jamie Pearson?«, fragte Lin mit gesenkter Stimme.

Hailey nickte und grinste. »Genau der.« Die zwei sahen sich verschwörerisch an.

»Könntet ihr mich bitte aufklären?« Ratlos blickte ich zwischen den beiden hin und her.

Hailey schmunzelte. »Du erinnerst dich wirklich nicht mehr an Jamie Pearson?«

Ich zuckte mit den Schultern. »Nein, aber offenbar sollte ich das?«

Lin kicherte gelöst. »Auf jeden Fall!«

Wieder lachten die beiden ausgelassen.

Hailey räusperte sich vernehmlich, als sie meinen fragenden Blick auffing. »Jamie war der Junge, der damals auf dem Fest des Bürgermeisters einen der Riesencookies von deiner Granny stibitzt hat. Als sie ihn dabei erwischt hat, hat er sich vor Aufregung auf ihre Schuhe übergeben. Kannst du dich jetzt an ihn erinnern?«

Und ob ich mich an den Jungen erinnern konnte! Lachend dachte ich an den besagten Tag zurück. »Oh mein Gott, das war ihm so peinlich. Ich habe niemals wieder jemanden gesehen, der dermaßen rot geworden ist. Und das ist der Vater von der süßen Maus?« Obwohl wir damals noch so klein gewesen waren, konnten wir uns alle an diese Episode erinnern. Vermutlich auch deshalb, weil diese Geschichte immer noch oft bei Festen von den Einwohnern von Tobermory erzählt wurde.

Hailey nickt. »Ich war auch ganz erstaunt, als ich die beiden gesehen habe.«

Noch einmal schaute ich aus dem Fenster, aber das Mädchen war mittlerweile verschwunden.

»Das ist so lange her!«, stöhnte Lin und lächelte dann, als sie sich offenbar an den Tag erinnerte.

»Ja, da sind wir gerade in die Schule gekommen«, klärte uns Hailey auf. »Jamie war da bestimmt schon zwölf oder dreizehn Jahre alt. Ein pickeliger, schlaksiger Junge, der wenig Glück hatte. Wisst ihr noch? Seine Eltern waren arm wie Kirchenmäuse, und er lief immer in viel zu kurzen Hosen rum. Das war so extrem, dass es selbst mir als kleines Mädchen aufgefallen ist.«

In diesem Moment erinnerte ich mich noch an etwas. »Ist er nicht kurz nach der Geschichte sogar umgezogen?«

Lin nickte. »Ja, die Eltern haben den Hof aufgegeben und sind mit ihm aufs Festland übergesiedelt, weil sie da Arbeit gefunden haben. Ich wusste gar nicht, dass er wieder zurück ist. Aber du, Hailey, weißt mal wieder alles. Woher?«

»Ich hab ihn neulich im Supermarkt mit dem Kind gesehen.

Ich weiß nicht, ob er wieder hier lebt. Das Grundstück gehört auf jeden Fall noch immer seiner Familie. Die haben das nie verkauft, obwohl es immer wieder Interessenten gab. Seine Eltern konnten es damals doch nicht verkaufen, weil sie die Farm wegen der Schulden auf Jamie überschrieben hatten.«

»Daran kann ich mich gar nicht mehr erinnern.« Ich nippte an meinem Eistee und erwiderte: »Ich denke, dass er wieder auf der Insel ist, ansonsten würde seine Tochter nicht mit einer Schultasche herumlaufen und alle paar Tage vor meinem Schaufenster auftauchen.«

»Stimmt«, sagte Hailey und stand auf, weil einer ihrer Gäste zahlen wollte.

»Ich frage mich, was ihn hierher zurückgetrieben hat«, überlegte Lin laut. »Ich glaube nicht, dass er allzu gute Erinnerungen an seine Jahre auf der Insel hat.«

»Ach, als Kind sieht man vieles oft nicht so krass, wie man es als Erwachsener empfindet. Vermutlich hat er das meiste vergessen.«

»Auch die Geschichte mit deiner Granny und dem Riesencookie?«

Lin kicherte und ich freute mich so sehr, dass sie ein wenig lockerer war als vorhin, so dass ich spaßeshalber vorschlug: »Wir könnten ihn besuchen und schauen, ob er mittlerweile ein bisschen kräftiger geworden ist.«

Hailey ließ sich auf den Stuhl neben mir fallen. »Oh ja, er ist kräftiger geworden. Hätte nicht die gute alte Misses Tenner ihn im Supermarkt an der Kasse mit seinem Namen angesprochen, wäre ich nie auf die Idee gekommen, dass es sich bei dem großen Kerl um Jamie handelt. Ich sage nur so viel: Hot, very hot, Ladies!«

»Das hört sich ja an, als würde er genau in dein Beuteschema passen«, zog ich sie auf, obwohl ich wusste, dass sie nicht auf der Suche war. »Dein Nachname Ferson würde auch gut zu seinem passen. Misses Ferson-Pearson!«

Hailey winkte ab. »Ich brauche keinen Mann. Außerdem hat er ein Kind, dann wird es dazu vermutlich auch eine Misses Pearson geben.«

»Ich für meinen Teil habe jedenfalls genug von heißen Kerlen.« Lins Stimme war leise, und es zog mir das Herz zusammen. Offensichtlich war sie wieder in ihre trüben Gedanken zurückgerutscht.

»Hey«, sagte ich sanft. »Nicht alle Kerle sind solche Trottel.«

»Gut aussehende schon!«, konterte sie so schnell, dass ich kurz innehielt.

Hailey schnaubte verächtlich. »Warum vergesst ihr nicht einfach die Männer? Okay, hin und wieder sind sie nicht schlecht. Aber Liebe, das gibt es nicht und wenn ihr das kapiert habt, dann werdet ihr erkennen, dass man ohne diese Individuen viel glücklicher ist. Seht mich an. Ich bin wie ihr siebenundzwanzig Jahre alt und auch ohne einen Kerl zufrieden und glücklich. Denn ich habe euch.«

Fassungslos starrte ich meine Freundin an. »Hailey! Das ist nicht gerade hilfreich!«

Sie zuckte mit den Schultern. »Warum nicht? Je früher Lin das verinnerlicht, desto eher wird sie wieder sie selbst sein.«

Lin räusperte sich. »Sie hat ja recht. Nach der Geschichte mit Brian will ich keine Beziehung mehr. Noch einmal lasse ich mir mein Herz nicht brechen.« Entschlossen stand sie auf und kramte in ihrer Tasche nach ihrem Geldbeutel.

»Lass stecken, ich hab heute so viel Suppe gemacht, dass ich froh bin, dass ihr ein wenig mitgegessen habt. Ihr seid eingeladen.«

»Danke«, sagte ich zu ihr und warf ihr eine Kusshand zu.

Hailey zwinkerte mir zu und begann den Tisch abzuräumen. Währenddessen zogen wir unsere Jacken an. Ehe wir den Laden verließen, umarmten wir uns alle noch einmal.

»Hailey hat vollkommen recht. Wer braucht schon einen Mann, wenn man so tolle Freundinnen hat?«, sagte Lin mit einem schiefen Grinsen im Gesicht.

»Ganz genau!«, pflichtete Hailey ihr bei. »Ich liebe es, recht zu haben.«

Ich schüttelte nur den Kopf über die beiden. Im Gegensatz zu ihnen war ich der Meinung, dass es die Liebe gab. Bestimmt auch die ganz große. Aber wie sollte man sie aufspüren? So viele Milliarden Menschen lebten auf der Welt, da schien es unmöglich zu sein, den Richtigen zu finden. Doch genau wie Lin es gesagt hatte, vertrat ich die Auffassung, dass ich angesichts meiner Freundschaft zu diesen beiden Frauen glücklich sein konnte auch ohne Mann.

Dennoch verspürte ich diese tiefe Sehnsucht, eines Tages doch diesen Einen zu finden, mit dem mich eine Seelenverwandtschaft verband und mit dem ich mich gemeinsam als ein Ganzes fühlen konnte. Aber ich hatte weder eine Traumfigur, noch war ich außergewöhnlich eloquent. Ich war schlichtweg ein Büchernerd und darauf standen Männer bekanntlich nicht. Zudem ging ich so gut wie nie aus oder verließ diese Insel. Wie also sollte ich da den passenden Kandidaten kennenlernen?

In meinem Leben hatte es bisher niemanden gegeben, der erwähnenswert gewesen wäre. Meine Unschuld hatte ich erst mit zwanzig während meiner Zeit am College an jemanden verloren, dessen Namen ich am liebsten aus meinem Gedächtnis gestrichen hätte.

Dann war Tom in mein Leben getreten. Ich hatte gedacht, ihn zu lieben, aber nach ein paar Monaten war er nach Europa gezogen. Am Anfang hielten wir noch sporadisch Kontakt, doch irgendwann hörten wir auf, uns Nachrichten zu schreiben. Aber im Gegensatz zu der Geschichte von Lin und Brian war das nichts, was mir das Herz gebrochen hatte. Rückblickend war es bestimmt keine Liebe gewesen, was uns verbunden hatte, sondern eher innige Freundschaft. Ich hatte Tom gemocht, mehr aber nicht. Wäre es anders gewesen, hätte ich seinen Wegzug sicherlich schlechter verkraftet.

Trotzdem glaubte ich noch immer an die Liebe, die meiner Meinung nach selten war. Man fand sie nur in Ausnahmefällen. Vermutlich würde ich jedoch nie das Glück haben, auf meine zweite Hälfte zu treffen – schließlich müsste er dafür auf dieses winzige Eiland kommen.

Aber davon träumen würde ich weiterhin.

# 2.

Gum biodh ràth le do thurus.
*– Möge deine Suche erfolgreich sein. –*

## Freitag, 11. April

Ein paar Tage später, ich war gerade dabei eine Lieferung neuer Stifte in den dafür bereitgestellten Gläsern zu arrangieren, als ich das Mädchen – Jamie Pearsons vermeintliche Tochter – erneut vor meinem Laden stehen sah. Es war erst elf Uhr am Vormittag und trotzdem stand die Kleine hier vor meinem Schaufenster. Sie war wohl gerade aus der Schule gekommen, denn sie trug wieder ihre Schultasche auf dem Rücken. Ich schätzte sie auf acht oder neun Jahre. Noch gut erinnerte ich mich an diese Zeit, in der ich selbst zusammen Lin und Hailey die Schule in Salen besucht hatte. Wir hatten mit dem Bus eine halbe Stunde gebraucht, die wir, zu dritt in einen Zweiersitz gequetscht, mit viel Gekicher und Getuschel verbracht hatten. Obwohl ich damals schwer mit der Tatsache zu kämpfen gehabt hatte, dass meine Mutter uns von einem Tag auf den anderen verlassen hatte, erinnerte ich mich immer noch gerne an diese Zeit zurück.

Das Mädchen war offensichtlich genauso ein Bücherwurm, wie ich es in dem Alter gewesen war. Jedenfalls schien das Schaufenster meines Buchladens sie wie magisch anzuziehen, wenn ihr Weg sie direkt hierher anstatt nach Hause an den Esstisch, vor den Fernseher oder an ein anderes elektronisches Gerät führte. Sie erinnerte mich so sehr an mich selbst, dass ich spontan einen Entschluss fasste.

Langsam öffnete ich die Ladentür, damit ich das Mädchen nicht erschreckte und sie wieder davonlief, so wie letztes Mal als ich sie nur durch das Fenster angesehen hatte.

Heute war es windig, aber es regnete nicht. Dennoch trug die Kleine wieder ihren roten Regenmantel. Auf der Isle of Mull musste man ständig damit rechnen, dass das Wetter umschlug und es anfing zu schütten, von daher hatte sie genau die richtige Kleidung ausgewählt.

»Hey«, sagte ich leise und beobachtete, wie sich das Kind erschrocken in meine Richtung drehte. »Magst du reinkommen? Dann kannst du dir die Bücher besser ansehen.«

Sie schüttelte den Kopf und ihr Körper spannte sich an, schon im Begriff davonzueilen.

»Wie heißt du?«, fragte ich sie rasch, ehe ich meine Chance vollends vertat.

»Anna. Anna Pearson.« Mit großen dunklen Augen sah sie mich an. Also hatte Hailey recht gehabt. Sie war tatsächlich Jamies Tochter.

»Hi Anna. Ich bin Ally, die Besitzerin des Buchladens.«

»Hallo.« Anna trat von einem Fuß auf den anderen, dann sagte sie kleinlaut: »Ich hab kein Geld, um bei Ihnen was zu kaufen.«

Das war also der Grund, warum sie nie in den Laden kam. Da hätte ich auch von selbst draufkommen können. »Das ist doch nicht schlimm. Komm ruhig rein. Du kannst dich so lange umgucken, wie du magst, auch ohne etwas zu kaufen.«

Als sie an mir vorbeihuschte und sich im Innern des Ladens

staunend umsah, schloss ich die Tür, um die kalte Luft draußen zu lassen. Anschließend setzte ich mich hinter die Ladentheke und blätterte in einer Zeitschrift, während Anna an den Regalen und Auslagen vorbeischlenderte und sich alles genau ansah. Von den bunten Bildern vor mir bekam ich allerdings nicht viel mit und erst recht nichts von den Texten. Zu sehr war meine Aufmerksamkeit auf das Mädchen gerichtet. Es interessierte mich, welches Buch sie als Erstes aus dem Regal ziehen würde. Immer mehr entspannte sich ihr Gesicht, und ihre Wangen färbten sich rosa.

Dann war es endlich so weit. Sie griff gezielt nach einem Buch. Es war ein Exemplar aus der Kinderabteilung, aber ich konnte noch nicht sehen, um welches es sich handelte. Doch dann erkannte ich, dass es die neue illustrierte Schmuckausgabe von Harry Potter war. Natürlich! Welches lesebegeisterte Kind hätte nicht nach diesem Buch gegriffen?

Schmunzelnd ging ich in den hinteren Raum, wo ich mir einen Tee kochte. Ich vertraute der Kleinen, sie sah nicht aus, als würde sie mir den Laden ausräumen, wenn ich mal nicht hinsah. Ich ließ ihr etwas Freiraum, während sie sich das Buch genau ansah.

Als ein Telefon klingelte, verschüttete ich beinah den Tee, den ich in einer Tasse balancierend in den Verkaufsraum trug.

»Hey Dad, ja bin zurück. Der Bus ist vor fünf Minuten angekommen. Bin grad in dem kleinen Buchladen in der Main Street.« Dann lauschte Anna auf das, was ihr Dad ihr zu sagen hatte. Ihr Blick schnellte zu mir und ein klitzekleines Lächeln zupfte an ihrem Mundwinkel. »Ja, ich denke, ich kann hier warten.« Als ich zustimmend den Daumen reckte, lächelte sie tatsächlich und ich freute mich, das Vertrauen der Kleinen ein

Stück gewonnen zu haben. »Okay, bis dann.« Nachdem sie das Handy in ihrer Jackentasche verstaut hatte, sah sie zu mir. »Danke, Miss Ally.«

»Gern geschehen, aber nenn mich einfach nur Ally. Das Miss kannst du dir sparen, okay, Miss Anna?«

Sie kicherte. »Ich bin auch nur Anna.«

»Setz dich ruhig da in den Sessel«, sagte ich zu ihr und deutete auf die Leseecke, die ich gerne hin und wieder selbst nutzte. »Bis dein Dad da ist, kannst du ja noch ein bisschen in dem Harry-Potter-Buch lesen.«

Begeistert nickte sie und setzte sich. Ganz vorsichtig schlug sie den Einband auf und sah sich die Zeichnungen an. Ihr Mund formte die Worte still, während ihr Finger über die Seite des ersten Kapitels fuhr.

Oh ja! Dieses Kind erinnerte mich nicht nur ein bisschen an mich selbst. Wobei ich vermutlich nicht so niedlich ausgesehen hatte. Aufgrund einer Zahnfehlstellung hatte ich schon früh eine Zahnspange tragen müssen, damit die zweiten Zähne in die richtige Position hineinwachsen konnten, und die Brille hatte ich damals auch schon tragen müssen. Alles in allem hatte ich wie ein waschechter Nerd ausgesehen. Vor allem, weil man mich eigentlich nie ohne Buch durch die Gegend hatte laufen sehen. Immer und überall klemmte eins unter meinem Arm oder ich trug es vor mir her, während ich darin las.

Als ich auf die Uhr sah, sagte Anna: »Dad ist bestimmt gleich da. Er hat gesagt, er muss noch ein Spiel zu Ende spielen.«

»Ein Spiel?«

»Am Computer, deshalb hat er nicht so viel Zeit für mich. Da bekommt er manchmal Geld, wenn er gut ist«, erklärte sie mir.

War ihr Dad etwa so ein Glücksspieler? Poker? Einer, der seine Tochter deswegen vernachlässigte? Oh, bitte nicht! »Was arbeitet dein Dad?«

Sie lächelte und antwortete dann. »Als wir vor ein paar Wochen hergezogen sind, hat Dad ein paar Kühe gekauft und versorgt seit einigen Tagen die Lebensmittelläden der Insel mit frischer Milch.«

*Okayyyyy.*

Damit konnte er bestimmt nicht überleben. Offenbar war er tatsächlich in die Fußstapfen seiner Eltern getreten. »Und deine Mum?«

Ein Schatten legte sich auf das Gesicht der Kleinen und sie schwieg. Ich bereute schon, ihr die Frage gestellt zu haben, aber dann antwortete sie mir doch. »Die wohnt hier nicht. Sie hat ihr eigenes Leben.«

»Oh …« Weiter fiel mir nichts dazu ein. Zu sehr griffen meine eigenen Erinnerungen nach mir. Die Kleine und ich hatten ganz offensichtlich noch mehr Gemeinsamkeiten als die Liebe zu Büchern.

»Nicht schlimm. Ich kann sie besuchen, wann immer ich will. Dann hat sie Zeit für mich und Dad kann an seinem Computer sitzen, ohne ein schlechtes Gewissen zu haben.« Sie zuckte mit den Schultern, als wäre es ganz normal, solche Eltern zu haben. Eine Mutter, die lieber ihr eigenes Leben führte und einen Vater, der Online-Spiele spielte, waren nicht gerade der Wegweiser in ein erfülltes Dasein, den ein Kind in ihrem Alter brauchte. Aber zumindest hatte sie noch Kontakt zu ihrer Mutter, war nicht völlig aus deren Leben ausgeschlossen. Sie hatte sich mit der Tatsache abgefunden, das spürte ich. Ob sie sich trotzdem fragte, warum sie nicht wichtig genug für die Mutter war, um wirklich ein Teil ihres Lebens zu sein? Ich tat dies zumindest noch immer.

Traurig sah ich sie an, versuchte, mir aber nichts anmerken zu lassen. Sie lächelte befangen und ich war unsicher, was ich nun mit ihr reden sollte. Also sah ich wieder in die Zeitung und als ich endlich einen Artikel fand, der mein Interesse erregte, breitete sich Stille im Laden aus. Die Stille zweier Lesender, die nur hin und wieder vom Rascheln der umblätternden Seiten unterbrochen wurde.

Doch irgendwann war meine Aufmerksamkeit erschöpft, und ich wurde wieder von meinen Gedanken abgelenkt. Ich blickte aus dem Fenster, sah über die Bucht und die Wellen, die vom offenen Meer hereingetragen wurden. Mit den Erinnerungen war das so eine Sache. Immer wieder kamen sie und nagten an mir. Ich wusste noch genau, dass meine Mutter es gehasst hatte, dass ich meine Nase ständig in Bücher steckte. Hin und wieder hatte sie mich deshalb sogar gemaßregelt. Doch die wenigen Erinnerungen, die ich noch an sie hatte, zeigten mir einen ständig unzufriedenen Menschen. Sie hatte sich oft mit meinem Vater gestritten, aber auch mit Granny hatte sie sich nicht gut verstanden. Gegipfelt waren diese Uneinigkeiten in jenem bestimmten Streit. An diesem Tag hatte ich meine Mutter das letzte Mal gesehen.

Kopfschüttelnd verscheuchte ich die Gedanken an vergangene Zeiten. An dem, was damals passiert war, konnte ich nichts mehr ändern. Dementsprechend griff ich nach dem Buch, das ich aktuell las und vertiefte mich in die Geschichte. Vielleicht würde mich das besser ablenken als der sachliche Artikel in der Zeitschrift.

Immerhin kamen in der Geschichte keine Kinder und Mütter

vor, die mich in irgendeiner Weise an meine Kindheit erinnerten, stattdessen war der Thriller blutrünstig und der Schreibstil zog mich sofort in die Geschichte.

* * *

Ich war erstaunt, wie gut es funktioniert hatte, als einige Zeit später das Glöckchen über der Eingangstür bimmelte, was Anna und mich den Kopf heben ließ. Kurz schweifte mein Blick zur Uhr und ich stellte fest, dass fast eine halbe Stunde vergangen war, seit ich das Buch aufgeschlagen hatte. Dieser Thriller hatte mich sofort gepackt und am liebsten hätte ich sofort weitergelesen.

Ein dunkelhaariger Mann betrat mein Geschäft, der eine solch starke Präsenz besaß, dass mir die Räume meines Buchladens mit einem Mal viel zu klein erschienen. Er war mit Sicherheit fast zwei Meter groß, und seine Statur zeugte von regelmäßiger körperlicher Arbeit. Doch das allein war es nicht, was meinen Blick anzog. Er hatte eine solche Ausstrahlung, dass ich nicht anders konnte, als ihn anzuschauen und im Stillen zu staunen. Irgendwie kam er mir bekannt vor, aber ich konnte diese Erkenntnis nicht zuordnen.

Erst als Anna »Dad!« rief und von dem Sessel aufsprang und das Buch vorsichtig auf das Tischchen daneben legte, war mir klar, dass es sich um Jamie handeln musste. Das Kind flog dem Mann an die Brust und versank in seiner Umarmung.

»Hey, Bunny.« Jamie drückte seiner Tochter einen liebevollen Kuss auf den Scheitel, noch während er sie auf dem Arm hatte, und sah dann zu mir.

Dunkle Augen begegneten meinen und ich konnte nicht anders, als verlegen festzustellen, dass Hailey recht gehabt hatte. Dieser Mann hatte nichts mehr mit dem schlaksigen, pickligen Jamie von damals gemein und ich hätte ihn niemals wiedererkannt, wenn ich nicht gewusst hätte, wer er war. Er war groß und kräftig und ... heiß!

*Stopp!*

»Hallo, Mister Pearson«, begrüßte ich ihn. Er musste ja nicht wissen, dass ich ihn kannte, auch wenn der Begriff kennen wohl etwas zu hoch gegriffen war. Er war bestimmt sechs Jahre älter als ich, dementsprechend hatten wir als Kinder nichts miteinander zu tun gehabt und ehe wir überhaupt Gelegenheit hatten, uns anzufreunden, war er von hier fortgezogen.

»Hallo«, freundlich lächelte er mich an, was mich dazu veranlasste, die Brille auf meiner Nase gerade zu rücken und mir durchs Haar zu fahren. »Danke, dass meine Tochter bei Ihnen auf mich warten durfte.« Behutsam stellte er Anna wieder auf ihren Füßen ab und strich ihr über das Haar.

Ich machte eine wegwerfende Handbewegung und sagte: »Nicht der Rede wert. Sie kann jederzeit hierherkommen und auf Sie warten.«

Erstaunt blickte er mich an. »Danke.«

»Kein Problem.« Um ihn nicht die ganze Zeit anzustarren, ging ich auf das Tischchen zu, griff nach dem Harry-Potter-Buch und wollte es zurück in das Regal stellen. Dabei nahm ich einen Hauch seines Aftershaves wahr und musste mir eingestehen, dass mir auch sein Duft ausgesprochen gut gefiel.

»Hey, ist das das Buch, von dem du mir erzählt hast? Harry Potter mit Bildern? Magst du das Buch haben, Bunny?«, fragte er.

Ich stutzte. Als Milchbauer auf einer kleinen schottischen Insel hatte er das Geld bestimmt nicht so locker sitzen, dass er mal eben dreißig Pfund für eine Schmuckausgabe ausgeben konnte. Deshalb rührte mich die Frage sehr. Am liebsten hätte ich Anna das Buch geschenkt, aber ich kannte sie gerade mal eine Stunde und es sähe vermutlich total bescheuert aus, wenn ich es wieder aus dem Regal ziehen und ihr geben würde.

»Au ja! Danke Dad!«, quietschte Anna und als ich mich mit dem Buch in der Hand zu ihr umdrehte und es ihr reichte, blickte ich in strahlende Kinderaugen. Ich freute mich mit ihr, dass sie diesen Wunsch erfüllt bekam.

»Sie können das Buch auch das nächste Mal bezahlen«, sagte ich zu Jamie.

Irritiert runzelte er seine Stirn. »Nein, das erledigen wir lieber gleich. Ich mag es nicht, Schulden zu haben.«

Darauf erwiderte ich nichts mehr und ging stattdessen zur Kasse, um den Betrag einzugeben. »Fünfzehn Pfund, bitte.«

Jamie zückte seine Karte und hielt sie mir hin. Ich vermied es, ihn anzusehen.

»Nein, das stimmt nicht. Da steht dreißig Pfund drauf. Du hast dich vertippt, Ally«, hörte ich Anna sagen und hätte am liebsten die Augen verdreht.

»Das Buch ist ein Ausstellungsstück, deshalb gibt es darauf Rabatt.«

»Ist es kaputt?«, wollte Anna wissen, hob das Buch vor ihr Gesicht und sah es sich ganz genau an.

»Haben Sie vielleicht noch ein anderes Exemplar? Dann können Sie dieses hier weiter als Ausstellungsstück verwenden und ich würde mich besser fühlen, wenn ich den vollen Preis zahle«, wandte Jamie mit dieser tiefen Stimme ein, die mich erneut daran erinnerte, dass er nicht mehr der kleine Junge mit den viel zu kurzen Hosen war.

Noch immer sah ich ihn nicht an, mein Herz wummerte. Ich wusste nicht, ob das nur an der Tatsache lag, dass ich eben in der vielleicht irrtümlichen Annahme, er bräuchte dieses Zuvorkommen, versucht hatte, ein Buch günstiger zu verkaufen, als es eigentlich ausgepriesen war oder daran, dass dieser Mann eine solche irritierende Wirkung auf mich hatte.

»Ja, hat sie!« Und schon stürmte Anna zum Regal, schob das eine Exemplar hinein und holte ein anderes heraus.

Unterdessen spürte ich Jamies aufmerksamen Blick auf mir. »Kennen wir uns?«

Rasch schüttelte ich den Kopf. »Nein, nicht, dass ich wüsste.« Warum ich in diesem Moment log, verstand ich selbst nicht, aber ich hatte zu schnell geantwortet. Nun zurückzurudern und ihm zu erzählen, dass ich mich an ihn erinnerte, wäre albern. Dementsprechend klärte ich ihn nicht auf.

Anna kam mit der neuen Harry-Potter-Ausgabe zum Verkaufstresen zurück und streckte mir das Buch entgegen. Ich nahm es und hielt den Kopf weiter gesenkt, während ich den richtigen Preis in die Kasse eintippte.

Jamie gab einen brummenden Ton von sich, dessen Vibrationen ich bis in meinen Magen spürte. Er sagte zwar nichts, aber es war klar, dass er darüber nachdachte, woher er mich kannte.

»Das macht dann dreißig Pfund.« Verlegen packte ich das Buch in eine Papiertüte und legte Anna noch eins meiner selbst gemachten Lesezeichen dazu, ehe ich ihr diese überreichte. »Ich wünsche dir viel Spaß beim Lesen.«

Ihr strahlendes Lächeln berührte mich. »Danke dir, Ally. Wir sehen uns.« Von einem Bein auf das andere springend hüpfte sie zur Tür, während sie das Buch fest an ihren Oberkörper presste.

»Vielen Dank noch mal«, verabschiedete sich Jamie und folgte seiner Tochter.

Ich sah den beiden hinterher und fragte mich, was mit mir nicht stimmte. Da kam ein Mann in meinen Laden und wollte seinem Kind eine Schmuckausausgabe von Harry Potter kaufen und ich hatte nichts anderes zu tun, als ihm ganz dringend weniger Geld abzunehmen, als das Buch normalerweise gekostet hätte. Warum ging ich davon aus, dass er sich so etwas nicht leisten konnte? Vielleicht unterstellte ich ihm etwas, das gar nicht stimmte. Oder hatte ich recht und er wollte sich vor Anna nicht die Blöße geben, ihr einen Wunsch abzuschlagen? Andererseits hatte er selbst vorgeschlagen, das Buch zu kaufen. Es war nicht so gewesen, als hätte Anna ihn angebettelt.

Langsam ließ ich mich auf dem Stuhl nieder und schluckte. Ich merkte erst jetzt, dass mein Mund staubtrocken war. Es war schon lange her, dass mich ein Mann so nervös gemacht hatte.

Aber solche Gedanken schlug ich mir mal besser gleich aus dem Kopf. Jamie Pearson spielte aber eindeutig nicht in meiner Liga, eher drei darüber. Er war durch und durch ein Kerl und sah so gut aus, dass er problemlos als Covermodel für einen der Liebesromane infrage käme, die ich so gerne las. Ein solcher Mann interessierte sich ganz bestimmt nicht für einen Bücherwurm wie mich.

Dennoch legte sich ein Lächeln auf meine Lippen, als er und Anna mir noch einmal durch das Schaufenster zuwinkten. Der Wind riss an den Haaren des Mädchens und die beiden lachten zusammen. Vielleicht war Jamie doch nicht so ein übler Vater, wie ich ihm zuerst unterstellt hatte.

Zwei Minuten später brauste er mit seiner Tochter in einem roten Pick-up vorbei.

*Moment mal!*

War das nicht das Auto, dessen Fahrer mir letztens die nasse Jeans beschert hatte?

Ja, auf jeden Fall! Das alte Ding war ja nicht zu verkennen. Dieses besondere Lächeln, das mir schon am Montagmorgen aufgefallen war, gehörte also zu Jamie Pearson. Jetzt war mir auch klar, warum er mir, abgesehen davon, dass ich wusste, wer Jamie Pearson war, bekannt vorgekommen war und vermutlich auch, warum er geglaubt hatte mich zu kennen.

Grübelnd sah ich ihm und seiner Tochter nach, ließ dann meinen Blick über das unruhige Wasser gleiten. Dunkle Wellen schlugen an die Kaimauer. Möwen flogen gegen die Kraft des Windes an und hatten ordentlich zu kämpfen, um an ihr Ziel zu gelangen. So wie es im Leben immer war. Nicht nur den Möwen ging es so.

Meine Gedanken wanderten wieder zu Jamie und Anna. Wie passte all das, was ich heute erfahren hatte, zusammen? Seine Rückkehr auf die Insel, dieses bezaubernde Mädchen und die Tatsache, dass er eine Frau hatte und doch allein mit Anna hergekommen war, zudem hatte er einen Milchkuhbetrieb und spielte Computerspiele. Dieser Mann passte definitiv in kein herkömmliches Bild. All das machte mich neugierig – auf ihn und auf die Geschichte, die sich hinter den Fakten verbarg, die ich bisher über ihn herausgefunden hatte. Ich war schon gespannt, was Lin und Hailey zu meiner Begegnung mit Jamie Pearson sagen würden. Auf jeden Fall würde er für eine Menge Gesprächsstoff auf der Insel sorgen. Ein solches Prachtexemplar von Mann blieb von der Frauenwelt nicht lange unentdeckt, und das konnte nur viel Aufregung in unser Inselleben bringen.

* * *

## Samstag, 12. April

Spät am nächsten Nachmittag saßen Lin, Hailey und ich gemeinsam in *Joe's Pub* und warteten darauf, dass Sandy unsere Bestellung brachte. Da wir es mittags nicht geschafft hatten, uns zu sehen, und es Samstag war, hatten wir kurzfristig beschlossen nach Feierabend zusammen noch etwas trinken zu gehen. Unser gemeinsames Mittagessen gestern schien Lin aufgemuntert und aus ihrer Lethargie geholt zu haben, so dass sie heute wieder geselliger wirkte.

Sobald die Hauptsaison begann, würden wir unsere Läden samstags erst am späten Nachmittag schließen, wenn die meisten Tagesgäste die Insel verlassen hatten, um jede Möglichkeit auf Einnahmen zu nutzen. Doch jetzt war einfach zu wenig los, als dass es sich gelohnt hätte, so lange offen zu haben und so genossen wir die freie Zeit, solange wir konnten.

Wie immer, wenn wir hierherkamen, hatte jede von uns sich ihren Lieblingscocktail bestellt. Normalerweise bediente Sally nicht, sie stand gemeinsam mit Joe hinter dem wuchtigen Tresen und schenkte aus, während die Gäste ihre Bestellungen an der Bar aufgaben und von dort selbst zu ihren Plätzen trugen. Nur bei den Cocktails machte Sally eine Ausnahme, um Unfälle mit den hübsch dekorierten Gläsern zu vermeiden. Der Laden war stets gut besucht und das nicht nur, weil wir nicht allzu viele Möglichkeiten auf der Insel hatten, wo man sich für ein gemütliches Beisammensein treffen konnte. Das *Joe's* war gemütlich und sauber und Lin, Hailey und ich kamen gerne hierher. Das dunkle Holz der Inneneinrichtung verlieh dem Pub eine heimelige Atmosphäre. Von außen war das Lokal eher unscheinbar, nur ein zartgeschwungener Schriftzug aus goldenen Buchstaben mit Joes Namen war an der Hauswand zu angebracht. Der Besitzer des Pubs hatte es einfach nicht nötig, um mehr Aufmerksamkeit zu betteln. Immerhin gab es kaum einen Abend, an dem es hier drinnen nicht so voll war, dass man ab acht keinen Platz mehr ergattern konnte. Und Sandy, Joes Frau, war so etwas wie das Herz des Ladens und sie hatte immer ein Lächeln auf den Lippen. Außerdem kannte sie uns drei schon von Kindesbeinen an und umsorgte uns mit Freuden.

Eigentlich hatte ich meinen Freundinnen sofort von meiner Begegnung mit Anna und Jamie erzählen wollen, aber Hailey war heute in Redelaune, also ließ ich ihr den Vortritt und hörte zu, wie sie von einem neuen gemeinnützigen Projekt erzählte, das sie in einem Forum entdeckt hatte, in dem sie mit Gleichgesinnten alle aktuellen Hilfsaktionen teilte. Voller Inbrunst legte sie uns nun das Projekt ans Herz.

»... und aus den alten Klamotten, die ansonsten zu nix zu gebrauchen sind, macht die Firma dann neue Kleidung, die für einen kleinen Betrag an Bedürftige verkauft wird.« Aufgeregt blickte sie von einem zum anderen. Ihre grünen Augen, die so perfekt zu ihrem blonden Haar passten, strahlten vor Begeisterung, wie jedes Mal, wenn sie uns von einem ihrer Herzensprojekte erzählte. Dabei sah sie so hinreißend aus. So oft schon hatte ich daran gedacht, dass sie jedem Topmodel das Wasser reichen könnte, wenn sie nicht so klein wäre. Doch mit gerade mal einem Meter fünfundsechzig hätte sie in keine Laufstegnorm gepasst. »Also. Was sagt ihr dazu? Seid ihr dabei?«

Lin sah mich fragend an.

Ich zuckte mit den Schultern, weil auch ich den Punkt nicht mitbekommen hatte, als es darum ging, was wir damit zu tun hatten. Also sah ich Hailey mit den gleichen Fragezeichen im Blick an wie Lin zuvor mich.

Ein sehr undamenhaftes Schnauben war von ihr zu hören und sie verdrehte tatsächlich die Augen. »Ihr habt mir gar nicht richtig zugehört«, echauffierte sich Hailey. »Es geht um alte Lumpen, alte Kleidung, alles, was aus Stoff ist und ihr nicht mehr gebrauchen könnt. Bettwäsche, Handtücher gehen auch. Habt ihr da was, das ihr spenden wollt?«

»Ach so!«, entfuhr es mir und ich musste kichern. Die Situation war einfach zu lustig. Hailey, die sich aufregte, Lin und ich, wie wir dumm aus der Wäsche guckten, so als hätten wir eine Standpauke von Grandma Lizzy bekommen. Doch ich wurde mit einem finsteren Blick bedacht und bemühte mich sofort um eine ernste Miene. »Na klar, da hab ich bestimmt eine Menge, was ich aussortieren kann. Und Dad sicherlich auch. Der muss auf jeden Fall mal was aus seinem Kleiderschrank rausschmeißen. Letztens hab ich da ein T-Shirt gefunden, das er auf einem der Fotos getragen hat, auf denen ich als Baby zu sehen bin. Unfassbar! Das passt ihm sicherlich nicht einmal mehr und wenn, dann fällt es vermutlich auseinander, sobald er es überzieht.«

Hailey lächelte und als Lin ebenfalls zusagte, strahlte unsere Freundin uns wieder glücklich an. »Aber nur das, was wirklich nicht mehr zu gebrauchen ist. Alles andere bitte in separate Säcke füllen, das schaff ich dann rüber zum Festland zur Obdachlosenmission. Die brauchen auch ganz dringend Unterstützung.«

»Wird gemacht!« Lin legte die Hand an die Stirn wie ein salutierender Soldat, was uns alle zum Lachen brachte.

»Ihr seid die Besten!« Hailey legte jeder von uns die Hand auf den Unterarm. In ihren Augen schimmerten Tränen. »Es ist so schön, dass ihr mich immer unterstützt, wenn ich mal wieder ein neues Projekt habe. Es gibt so viele Menschen, denen es schlecht geht und denen es ohne unsere Hilfe noch schlechter ergehen würde. Ihr seid Heldinnen.«

»Nein, Hailey. Die Heldin bist du. Dein unermüdlicher Einsatz sorgt dafür, dass es den Menschen besser geht. Wir machen nur mit, aber du ziehst die Projekte an Land und machst uns darauf aufmerksam«, sagte ich sanft zu ihr, was dazu führte, dass nun noch mehr Tränen in den Augen meiner Freundin schimmerten. Doch dann blinzelte sie ein paar Mal entschlossen.

In diesem Moment kam Sandy an den Tisch und servierte uns die Getränke. »Lasst es euch schmecken, Ladys!«

Nachdem wir angestoßen und an den Cocktails genippt hatten, sah ich meine Chance gekommen und räusperte mich. Sofort hatte ich die Aufmerksamkeit meiner zwei Freundinnen.

»Gestern war Jamie bei mir im Laden.«

»Jamie Pearson?«, fragten mich beide zeitgleich und kicherten anschließend erneut.

Ja, wir waren immer noch so albern wie früher. Albern, herzlich und jederzeit füreinander da, genau wie wir es uns als Kinder versprochen hatten. Dieser Gedanke entlockte mir ein Schmunzeln.

»Sieh mal, wie sie grinst, Lin! Was ist passiert, Ally? Du musst uns alles erzählen! Jedes kleinste schmutzige Detail!« Hailey beugte sich vor, stützte ihre Unterarme auf den Tisch und sah mich voller Neugier an. Lin tat es ihr gleich.

»Nicht was du wieder denkst, Hal.«

»Was denn?«

Ich atmete kurz und tief ein und begann damit, ihnen von Anna zu erzählen und dem, was ich durch sie über Jamie erfahren hatte.

»Vielleicht spielt er Online-Poker? Da kann man, wenn man gut ist, viel Geld verdienen – allerdings auch verlieren«, mutmaßte Lin.

Ich zuckte mit den Schultern, unschlüssig, ob ich mir den liebevollen Vater tatsächlich als zockenden Computernerd vorstellen konnte. »Keine Ahnung. Aber irgendwie klang es merkwürdig.«

»Und er bewirtschaftet wirklich wieder den Hof seiner Eltern?« Ich nickte und Haileys Stirn lag mit einem Mal in Falten. »Das ist aber mutig. Aber ich finde es großartig! Ich werde mich mal mit ihm in Verbindung setzen und schauen, ob ich zukünftig die Milch bei ihm beziehen kann. Ich kaufe zwar normalerweise nur Ware mit dem Bio-Siegel, aber die Milch ist vom Festland und von einer großen Fabrik. Regionale Erzeuger unterstütze ich viel lieber. Vielleicht kann ich dann auch gleich in Erfahrung bringen, wie er den Hof führt, was seine Konditionen sind und ob wir uns einig werden können.«

»Gute Idee!« Lin war sofort begeistert. »Wir kleinen Betriebe müssen uns gegenseitig unterstützen. Es ist schon schwer genug, sich hier über Wasser zu halten.«

Etwas, das in ihren Worten mitschwang, ließ mich aufmerken. Ich sah sie genauer an. Lin wirkte mit einem Mal traurig und ihr Blick war stur auf den Tisch geheftet. Ich wollte eben darauf eingehen, als Hailey das Wort ergriff.

»Ist es das, was dich so belastet?«, fragte sie ohne um den heißen Brei herumzureden. Ein Vorteil, wenn man, schon solange man denken konnte, befreundet war. Keine von uns musste jedes Wort auf die Goldwaage legen oder Angst haben, dass die andere eingeschnappt war und einen nicht verstand.

Lins Kopf schnellte hoch. Mit Panik im Blick sah sie zuerst zu Hailey und dann zu mir. Sie öffnete ihren Mund und schloss ihn sogleich wieder, ohne auch nur einen Ton von sich zu geben. Trotz der Tatsache, dass sie nichts sagte, war Hailey und mir sofort klar, dass es genau das war, was sie, von der Geschichte mit diesem Trottel Brian mal abgesehen, die letzten Wochen so extrem beschäftigt und offenkundig an ihr genagt hatte. Sie hatte Probleme mit ihrem Geschäft.

Tränen traten in Lins Augen und sie senkte rasch wieder den Kopf, damit wir es nicht merkten, doch dafür war es bereits zu spät. Ich hatte es gesehen und Hailey mit Sicherheit auch. Mir war ganz anders zumute. Wenn es einer meiner beiden Freundinnen nicht gut ging, war es beinah so, als würde ich den Schmerz oder das Leid selbst empfinden.

Sanft nahm ich sie in den Arm. »Warum sprichst du denn nicht mit uns? Was ist los?«, murmelte ich in ihr Haar.

Hailey wimmelte Sandy ab, die gerade fragen wollte, ob wir etwas brauchten, ehe sie Lin und dadurch irgendwie uns beide ebenfalls umarmte. »Du weißt doch, dass du mit allem zu uns kommen kannst, Linnymaus. Wie die Musketiere. Eine für alle und alle für eine und das bis in alle Ewigkeit.«

Aus Lins Mund erklang eine Mischung aus Glucksen, Schniefen und Weinen.

»Hal hat recht. Du musst so ein Problem doch nicht allein bewältigen. Los jetzt, raus mit der Sprache«, sagte ich und strich tröstend, aber bestimmt über den Rücken meiner Freundin.

»Ich ... ich ... ich hab mich geschämt. Können wir ... wollen wir ... noch ein Stück spazieren gehen? Dann ... erzähle ich euch alles, wenn ihr wollt.« Die Worte kamen ihr nur stockend über die Lippen und jedes einzelne davon hinterließ einen bitteren Beigeschmack.

Hatte ich ihr irgendwie zu verstehen gegeben, dass alles immer perfekt laufen musste, damit sie zu uns gehörte? Dass niemand Probleme haben durfte? Auf eine dumme Art und Weise verletzten mich ihre Worte, weil sie mir das Gefühl gaben, als Freundin versagt zu haben und nicht für sie da gewesen zu sein.

Hailey nahm Lins Kinn in die Hand und sah sie ernst an. »Natürlich wollen wir! Es gibt nichts, für das du dich vor uns schämen müsstest. Nichts. Rein gar nichts. Außer dafür, dass du uns nicht genügend vertraust, um uns von dir aus dein Herz auszuschütten.« Damit sprach sie genau das aus, was auch mir auf der Seele lag.

Lin nickte befangen und weinte noch einige Minuten still. Ich hielt sie im Arm, während Hailey zum Tresen ging und bei Sandy unsere Cocktails bezahlte. Ich redete weiter mit Lin und lenkte sie von den neugierigen Blicken der anderen Gäste ab, die ich mit meinem Todesblick quittierte.

Als sich Lin ein wenig beruhigt hatte, verließen wir den Pub und schlenderten langsam die Straße entlang. Obwohl der Abend deutlich milder war als gestern und die Sonne sich größte Mühe gab, wehte noch immer ein kühler Wind, was mich dazu veranlasste, meine Jacke anzuziehen.

Wir liefen schweigend nebeneinanderher. Ich wartete, bis Lin so weit war, uns wieder direkt ins Gesicht zu schauen. Erst dann richtete ich das Wort an sie.

»Wie schlimm ist es?«

»Schlimmer als schlimm. Es zeichnet sich schon seit ein paar Monaten ab. Die Leute haben immer weniger Geld, und an Schnittblumen und Pflanzen sparen sie wahrscheinlich zuallererst. Jetzt über den Winter hat sich dann meine finanzielle Lage dramatisch zugespitzt.« Lin ließ den Kopf hängen. »Außerdem muss ich ja noch immer dem Idioten Brian monatlich sein Geld zurückzahlen.« Um die Inneneinrichtung zu finanzieren, hatte Lin sich bei ihrem Ex Geld geliehen, anstatt von uns. »Die abgeblasene Hochzeit von Julia und Nash hat mir dann auch noch einen ziemlichen Supergau beschert.«

Ich stutzte. »Wieso denn das?«

»Ich habe ihnen keine Rechnung geschrieben«, gestand Lin kleinlaut.

Hailey blieb stehen. »Das ist nicht dein Ernst.«

»Doch. Ich hätte die Rechnung ja nur an Nash schicken können, nachdem Julia abgehauen ist und der hat schon genug unter seinem gebrochenen Herzen gelitten. Wie hätte ich ihm da noch eine so hohe Rechnung für die ganzen Hochzeitsblumen und die Deko überreichen können?«

Keine von uns sagte etwas darauf. Zu gut verstanden wir Lins Beweggründe. Still liefen wir weiter, bis ich fragte: »Kannst du den Laden noch halten?«

Ihre Augen schwammen erneut in Tränen. »Nicht mehr lange.«

»Aber im Moment schon?« Ihr Nicken genügte mir. »Das ist schon mal gut.«

»Wir werden uns etwas überlegen, wie wir dich unterstützen können. Vielleicht gehe ich für den Anfang endlich mal das Projekt mit den Bepflanzungen vor meinem Cottage an und beauftrage dich damit. Wir schaffen das, Lin. Wie immer gemeinsam.« Hailey wirkte so überzeugend, dass ich mir nicht einmal vorstellen konnte, dass wir das nicht packen würden.

Kurzerhand blieb ich stehen und die anderen beiden taten es mir gleich. »Lasst uns alle mal ein paar Ideen sammeln, wie wir dem Blumenladen mehr Geld in die Kasse bringen können. Jeder legt eine Liste an, wo gespart und mehr Einnahmen generiert werden können. Das schaffen wir.« Voller Tatendrang klatschte ich in die Hände und erntete tatsächlich ein zaghaftes Lächeln von Lin. Einer Eingebung folgend hielt ich eine Hand in die Mitte und sagte feierlich: »Allein sind wir stark«, und schon stimmten die anderen beiden mit ein: »Doch gemeinsam sind wir unbesiegbar. Jetzt und für alle Zeit!«

Sechs Hände lagen nun übereinandergestapelt und drei Freundinnen lächelten sich an. Ein Schwur, der uns schon seit der gemeinsamen Kindheit verband und den wir nicht brechen würden.

Keine von uns.

* * *

Das Cottage meiner Großmutter, in dem Dad und ich gemeinsam lebten, lag nicht weit von der Main Street entfernt. Zu Fuß brauchte ich nur zehn Minuten. Der Spaziergang führte mich durch kleine malerische Gassen und letztendlich zu dem weniger stark bebauten Teil der Stadt.

Es hatte eine kurze Zeitspanne in meinem Leben gegeben, in der ich allein gewohnt hatte. Ausgezogen war ich, als meine

Beziehung mit Tom ernster geworden war. Es hatte sich richtig angefühlt und insgeheim hatte ich die Hoffnung gehabt, dass wir irgendwann einmal zusammen in dieser Wohnung leben würden, die ich mir damals gesucht hatte. Tja, wie das so mit Hoffnungen ist, man hat sie und sie werden meistens enttäuscht. So war es letztendlich auch mir ergangen, und ich hatte mich zunehmend einsam gefühlt in meiner Wohnung.

Als Granny dann gestorben war, hatte Dad gefragt, ob ich nicht wieder bei ihm einziehen wollte. Und so war ich vor einigen Monaten wieder in mein altes Zuhause zurückgekehrt.

Während wir durch die Straßen spaziert waren, hatte der eben noch leichte Wind angezogen und trieb mit zunehmender Geschwindigkeit Wolken vor die Sonne. Der Wetterbericht hatte einen heftigen Sturm vorhergesagt. Noch war es schön, doch es lag bereits der Geruch des angekündigten Regens in der Luft, deshalb beeilte ich mich, nach Hause zu kommen. Oft schon hatte ich es erlebt, wie ein solcher Sturm aus dem Nichts kam und über die Insel hereinbrach.

»Hey, Dad. Bin daheim!«, rief ich, als ich unser Haus betrat. Die Tür quietschte leise, als ich sie hinter mir schloss. Im Innern des Cottages war es ganz still. »Dad?«

Ich erhielt auch dieses Mal keine Antwort, also durchquerte ich den Flur und anschließend die Küche mit den weiß gestrichenen Holzmöbeln, die schon seit Grandmas Zeiten dort standen. Auf einem Stövchen thronte eine Kanne Tee, doch die Kerze darunter war bereits vor einer Weile erloschen. Ich öffnete die Tür, die auf die hintere Veranda führte. Von dort aus hatte man einen grandiosen Blick über den Garten.

Ich entdeckte Dad sofort. Er lag in der Hängematte am anderen Ende unseres Grundstücks und schlief tief und fest. Wehmütig sah ich zu ihm rüber und bei dem Gedanken, dass er langsam älter wurde, zog sich mein Herz zusammen. Er war fast vierzig gewesen, als er meine damals zwanzigjährige Mutter kennengelernt und sich Hals über Kopf in sie verliebt hatte. Mittlerweile war er im Ruhestand und hatte einiges von seiner einstigen Vitalität eingebüßt. Als Polizist hatte er immer fit sein müssen. Jetzt mit achtundsechzig war er nicht mehr der starke Mann, an den ich mich zurückerinnerte. Dennoch war ich froh, dass er gesund war und auch keine Anzeichen von Vergesslichkeit zeigte.

Ein kurzes, lautes Schnarchen seinerseits sorgte dafür, dass zwei Vögel aufstoben und davon flogen und ich grinsen musste. Kopfschüttelnd wandte ich mich ab und ging zurück ins Haus. Noch regnete es nicht, also ließ ich Dad schlafen. Sobald die ersten Tropfen auf sein Gesicht fielen, würde er schon schnell genug aufwachen.

Ich hatte noch ein wenig Zeit, bevor ich mich um das Abendessen kümmern wollte, und damit ich es in den nächsten Tagen nicht vergaß, machte ich mich direkt auf den Weg in mein Zimmer, um Kleidung auszusortieren, wie ich es Hailey versprochen hatte. Im ersten Stock hatten wir drei Räume und das Badezimmer. Mein kleines Reich hatte ich mir ganz nach meinem Geschmack in Grau und Hellbraun eingerichtet. Altrosafarbene Vorhänge und Kissen bildeten einen Kontrast zu den gedeckten Tönen. Ich liebte es, es war mein kleiner Rückzugsort.

Voller Elan öffnete ich den Kleiderschrank und begann sofort damit, Shirts und Pullis herauszuziehen, die ich in den letzten Jahren nicht mehr angeschaut, geschweige denn getragen hatte. Nach und nach ging ich alle Fächer durch.

Anschließend marschierte ich hoch motiviert in den Flur und machte mich daran, Bettwäsche und Handtücher ebenfalls in die beiden Säcke zu füllen, die für die zwei verschiedenen Projekte gedacht waren. Als ich damit fertig war, eilte ich in Dads Zimmer und sortierte auch dort rigoros aus. Im Grunde genommen hatten wir viel zu viel von allem. Es war ein befreiendes Gefühl, mich von Ballast zu trennen, den wir bereits seit Jahren nicht mehr in Gebrauch hatten.

»Hey, Sweetie. Bist du schon daheim?«, hörte ich Dad nach einer Weile von unten rufen.

Erst jetzt bemerkte ich, dass es langsam dunkel wurde. »Ja, schon seit einer Stunde. Ich komm gleich runter«, rief ich ihm zu und verknotete den letzten Sack. Ich hatte tatsächlich zwei volle Säcke mit zum Teil gut erhaltenen Kleidungsstücken für die Obdachlosen zusammengesucht, sowie drei mit Bettwäsche, Handtüchern und zerschlissenen Shirts und Jeans, die wiederverwertet werden konnten. Hailey würde sich bestimmt freuen, wenn ich ihr meine Ausbeute brachte. Und am Wochenende würde ich Dad helfen, die vielen Kisten auf dem Dachboden zu entrümpeln. Denn auch dort waren noch jede Menge Kleidungsstücke und Stoffe verstaut, die keiner von uns mehr brauchte.

Mühsam trug ich die ersten drei Säcke nach unten und begrüßte Dad, der am Fuß der Treppe auf mich wartete. Sein Haar wurde langsam schütter und es wies mittlerweile mehr Weiß als seine Naturhaarfarbe auf. Dennoch fand ich, dass mein Vater immer noch sehr attraktiv aussah, und fragte mich nicht zum ersten Mal, warum er sich nach der Trennung von meiner Mutter nie mit einer anderen Frau verabredet hatte. Jedenfalls war ich mir relativ sicher, dass das nie passiert war, oder aber er hatte es geschafft, das vor mir geheim zu halten. Eine Möglichkeit, die auf einer Insel wie der Isle of Mull eher unwahrscheinlich war. Hier kannte man sich zu gut, und irgendwer hätte ihn mit

Sicherheit dabei gesehen und es dann an die große Glocke gehängt. Da ich nie etwas in der Art gehört hatte, ging ich davon aus, dass ich mit meiner ersten Vermutung richtiglag.

»Was hast du mit den ganzen Säcken vor?« Mit hochgezogenen Augenbrauen sah er auf das herab, was ich zusammengesucht hatte.

»Hailey hat mal wieder ein neues Projekt. Sie sammelt Kleidung für die Obdachlosenmission auf dem Festland und alles, was man nicht mehr tragen kann, auch Bettlaken, Handtücher und Lumpen, werden für ein anderes gemeinnütziges Projekt verwendet. Deswegen habe ich ausgemistet.«

»Das sollte ich auch mal.«

»Musst du nicht. Hab mir die alten Sachen schon rausgesucht«, gestand ich ihm.

Als Dad die Hände in die Seiten stemmte und mich misstrauisch ansah, merkte ich, dass ich einen Fehler gemacht hatte. Vielleicht hätte ich es ihn doch selbst machen lassen oder wenigstens vorher fragen sollen. Mist.

»Nur, das, was du schon seit Jahren nicht mehr trägst«, versuchte ich ihn zu beruhigen.

»Hoffentlich«, grummelte er und warf einen skeptischen Blick auf die Säcke. Da ich die aber bereits verschlossen hatte, konnte er nicht mal ansatzweise erkennen, was sich darin befand.

»Vertrau mir, Dad!«

»Schon gut, tu ich doch. Ansonsten würde ich nämlich diese Säcke aufreißen und genau durchsuchen.« Er zwinkerte mir zu, und ich atmete erleichtert auf.

»Ich will auch noch mal den Dachboden durchforsten und schauen, ob ich da irgendwelche Kleidungsstücke und Stoffe entsorgen kann.« Traurigkeit erfasste mich. »Seit Grannys

Tod hat keiner von uns nachgesehen, was da oben alles lagert, oder?«

Dad schüttelte den Kopf. »Nein, bisher hab ich mich nicht da hochgewagt.«

»Dann nehmen wir uns das mal vor. Magst du dabei sein, oder soll ich das allein machen?« Ich wollte ihm auf keinen Fall das Gefühl vermitteln, dass ich ihn nicht einbeziehen wollte. Vor allem deshalb, weil sich da oben vermutlich viele Erinnerungsstücke aus seinem Leben und dem seiner Mutter – meiner Granny – befanden, aber ich wollte ihn auch nicht damit überfordern, wenn er nicht bereit dazu war.

Er überlegte kurz, dann antwortete er mir: »Lass uns das zusammen machen, aber erst, wenn das Wetter besser ist und da oben nicht mehr so eisige Temperaturen herrschen.«

»So machen wir das.« An die Tatsache, dass der Dachboden nicht beheizt war, hatte ich gar nicht mehr gedacht. »Was hast du heute gemacht?«, fragte ich meinen Vater.

Er zuckte mit den Schultern. Dabei spannte das karierte Hemd ein wenig über seinem Bauch. »Dies und das. Den Zaun repariert und Unkraut gejätet. Wie haben wir das früher nur alles geschafft, als ich noch arbeiten war?«

Mit einem Lächeln auf den Lippen hakte ich mich bei ihm unter und dirigierte ihn in die Küche. »Ich glaube, da haben wir einfach drauf verzichtet, das Grundstück von unliebsamen Pflanzen zu befreien.«

Sanft drückte er meine Hand. »Gut möglich. Und früher hat deine Granny den halben Tag im Garten gewerkelt.«

Gemeinsam deckten wir den Tisch für das Abendessen und hingen unseren Erinnerungen nach. Granny war ein so besonderer Mensch gewesen. Sturköpfig, intelligent und manchmal auch bissig. Jeder hatte sie gemocht, aber die meisten hatten ihre spitze Zunge gefürchtet. Hin und wieder fragte ich mich, warum ich davon nicht ein bisschen mehr von ihr geerbt hatte.

Ich holte Butter, Käse und Wurst aus dem Kühlschrank, während Dad das Brot schnitt und einen lokalen Radiosender anstellte. Ein alter Bluessong von B. B. King erklang, und wir sangen leise mit.

Dass wir uns abends an den Tisch setzten, über den Tag redeten und gemeinsam aßen, war ein Ritual, das wir beibehielten. Ich kochte uns immer eine große Kanne Tee und zündete eine Kerze an, so wie Granny es immer gemacht hatte. Für sie war es undenkbar gewesen, dass wir nicht wenigstens eine Mahlzeit am Tag zusammen einnahmen.

»Wie geht's den anderen beiden in eurem Gespann?«, wollte Dad wissen und biss in sein Schinkenbrot.

»Lin nicht so gut. Ihr Laden steckt in Schwierigkeiten.« Draußen erklang ein Donnern in der Dunkelheit, als wollte der Wettergott meine schlechten Neuigkeiten noch unterstreichen.

Dad legte sein Brot auf den Teller zurück und hakte nach: »Wie schlimm ist es?« Sein besorgter Blick zeigte mir, wie sehr ihm meine Freundinnen am Herzen lagen.

»Ich habe ihr exakt die gleiche Frage gestellt.«

»Und was hat sie geantwortet?«

»Sie hat gesagt, dass es schlimmer als schlimm sei.« Traurig nippte ich an meinem Tee und berichtete ihm dann, was in den letzten Monaten bei Lin schiefgelaufen war.

»Nicht gut. Habt ihr euch schon überlegt, wie ihr der Kleinen aus der Patsche helfen könnt?«

Dass Dad immer noch Kleine zu Lin, Hal und mir sagte, ließ mich ein wenig schmunzeln. Vermutlich würden wir für ihn stets die drei kleinen Mädchen bleiben, die durch den Garten tobten und Hütten aus Ästen bauten.

»Wir werden uns gemeinsam überlegen, wie wir helfen oder den Umsatz des Ladens irgendwie ankurbeln können. Wenn du eine Idee hast, immer her damit. Wir schreiben alles auf und schauen dann, was sich umsetzen lässt.«

»Sehr gut. Wenn mir was einfällt, sage ich Bescheid.« Wieder biss er in sein Brot.

»Danke.«

Abwehrend hob er die Hand, was bedeutete, dass ich mein Danke sein lassen sollte. »Und noch kein Mann in Sicht? Bei keiner von euch?« Grinsend schnitt er sich ein Stück Gurke ab. Er wusste ganz genau, was er mit dieser Frage anrichtete.

»Genauso wenig wie eine Frau an deiner Seite in Sicht ist«, stichelte ich, weil ich es hasste, wenn er das Thema anschnitt. Missmutig schmierte ich Butter auf mein Brot, so als hätte mir das Lebensmittel persönlich den Tag versaut.

Draußen begann es zu regnen und das stetige Trommeln der Tropfen am Fenster sorgte dafür, dass ich mich wieder entspannte, weil so eine heimelige Atmosphäre entstand.

»Ich hatte meine Chance auf das Glück.« Leise Worte, die kaum zu hören waren und dennoch so schwer wogen.

Augenblicklich vergaß ich meinen eigenen Missmut und sah zu ihm. »Oh Dad! Du hast doch immer noch die Möglichkeit, eine Frau kennenzulernen und mit ihr glücklich zu werden.«

»Manchmal ist die Liebe, die man bekommt, anders als die Liebe, die man erwartet hat. Ich bin glücklich. Da hast du etwas falsch verstanden. Ich habe eine tolle Tochter, auf die ich nicht stolzer sein könnte. Aus dir ist ein wundervoller, einfühlsamer Mensch geworden. Eine Frau, die gelernt hat, ihr Köpfchen zu benutzen und dazu auch noch wahnsinnig hübsch ist.« Dad schenkte mir ein Zwinkern und nahm einen Schluck von seinem Tee.

»Du bist voreingenommen. Aber lenk nicht ab. Es geht um ein ganz anderes Glück.«

»Ich mache dir einen Vorschlag, Ally.«

Mit hochgezogenen Augenbrauen sah ich ihn an. »Ich bin ganz Ohr.«

»Sobald du unter der Haube bist, werde ich mich nach einer Stiefmutter für dich umsehen.« Aus seinen Augen sprach der Schalk.

»Abgemacht!«, erwiderte ich grinsend.

Erstaunt fragte er: »Verheimlichst du mir etwas? Gibt es da jemanden in deinem Leben, von dem ich noch nichts weiß?«

»Noch nicht, aber wenn es so weit ist, werde ich dich auf unsere Abmachung festnageln.«

Ein lautes Lachen war von Dad zu hören, und ich musste schmunzeln. Unsere Abmachungen waren legendär. Manche wurden nie wieder angesprochen, weil keiner von uns daran erinnert werden wollte. Bei anderen kämpfte jeder von uns darum, seinen Willen durchzusetzen, so als ginge es um einen großen Gewinn.

Als wir uns wieder unserem Essen widmeten, wanderten meine Gedanken, ohne dass ich es wollte, zu Jamie Pearson und dummerweise fing mein Herz an, schneller zu schlagen.

# 3.

Cha sgeul-rùin e's fios aig triùir air.
*– Es ist kein Geheimnis, wenn drei es kennen. –*

## Montag, 14. April

Am darauffolgenden Montag kam Anna um kurz vor zwölf zu mir in den Laden. Ich hatte mich schon gefragt, ob sie mich wieder besuchen würde, hatte jedoch nicht so früh mit ihr gerechnet. Ihr brauner Zopf wippte, als sie durch die Tür trat, und ihr roter Regenmantel lag über ihrem Unterarm. Den würde sie heute definitiv nicht brauchen.

Das Wetter hatte sich dazu entschlossen, den Frühling willkommen zu heißen. Die Sonne schien und ließ das Wasser des Meeres glitzern, als lägen Millionen von Diamanten auf dessen Oberfläche, dekoriert mit kleinen weißen Schaumkronen. Es war interessant, wie sich die Insel und im Besonderen die Main Street veränderte, wenn die Sonne hervorkam. Die Farben dieser außergewöhnlichen Straße leuchteten eindrucksvoller und die Häuser erstrahlten regelrecht. Jedes Gebäude war in einem anderen starken Ton gestrichen und der Anblick bei Sonnenschein sorgte sicherlich nicht nur bei mir für gute Laune. Kein Wunder, dass sich dieses Motiv auf so vielen Postkarten befand, die von der Isle of Mull verschickt wurden.

Anna lächelte mich scheu an, nachdem sie die Tür geschlossen hatte. »Hallo Ally.«

»Hi Anna.« Ich erwiderte ihr Lächeln und widmete mich dann wieder den Unterlagen, die ich schon lange vor ihrem Eintreten durchgesehen hatte. So hatte ich etwas zu tun und es entstand kein unangenehmes Schweigen zwischen uns. Aus dem Augenwinkel beobachtete ich die Kleine aber weiterhin.

Gedankenverloren schlenderte sie durch die Buchreihen und zog immer wieder ein Buch aus den Regalen, sah es sich näher an und schob es dann zurück an seinen Platz.

»Anna?« Erschrocken sah das Mädchen zu mir, als wäre sie bei etwas Verbotenem erwischt worden. »Du kannst deine Schultasche und deinen Regenmantel da vorne auf den Stuhl legen, dann sind sie dir nicht im Weg. Und wenn du was Interessantes findest, darfst du dich wieder auf einen der Sessel setzen und lesen.«

»Wirklich?«, wollte sie erstaunt wissen.

»Na klar. Das ist meine Geschäftsstrategie. Ich mache die Kunden süchtig, wenn sie noch Kinder sind, damit sie dann später ganz viele Bücher bei mir kaufen.« Erleichtert stellte ich fest, dass sie meinen Humor verstand. Nicht alle Kinder konnten mit dieser Art zu reden etwas anfangen. Doch Anna war mir auch dahingehend ähnlich. Wenn ich sie ansah, war es beinah so, als sähe ich mein jüngeres Ich.

»Oder die Kinder haben Dads, die ihnen die Bücher kaufen«, erwiderte sie mit einem schelmischen Zwinkern.

Darauf sagte ich nichts. Zu peinlich war mir die Erinnerung von unserer letzten Begegnung im Gedächtnis.

Nach einer Minute kam sie mit einem Band der *Gregs-Tagebuch*-Reihe hinter einem der Regale hervor. »Du weißt aber, dass das schon der zwölfte Teil der Reihe ist?«, fragte ich sie vorsichtshalber.

»Klar! Die hab ich alle schon gelesen, auch den neuesten Teil. Ist so witzig. Ich lese die auch immer wieder mal, weil ich sie so toll finde.« Glücklich lächelte sie mich an und schlug das Buch auf, nachdem sie sich auf den Lesesessel gesetzt hatte.

Die nächste Stunde verging wie im Flug. Ich war froh, nicht allein zu sein, wobei das relativ war, weil heute immer wieder mal jemand in den Laden kam, eine Beratung brauchte und etwas kaufte. Anna hingegen freute sich über die vielen Bücher, die sie nun entdecken konnte.

Da ich die Kleine nicht rausschmeißen wollte, schrieb ich Lin, dass ich heute nicht zum Mittagessen kommen würde, und fragte sie, ob sie mir ein Sandwich von Hailey mitbringen könnte. So würde ich nicht verhungern und ging gleichzeitig sicher, dass meine Freundin etwas aß und zumindest einmal am Tag aus ihrem Laden herauskam.

Als Lin mir eine halbe Stunde später mein Mittagessen reichte, lächelte sie. Offenbar hatte ihr der Spaziergang in der Sonne gutgetan. »Liebe Grüße von Hailey.«

Dankend nahm ich ihr die Papiertüte ab und brachte sie in den hinteren Raum.

Als ich zurückkam, blickte sich Lin gerade nach Anna um und strich sich über den Rock ihres blumigen Kleides. Es schmeichelte ihrer hellen Haut und brachte ihr rotes Haar so schön zur Geltung. Sie sah wie der Inbegriff einer Blumenhändlerin aus und ich freute mich, dass ihr Gesicht endlich wieder ein bisschen mehr strahlte. Es war gut, dass wir über ihre Probleme gesprochen hatten. Ich hoffte nur, dass sie zukünftig nicht wieder etwas in sich hineinfressen – oder sich vielmehr von dem Problem auffressen lassen – würde, anstatt mit uns darüber zu reden.

»Hast du das wieder selbst genäht«, fragte ich sie und deutete auf das wunderschöne Kleid.

Sie strahlte. »Ja, ich hatte gestern Nachmittag spontan Lust, mich mal wieder an die Nähmaschine zu setzen, und den Stoff habe ich mir schon vor zwei Jahren gekauft.«

»Wirklich gelungen. Und hast du es selbst entworfen?« Oft schon hatte sie einfach aus dem Kopf Stoff zugeschnitten und in ein wahres Kunstwerk verwandelt.

Immer noch lächelnd nickte Lin. Dann schielte sie neugierig zu Anna. »Du bist tatsächlich nicht allein«, flüsterte sie.

»Ja, warte, ich stelle dir die Kleine vor«, antwortete ich und deutete mit dem Kinn zu meiner jungen Kundin. »Anna?« Als sie ihren Kopf hob und blinzelte, um wieder aus der Buchwelt aufzutauchen – auch das war exakt das, was ich machte, wenn mich jemand beim Lesen störte – zeigte ich auf Lin. »Das ist meine Freundin Lin, ihr gehört der Blumenladen ein paar Häuser weiter die Straße hinunter. Lin, das ist Anna Pearson.«

Lin winkte dem Mädchen unbefangen zu. Sie hatte drei jüngere Geschwister, die mittlerweile nicht mehr auf der Insel lebten. Aber durch den Umgang mit ihnen war sie stets locker in Gegenwart von Kindern und schaffte es auch immer, die Kids auf ihre Seite zu ziehen.

»Hey, Anna. Schön, dich kennenzulernen.«

»Hallo.« Zaghaft hob das Mädchen die Hand und steckte ihre Nase dann wieder in das Buch.

»Scheint spannend zu sein, was sie da liest«, stellte Lin amüsiert fest.

»Ein Kinderkrimi«, erklärte ich leise. »Was gab es heute zu Mittag bei Hal?«, lenkte ich ihre Aufmerksamkeit auf mich.

Nicht, dass es Anna noch unangenehm wurde, so im Mittelpunkt zu stehen.

»Spaghetti mit Olivenöl, Knoblauch und Chiliflocken.«

»Oh, das klingt lecker.«

»Ich hatte keine Zeit, bei Hailey zu essen, ich erwarte gleich eine Lieferung. Hab mir aber eine Portion mitgenommen.« Kurz hob sie ihren Beutel hoch, in dem vermutlich die Schüssel mit Nudeln war. »Ich soll dir von Hailey ausrichten, dass du nach Feierabend vorbeikommen sollst, dann gibt sie dir was für dich und deinen Dad mit.«

»Oh toll, da wird Dad sich freuen. Er liebt Haileys Essen.« Ich kochte zwar auch, und das sicherlich nicht schlecht, doch ich war mit den Gewürzen nicht annähernd so experimentierfreudig wie meine Freundin, und auch das Talent lag eindeutig bei ihr. Hailey war schließlich die Köchin von uns dreien und es wäre vermessen gewesen, mich mit ihr vergleichen zu wollen.

Es hatte mal eine Zeit gegeben, da war ich neidisch auf sie gewesen, auch deshalb, weil sie mit Granny so viel Zeit verbrachte und mehr mit ihr gemeinsam zu haben schien als ich.

Irgendwann hatte Granny mich zur Seite genommen und mir erklärt, dass es okay sei, manchmal etwas eifersüchtig zu sein. Das würde ja nur zeigen, wie lieb ich sie hatte, aber dass es dafür wirklich keinen Grund gebe. Zuallererst wäre sie meine Großmutter, und das würde sie auch immer bleiben. Aber Hal hatte eben keine Großmutter, die ihr etwas beibringen konnte. Deswegen sprang sie manchmal ein und unterstützte Hal da, wo es ihre Eltern nicht konnten. Sie fragte mich, ob ich mich nicht auch ein bisschen für Hal freuen und mich eher darauf konzentrieren könnte als auf meine Eifersucht. Immerhin hatte sie kein gutes Elternhaus und so würde sie für das, was ihr zu Hause fehlte, ein bisschen entschädigt.

Von da an sah ich das, was zwischen Hailey und meiner Großmutter war, mit anderen Augen. Und tatsächlich begann ich, mich für meine Freundin zu freuen. Sie war ein so herzensguter Mensch. Sie hatte es verdient, von allen, die in ihrem Leben waren, geliebt zu werden, auch von Granny. Außerdem hatte Gran mir an diesem Tag noch gesagt, dass sie genug Liebe für uns drei Mädchen übrig hatte. Das war der Moment gewesen, da ich erkannt hatte, dass ich eigentlich nie einen Grund gehabt hatte, eifersüchtig zu sein. Sie liebte mich nicht weniger, nur weil sie Hal und Lin ebenfalls liebte oder weil ich lieber las, als mit ihr in der Küche zu stehen.

Nachdem Lin sich von mir verabschiedet hatte und gegangen war, arbeitete ich weiter die Bestellungen ab und Anna saß lesend im Sessel. Gegen zwei Uhr läutete die Glocke über der Eingangstür und verkündete einen neuen Besucher. Als ich den Kopf hob, bemerkte ich, dass es Jamie war.

»Hallo ... Ally.« Er zögerte kurz, als überlegte er, ob es unangebracht war, meinen Vornamen zu verwenden. Aber vermutlich hatte Anna zu Hause so von mir gesprochen.

Es war das erste Mal, dass er meinen Namen aussprach. Er klang weich aus seinem Mund. Unwillkürlich fragte ich mich, wie sich wohl ein Kosewort aus seinem Mund anhören würde. Geflüstert in einem ruhigen Moment. Blinzelnd rief ich mich selbst zur Vernunft. Was dachte ich da eigentlich? Er war der Vater von Anna – mehr nicht.

»Ich wollte mein Kind holen kommen, ehe sie hier noch Wurzeln schlägt und Sie sie gar nicht mehr aus Ihrem Laden herausbekommen.« Er grinste schelmisch.

Als er näher kam, erinnerte er mich ein wenig an den Jungen von damals. Wobei ich noch zu klein gewesen war, um heute ein klares Bild von ihm als Kind vor Augen zu haben. Dennoch konnte ich nicht anders, als wieder einmal festzustellen, welch einnehmende Ausstrahlung er auf mich ausübte, von den verwirrenden Gedanken einmal ganz abgesehen.

»Hallo Mister Pearson. Es bleibt dabei, Anna stört mich nicht. Sie kann gern öfter herkommen.« Ich erwiderte sein Lächeln mit einem Kribbeln im Magen und versuchte, mir die Nervosität, die er in mir auslöste, nicht anmerken zu lassen. Jetzt überlegte ich, ob ich ihn auch bei seinem Vornamen hätte nennen sollen. Aber außer denjenigen, die ich ohnehin schon seit meiner Geburt kannte, nannte ich meine Kunden immer beim Nachnamen. Das gehörte sich doch einfach so, oder?

Seine braunen Haare hatten diesen typischen *Out-of-Bed-Style*, und seine Beine steckten in verwaschenen Jeans. Darüber trug er ein weißes Longsleeve, das sich eng an seinen Körper schmiegte und eher hervorhob als verbarg, wie gut gebaut er war. Breite Schultern, Muskeln, die deutlich zu sehen, aber nicht überdimensioniert waren. Es war klar zu erkennen, dass Hailey so was von recht gehabt hatte, Jamie als *hot* zu bezeichnen. Er war *hot*. Und er war groß. Und – oh mein Gott – als er mich nun ein weiteres Mal anlächelte, entdeckte ich zwei Grübchen in seinem Gesicht.

»Nennen Sie mich ruhig Jamie«, forderte er mich auf und blieb vor dem Verkaufstresen stehen.

»Gern. Ich bin Ally.«

Wir reichten uns die Hände, lächelten.

»Ich weiß.« Er zwinkerte mir zu.

Meine Hand versank in seinem festen und warmen Griff. Er

sah mich mit seinen braunen Augen an. Aber ich konnte seinen Blick nicht deuten und er ließ mich viel zu schnell wieder los. Wäre es nach mir gegangen, hätten wir noch eine ganze Weile so dastehen und uns berühren können. Doch Jamie Pearson hegte da offenbar nicht die gleichen Gedanken. Schade, er war seit langem der erste Mann, der mein Interesse erregte.

Hastig räusperte ich mich und deutete zum Sessel, auf dem Anna noch immer saß und uns über das Buch hinweg sehr aufmerksam beobachtete.

*Mist! Hat sie etwa bemerkt, wie ich ihren Vater angeschmachtet habe? Hoffentlich nicht!* Das wäre mehr als peinlich gewesen. Gerade in ihrem Alter achtete man auf solche zwischenmenschlichen Reaktionen sehr stark.

»Hey kleine Erbse!«, begrüßte Jamie seine Tochter und ging zu ihr.

»Hey Dad!«, erwiderte sie lahm, schlug das Buch zu und stand auf. Nachdem sie ihrem Vater einen Kuss auf die Wange gedrückt hatte – wofür er sich zu ihr herabbeugen musste – ging sie zu einem der Regale, schob das Buch wieder hinein und schlurfte lustlos zu ihrer Tasche und ihrem Regenmantel. »Ich bin so weit. Danke, Ally, dass ich hierbleiben durfte.«

»Jederzeit.«

Irrte ich mich, oder wollte Anna nicht nach Hause? Auch Jamie schien ihre Reaktion auf seine Ankunft zu irritieren. Er sah mit fragendem Blick zu mir, doch ich wusste selbst nicht, was plötzlich in das Mädchen gefahren war. Deshalb zuckte ich nur mit den Schultern.

Das Glöckchen bimmelte, als Anna die Tür aufzog und aus dem Laden schritt. Jamie hob die Hand zum Abschied und ich nickte ihm zu. Dann war ich wieder allein.

Irgendetwas belastete Anna offenbar. Ich machte mir Sorgen, obwohl ich das Kind nicht wirklich kannte. Sie war mir innerhalb kürzester Zeit ans Herz gewachsen und es machte mich traurig, dass sie so unzufrieden wirkte.

Doch als fünf Minuten später das Glöckchen über der Tür einen neuen Kunden ankündigte, schob ich die Gedanken an die Pearsons weit von mir und konzentrierte mich stattdessen auf meine Arbeit.

* * *

Sonntag, 29. April

»Gestern kam mir beim Sport so eine Idee.« Hailey sah uns an, als würde sie gleich eine Bombe platzen lassen.

»Nun spann uns nicht unnötig auf die Folter und erzähl.« Ich verdrehte gespielt genervt die Augen, während Lin in ihre Tasse kicherte.

Wir hatten uns an diesem Sonntag wie so oft am letzten Tag der Woche bei mir im Garten getroffen. Es war ein schöner Frühlingstag, zwar noch immer ein bisschen kalt, aber die Sonne gab sich größte Mühe, die Temperaturen in die Höhe zu treiben. Trotzdem hatten wir uns in flauschige Strickjacken gekuschelt und Decken über die Beine gelegt und nippten an unserem Tee, der hervorragend von innen wärmte. Die ganze Insel blühte in den schönsten Farben und auch in unserem Garten hatte sich die Natur dazu entschlossen, sich in ihrer vollen Pracht zu zeigen.

»Also, es geht um deinen Laden, Lin.« Sofort hörte Lin auf

zu kichern und wurde ernst. Ihr Kopf sackte herab und sie sah auf ihre Finger. »Ich habe mir überlegt, ob du nicht Kurse anbieten könntest. DIY ist voll im Trend – Kränze selbst binden, zum Beispiel. Du bietest natürlich das entsprechende Material dazu und benennst für alles zusammen einen lukrativen Preis.«

Ich horchte auf. »Das hört sich super an! Bis jetzt hab ich mir nur immer den Kopf zerbrochen, wie wir den Verkauf der Blumen ankurbeln können, aber das ist genial. Es spricht nicht nur Einheimische, sondern auch Touristen an.« Ich blickte zu Lin. »Was sagst du dazu?«

Sie zuckte leicht mit den Schultern und spielte am Henkel ihrer Tasse herum. »Ich weiß nicht. Ist das nicht irgendwie zu … zu mutig.« Endlich hob sie den Kopf, aber die Unsicherheit in ihren Augen war enorm.

»Du musst ja nicht gleich deinen ganzen Blumenladen zu einem Bastelgeschäft umbauen und Geld investieren. Biete erst mal ein oder zwei Kurse zu Themen an, die dir liegen, und für die du ohnehin schon alles im Laden hast. Und dann schaust du, wie sie angenommen werden. Sie sollten auch nicht zu viel Zeit in Anspruch nehmen, nur einen oder höchstens zwei Tage, damit sie auf jeden Fall auch für Touristen attraktiv sind.« Hilfesuchend blickte Hal mich an.

»Ich finde die Idee großartig!«, stimmte ich meiner Freundin abermals zu.

Lin wirkte noch nicht überzeugt. »Ich weiß nicht … Was, wenn keiner kommt?«

»Ach Lin. Allein wirst du da nicht sitzen. Ally und ich werden mit Sicherheit da sein und dich unterstützen, solange sich die Anmeldungen in Grenzen halten.« Hailey goss sich noch einen Tee ein. »Überleg es dir einfach mal. Okay?«

Lin nickte und schluckte. Sie war diejenige von uns, die mit Veränderungen nicht so gut klarkam und dementsprechend machte ihr die Vorstellung, etwas Neues auf die Beine zu stellen, Angst. Sie war noch nie jemand gewesen, der schnell Entscheidungen traf. Von daher würde sie sich auch dieses Mal vorerst alles durch den Kopf gehen lassen. Diese Zeit musste man ihr geben. Mussten wir ihr geben.

Ich entschied deshalb, dass wir sie mit unseren Vorschlägen nicht überfordern durften, und sie sich erst einmal mit diesem einen auseinandersetzen sollte.

»In den letzten zwei Wochen ist Jamies Anna fast täglich zu mir in den Laden gekommen«, erklärte ich Lin und Hailey, um zu einem anderen Thema zu gelangen.

»Warum macht sie das?«, wollte Lin wissen und runzelte die Stirn. Vergessen war die Anspannung von gerade eben.

»Ich weiß es nicht, aber sie stört mich nicht und beschäftigt sich leise.« Und zweimal hatte ich dabei Jamie zu Gesicht bekommen, dadurch war ich jedes Mal dermaßen durch den Wind gewesen, dass wir nur wenige Worte miteinander gewechselt hatten. Vielleicht hatte es aber auch daran gelegen, dass er es an diesen beiden Tagen extrem eilig gehabt hatte. Dieser Mann verwirrte mich. Er gefiel mir, doch das erzählte ich meinen Freundinnen nicht. Warum, verstand ich selbst nicht. Normalerweise hielt ich nichts vor ihnen geheim.

»Trotzdem ist es merkwürdig, dass sie nicht direkt nach Hause geht, sondern erst mal eine Zeit in deinem Laden verbringt.« Hailey lehnte sich in ihrem Stuhl zurück und verschränkte die Arme. »Bis zur Pearson Farm ist es ein Fußweg von vielleicht fünfzehn Minuten. Früher waren wir dort in der Nähe doch immer picknicken. Du erinnerst dich? Es war gruselig, weil alle Gebäude verlassen waren, nachdem die Familie weggezogen war.«

»Ja, ich erinnere mich. Aber was willst du damit sagen? Dass etwas nicht stimmt?«, hakte ich nach und verspürte dummerweise das Bedürfnis, Anna und Jamie in Schutz zu nehmen, dabei war ich selbst vom Verhalten der beiden irritiert.

Hal beugte sich vor und legte die Unterarme auf den hölzernen Gartentisch. »Vielleicht«, begann sie und senkte ihre Stimme. »Vielleicht ist er nicht der liebevolle Vater, der er vorgibt zu sein.«

»Stopp!« Ich hob die Hand, um dieses eine Wort zu verdeutlichen. Ich musste etwas sagen, musste meinem Bedürfnis, so dumm es auch war, nachgeben. »Die Art, wie er mit seiner Tochter umgeht, ist beeindruckend. Er ist liebevoll und Anna freut sich immer, ihn zu sehen. Wenn da etwas nicht stimmen würde, dann hätte ich das ganz bestimmt gemerkt.«

»Glaubst du das wirklich?« Hal sah mich skeptisch an. »Es passieren so viele schreckliche Dinge auf der Welt und so oft hat niemand etwas mitbekommen.« Kurz hielt sie inne und ich fragte mich, welch schlimme Erfahrungen sie als Kind machen musste, von denen sie uns noch nie erzählt hatte. Bisher hatte sie immer nur Andeutungen gemacht. Nur Granny hatte alles gewusst. »Gerade häusliche Gewalt kann man schwer von außen erkennen, weil die Betroffenen es meist zu verbergen versuchen. Du kennst die beiden gar nicht. Vielleicht schätzt du die Situation völlig falsch ein.«

»Häusliche Gewalt?« Ein Keuchen drang über meine Lippen. Was ging denn jetzt ab? Das konnte doch nicht wahr sein! Glaubte sie das wirklich, oder waren es ihre eigenen Erinnerungen, die sie in diesem Moment einen solch schweren Vorwurf aussprechen ließen? Sie selbst hatte Jamie doch nur ein einziges Mal im Supermarkt gesehen.

Lin schüttelte hektisch den Kopf. »Hailey, du siehst zu viele Krimis. Nur weil ein Mädchen sich gerne in einem Buchladen aufhält, muss zu Hause nicht gleich irgendetwas schieflaufen.«

»Aber es könnte so sein.« Hailey reckte ihr Kinn und sah uns ernst an, um zu verdeutlichen, wie sehr sie von ihrem Verdacht überzeugt war.

»Es könnte sein. Schon klar. Aber jemandem so etwas vorzuwerfen, etwas, für das man keinerlei Anhaltspunkte, geschweige denn Beweise hat. So etwas zu unterstellen, das geht zu weit.«

Ich gab Lin recht, dennoch fragte ich mich, wovon Jamie und Anna lebten. Es musste ja nicht gleich häusliche Gewalt sein, was da bei den beiden nicht stimmte. Aber ich tat mich schwer, das auszusprechen, stattdessen verteidigte ich Jamie. »Bestimmt haben die zwei keine finanziellen Probleme. Vielleicht kann er von den Milchkühen ihren Lebensunterhalt bestreiten. Ich denke nicht, dass er die Kühe hier auf die Insel geschafft und das alte Haus auf Vordermann gebracht hat, ohne ein passendes Konzept oder Kooperationspartner zu haben. Naja, und wer von uns weiß schon, welches Startkapital er hatte, als er auf die Insel gekommen ist«, gab ich zu bedenken.

Hal sah mich fest an. »Frag Anna doch einfach mal danach.«

»Ich werde sicherlich nicht ein kleines Mädchen nach der finanziellen Situation ihres Dads ausfragen!« Nun war ich es, die die Arme verschränkte.

Lin kicherte. »Gib es zu, neugierig bist du trotzdem.«

»Ja, Neugier ist schließlich mein zweiter Vorname«, erwiderte ich schmunzelnd. Es abzustreiten kam mir nicht in den Sinn. Dafür kannten meine Freundinnen mich schon zu lange.

Mit einem verschwörerischen Unterton meinte Lin: »Vielleicht ist es tatsächlich so, dass Jamie online an Glücksspielen teilnimmt, und damit Geld verdient.« Als ich sie mit hochgezogenen Augenbrauen anblickte, fügte sie rasch hinzu: »Möglich ist das!«

Auf der einen Seite fand ich das befremdlich, aber wer war ich, dass ich jemanden dafür verurteilen durfte, wie er versuchte über die Runden zu kommen? Oder wie Lin sagte, sogar richtig gut Geld damit verdiente.

»Mir gegenüber hat er sich jedes einzelne Mal höflich benommen.« Mehr nicht. Leider. Aber das war okay für mich. Doch ihn hin und wieder zu sehen und darauf zu hoffen, ein nettes Wort von ihm zu hören, war ja nicht verboten.

»Du stehst auf ihn!«, wies mich Hal auf das scheinbar Offensichtliche hin.

»Nein, tu ich nicht.« Ich biss fest die Zähne aufeinander und sah sie mit leicht zusammengekniffenen Augen an. Nun durfte ich keinen Fehler begehen, sonst hätten die beiden mich schneller durchschaut, als es mir lieb war.

Das Kichern von Lin ließ mich die Augen verdrehen, so viel zu meinem Geheimnis. Warum gab ich es nicht einfach vor meinen beiden besten Freundinnen zu? Es war doch nichts dabei. Jamie sah gut aus, das hatte sogar Hal gesagt. Dennoch war es ein süßes Geheimnis, das ich nicht teilen wollte. Wenn ich ehrlich war, kam ich mir bei meiner Schwärmerei ein wenig albern vor, obwohl es sich gleichzeitig gut anfühlte.

Hailey sah mich an, den Kopf leicht schräg zur Seite gelegt. Sie durchschaute mich, genau wie Lin. Eindeutig. Ich war aufgeflogen. »Du lügst. Aber lass es gut sein.«

Ich schwieg und verriet damit mehr als mir lieb war.

»Ich bin gleich wieder da«, bemerkte Hailey, stand auf und ging auf das Haus zu.

Während ich von meinem Tee trank und Lin an einem der Cookies knabberte, die Hailey gebacken hatte, beobachtete ich meine Freundin bei ihrem Abgang. Die Jeans, die sie an diesem Tag trug, saß eng. Hüftschwingend schritt sie durch den Garten. Mein Vater stand auf der Veranda und schraubte an einem kaputten Stuhl herum. Die zwei kamen ins Gespräch. Obwohl ich nicht verstand, was sie miteinander besprachen, entlockte der Anblick mir ein Lächeln. Ich liebte es, zu Hause zu sein und meine Lieben um mich zu haben. Nachher würden wir noch den Grill anwerfen und gemeinsam zu Abend essen. Eindeutig ein Sonntag nach meinem Geschmack. Und vielleicht würden wir auch noch ein anderes Thema als Jamie finden. Das würde meine Nerven beruhigen und mich nicht immer wieder an diesen Mann denken lassen. Das tat ich schon viel zu oft.

Lin beugte sich zu mir und zog so meine Aufmerksamkeit auf sich. In ihren Augen konnte ich ehrliches Interesse erkennen. »Jamie ist heiß.«

So viel zum Themenwechsel!

»Ja, das ist er«, antwortete ich leise und konnte trotz allem das Grinsen nicht verbergen.

# 4.

Gun robh dion air t-ionmhas.

*– Möge das, was du schätzest, sicher sein. –*

Montag, 30. April

Müde schloss ich den Laden ab und steckte den Schlüssel in die Tasche. Dabei berührten meine Finger ein Blatt Papier. Erst in diesem Moment fiel mir wieder die Einkaufsliste ein, die ich gestern Abend geschrieben hatte, nachdem Hailey und Lin gegangen waren. Ich zog sie aus der Tasche und überflog sie. Im Kopf ging ich den Inhalt des Kühlschranks durch, doch als ich zum Brot kam, war klar, dass ich den Einkauf nicht verschieben konnte. Wir hatten keinen Krümel mehr im Haus und mein Vater beharrte auf einem ordentlichen Frühstück, und das enthielt seiner Meinung nach eine Scheibe Brot und ein hart gekochtes Ei – immer.

Seufzend steckte ich den Zettel wieder ein und machte mich auf den Weg zu Miss Tenners Laden. Es gab zwar auch ein Geschäft in Tobermory, das zu einer Ladenkette gehörte, die auf dem Festland etliche Supermärkte betrieb, aber ich genoss es, in dem kleinen Laden einkaufen zu gehen, den es schon immer hier gegeben hatte. Hier war die Beleuchtung nicht so grell und aus den Boxen dudelte nicht durchgehend irgendeine Musik, die einen dazu animieren sollte, schneller und mehr einzukaufen, als man wollte. Zudem war es das Geschäft, in dem ich schon als

Fünfjährige mein Eis gekauft hatte und ich kannte die Besitzerin, die darauf angewiesen war, dass wir Inselbewohner sie nicht im Stich ließen.

Miss Tenner war Mitte sechzig und würde vermutlich niemals in den Ruhestand gehen können, denn sie liebte ihren Laden und den Umgang mit den Kunden zu sehr. Ich hoffte, dass ich in ihrem Alter auch noch immer meine geliebten Bücher verkaufen würde. Miss Tenner war jung geblieben, vielleicht gerade deshalb, weil sie so gerne ihrer Arbeit nachging. Sie trug einen eleganten Kurzhaarschnitt und ein dezentes Make-up, Jeans und Shirt zeugten davon, dass sie Sinn für Mode hatte.

Am heutigen Abend hatte der Wind im Vergleich zu den letzten Tagen zugenommen und die Temperaturen hatten sich wieder empfindlich abgekühlt. Das Thermometer hatte nur noch sieben Grad angezeigt, als ich im Büro das Licht ausgemacht hatte. Fröstelnd knöpfte ich meinen Dufflecoat zu und lief weiter.

Jetzt, Ende April, waren die Tage schon spürbar länger und die Sonne ging erst gegen halb neun unter. Deswegen war es noch taghell. Eigentlich hatte ich vorgehabt, es mir während der nächsten Stunden mit einem guten Buch und einer Tasse Tee am Kamin gemütlich zu machen, statt einkaufen zu gehen. Natürlich hätte ich auch Dad anrufen und ihn darum bitten können, das zu erledigen, aber erfahrungsgemäß vergaß er die Hälfte oder kaufte viel mehr als das, was auf der Liste stand. Also biss ich in den sauren Apfel und lief los. Je schneller ich das erledigte, desto eher konnte ich in meinen Lesesessel.

Als ich nach oben schaute, bemerkte ich die dunklen Wolken, die über den Himmel zogen, und beschleunigte meine Schritte. Nass zu werden war bei diesen Temperaturen kein romantisches

Unterfangen und endete oft in einer Erkältung. Und als Selbstständige krank zu werden, war nicht das, was ich mir unbedingt leisten konnte und wollte.

Als ich zwei Minuten später den Supermarkt betrat, war ich dementsprechend ein bisschen aus der Puste. Rasch schnappte ich mir ein Körbchen und eilte durch den Laden. Mehr, als dort hineinpasste, würde ich eh nicht nach Hause tragen können, da ich weder mit dem Fahrrad noch mit dem Auto unterwegs war.

Hastig packte ich Brot, Obst und Gemüse in den Korb und bog schwungvoll um die nächste Ecke. Plötzlich ragte vor mir eine Wand auf. Eine menschliche Wand. Ohne vorher abbremsen zu können, prallte ich gegen einen Mann. Der Korb fiel mir aus der Hand und ich blieb mit meiner Tasche an einem Regal hängen. Da mit einem Mal der Riemen mein Gewicht aushalten musste, riss er prompt und die Handtasche und deren gesamter Inhalt purzelten ebenfalls zu Boden.

*Na toll!*

Ohne aufzuschauen, fing ich an, meine persönlichen Dinge einzusammeln. Aus dem Augenwinkel konnte ich sehen, wie der Mann in die Knie ging und mithalf.

Erst als ich fertig war und mich aufrichtete, sah ich ihn mir genauer an und stoppte abrupt in der Bewegung.

»Jamie Pearson«, entfuhr es mir.

»Ally!?« Lächelnd legte er eine Paprika in den Einkaufskorb und überreichte mir diesen, nachdem er sich zu seiner vollen Größe aufgerichtet hatte.

Der Klang seiner warmen Stimme und die Tatsache, dass sich unsere Finger für einen Sekundenbruchteil berührten, führten dazu, dass sich mein Herzschlag beschleunigte.

»Danke fürs Helfen. Entschuldigen Sie bitte, dass ich in Sie gerauscht bin.«

Er schüttelte den Kopf. »Halb so wild. Ist ja nichts zu Bruch gegangen.«

Ich starrte ihn nur an. Und er tat es mir gleich. Mit einem Lächeln, das ich nicht deuten konnte, das mir aber Schmetterlinge im Bauch bescherte.

Da mir die Situation irgendwie unangenehm war und ich das Bedürfnis verspürte, die kurze Stille zwischen uns mit Worten zu füllen, fragte ich: »Ist Anna auch hier?«

»Nein, sie ist daheim und schaut sich einen Film an. Insgeheim hofft sie, dass ich ihr Lieblingseis mitbringe.« Er zwinkerte mir zu und spornte mein Herz damit zu weiteren Höchstleistungen an.

Heute wirkte er nicht so gehetzt wie die anderen Tage, stattdessen strahlte er eine Zufriedenheit aus, die es mir ermöglichte, mich ein wenig in seiner Gegenwart zu entspannen.

»Und? Bekommt sie ihren Wunsch erfüllt?«, fragte ich schmunzelnd.

*Mist! Meine Stimme hört sich atemlos an. Oder? Bitte, lass es ihn nicht hören!*

»Na klar. Ich kann Anna selten etwas abschlagen. Sie ist total frustriert, dass es hier kein Beltanefest gibt, wie in Edinburgh.«

Beltane wurde bei uns in Schottland noch an einigen Orten zelebriert und viele liebten diesen Brauch sehr. Es wurde am Abend vor und am ersten Mai selbst gefeiert und symbolisierte den Beginn der schönen Jahreszeit und den Sommeranfang im irischen Kalender.

Ich war so neugierig auf ihn und wollte am liebsten alles

wissen, was es über ihn zu erfahren gab. Deshalb stürzte ich mich auf diesen Brocken Information wie eine Verhungernde. »Oh, habt ihr vorher in Edinburgh gelebt?« Edinburgh war eine wundervolle Stadt, bisher war ich zwar noch nicht oft da gewesen, aber schon mein erster Besuch, hatte mich für sie eingenommen. Ich hatte es jedes Mal als aufregend empfunden. Es gab so schöne Pubs und tolle Geschäfte in Edinburgh. Ich fragte mich, was er dort wohl gemacht hatte. Genug Platz für eine Herde Kühe gab es da ja eher nicht. Beinah kicherte ich bei dem Gedanken.

»Ja, Anna ist da aufgewachsen und sie hat es so geliebt, am dreißigsten April auf dem Calton Hill Beltane zu feiern. Natürlich nur bis zur Bettgehzeit.« Jamie zwinkerte mir zu.

»Wird dort wirklich so ausgelassen gefeiert, wenn es später wird? Ich habe gehört, dass es dann ganz schön verrückt zugeht.«

Er lachte auf. »Oh ja, einige der Feiernden glauben, sie müssen es den alten Kelten gleichtun und tanzen sogar nackt um das große Feuer und einige nehmen auch das mit den irdischen Freuden zu ernst.« Er zuckte kurz mit den Schultern. »Aber die Beltane Bannocks dort haben immer hervorragend geschmeckt.«

»Oh ja, ich liebe es auch, bei solchen Feiern dieses leckere Grillbrot zu essen. Am liebsten, wenn es aus Hafer und Gerstenmehl hergestellt ist.« Mein Magen knurrte leise und ich hoffte, dass Jamie es nicht gehört hatte.

Wir standen einander gegenüber und lächelten uns an. Für einen Moment wirkte er nervös, doch als er kurz darauf wieder entspannt aussah – ganz anders, als ich mich fühlte – ging ich davon aus, dass ich mich da getäuscht hatte. Lässig griff er nach seinem Einkaufswagen, wobei sich der Stoff seines Langarmshirts an seinen Armen und seinem Bauch spannte. Es waren Muskeln, die darunter zum Vorschein kamen, kein Gramm Fett war zu sehen. Wenn sich mein Shirt am Bauch spannte, waren da eher kleine Röllchen zu erkennen. Zudem trug er wieder verwaschene Jeans, die mit Sicherheit seinen knackigen Po perfekt zur Geltung brachten wie schon beim letzten Mal.

*Himmel noch mal! Was denke ich da eigentlich?*

Oh Mann! Hatte es jemals auf dieser Insel einen Mann gegeben, der in so alltäglicher Kleidung einen solchen Eindruck bei mir hatte schinden können? Nein, definitiv nicht.

»Sie ist ein bezauberndes Kind.«

Anstatt etwas darauf zu erwidern, ging er plötzlich vor mir in die Knie und hob etwas auf. »Eine Scheckkarte. Ist das Ihre?« In seiner Hand wirkte die Karte klein und als er sie umdrehte, las er laut meinen Namen vor: »Allison Forbes.« Seine Stirn legte sich in Falten. »Forbes? Sind Sie mit Lizzy Forbes verwandt?«

»Ja, sie ist … war meine Großmutter.«

»Eine wundervolle Frau. Ich habe schon gehört, dass sie einen Herzinfarkt hatte. Tut mir leid, dass sie so früh gehen musste.« Wärme war in seinem Blick zu erkennen.

Mit einem Schulterzucken nahm ich die Scheckkarte entgegen. »Mir auch. Ich vermisse sie jeden Tag.«

»Moment mal. Dann kennen wir uns ja doch. Ich kann mich an ein kleines Mädchen mit braunen Zöpfen erinnern, die ihrer Granny nicht von der Seite gewichen ist.« Lachend deutete er mit dem Zeigefinger auf mich. »Das bist du gewesen!« Ganz natürlich wechselte er zu der persönlicheren Ansprache.

»Richtig, das war ich. Ally, die kleine Leseratte.«

»Und du sagst, dass du mich nicht kennst.« Tadelnd schüttelte er den Kopf und sorgte dafür, dass ich peinlich berührt lächelte und zu Boden blickte. »Und vermutlich kannst du dich auch noch sehr gut an den Fauxpas erinnern, den ich mir bei einem der Feste geleistet habe. Jeder hier auf der Insel erinnert sich an den Moment, als ich mich auf die Schuhe deiner Großmutter erbrochen habe.« Sein Lachen war ansteckend.

»Ja, wie könnte man diesen Auftritt vergessen? Legendär!«, antwortete ich kichernd.

»Das kann ich mir gut vorstellen, dass diese Geschichte auf der Isle of Mull zu einer Legende geworden ist. Ich bin schon mehrmals darauf angesprochen worden, seit ich wieder hier bin. Ich hoffe ja, dass ich sie im Laufe der nächsten Jahre durch neue Eindrücke aus dem Gedächtnis der Bewohner von Tobermory verdrängen kann.« In seinen dunklen Augen konnte ich den Humor entdecken, den er besaß. Der leichte Dreitagebart verlieh seinem Lächeln ein verwegenes Aussehen.

»Da bin ich mir sicher«, erwiderte ich und biss mir auf die Unterlippe, um ihm nicht zu sagen, dass er bei mir allein mit seinem Aussehen und seinem selbstbewussten Auftreten schon längst einen völlig anderen Eindruck hinterlassen hatte.

»Gut, dann werde ich mich mal daranmachen, Annas Lieblingseis aufzustöbern. War schön, dich zu sehen und in alten Erinnerungen zu schwelgen.«

Noch immer trug er dieses Lächeln auf den Lippen, das in meinem Magen für einen Tumult sorgte, und reichte mir seine Hand, die ich augenblicklich ergriff. Warme Finger umschlossen meine und als er mich wieder losließ, musste ich einen missmutigen Laut unterdrücken.

»Wir sehen uns sicherlich bald.«

»Das wäre schön, bis dann«, verabschiedete er sich von mir und verschwand im nächsten Gang. Doch noch ehe ich mich wieder meinem Einkauf zuwenden konnte, streckte er den Kopf zurück in den Gang, in dem ich noch immer regungslos stand, und sagte: »Schönen Abend noch, Allison Forbes.«

Ich grinste über das ganze Gesicht und winkte ihm. Nachdem er erneut aus meinem Blickfeld verschwunden war, dauerte es einen Moment, bis ich wieder klar denken konnte. Ein älterer Herr, der seinen Einkaufswagen an mir vorbeischob und mir einen guten Abend wünschte, sorgte dafür, dass ich aus meiner Erstarrung erwachte.

Jamie stellte irgendetwas mit meinem Gehirn an. Da setze etwas aus, wenn er in meiner Nähe war. Über mich selbst den Kopf schüttelnd, nahm ich eine Packung Eier aus dem Regal, die zum Glück noch nicht im Korb gelegen hatte, als mir alles auf den Boden gefallen war.

Versonnen spürte ich dem Kribbeln in meiner Magengegend nach, dachte an dieses besondere Lächeln, das er mir geschenkt hatte, und grinste erneut über das ganze Gesicht. Als ich das merkte, versuchte ich umgehend meine Mimik in den Griff zu bekommen. Nicht auszudenken, wenn er mich sehen würde, wie ich hier dümmlich grinsend mit einer Packung Eiern in der Hand stand.

Innerlich schüttelte ich über mich selbst den Kopf und machte mich auf den Weg zur Kasse. Jamie Pearson war ein Familienvater, und selbst wenn Annas Mutter vielleicht kein Teil seines Lebens mehr war, wie Anna erzählt hatte, konnte ich mir kaum vorstellen, dass ein Mann wie er keine Freundin hatte.

Er war ein Mann, der etwas in mir ansprach, aber ich war nicht der Typ Frau, der sich an einen Kerl ranmachte. Dafür war ich einfach zu schüchtern. Außer Tom war mir noch niemand nähergekommen, zu sehr nagten die Selbstzweifel an mir. Vermutlich wartete ich auf den Prinzen auf dem weißen Ross, der mich eroberte. Ich hoffnungslose Romantikerin.

Aber es ging mir gut. Ich hatte die besten Freundinnen, die man sich wünschen konnte. Mein Job erfüllte mich ganz und gar und ich konnte so viel lesen, wie ich wollte. Ich brauchte keinen Mann, der mir meine Lesezeit raubte. Aber ich nahm mir vor, dass ich dennoch Jamies Gegenwart genießen würde, wenn ich auf ihn traf.

»Guten Abend, Ally«, begrüßte mich Miss Tenner und riss mich damit aus meinen wirren Gedanken, die sich in letzter Zeit viel zu oft um Jamie drehten.

»Guten Abend, Misses Tenner«, erwiderte ich freundlich.

Die Besitzerin des Supermarkts hatte nie Kinder gehabt und dementsprechend auch keine Enkel, dennoch liebte sie die Kids der Insel und wurde zurückgeliebt. Schon als Lin, Hailey und ich klein gewesen waren, hatte sie sich immer sehr liebevoll uns gegenüber benommen und wir waren gerne zu ihr gegangen, um unser Taschengeld in Süßigkeiten zu verwandeln.

»Ich muss dir noch mal für die beiden Bücher danken, die du mir verkauft hast.« Sie sah mich mit großen Augen an.

»Die Highlander-Liebesromane sind gut, oder?« Während die ältere Dame die Waren über den Scanner zog, packte ich den Einkauf in meine beiden Beutel.

»Oh ja!«, antwortete sie und ich konnte an ihrem Gesicht erkennen, wie sehr es ihr Spaß gemacht hatte, die Bücher zu lesen. Und als eine leichte Röte ihre Wangen überzog, war mir sofort klar, an welche expliziten Szenen sie gerade dachte.

»Wenn Sie wollen, kann ich Ihnen die Folgebände aus der

Reihe bestellen und beim nächsten Einkauf vorbeibringen«, bot ich an.

»Das wäre wirklich schön, mein Kind.«

»Kein Problem, sobald sie da sind, bringe ich sie. Dann können Sie bald weiterlesen.«

»Bauen die Geschichten denn aufeinander auf?«, wollte sie wissen und schob als Letztes die Eier über den Scanner, nachdem sie den Inhalt des Kartons kontrolliert hatte.

»Nur ein bisschen. Die Brüder der McLaghlans kommen halt immer wieder vor. Deshalb sollte man sie in der richtigen Reihenfolge lesen, sonst fehlen einem gewisse Entwicklungen zwischen den Personen, oder man erfährt schon im Voraus, wer noch alles sein großes Glück finden wird.«

»Ja, das wäre nicht gut. Aber bei solchen Büchern ist das Ende doch eigentlich immer klar. Nur der Weg dorthin ist so aufregend.« Mit einem Zwinkern drehte sie sich zur Kasse und tippte auf einen Knopf, so dass ich die Endsumme sehen konnte.

Ich musste lachen, weil ihre Erklärung so passend war. »Misses Tenner, mit diesen Worten haben Sie das Genre ziemlich genau beschrieben.«

Sie stimmte in mein Lachen ein. »Ich liebe diese Art von Büchern dennoch sehr.«

»Das weiß ich doch.« Wohlwollend legte ich ihr die Hand auf den Unterarm, ehe ich ihr meine Scheckkarte reichte und bezahlte.

Ein heftiger Donner ließ mich erschrocken zusammenfahren. Ich musste mich definitiv beeilen, wenn ich nicht völlig durchnässt zu Hause ankommen wollte.

»Da hast du dir ja ein schönes Wetter für deinen Einkauf ausgesucht.«

»Ja, nicht gerade optimal. Ich bin dann mal weg, vielleicht schaffe ich es ja noch trockenen Fußes. Schönen Abend noch!«

»Dir auch und beste Grüße an deinen Dad.«

* * *

Ich war keine fünfzig Meter vom Supermarkt entfernt, als der Himmel über mir seine Schleusen öffnete und der Regen auf mich niederprasselte.

»So ein Mist!« Natürlich hatte ich keinen Regenschirm dabei, und meine Jacke war auch nicht wasserfest. Völlig untypisch für mich. Normalerweise war ich immer auf alles vorbereitet. Heute war irgendwie nicht mein Tag.

Innerhalb kürzester Zeit war ich nass bis auf die Haut. Wie immer hatte ich meine Einkäufe in Stoffbeuteln verstaut, statt mir eine Plastiktüte geben zu lassen, und das in einer Papiertüte verpackte Brot wäre, bis ich zu Hause ankam, vermutlich völlig aufgeweicht. Vielleicht würde Dad morgen doch auf sein Frühstück verzichten und stattdessen bei Hailey essen müssen. Das konnte ich jetzt leider nicht mehr ändern.

Seufzend zog ich den Kopf ein, versuchte mich so gut es ging im Schutz des Jackenkragens zu verstecken. Der Wind, der mir um die Ohren pfiff, war eiskalt und sorgte dafür, dass sich eine Gänsehaut auf meinem gesamten Körper bildete und ich anfing zu zittern. Außerdem hatte sich der Himmel dermaßen zugezogen und es war so dunkel geworden, dass die Straßenlaternen ansprangen.

Bis zu Großmutters Cottage waren es noch gute fünfzehn Minuten zu Fuß. Fünfzehn viel zu lange Minuten. Dementsprechend missmutig stapfte ich um die Pfützen herum.

Dieses Wetter war zwar normal für das Leben auf den schottischen Inseln und ich liebte es, dennoch gefiel es mir ganz und gar nicht, dass ich mir heute früh nicht eine Jacke mitgenommen hatte, oder gleich mit dem Auto zur Arbeit gefahren war. Hätte ich mich daran erinnert, dass ich noch den Einkauf zu erledigen hatte, dann wäre das nicht passiert. Sogar das Fahrrad wäre in diesem Moment hilfreicher gewesen, als den Weg zu Fuß zurücklegen zu müssen. Doch stattdessen hatte ich mich von dem schönen gestrigen Tag in die Irre führen lassen – wie leichtsinnig.

Das Brummen eines Motors riss mich aus meinen Gedanken. Ein Auto näherte sich, und als es langsamer wurde, sah ich zur Straße. Ein roter Pick-up hielt neben mir.

*Super!*

Jetzt konnte Jamie mich zu dem denkbar ungünstigsten Zeitpunkt sehen. Nass mit hängendem, tropfendem Haar. Vermutlich bot ich ihm einen erbärmlichen Anblick.

Das Seitenfenster glitt nach unten und Jamie blickte mich freundlich an. »Komm, steig schnell ein. Ich fahre dich nach Hause.«

Peinlich berührt aufgrund dessen, wie ich gerade aussehen musste, tippelte ich von einem Fuß auf den anderen. »Ich bin klatschnass, dein Sitz würde komplett durchweichen.«

»Ally, glaubst du ernsthaft, ich lasse dich bei dem Wetter allein nach Hause laufen? Du zitterst! Also, steig bitte ein, die Sitze haben schon Schlimmeres mitgemacht.« Jamies Stimme klang so sanft und ich hörte seine Sorge heraus, was mich tief berührte.

Ich wusste nicht, ob es gut für mich wäre, ja zu sagen. Noch mehr Zeit mit ihm zu verbringen würde mich vermutlich total durcheinanderbringen.

Ich wollte sogar schon dankend ablehnen, aber dann wurde mir bewusst, wie bescheuert das wäre. Wer lehnte bei einem solchen Wetter ab, mitgenommen zu werden, wenn er zwei Beutel voller Lebensmittel nach Hause bringen musste? Richtig, niemand. Deshalb stieg ich ein, kaum dass der Wagen hielt.

Das Erste, was ich bemerkte, war Jamies Duft. Der ganze Innenraum des Fahrzeugs war erfüllt von ihm. Es roch erdig. Nach Abenteuer. Und nach einem Aftershave, das seinen ganz eigenen Geruch unterstrich. Diese Komposition vermischte sich mit dem Regen.

Rasch schloss ich die Tür, damit es nicht auch noch hereinregnete. Jamie nahm mir die Beutel ab und stellte sie hinter den Beifahrersitz, während ich mich anschnallte. Es war mir peinlich. Nicht nur mein Aussehen, sondern auch die Tatsache, dass ich seinen Wagen volltropfte.

Befangen schob ich ein paar nasse Strähnen hinter die Ohren. »Es tut mir so leid, dass ich alles nass mache.«

»Das ist wirklich nicht schlimm. Der Wagen hat schon einiges mitmachen müssen, da wird das bisschen Wasser ihm nicht schaden.« Jamie lachte und wirkte gut gelaunt, dann setzte er den Blinker und fuhr wieder auf die Fahrbahn.

Mit seiner Art, mit der Situation umzugehen, nahm er mir die Befangenheit und ich entspannte mich ein wenig.

»Wo wohnst du?«, fragte er.

»Oben in der Erray Road«, klärte ich ihn auf und lehnte mich zurück.

»Ah, immer noch im alten Cottage deiner Gran?«

Erstaunt blickte ich zu ihm. »Das weißt du noch?«

Nur weil ich in diesem Moment zu ihm schaute, bemerkte ich, dass sich seine Augenbrauen ein wenig zusammenzogen, ehe er antwortete. »Ich habe damals, nach der Sache auf dem Fest, für deine Großmutter Rasen gemäht und mir dadurch ein bisschen Taschengeld verdient.«

Mein Hals zog sich zusammen. Das war so typisch für Granny gewesen. Da kam ein Junge, stibitzte Kuchen von ihr und sie gab ihm einen Job, damit er das nächste Mal das bezahlen konnte, was er haben wollte.

»Komisch, daran kann ich mich nicht mehr erinnern.«

Jamie zuckte mit den Schultern. »Ich vermute, sie hat immer darauf geachtet, dass ich nur bei ihr war, wenn niemand sonst im Haus war. Sie wollte mich schützen, glaube ich.« Auf seinem Gesicht erschien ein versonnener Ausdruck, als er an meine Granny dachte, doch dann war da wieder diese undurchdringliche Maske, die ich schon so oft bei ihm bemerkt hatte. »Jeder in Tobermory hat damals gewusst, wie es um die Finanzen meiner Familie stand. Und damit die Leute sich nicht noch mehr das Maul zerreißen konnten, hat sie mich immer dann angerufen, wenn sie sich sicher war, dass niemand mich sehen würde.«

»Oh ja, das passt zu ihr. So war sie. Sie hatte ein großes Herz, das sie hinter einer rauen Schale versteckte.« Lächelnd erinnerte ich mich an sie.

»Sie war wirklich ein außergewöhnlicher Mensch und die Einzige, die je an mich geglaubt hat. Sie hat mir immer gesagt, dass ich etwas aus meinem Leben machen kann und es mir dadurch eines Tages besser gehen würde als meinen Eltern.« Für einen Moment hielt er inne und ich fragte mich, ob Granny in diesem Fall recht behalten hatte. »Ich habe Lizzy Forbes sehr viel zu verdanken.«

»Ja, Granny war toll«, wisperte ich und freute mich im Stillen darüber, dass er sich so positiv an sie erinnerte.

Wir schwiegen und nur die Geräusche des prasselnden Regens, des nervös winkenden Scheibenwischers und des brummenden Motors waren zu hören. Jeder von uns hing seinen Erinnerungen an diese großartige Frau nach, die das Leben vieler Menschen hier auf der Insel beeinflusst hatte.

Erst als Jamie den Wagen abbremste und letztendlich anhielt, bemerkte ich, dass wir schon vor unserem Haus standen.

»Danke fürs nach Hause bringen.«

»Sehr gern, Ally. Jederzeit wieder.« Jamie drehte sich zu mir um und griff hinter den Sitz, um mir die Beutel zu geben.

Er kam mir sehr nah und mir stockte für einen Moment der Atem, als ich seine Wärme spüren konnte. Für einen Augenblick verharrte er in der Bewegung und mein Herz platzte beinah, so schnell schlug es mit einem Mal.

Doch die Situation war viel zu rasch wieder vorbei, ohne dass Jamie mir einen Hinweis darauf gegeben hatte, ob er dasselbe fühlte wie ich. Oder war der Moment, als er innegehalten hatte, dieser Hinweis gewesen?

»Wir Bewohner der Isle of Mull müssen zusammenhalten.«

Befangen nickte ich und vermied es, ihn anzuschauen.

Als er mir meinen Einkauf überreichte, berührten sich wieder unsere Finger. Ich hob nun doch den Blick und die Welt schien einen Moment still zu stehen. Sein Blick war dunkel und hielt meinen fest. Mein Mund wurde staubtrocken. Ein Kribbeln schoss durch meinen Körper. Zum Glück saß ich.

Leider zog er viel zu schnell seine Hand von meiner weg. Mein Herz klopfte in einem rasenden Tempo. Wenn das so weiterging, würde ich bald einen Kardiologen brauchen.

Ein zaghaftes Lächeln legte sich auf meine Lippen. »Trotzdem sollte man nie etwas für selbstverständlich nehmen.«

»Das stimmt«, bestätigte er und erwiderte mein Lächeln.

»Bis dann, Jamie«, stieß ich ein wenig zu hastig hervor, griff nach dem Türöffner und sprang aus dem Wagen.

»Schlaf schön«, verabschiedete er sich und mein dummes Herz, das sich einfach zu viel auf diese beiden Worte einbildete, machte einen erneuten Hüpfer.

Ohne mich noch einmal umzudrehen, rannte ich zur Haustür und erst, als ich unter dem Vordach stand und ihm noch einmal winkte, fuhr Jamie los, so als hätte er sich vergewissern wollen, dass ich sicher war.

* * *

»Hey, du bist ja patschnass!« Dad riss die Augen auf, als ich die beiden Beutel mit dem Einkauf im Flur abstellte und mir den Dufflecoat auszog.

»Ja, ich habe es leider nicht geschafft, rechtzeitig zu Hause zu sein, bevor es zu regnen anfing.« Rasch hängte ich den Mantel auf und zog auch gleich die Schuhe aus, aber unter mir hatte sich bereits eine kleine Pfütze gebildet.

»Ich habe ein Auto gehört. Wer hat dich denn nach Hause gebracht?« Einen großen Bogen um mich machend, griff er nach den Beuteln und trug sie in die Küche.

»Jamie Pearson«, rief ich ihm hinterher.

Gleich darauf schaute er wieder in den Flur hinein, auf seiner Stirn zeichneten sich Falten ab. »Jamie Pearson? Etwa der Junge von der Pearson-Farm?«

»Genau der. Er ist wieder auf die Insel gezogen. Hat eine kleine Tochter.«

»Nett von ihm, dass er dich gefahren hat.« Mit einem nachdenklichen Ausdruck auf dem Gesicht begab er sich wieder in die Küche, wo ich hörte, wie er den Einkauf ausräumte.

»Ja, das war es«, murmelte ich mit einem warmen Gefühl im Bauch und lief immer zwei Stufen nehmend die Treppe hinauf. »Ich springe schnell unter die Dusche, dann komm ich runter«, rief ich noch Dad zu.

»Mach das, und ich decke schon mal den Tisch für unser Abendessen.« Kaum hatte er die Worte ausgesprochen, drehte er das Radio lauter und die Töne eines alten Beatles-Songs wehten durch das Haus.

Ein Blick in den Spiegel des Badezimmers zeigte mir, dass ich mit meinem Gefühl richtiggelegen hatte. Ich sah furchtbar aus. Mein Mascara war verschmiert und meine Haare klebten mir am Kopf – ich sah aus wie ein begossener Pudel. Aber ich bemerkte auch das Grinsen, das in mein Gesicht getackert war, weil ich nicht aufhören konnte, an Jamie zu denken. Es fühlte sich neu an und aufregend, wenn ich in seiner Nähe war. Doch dann ermahnte ich mich selbst, wischte das Grinsen von meinem Gesicht. Ich durfte mir keine Hoffnungen machen. Enttäuschungen taten mehr weh, als erst gar keine Erwartungen zuzulassen. Es war albern zu glauben, dass ein Mann wie Jamie mehr in mir sehen könnte als die nette Buchhändlerin, die sich um seine Tochter kümmerte.

Ich drehte das Wasser auf und entkleidete mich. Als ich endlich unter dem heißen Strahl stand, merkte ich, wie verspannt ich durch die Kälte war, außerdem knurrte mein Magen. Ich hatte heute nichts zu Mittag gegessen, weil ich mich um eine Lieferung kümmern musste. Ich gönnte meinem Körper die Zeit, die er brauchte, um wieder aufzutauen, sparte mir allerdings die Haarspülung und verzichtete ausnahmsweise auch darauf, mich einzucremen. Hastig sprang ich in meinen Schlafanzug und bürstete die noch nassen Haare. Bevor ich die Treppe hinunterging, schnappte ich mir mein noch feuchtes Handtuch, um damit gleich noch die Pfützen wegzuwischen, die ich im Flur hinterlassen hatte. Noch immer dudelte das Radio, und ich hörte Dad mitsingen.

Das Geräusch unserer Haustürklingel ließ mich erschrocken zusammenfahren. Dad trällerte noch immer lauthals einen Barry-White-Song, weshalb er nichts hörte, und da ich ohnehin gerade davorstand, ging ich zur Tür.

Ich öffnete sie und blickte direkt in das Gesicht von Jamie, der einen Beutel in der Hand hielt und mich charmant anlächelte. Mein Herz hüpfte schon wieder aufgeregt bei seinem Anblick.

Verlegen räusperte er sich und fuhr sich durch die Haare, was ihm einen jungenhaften Touch verlieh. Ich schmolz dahin, denn diese Kombination aus selbstbewusstem Mann und der leichten Unsicherheit, die er mir nun so offenherzig zeigte, war einfach unwiderstehlich.

»Ich glaube, wir haben unsere Einkäufe vertauscht.« Demonstrativ hob er den Beutel hoch. Der Regen schien ihm nichts anzuhaben, trotz der nassen Haare sah er verdammt gut aus.

In diesem Moment wurde mir bewusst, dass ich einen Schlafanzug anhatte! Einen, der eindeutig schon bessere Tage gesehen hatte. Na super! Ich hatte meinen Eindruck von eben – begossener Pudel mit Pandaaugen – also noch getoppt. Jetzt ärgerte ich mich, das alte Teil nicht zu den anderen Kleidungsstücken in einen der Säcke gepackt zu haben, mit denen Hailey aufs Festland gefahren war. Doch ich hatte mich davor gescheut, ihn auszusortieren, weil er einfach das gemütlichste Teil war, das man sich vorstellen konnte. Genau das Richtige, wenn man in einen

Regenguss gekommen war und sich zu Hause auf dem Sofa aufwärmen wollte.

Befangen nestelte ich am Saum des Oberteils herum. Mein Hirn hatte seine Tätigkeit leider eingestellt.

Da ich nichts sagte, fuhr Jamie fort: »Ich war schon zu Hause und habe Anna das Eis geben wollen, als ich gemerkt habe, dass der Inhalt des Beutels nicht mein Einkauf ist. Viel zu gesund.« Jamie schmunzelte und reichte mir den Stoffbeutel.

Endlich erwachte ich aus meiner Erstarrung und griff danach, dabei passte ich auf, dass sich unsere Finger nicht ein weiteres Mal berührten. Mein Herz würde einer erneuten Attacke nicht standhalten.

Ich versuchte, mich nicht davon beirren zu lassen, was ich gerade trug. Der Schlafanzug musste mir egal sein, ändern konnte ich es schließlich jetzt nicht mehr. Nun hieß es, so würdevoll wie möglich aus dieser Situation zu gelangen.

»Komm erst mal rein. Mein Dad hat alles ausgeräumt, während ich duschen war, deshalb ist das bisher noch keinem aufgefallen.«

Jamie trat sich die klobigen Stiefel auf der Fußmatte ab und kam herein. Als er die Tür schloss, drehte Dad gerade die Musik leiser und kam anschließend aus der Küche. Das war wohl so etwas wie der siebte Sinn eines Elternteils.

»Oh, haben wir Besuch?«, fragte er skeptisch und wischte sich die Hände an dem Küchenhandtuch ab. »Ich wollte dich gerade rufen.« Mit gefurchter Stirn sah er zwischen uns hin und her.

»Dad, das ist Jamie Pearson. Jamie, das ist mein Dad«, stellte ich die beiden einander vor.

»Guten Abend, Mister Forbes.«

Dad nickte nur und sah ihn abschätzig an, als wollte Jamie mich zu einem Date abholen.

»Wir haben offensichtlich unsere Einkäufe vertauscht, als Jamie mich vorhin nach Hause gefahren hat«, klärte ich Dad auf. Die Situation war extrem unangenehm. Mein Vater benahm sich, als hätte ich einen Schwerverbrecher ins Haus gelassen.

»Und ich hab mich schon über das Eis gefreut! Hätte mir ja klar sein müssen, dass du keine solche Cholesterinbombe ins Haus bringst«, grummelte er.

»Aber du hast es doch nicht etwa gegessen, oder?«, fragte ich ihn und hielt die Luft an. »Das Eis war für Anna, Jamies Tochter.«

Abwehrend hob Dad die Hand. »Nein, ich habe es ordentlich im Eisfach verstaut, mich aber schon auf den Nachtisch gefreut.«

Ich verdrehte die Augen. »Ich bring dir morgen nach der Arbeit eine Packung mit. Aber nur, wenn es nicht wieder regnet.«

»Das ist mein Mädchen.« Dad lächelte und sah dann Jamie ernst an. »Und du bist wieder im Lande?«

Jamie blieb entspannt, auch wenn die Begegnung bisher alles andere als locker gewesen war. »Ja, einmal hier gelebt, kommt man nicht mehr von der Insel los.«

Dads Miene gefror. »Kann man nicht von jedem sagen.« Mir war sofort klar, dass er an Mum dachte.

Zwischen Jamie und Dad lief alles schief, was schieflaufen konnte. Ich spürte es, schließlich kannte ich meinen Dad in- und auswendig. Mist! Dabei war es mir wichtig, dass Dad ihn mochte. Warum verhielt sich mein Vater so daneben?

»Jamie, komm doch schon mal mit in die Küche und sag mir, was in deinem Beutel war, dann such ich dir die Sachen zusammen.«

Jamie folgte mir und Dad wiederum ihm. In der Küche angekommen, nahm ich einen der Beutel, die auf dem Tisch lagen, sie sahen beide exakt gleich aus, keiner war bedruckt.

»Kein Wunder, dass wir die vertauscht haben.«

»Ja, von außen identisch.«

»Setz dich, Jamie«, hörte ich meinen Vater versöhnlicher sagen, offenbar hatte er unserem Gast sein plötzliches Auftauchen verziehen. »Was willst du trinken, Junge?«

Erstaunt drehte ich mich zu den beiden um. Zuerst behandelte er Jamie wie einen Kriminellen und dann lud er ihn zu einem Bier ein? Da soll man als Frau die Männer verstehen? Das war doch geradezu unmöglich!

Jamie setzte sich tatsächlich an den Küchentisch und schüttelte dann aber den Kopf. »Danke, Mr Forbes, aber ich muss gleich heim. Meine Tochter dreht mir den Hals um, wenn sie nicht bald ihr Eis bekommt. Sie wissen doch, wie Kinder sind.« Er warf mir einen kurzen Seitenblick zu und zwinkerte.

Nervös hielt ich den Beutel vor mich, aber er half mir einfach nicht dabei, unsichtbar zu werden. Vielleicht sollte ich mich rasch umziehen? Aber bestimmt würde das noch alberner wirken oder so, als würde ich mich für ihn zurechtmachen wollen. Auf keinen Fall wollte ich, dass Jamie so etwas dachte.

»Ach, das wird sie dir verzeihen. Kinder sind so. Ally hat mich auch immer um den Finger gewickelt, aber hin und wieder musste sie auch mal zurückstecken und auf Sachen verzichten. Außerdem bin ich Frank, lass dieses Mr Forbes, bitte.« Dad schlug Jamie auf die Schulter, als wären sie alte Freunde. Entgeistert sah ich mir das Schauspiel an, das die beiden mir hier boten.

»Danke, Frank.«

»Keine Ursache. Ruf doch daheim an und sag deiner Frau, dass du später kommst, dann kannst du mir in Ruhe erzählen, wie es dir ergangen ist, seit du die Insel verlassen musstest.«

»Ich lebe allein mit Anna, deshalb kann ich nicht bleiben.« Bedauernd zuckte Jamie mit den Schultern.

»Ach, ein alleinerziehender Vater. Das ist sicherlich anstrengend. Das war ich zwar auch, aber ich hatte meine Mutter, die mir unter die Arme gegriffen hat«, erklärte Dad und ließ sich neben ihm nieder.

»Manchmal ist es ganz schön kräftezehrend, das stimmt«, gestand Jamie.

»Was ist mit der Mutter der Kleinen?«

Ich hielt den Atem an, wollte die Antwort nicht verpassen. Schon die ganze Zeit hatte ich gerne wissen wollen, warum er mit Anna allein lebte, aber ich hatte mich nicht getraut, Anna oder Jamie danach zu fragen. Dad hatte da keinerlei Skrupel.

»Lange Geschichte. Wir haben einfach nicht zusammengepasst, könnte man sagen.« Jamies Gesichtsausdruck war ein bisschen verkniffen, oder irrte ich mich da? Trauerte er der Frau noch immer hinterher?

Dad legte die Unterarme auf dem Tisch ab, wirkte mit einem Mal wieder so angespannt. »Und deine Eltern? Wie geht es Steven und Eva?«

Er kannte die beiden näher? Das war mir bisher nicht in den Sinn gekommen, aber eigentlich war es auch wiederum nicht verwunderlich, schließlich lebten wir auf einer kleinen Insel. Kannte da im Grunde genommen nicht jeder jeden? Ich konnte mich nur nicht erinnern, dass mein Vater jemals von den Pearsons gesprochen hatte.

»Meine Mutter lebt mittlerweile in Edinburgh und arbeitet

dort als Krankenschwester im Western General Hospital. Und mein Vater … « Er ließ den Satz unvollendet.

Doch anstatt nachzuhaken, nickte mein Dad nur wissend. Offenbar gab es da einiges, was er wusste, ich jedoch nicht.

»Ich habe keinen Kontakt zu ihm.«

»Verständlich.« Dad legte den Kopf schräg. »Und jetzt versuchst du, in die beruflichen Fußstapfen deiner Eltern zu treten?«

»Nur bedingt. Ich ziehe das Ganze völlig anders auf. Ich hab mir Gedanken gemacht, was die Leute hier auf der Insel brauchen. Groß im Trend ist ja nicht nur regional, sondern auch Bio und artgerecht. Das ist es, was ich anbiete. Da kann ich dahinterstehen. Ist ein wenig teurer für den Abnehmer, aber dafür kann derjenige sich sicher sein, dass er auch Qualität bekommt und die Tiere nicht leiden müssen. Ich habe nicht erwartet, wie mir meine Mädels ans Herz wachsen und könnte mir gar nicht vorstellen, sie anders zu halten.« Man merkte Jamie an, wie sehr er für das brannte, was er tat.

Dad nickte wohlwollend. »Das hört sich großartig an. Hauptsache du kommst damit über die Runden.«

»Ich kann nicht klagen. Man wird nicht reich damit, aber ich kann davon leben.«

Interessiert hörte ich zu, wobei ich es mir nicht wirklich vorstellen konnte. Aber vielleicht lag ich damit auch völlig falsch, ich hatte ja schließlich keine Ahnung von Landwirtschaft.

»Das ist die Hauptsache, und wenn es dich dann noch zufrieden macht, hast du alles richtig gemacht.«

»Das bin ich.« Jamie erhob sich lächelnd und hielt meinem Vater die Hand hin. »Ich muss leider los, Anna wartet. War schön, Sie mal wieder zu sehen.«

Dad drückte seine Hand, blieb aber sitzen. »Das fand ich auch, mein Junge. Vielleicht kommen wir ab jetzt wieder öfter dazu, miteinander zu sprechen.«

Jamie lächelte, als er zu mir trat. Ich gab ihm den Beutel, holte das Eis aus dem Tiefkühlschrank und fragte: »Was war sonst noch drin?«

»Eine Packung Cheddar, Würstchen, zwei Büchsen Bohnen und je ein Glas Orangenmarmelade und Marmite.«

»Marmite?« Es schüttelte mich bei dem Gedanken an das sehr salzige und deftige Zeugs, dass so viele sich gerne aufs Brot oder auf Toast schmierten. Zu großen Teilen bestand der Aufstrich aus Bierhefe, die beim Brauen als Nebenprodukt entstand. »Und das ist dir nicht merkwürdig vorgekommen, Dad?«

Er zuckte mit den Schultern. »Na ja, ich dachte, du hättest es vielleicht für eine deiner Freundinnen gekauft.«

»Wie der Werbespruch von Marmite sagt: *Love it or hate it*. Man liebt es, oder kann es nicht ausstehen. Ich finde, das trifft es sehr genau, oder?«, fragte Jamie.

»Oh ja, das passt auf jeden Fall! Ich gehöre definitiv zur letzteren Fraktion.« Allein der Gedanke an das Zeugs verursachte mir eine unangenehme Gänsehaut.

»Dachte ich mir schon. Dafür stehst du ziemlich offensichtlich auf Snoopy.« Grinsend deutete er auf meinen Schlafanzug.

»Ehrlich gesagt, hatte ich nicht mit Besuch gerechnet.« Schüchternheit überkam mich und ich nestelte erneut befangen am Saum meines Oberteils herum.

»Er ist niedlich.« Als ich ihn anstarrte, während mein Herz drohte zu kollabieren, fügte er erklärend hinzu: »Snoopy.«

»Ja, stimmt«, erwiderte ich lahm und drehte mich zu den Küchenschränken. Ich spürte, wie meine Wangen pochten, wahrscheinlich hatte ich bereits die Farbe einer Tomate angenommen.

Eilig suchte ich die Lebensmittel wieder aus unseren Schränken und dem Kühlschrank. Als alles in dem Beutel war, brachte ich Jamie zur Haustür, nachdem er noch einmal die Hand zum Gruß gehoben und Dad diese Geste erwidert hatte.

»Danke, dass du mich vorhin nach Hause gefahren hast.« Nervös blieb ich an der Tür stehen und konnte mich nicht durchringen, ihm in die Augen zu schauen.

»Jederzeit wieder, Allison.« Seine Stimme klang so weich, die Worte glitten zärtlich über meine Haut.

Ich hob den Kopf und traf seinen Blick. Blaue Augen versanken in braunen. Ein Lächeln zupfte an seinen Lippen, und ein paar Fältchen waren dadurch um seine Augen zu sehen.

Zwischen uns entstand eine atemlose Stille, die ich jedoch nicht als unangenehm empfand. Es war eher aufregend, wie der Moment, bevor die Achterbahn losfährt und man überlegt, ob man nicht doch besser hätte aussteigen sollen, ehe die Sicherheitsvorkehrungen eingerastet waren.

Jamies Blick ließ meinen los und glitt zu meinen Lippen. Ganz kurz schloss er die Augen, und das Lächeln vertiefte sich.

In meinem Magen flatterten Schmetterlinge auf und ich sehnte mich mit einem Mal so sehr danach, einfach nur in seiner Nähe zu sein und ihn nicht gehen zu lassen.

Jamie sah mich wieder an. Ich hatte nicht viele Erfahrungen mit Männern, aber ich war mir sicher, dass ich in diesem Moment in seinen Augen den gleichen Wunsch erkannte, der auch in mir aufgeflammt war. Er hob die Hand und strich damit über meinen Oberarm.

Mein Atem setzte aus, so sehr spannte sich alles in mir an, doch zeitgleich hatte ich das Gefühl, als schmelze etwas und als ich den Atem wieder ausstieß, hörte ich einen leisen Seufzer, der meiner Kehle entkommen war. Hoffentlich hatte Jamie ihn nicht gehört!

Würde er mich jetzt küssen? Ich sah auf seinen Mund und zog meine Unterlippe zwischen die Zähne. Alles in mir schrie bei diesem Gedanken, dass wir diese Grenze überschreiten würden, jauchzend auf.

»Schlaf gut«, hörte ich ihn jedoch in diesem Moment sagen.

Ich sah erneut auf, direkt in seine Augen, erkannte Bedauern darin. Ich schluckte den Kloß in meinem Hals hinunter. Wie hatte ich nur auf die Idee kommen können, dass er mich küssen wollte?

Ich las eindeutig zu viele Liebesromane! Nicht auszudenken, wenn ich den letzten Schritt gegangen wäre und mich ihm an den Hals geworfen hätte.

»Du auch«, antwortete ich ihm leise, vermied jedoch den Blickkontakt. Es war mir peinlich, dass ich so auf ihn reagierte und mich offensichtlich in seinen Absichten geirrt hatte. Ich öffnete die Haustür und ein Schwall kalte Luft wehte in das Cottage, die dafür sorgte, dass ich klarer denken konnte.

Jamie schritt an mir vorbei nach draußen, doch dann drehte er sich noch einmal zu mir um. Der Regen hatte nachgelassen, aber nicht aufgehört. Ein Tropfen rann an seiner Wange hinab und meine Hand zuckte, weil ich ihn am liebsten weggewischt hätte. Ich unterdrückte den Impuls.

»Als ich zurück auf die Insel gekommen bin, habe ich mit vielem gerechnet. Alte Bekannte wiederzusehen, Wunden, die wieder aufreißen würden, weil vieles damals nicht so schön gewesen war.« Wieder sprach er mit dieser leisen, dunklen Stimme, die meine Seele direkt zu berühren schien. Als ich ihm nun doch noch einmal ins Gesicht blickte, lächelte er sanft. »Ich bin froh, dass Anna sich in deinen Laden verirrt hat.«

Ich wollte etwas erwidern, etwas Besonderes sagen, aber mir fiel nichts ein, was es wert gewesen wäre, den Zauber, der in diesem Augenblick entstanden war, zu zerstören. Stattdessen lächelte ich einfach nur. Er zwinkerte mir zu, drehte sich um und ging zu seinem Wagen.

Endlich erwachte ich aus meiner Erstarrung. »Ich bin auch froh darüber!«, rief ich ihm hinterher.

An seinem Auto angekommen, blickte er noch einmal zu mir und das Lächeln, das er mir daraufhin schenkte, ließ meine Knie weich werden.

Ich beobachtete, wie Jamie in seinen Pick-up stieg und mir noch einmal winkte. Dann fuhr er davon.

Über das ganze Gesicht grinsend schloss ich die Tür und lehnte mich für einen Augenblick dagegen, um mich zu sammeln und diesem Kribbeln in meinem Magen nachzuspüren.

Doch lange hielt ich es dort nicht aus. Meine nassen Haare und der Schlafanzug zogen die Kälte an und ich fröstelte, auch wenn in mir drin heiße Lava durch meine Adern zu fließen schien.

Noch einmal atmete ich tief durch, dann ging ich zurück in die Küche, wo mein Dad bereits auf mich wartete.

Dad schaute mir aufmerksam entgegen. »Netter Kerl.«

Ich fühlte mich wie ein Teenager, der bei etwas Verbotenem erwischt worden war. »Mmh«, antwortete ich deshalb verhalten, aber meine Gedanken fuhren sofort auf Hochtouren in

Richtung Jamie. Ich goss mir einen Tee ein und setzte mich an den Tisch. »Guten Appetit.«

»Dir auch.« Dad nahm sich ein Stück von dem Gemüsekuchen, den er vorhin aufgewärmt hatte.

Wir aßen, ohne uns zu unterhalten. Im Radio lief der nächste alte Song. Jeder hing seinen Gedanken nach. Ich überlegte, was da eben zwischen mir und Jamie passiert war. Interpretierte ich zu viel hinein? Und was verband meinen Dad und Jamie, denn offensichtlich hatten die beiden früher mehr miteinander zu tun gehabt, als mir bewusst gewesen war.

»Wusstest du, dass Jamie früher bei uns die Gartenarbeiten übernommen hat? Er hatte da eine Abmachung mit Granny. Hat sich das Taschengeld aufgebessert.« Neugierig sah ich Dad an und hoffte, dass er nicht bemerkte, wie interessiert ich an Jamie war.

Bedächtig legte er die Gabel zur Seite und sah mich an. »Ja, das wusste ich. Er war damals ein feiner Kerl, hat aber sehr leiden müssen, als die Pearsons die Insel verlassen und später auch, als sich seine Eltern getrennt haben.«

»Das wusstest du? Hast du Kontakt zu ihnen gehabt, nachdem sie weggezogen sind?«

»Kann man so sagen.« Doch anstatt mir zu erklären, warum das so gewesen war und warum ich davon nichts wusste, stand er auf und räumte das Geschirr ab. »Ich geh mal ins Wohnzimmer. Das Spiel des schottischen Rugby Teams beginnt gleich, heute geht es gegen die Briten. Das will ich nicht verpassen.«

Da Dad ein absoluter Rugbyfan war, schließlich hatte er früher selbst gespielt, nickte ich nur und erwiderte: »Schon gut, geh nur, ich räume den Rest ab und geh dann hoch, noch ein bisschen lesen.«

Er lächelte mich dankbar an und verschwand.

Ich blieb noch einen Moment sitzen, ehe ich die Küche aufräumte und mich mit dem neuesten Liebesroman meiner Lieblingsautorin zurückzog. So viel dazu, dass ich zu viele Liebesromane las ... Aber so richtig konnte ich mich nicht auf das konzentrieren, was die Autorin geschrieben hatte, denn immer wieder schob sich das Gesicht von Jamie vor mein inneres Auge und ich sah dieses Lächeln, das an seinen Mundwinkeln Grübchen entstehen ließ.

# 5.

Gum biodh ràth le do thurus.
*– Möge deine Suche erfolgreich sein. –*

## Dienstag, 1. Mai

Am nächsten Vormittag stand Anna bereits um kurz nach zehn vor meinem Laden. Es schüttete immer noch in Strömen. Unschlüssig trat sie an der Tür von einem Fuß auf den anderen. Hastig winkte ich sie herein. Als sie trotzdem noch zögerte, öffnete ich ihr die Tür und stieß hervor: »Du bist ja völlig durchnässt! Komm schnell rein!«

Verlegen blickte sie nach unten, wo sich eine immer größer werdende Pfütze zu ihren Füßen bildete. »Entschuldigung«, kam es kaum hörbar aus Annas Mund, so sehr zitterten ihre Lippen.

»Nicht schlimm, ich habe eher Angst, dass du dir eine Lungenentzündung einfängst«, versuchte ich sie zu beruhigen. »Komm mal mit nach hinten. Da hab ich auf jeden Fall eine Jogginghose und einen Pulli für dich. Wird dir vermutlich zu groß sein, aber dann können deine anderen Klamotten trocknen, bis dein Dad hier ist.«

»Der kommt erst später. Ich hatte früher Schulschluss.« Ihre Zähne klapperten hart aufeinander, und sie war kalkweiß.

»Schon okay. Du weißt doch, ich freue mich, wenn du mich besuchst.« Ich schenkte ihr ein Lächeln, sie erwiderte es.

Immer noch konnte ich an manchen Tagen spüren, wie sie eine Weile brauchte, bis sie so weit aufgetaut war, dass sie sich normal mit mir unterhalten konnte. So auch heute.

In meinem kleinen Büro nahm ich ihr erst mal den pitschnassen roten Regenmantel ab und hängte ihn auf.

»Zieh dir ruhig die Schuhe und Socken aus.«

Anna tat es und reichte mir beides. Nach und nach entledigte sie sich bis auf die Unterwäsche ihrer Klamotten. Ich legte alles über den alten Heizkörper und stellte die Schuhe darunter. Anschließend drehte ich den Regler voll auf.

»Gleich wird es schön mollig warm hier drin. Hier, das kannst du in der Zwischenzeit anziehen.« Ich reichte ihr einen Hoodie und eine Jogginghose von mir und zum Schluss zog ich noch ein paar Socken aus der Schublade. Wie gut, dass ich hier immer alles für Notfälle deponiert hatte.

»Danke, Ally.«

»Nicht dafür. Mach es dir gemütlich. Wenn du magst, kannst du dich da auf die kleine Couch legen und dich in die Decke einwickeln. Ich räume in der Zwischenzeit drüben ein wenig die Regale um.« Ich deutete auf die Miniaturcouch und zwinkerte ihr dann zu.

Irgendwie sah die Kleine heute gar nicht gut aus. Vielleicht wurde sie tatsächlich krank. Bevor ich aus dem Zimmer ging, kochte ich uns beiden deshalb noch einen Tee. In ihre Tasse gab ich einen Löffel Honig und stellte sie auf den Schreibtisch. Dann verließ ich den Raum und lehnte die Tür an, damit sie sich ausruhen konnte.

Ich überlegte, ob ich Jamie anrufen sollte. Irgendwie würde es mir schon gelingen, seine Nummer herauszufinden. Aber als ich fünf Minuten später in mein Büro schaute, war Anna schon eingeschlafen. Besser niemand störte sie jetzt, dann konnte sie sich in Ruhe erholen und war vielleicht nachher, wenn ihr Dad kam, ein wenig fitter.

Leise zog ich die Tür wieder zu und widmete mich meinen Büchern.

* * *

Am frühen Nachmittag wurde die Ladentür aufgerissen. Der Regen hatte zwar nachgelassen, dennoch brachte der Besucher einen Schwall kalte und feuchte Luft mit in meinen Laden.

Als der Mann seine Kapuze vom Kopf zog, erkannte ich Jamie. Sofort stob in meinem Magen eine wild gewordene Meute Schmetterlinge auf, die mir verdeutlichten, wie sehr ich mich darüber freute, dass er hergekommen war.

Ich wollte Jamie gerade anlächeln, da fixierte sein Blick mich mit einer solchen Wut und Intensität, dass ich es unterließ.

»Ist meine Tochter hier?«

Zaghaft nickte ich.

Er stand da, sah mich an und deutete mit dem Finger auf mich, als wäre er auf dem Kriegspfad, während ich ihn nichts ahnend anstarrte. »Allison Forbes, was hast du dir nur dabei gedacht?«

Da ich absolut nicht nachvollziehen konnte, um was es hier ging und auch zu perplex war, um eine Antwort zu geben, zuckte ich nur mit den Schultern.

Ich war zwar in seiner Gegenwart oft nicht gerade redselig, aber dieses Verhalten seinerseits ließ mich nun doch völlig verstört zurück.

Jamie hatte anscheinend bemerkt, dass ich ihn irritiert anstarrte, weshalb er zuerst die Tür schloss und dann zu mir an den Ladentisch trat. Seine Augen waren voller Zorn. »Anna schwänzt seit Tagen den Unterricht. Und sag mir jetzt nicht, dass du das nicht bemerkt hast.«

Rasch schüttelte ich den Kopf. »Das habe ich nicht gewusst.«

»Seit wann ist es normal, dass Mädchen ihres Alters um diese Uhrzeit nicht in der Schule sind?« Wütend legte er seine Hände auf den Tresen und beugte sich noch ein Stück näher zu mir.

Mit einer hoffentlich meine Unschuld beteuernden Geste hob ich die Hände. »Sie hat mir gesagt, dass sie früher Schluss hat. Außerdem war sie völlig durchnässt. Deshalb habe ich ihr etwas Trockenes zum Anziehen gegeben. Sie liegt im Hinterzimmer und schläft tief und fest. Vielleicht wird sie krank und ist deshalb nach Hause geschickt worden?«, versuchte ich eine Erklärung zu finden.

»Ich hatte ein interessantes Gespräch mit ihrer Klassenlehrerin, die mir erzählt hat, dass Anna seit Tagen, ja fast schon seit zwei Wochen, nicht in der Schule erschienen ist. Und das, obwohl ich sie jeden Morgen zum Bus bringe.« Wieder fixierte er mich mit seinem Blick.

Ich fühlte mich absolut unwohl, weil ich meinen eigenen Fehler erkannt hatte. Ich hätte Anna fragen müssen, warum sie immer so früh Schulschluss hatte. Tatsächlich fiel mir nun auf, dass sie jeden Tag vor zwölf Uhr hier im Laden war. Was bedeutete, dass sie kein Mittagessen in der Schule zu sich genommen hatte. Allein das hätte mir auffallen müssen. In der Schule in Salen durfte niemand nach Hause gehen, ehe das Mittagessen zu Ende war. Mist!

»Wenn ich deinen Blick richtig deute, ist dir nun klar, warum ich so sauer bin.« Keine Sekunde ließ er mich aus den Augen.

In diesem Moment geschah etwas völlig Unvorhersehbares mit mir. Mir platzte der Kragen. Heiße Wut schoss durch meine Adern und ich stemmte die Hände in die Hüften, fixierte Jamie mit einem Blick, der vermutlich jeden anderen sofort in die Knie gezwungen hätte – zumindest fühlte es sich so an. »Jamie Pearson! Drehst du gerade völlig durch? Was bitte willst du mir hier unterstellen? Dass ich deine Tochter dabei unterstützen würde, die Schule zu schwänzen?« Ich verschränkte die Arme vor der Brust, fühlte mich angegriffen wie selten zuvor. Vielleicht lag es daran, dass ich mich so zu ihm hingezogen fühlte, dass mich seine Worte mehr verletzten, als sie es eigentlich sollten. Woher hätte ich wissen können, dass Anna schwänzte? Ich kannte ihren Stundenplan nicht und sie sah nicht aus, wie ein Mädchen, das mutwillig dem Unterricht fernblieb oder sonst irgendwie gegen Autoritäten rebellierte. Doch das sprach ich nicht aus.

»Ja, das will ich damit sagen!« Er wurde immer lauter und richtete sich nun wieder auf. Seine Kiefer mahlten aufeinander, so dass die Muskulatur an seinen Wangen und an seinem Hals stark hervortrat.

Wir sahen einander an, wie zwei Kampfhähne, die kurz davor waren, aufeinander loszugehen. Ich hatte mich noch nie mit jemandem in meinem Laden gestritten. Irgendwie fand ich das noch unangenehmer, als wenn es an einem anderen Ort passiert wäre. Doch die Wut in mir angesichts der Ungerechtigkeit von Jamies Vorwurf war dafür verantwortlich, dass ich nicht in der Lage war, einen Versuch zu unternehmen, um die Wogen zu glätten.

»Dad?«, hörte ich Anna aus dem Hinterzimmer rufen.

Für einen weiteren Moment starrten wir uns feindselig an, doch dann drehte er sich um und ging mit wenigen Schritten in mein Büro. Ich atmete tief durch und folgte ihm. Irgendwie überkam mich das Bedürfnis, Anna vor ihm zu beschützen. Ein Kind schwänzte doch nicht einfach so den Unterricht. Da steckte mit Sicherheit mehr dahinter. Hatte Hailey etwa doch recht? Sollte ich mit ihm darüber sprechen? Er wirkte in diesem Moment allerdings nicht so, als wäre es möglich, mit ihm ein vernünftiges Wort zu wechseln.

»Hier bist du also.« Seine grollende Stimme sorgte dafür, dass Anna die Augen weit aufriss. »Mrs Miller hat mich angerufen. Du hast mir einiges zu erklären.«

Er war so riesig und wirkte in seiner Wut so übermäßig präsent, dass seine Anwesenheit allein reichte, um mein kleines Büro auszufüllen. Ich stand im Türrahmen und hatte das Gefühl, nicht näher treten zu können.

Anna senkte den Kopf, erhob sich und ging zu ihm. Ihre dünnen Ärmchen schlangen sich um seine Taille und sie legte ihren Kopf auf seinen Bauch. Kurz zögerte er, dann hob er sie hoch und presste sie an sich.

»Tut mir leid, Dad.«

Tränen brannten in meinen Augen angesichts der Situation, der ich nun Zeuge wurde.

»Wir klären das, wenn wir daheim sind.« In Jamies Stimme klang nun ein warmer Unterton mit.

Schniefend nickte Anna.

»Dann mal los.«

Er griff nach Annas Schultasche und trug seine Tochter zum Ausgang, öffnete die Tür und wandte sich noch einmal an mich. »Von nun an erlaube ich es nicht mehr, dass Anna ihre freie Zeit hier bei dir verbringt. Nur damit du das weißt.« Dann trat er nach draußen und schloss die Tür hinter sich.

Keine Verabschiedung. Kein Danke dafür, dass ich mich um seine Tochter gekümmert und ihr trockene Sachen gegeben hatte. Nichts. Stattdessen hatte Jamie mich behandelt, als hätte ich Anna dazu verführt, die Schule zu schwänzen, als wäre ich für sie verantwortlich.

Fassungslos starrte ich auf die nun geschlossene Ladentür und verstand die Welt nicht mehr. Allein der Gedanke, die kleine Anna nicht mehr jeden Tag zu sehen, tat mir mehr weh, als er sollte. Dennoch kochte noch immer die Wut in mir und ich musste gegen den Drang ankämpfen, den beiden hinterherzurennen und Jamie meine Meinung zu sagen.

* * *

»Das ist nicht wahr, oder?«, echauffierte sich Hailey, während Lin mich fassungslos anstarrte.

»Doch, leider schon. Er hat mich wie eine Verbrecherin behandelt. So, als wäre ich schuld an Annas Schuleschwänzen.« Mein Puls raste noch immer, während ich mich an das erinnerte, was zwischen Jamie und mir vorgefallen war. Noch immer verstand ich nicht, was da vor einigen Minuten in meinem Laden abgelaufen war. »Er hat nicht mal ihre Schuhe oder ihre Kleidung mitgenommen. Hat sie aus der Buchhandlung getragen, als müsse er seine Tochter vor mir retten.« Ich merkte, wie Tränen hinter meinen Lidern brannten und blinzelte. Auf keinen Fall würde ich wegen dieses Kerls weinen!

»Der spinnt doch vollkommen!« Hailey bekam sich gar nicht mehr ein, rutschte unruhig auf dem Stuhl herum und ballte die Hände zu Fäusten.

»Na ja, wie würdet ihr denn reagieren, wenn ihr so etwas

rausbekommen hättet?« Lin war mal wieder die gute Seele und versuchte, Jamies Standpunkt auszuleuchten.

Dennoch hatte sie sofort ihren Laden geschlossen, um mit mir zu kommen, als ich auf dem Weg zu Hailey in die Bäckerei bei ihr hereingeplatzt war und sie darum gebeten hatte. Jetzt saßen wir alle drei an unserem Stammtisch, und ich hatte ihnen von meinem Erlebnis berichtet.

»Jedenfalls schreit man niemanden so an und gibt dem Gegenüber wenigstens die Chance, sich zu erklären.« Hailey stand auf und stellte sich neben unseren Tisch, die Fäuste in die Hüften gestemmt. Sie trug schwarze Lederleggins und einen schwarzen Pullover und sah – nicht nur deswegen – wie eine Kampfsportlerin aus.

Ich fuhr mir mit der Hand über die Stirn. Leichte Kopfschmerzen bahnten sich an. Mich regte diese ganze Sache viel zu sehr auf. Ich verstand Jamie nicht, fühlte mich ungerecht behandelt und wollte nicht, dass er so schlecht von mir dachte. »Am liebsten würde ich zu ihm fahren und ihn zur Rede stellen«, stieß ich aus, was mir gerade in den Sinn gekommen war.

Hailey beugte sich zu mir hinab und schlug mit der flachen Hand leicht auf den Tisch. »Das ist eine sehr gute Idee, dann kannst du ihm gleich die Sachen der Kleinen vorbeibringen.«

Lin sah mich lächelnd an und nickte aufmunternd.

Mittlerweile bereute ich, was ich gesagt hatte, denn plötzlich erschien mir diese Idee gar nicht mehr so gut. Was sollte ich Jamie erzählen? Im Grunde genommen hatte ich ihm doch schon alles gesagt. An seiner Sichtweise würde sich bestimmt nichts ändern, nur weil ich meinen eigenen Standpunkt ihm gegenüber wiederholte. Für ihn war ich schuldig.

»Ich mache mir nachher mal Gedanken, was ich ihm sagen will, und fahre vielleicht nach Ladenschluss zur Pearson-Farm.«

»Nicht vielleicht. Mach das.« Hailey stand noch immer da wie eine Kämpferin für die Gerechtigkeit.

»Außerdem braucht Anna bestimmt ihre Sachen.« Lin strich bestätigend über meine Hand, die ich auf der Tischplatte abgelegt hatte.

»Denke ich auch.« Ich schloss die Augen, atmete konzentriert ein und wieder aus, das wiederholte ich einige Male. Eine Übung, die mein Dad oft mit mir gemacht hatte, wenn die Albträume, von denen ich als Kind nachts oft gequält worden war, mich wieder einmal aus dem Schlaf gerissen hatten. Auch dieses Mal half es mir, mich zu beruhigen.

Hailey hatte mich offenbar beobachtet, denn als ich die Augen wieder öffnete, lächelte sie mich an. »Soll ich uns eine Kanne Tee machen?«

Lin und ich stimmten zu.

»Der alte Atemtechniktrick?«

Ich nickte. »Ja, hilft immer noch.«

»Das ist gut. Aber du musst jetzt tapfer sein, denn ich habe einen Bärenhunger und muss etwas essen.« Lin zwinkerte und wandte sich dann an Hailey: »Was hast du heute gekocht, Hal?«, wollte sie wissen.

»Ich habe mich heute an einer Gulaschsuppe versucht. Ist ganz lecker geworden. Ich habe das Rezept im Internet gefunden und ein bisschen abgewandelt.«

Das brachte mich zum Lachen und endlich auf andere Gedanken. »Wie immer, oder? Gab es je Rezepte – die von Granny einmal ausgenommen – die du eins zu eins übernommen hast?«

Hailey lachte. »Ich glaube nicht.«

»Und das ist auch gut so, denn deine Gerichte sind immer etwas ganz Besonderes. Du machst das großartig«, lobte Lin unsere Freundin.

Hailey winkte ab. »Ach, lasst das.«

»Da ist sie wieder, die harte Hailey. Alles bekommt sie geregelt, sie kämpft für Menschen, die das nicht selbst können und sie verpflegt die halbe Insel. Aber wenn es darum geht, mal Lob anzunehmen, dann scheitert sie«, zog ich sie auf, woraufhin sie mir die Zunge ausstreckte und hinter ihrem Tresen verschwand.

Lin lachte über das, was ich gesagt hatte. »Du hast sowas von recht, Ally. Im Komplimente annehmen ist sie echt eine Niete!«

»Ich höre, was ihr da über mich redet!«, rief Hailey uns zu, während sie drei Schalen mit Suppe befüllte.

Lin richtete sich auf und antwortete: »Kannst du ruhig. Ich hab nichts zu verbergen.« Sie zwinkerte mir zu und wir kicherten.

Das liebte ich an meinen Freundinnen so sehr. Sie schafften es jedes Mal, mir meine schlechte Laune zu nehmen, mich aufzufangen und mich leichter zu fühlen. Gemeinsam waren wir tatsächlich stark. Es half einfach, die eigenen Probleme zu teilen. Auch wenn sie sich dadurch nicht immer lösten, oder kleiner wurden, die Last minimierte sich, weil wir sie nun gemeinsam trugen, während die schönen Dinge wuchsen. Wir freuten uns mit den anderen und vervielfachten damit das Glücksgefühl. Es war wie meine Granny gesagt hatte. Glück und Liebe wurden größer, wenn man sie teilte.

* * *

Nachdem ich vom Mittagessen zurück in den Buchladen kam, bestellte ich als Erstes die Bücher für Misses Tenner. Bestimmt wollte sie so schnell wie möglich die Reihe über die schottischen Clanmänner und die dazu passenden Ladys weiterlesen. Die Lieferzeit für die nächsten Bände betrug zwei bis drei Tage, dann könnte ich ihr die Lieferung bringen, wenn ich den Wochenendeinkauf erledigte.

Danach wischte ich Staub und beriet einige Kunden, die hauptsächlich auf der Suche nach Reiseratgebern waren, aber meine Gedanken drifteten immer wieder ab und ich konnte mich kaum auf mein Tun konzentrieren.

Den ganzen Nachmittag überlegte ich, ob ich wirklich zu Jamies Farm fahren sollte. Immer wieder fand ich Gründe, es nicht zu tun. Tausende von Erklärungen, die mir klarmachten, dass ich Angst hatte, erneut mit Jamie aneinanderzugeraten. Doch genauso oft dachte ich an den roten Mantel hinter der Tür und die Stiefel unter dem Heizkörper. Die Sachen konnte ich nicht einfach liegen lassen, bis Jamie hier auftauchte. Noch war nicht alles trocken, aber Anna würde ihre Sachen für die Schule brauchen.

Wenn die Kleine mir nicht so sehr ans Herz gewachsen wäre, hätte es mir egal sein können, wie Jamie an die Kleidungsstücke kam. Aber das war es nicht. Anna erinnerte mich in hohem Maße an mich selbst und ich wusste noch sehr genau, wie ich mich damals gefühlt hatte, nachdem meine Mutter von der Insel verschwunden war. Verloren und unverstanden. Etwas in mir wollte Anna helfen, sich in der Welt besser zurechtzufinden, so wie Granny mir geholfen hatte.

Zudem musste ich zugeben, auch Jamie war mir nicht vollkommen egal, denn wäre es so, hätte er mich mit seinem Verhalten nicht verletzen können.

Ich schob die Entscheidung vor mir her, räumte noch das hintere Zimmer auf, obwohl die offiziellen Öffnungszeiten des Buchladens bereits vorbei waren, ich saugte und wischte den Verkaufsraum und machte die aktuelle Buchhaltung, während der Boden trocknete. Doch dann war ich mit allem fertig und musste mich entscheiden, was ich tun wollte.

Letztendlich schnappte ich mir Annas Sachen, legte sie zusammen und in eine Kiste und trug sie anschließend zu meinem Auto, das ich zwischen Haileys und meinem Laden abgestellt hatte. Mit einem mulmigen Gefühl in der Magengegend stellte ich den Karton in den Kofferraum und öffnete die Fahrertür.

»Gut, dass ich heute früh das Auto genommen habe.«

»Sprichst du jetzt schon mit dir selbst?«, fragte Lin, die in diesem Moment auf der Main Street stand und in die Gasse sah, in der ich stand.

»Du Scherzkeks.«

Sie schüttelte den Kopf und kam näher. »Nein, ich meinte das vollkommen ernst. Ich mach das auch, wenn ich gestresst bin. Dann rede ich mit mir selbst, um mir Mut zu machen. Vielleicht musst du das auch tun?« Als ich sie fragend ansah, erklärte sie grinsend: »Na ja, um genug Mut aufzubringen, wenn du zur Pearson-Farm fährst.«

»Wer fährt zur Pearson-Farm?«

Lin und ich stöhnten beide zeitgleich auf.

Neben Lin kam Matt zum Stehen, der uns offenbar gehört hatte und nun – neugierig, wie er nun mal war – alles ganz genau wissen wollte. Mit ihm waren wir zusammen in eine Klasse gegangen. Er war schon immer ein netter Kerl gewesen, der für jeden Spaß zu haben war. Seine roten Haare standen wild vom

Kopf ab, als er den Fahrradhelm abnahm und ihn an den Lenker seines Fahrrads hängte, das er an seine Seite gelehnt hatte.

Obwohl er so zerzaust aussah, konnte man gut erkennen, wie attraktiv er war. Trotz seiner Ausstrahlung hatte er bis jetzt nicht die Richtige gefunden und das, wo er zudem auch noch finanziell sehr gut abgesichert war. Nachdem der Glücksbote seinen Lotschein mit einem Hauptgewinn ausgewählt hatte, war er in die Hotelbranche gewechselt. Ihm gehörte nun eins der Hotels auf der Insel, das er sich vor ein paar Jahren gekauft hatte. Das Hotel lief gut, auch wenn mir zu Ohren gekommen war, dass Matt nicht unbedingt ein Händchen für das Geschäft hatte. Das war meiner Meinung nach nicht verwunderlich, schließlich hatte er ursprünglich eine Ausbildung als Gärtner bei Lins Eltern absolviert. Da konnte man nun wirklich nicht erwarten, dass er in buchhalterischen und touristischen Dingen den Durchblick hatte.

»Geht dich nix an, Matt«, zischte Lin, doch ein Grinsen zupfte an ihren Mundwinkeln, als sie zu mir sah.

Matt war schon immer eine Nervensäge gewesen, der Typ in der Schule, der immer irgendwelche Scherze machen musste. Klar, er hatte es nie böse gemeint, aber hin und wieder ging er einfach zu weit. Und sobald die meisten selbst ins Fadenkreuz dieses Clowns gekommen waren, wollten sie nichts mehr mit Matt zu tun haben. Lin und auch ich hatten bereits zu spüren bekommen, wie nervig Matt sein konnte und keine von uns vertraute diesem Kerl irgendetwas an, das nicht am nächsten Tag als Schlagzeile in der lokalen Presse landen durfte.

Also kurz gesagt: Matt erfuhr von uns nie etwas. Nichts. Niemals!

»Ihr Frauen steht hier am Abend in einer dunklen Gasse und redet über die Pearson-Farm, da darf man doch als anständiger

Mann, der euch vor jeder Gefahr beschützen will, mal nachfragen.«

Sein schmollender Unterton brachte mich zum Lachen. »Ach, Matt, tu nicht so, als wärst du der Held, der die Welt retten möchte.«

»Hey, was soll das? Vielleicht habe ich mich geändert«, stieß er hervor und sah dabei gar nicht mehr belustigt aus.

Nanu! Hatte er das etwa ernst gemeint? Irgendwie hatte ich das Bedürfnis, meinen so flapsig dahin gesagten Spruch zurückzunehmen. »Wenn ich dir zu nahe getreten bin, tut mir das leid, Matt.«

Er machte eine wegwerfende Handbewegung, während Lin ihn mit leicht geöffnetem Mund anstarrte. »Schon gut. Macht keine Dummheiten. Die Farm ist wieder bewohnt.« Dann schwang er sich auf sein Rad, setzte den Helm auf und fuhr davon, ohne sich zu verabschieden.

»Was war das denn jetzt? Wo ist unser immer zu allen Scherzen aufgelegter Matt hin?«

Ich zuckte mit den Schultern. »Vielleicht wird er langsam erwachsen und erkennt, dass er mit seinem albernen Gehabe nicht weiterkommt?«

»Gut möglich«, erwiderte Lin nachdenklich. Dann hellte sich jedoch ihr Gesicht auf. »Warum hat er uns vorgewarnt, dass mittlerweile jemand auf der Farm lebt?«

»Scheinbar hat er gedacht, dass wir irgendeinen Kinderkram auf der Farm anstellen wollten. Was denkt er bitte, wie alt wir sind?«

Lin kicherte. »Also manchmal frage ich mich das auch.« Nun wurde aus dem Kichern ein lautes Lachen und ich stieg mit ein.

Als wir uns beruhigt hatten, fragte ich Lin, ob ich sie nach Hause begleiten sollte, doch sie meinte in amüsiertem Tonfall, dass das kurze Stück schon allein schaffen würde und ein bisschen die frische Luft genießen wollte.

»Ich brauch das, um den Kopf freizubekommen. Ich will nachher ein neues Kleid zuschneiden und dafür muss ich die Idee, die in meinem Kopf herumschwirrt, erstmal in ein Schnittmuster umwandeln. Vielleicht bringt mir der Spaziergang ja den Durchbruch.«

»Alles klar, dann sehen wir uns morgen. Viel Erfolg mit deiner neuen Kreation.«

Ich wollte gerade ins Auto einsteigen, als Lin mich fragte: »Fährst du nun auf die Pearson-Farm oder nicht?«

Kurz schloss ich die Augen und atmete tief durch. »Ja, ich schieb das nicht weiter vor mir her.«

»Sehr gut. Ich bin stolz auf dich.« Als ich zu meiner Freundin blickte, sah ich das Lächeln und ihr bestätigendes Nicken.

»Danke.«

Sie schüttelte den Kopf. »Ist nur die Wahrheit. Ich habe vorhin gemerkt, wie sehr dich die Sache mitgenommen hat und kann mir vorstellen, dass dich dieser Besuch viel Kraft kostet. Schreib mir nachher, wie es gelaufen ist, dann muss ich nicht bis morgen Mittag warten. Du weißt doch, wie neugierig ich bin.«

»Ja, das weiß ich. Ich melde mich, sobald ich zu Hause bin.«

»Viel Erfolg und fahr vorsichtig.« Lin hob die Hand zum Gruß, dann drehte sie sich um und verließ die schmale Gasse.

Kurz schaute ich zum Himmel empor, der noch immer wolkenverhangen war, dennoch blieb es seit zwei Stunden trocken. Morgen sollte ein sonniger Tag werden. Passend zum Beginn des neuen Monats. Ich freute mich auf das schöne Wetter, doch mit der Sonne würden auch die Mücken kommen. Die schottischen Midges waren legendär. Sie gehörten zu unserem Land wie das schroffe Klima, was aber nicht hieß, dass wir Schotten sie mochten.

* * *

Als ich zehn Minuten später nach einer rasanten Fahrt über eine der Single Track Roads, die für die Insel so typischen schmalen Straßen, die immer nur von einem Auto befahren werden konnten und an denen sich wie Perlen an einer Kette die Haltebuchten aneinanderreihten, die Einfahrt zur Pearson-Farm erreichte, war es schon fast dunkel. Erst als ich auf die Uhr sah, bemerkte ich, wie spät es bereits war.

Bevor ich genügend Mut zusammennahm, um dieses Gespräch hinter mich zu bringen, schrieb ich Dad noch eine Nachricht, dass er nicht mit dem Essen auf mich warten musste. Ich hatte die ganze Zeit im Laden getrödelt und völlig vergessen, ihm Bescheid zu geben. Das sah mir gar nicht ähnlich. Und das alles nur, weil Jamie mich dermaßen aus der Fassung brachte. Allein deswegen müsste ich schon wütend auf diesen Kerl sein.

Ich biss die Zähne aufeinander und stieg aus. Kurz blieb ich stehen, um mich umzusehen. Selbst in diesem schummrigen Licht konnte ich erkennen, dass sich hier einiges verändert hatte. Das Haus war gestrichen und das Dach neu gedeckt worden. Auf der Veranda standen moderne Möbel, die aussahen, als hätten sie ein halbes Vermögen gekostet. Das irritierte mich, immerhin war ich bis gerade eben davon ausgegangen, dass Anna und ihrem Vater nicht viel Geld zur Verfügung stand.

Hatte ich mich mit meiner Einschätzung dermaßen geirrt? Es sah ganz so aus.

In meinem Magen hatte sich mittlerweile ein Knoten gebildet und ich überlegte ernsthaft, mich wieder ins Auto zu setzen und nach Hause zu fahren. Sollte Jamie doch zu mir kommen, wenn er die Sachen von Anna wiederhaben wollte!

Aber noch ehe ich meine Idee in die Tat umsetzen und einen Rückzieher machen konnte, hörte ich ein aufgeregtes Bellen aus dem Haus. Gleich darauf wurde die Tür geöffnet und ein Hund raste auf mich zu. Bellend blieb er vor mir stehen, wedelte dabei aber so aufgeregt mit dem Schwanz, dass sein ganzer Körper zu beben schien, was seinem Auftritt die Gefährlichkeit nahm.

Bei genauerem Hinsehen erkannte ich einen Jack-Russell-Terrier, der außergewöhnlich schmal gebaut war und längere Beine hatte, als ich es von dieser Rasse kannte.

»Na, wer bist du denn?«, fragte ich das Tier mit beruhigender Stimme, zumindest hoffte ich, dass es beruhigend klang.

Sofort hörte der Hund auf zu bellen und sprang stattdessen an meinem Bein hinauf. Die Freude des kleinen Kerlchens war bezaubernd. Ich ging in die Hocke und kraulte ihn hinter dem Ohr, wo sein Fell besonders weich war. Dafür erntete ich einen euphorischen Hundekuss.

Lachend erhob ich mich wieder, um mein Gesicht vor der nassen Hundezunge in Sicherheit zu bringen. Das wiederum veranlasste den Terrier, sich vor mir hinzusetzen und mich treuherzig anzusehen. Der Schwanz wischte dabei unermüdlich über den Boden.

Als ich den Blick hob, sah ich Jamie am Türrahmen lehnen, dabei verschränkte er die Arme vor der Brust und beobachtete mich und seinen Hund mit undurchdringlicher Miene. Wie auf Knopfdruck zog mein Magen sich wieder zusammen.

So wie er aussah, hatte sich die Sache zwischen uns noch nicht geklärt. Er war weiterhin wütend auf mich und gab mir die Schuld daran, dass seine Tochter die Schule geschwänzt hatte.

Ich ging zum Kofferraum und holte die Kiste mit Annas Sachen heraus. Mit Schwung schloss ich die Klappe, atmete noch einmal tief ein, ehe ich auf das Haus zulief. Je näher ich Jamie kam, desto unangenehmer wurde die Situation. Aber ich wollte mich nicht von ihm entmutigen lassen und zu Ende bringen, was ich hier begonnen hatte. Sollte er doch versuchen, mich mit seinem Lasertodesblick zu durchbohren. Das brachte nichts. Dagegen war ich immun – das redete ich mir zumindest ein. Doch der Weg bis zu der Treppe mit den drei Stufen, die auf die hölzerne Veranda des Cottages führte, erschien mir endlos.

Während der Hund um mich herumsprang und mehr Aufmerksamkeit von mir forderte, spürte ich bei jedem Schritt Jamies Blick auf mir.

*Dieser Idiot könnte ruhig mal etwas sagen oder mir entgegenkommen und die Kiste abnehmen!*

Aber er tat nichts dergleichen, starrte mich stattdessen nur weiterhin emotionslos an. Ich versuchte, einen ebenso teilnahmslosen Gesichtsausdruck aufzusetzen, aber ich bezweifelte, dass ich auch nur annähernd so cool wirkte wie er.

Demonstrativ blieb ich an der Treppe stehen und stellte die Kiste auf der Veranda ab.

»Das sind die Kleidungsstücke und Schuhe von Anna. Sie sind jetzt trocken. Ich dachte, dass sie die vielleicht morgen braucht.«

Für einen kurzen Moment bewegte er sich nicht und sagte auch keinen Ton, dann stieß er sich vom Türrahmen ab und kam auf mich zu. Er trug Jeans und ein Longsleeve, was wieder einmal seinen gut definierten Körper betonte. Rasch wandte ich meine Aufmerksamkeit der Kiste zu, nach der Jamie in diesem Moment griff. »Danke, dass du extra hierhergefahren bist.«

Irrte ich mich oder hörte er sich erschöpft an?

»Kein Problem. Ihr habt den roten Regenmantel dagelassen und den trägt sie doch immer.« Ich stammelte mehr, als dass ich einen vernünftigen Satz sagte. »Den braucht sie bestimmt morgen, wenn sie zur Schule fährt, und die Uniform natürlich auch.«

»Sie kann morgen nicht gehen.« Jamie richtete sich auf, den Karton in den Händen und sah mich an. »Das Fieber ist gestiegen. Ich denke, sie hat sich heftig erkältet.«

»Oh nein. Das tut mir leid«, erwiderte ich und machte mir sofort Sorgen um Anna. »Als sie bei mir ankam, war sie völlig durchnässt und hat gezittert. Nachdem ich ihr dann was Trockenes zum Anziehen gegeben habe, ist sie gleich eingeschlafen. Ich hatte überlegt, dich direkt anzurufen, aber in diesem Moment hatte ich das Gefühl, es wäre sinnvoller, sie schlafen zu lassen. Sie sah so erschöpft aus.«

Für einen Moment schwieg Jamie. Er sah mich nur an.

Ich zuckte mit den Schultern, unsicher, was ich jetzt noch sagen sollte.

»Ich hätte vermutlich auch so gehandelt.«

Da mir mit einem Mal kalt war, zog ich die Jacke fester um mich und erklärte: »Ich wusste wirklich nicht, dass sie die Schule schwänzt. Ich bin nicht einmal auf die Idee gekommen. Es tut mir leid.«

Jamie nickte.

»Dann grüß Anna bitte von mir und ich hoffe, dass sie schnell wieder gesund wird.« Da es nichts mehr zu bereden gab, verabschiedete ich mich. »Man sieht sich.« Rasch drehte ich mich um und ging zum Wagen. Auch diesmal spürte ich, dass Jamie mir nachsah, und war froh, als ich endlich nach der Autotür greifen konnte.

Als ich im Auto saß und zurück zum Cottage blickte, stand er noch immer dort, den Karton auf dem Arm. Seine undurchdringliche Miene hatte sich nicht verändert. Neben ihm saß der kleine Hund und beobachtete mich genauso aufmerksam wie sein Herrchen.

Tausend Fragen schwirrten in meinem Kopf herum, während ich den Motor startete und zurücksetzte, um zu wenden.

Warum hatte er nichts mehr gesagt?

Warum konnte er sich nicht wenigstens verabschieden?

Warum gab er mir das Gefühl, ich hätte etwas falsch gemacht?

Wütend umklammerte ich das Lenkrad und wagte einen letzten Blick in den Rückspiegel – zurück zur Pearson-Farm. Jamie war nur noch als Umriss zu sehen, aber er stand dort auf seiner Veranda und rührte sich nicht.

Was ging nur in seinem Kopf vor?

Er konnte doch nicht ernsthaft glauben, dass ich seine Tochter beim Schuleschwänzen unterstützte!

Erst jetzt erinnerte ich mich, dass ich ihn hatte fragen wollen, ob er herausgefunden hatte, warum Anna nicht zur Schule ging. Denn das war die eigentlich entscheidende Frage. Ein Kind entschied sich doch nicht einfach aus dem Nichts dazu, lieber durch die Straßen zu laufen und in einem Buchladen zu sitzen, anstatt den Unterricht zu besuchen. Da musste mehr dahinterstecken.

* * *

## Freitag, 4. Mai

Am Freitagabend packte ich den Bücherstapel mit den Highland-Liebesromanen in eine Papiertüte, legte die Rechnung dazu und zog dann meine Strickjacke an.

In den letzten Tagen hatte sich das Wetter verändert. Es wurde Frühling. Und das zeigte sich auch in den Gemütern der Menschen. Die Leute lächelten mehr, wirkten glücklicher und entspannter.

Und seitdem ich mich dazu entschlossen hatte, die Sache mit Jamie und Anna nicht mehr persönlich zu nehmen, ging es mir auch besser. Lin hatte mich unterstützt, als ich sie am Dienstagabend noch einmal angerufen und ihr berichtet hatte, wie das Aufeinandertreffen zwischen Jamie und mir abgelaufen war. Danach war ich mit mir im Reinen gewesen.

Dennoch fragte ich mich immer wieder, wie es Anna gerade ging. War sie mittlerweile gesund? Ging sie wieder zur Schule?

Jeden Tag hielt ich Ausschau, ob ich den roten Regenmantel irgendwo entdeckte, aber ich hatte bisher kein Glück gehabt. Wahrscheinlich hatte sie doch eine ausgewachsene Erkältung erwischt statt eines harmlosen Schnupfens und brauchte deshalb noch eine Weile, um sich zu erholen.

Nachdem ich die Ladentür abgeschlossen hatte, ging ich zu meinem Fahrrad, packte die Papiertüte in den Korb, der vorne am Lenker angebracht war, und fuhr zu Misses Tenners kleinem Supermarkt.

Die Sonne glitzerte auf dem Wasser des *Sound of Mull*, wie der Arm des Atlantisches Ozeans genannt wurde, der die Insel vom Festland trennte. Über mir kreischten ein paar Möwen und ich genoss den warmen Wind, der mir ins Gesicht wehte.

Nach kurzer Zeit war ich beim Supermarkt angekommen und schloss mein Rad vor dem Laden an. Mit den Büchern unter dem Arm und einem Lächeln auf den Lippen betrat ich Misses Tenners Geschäft.

Ich entdeckte die ältere Frau im hinteren Bereich, wo sie mit Matt und seiner Mutter stand. Man konnte die verwandtschaftliche Ähnlichkeit zwischen den Dreien nicht übersehen. Sie hatten alle die gleichen auffälligen grünen Augen. Obwohl ich die drei schon mein Leben lang kannte, fiel mir das jedes Mal auf, wenn ich sie auf einem Haufen zu Gesicht bekam.

Als ich näher kam, lachten die Frauen, die sich nicht nur ähnlich sahen, sondern auch einen vergleichbaren modernen Modegeschmack hatten. Nur Matt wirkte unzufrieden.

»Guten Abend«, begrüßte ich die drei und machte sie so auf mich aufmerksam. Nicht, dass sie ansonsten von mir dachten, dass ich sie belauschte.

»Hey, Ally.« Matt nickte mir mit einem etwas zu grimmigen Gesichtsausdruck zu.

»Misses Tenner, ich hab Ihnen Ihre Bücher mitgebracht.« Demonstrativ hielt ich die Tüte hoch.

Auf dem Gesicht der Ladenbesitzerin erschien ein seliges Lächeln, und sie faltete ihre Hände kurz vor dem Gesicht. »Oh, wie schön. Dann kann ich am Wochenende lesen! Danke, mein Kind.« Sie kam auf mich zu und nahm mir die Bücher ab. »Clarissa, das sind die neuen Highlandromane! Wenn ich durch bin, kannst du sie lesen.«

Clarissa war Misses Tenners jüngere Schwester und genau wie sie eine gute Kundin von mir. Beide hatten vom ersten Tag an zu meiner Kundschaft gezählt und kauften immer abwechselnd Bücher bei mir ein, die sie untereinander tauschten.

»Etwa schon wieder so ein Liebesroman mit halb nackten Männern in Kilts auf dem Cover?«, fragte Matt stöhnend und verdrehte die Augen. Dann wandte er sich an mich. »Wenn meine Mutter diese Bücher liest, läuft sie anschließend mit einem merkwürdigen Ausdruck im Gesicht durchs Haus und hat rote Wangen. Das ist doch bestimmt versautes Zeugs.«

Ich musste lachen. »Wer entscheidet denn, was versaut ist und was nicht?«

Clarissa Miller beugte sich vertraulich zu mir. »Mein Sohn spielt sich als Moralapostel auf, dabei ist er selbst der Liebe gegenüber nicht abgeneigt.«

Misses Tenner boxte sie leicht gegen die Schulter. »Nun stell doch den Jungen nicht so bloß.«

Matt richtete sich zu seiner vollen Größe von beinah zwei Metern auf und verschränkte die Arme vor der Brust. »Genau, stell doch den Jungen, der im Übrigen schon siebenundzwanzig ist, nicht bloß. Und vielleicht redet ihr zwei nicht so geschwollen daher, als würdet ihr euch selbst in einem dieser Schinken befinden.«

Ich versuchte, mir das Grinsen zu verkneifen, doch es war unmöglich. Diese Unterhaltung war einfach zu witzig, als dass ich mich da hätte zurückhalten können. Beinah konnte ich mir Clarissa Miller bildlich vorstellen, wie sie nach der Lektüre selig durchs Haus schwebte, in Gedanken noch immer auf einer der Burgen in Gesellschaft eines heißen Schottischen Kriegers.

»Du verstehst das nicht, Matt!«, zischte seine Mutter und machte ein unglückliches Gesicht, weil ihr Sohn so gar kein Verständnis für sie zu haben schien. »Es gibt Geschichten, die berühren dein Herz und dann kannst du auch nicht so schnell wieder in der Realität ankommen. Stimmt's Martha?« Hoffnungsvoll sah sie ihre Schwester an.

»Du hast vollkommen recht, Clarissa.« Bestätigend nickte Misses Tenner und presste die Tüte fester an ihre Brust. Dann wandte sie sich an mich. »Musst du noch einkaufen, Liebes?«

»Ja, ich will noch ein bisschen frisches Obst und Gemüse fürs Wochenende holen, damit Dad genug Vitamine zu sich nimmt.«

»Dann mach das und ich geb dir das Geld für die Bücher nachher, wenn du an die Kasse kommst. Einverstanden?«

»Einverstanden.« Ich nickte Mrs Miller zu und fragte dann Matt: »Hast du Lust, morgen mit zum Calgary Beach zu kommen? Lin, Hailey, Toni und ich wollten runter zum Strand, picknicken und eventuell baden gehen.«

Matts Gesicht klarte sich auf. »Gern.«

»Super! Das wird toll. Wie früher.«

»Ja, das wird es mit Sicherheit.« Er sah so aus, als freute er sich wirklich auf unser Treffen. Dann legte er den Kopf schräg, so als wollte er mich noch etwas fragen, aber er tat es nicht, obwohl ich kurz wartete, bevor ich mich dem Gemüse zuwandte.

»Dann sehen wir uns um vier Uhr dort«, sagte ich noch und war gerade im Begriff, mich von den dreien abzuwenden, als Matt doch noch etwas wissen wollte.

»Was kann ich mitbringen?« Unsicher lächelte er. Völlig untypisch für den Kerl, der ansonsten immer eine freche große Klappe hatte.

»Wie wäre es mit den Getränken? Dann müssen wir schwachen Frauen«, bei diesem Ausdruck zwinkerte ich ihm zu, »nicht unnötig schwer schleppen.«

Matt lachte auf. »Alles klar. Ich bring was mit.«

»Bis morgen«, verabschiedete ich mich von ihm.

»Bis morgen.«

Anschließend holte ich mir einen Korb und packte einige frische Zutaten hinein. Ich wollte heute Abend noch einen Eintopf kochen und für morgen einen Dip machen und dazu Gemüsesticks schneiden. Hailey würde sicherlich wieder etwas Warmes mitbringen, während Lin sich um das Geschirr und die Decken kümmern würde. Was Toni beisteuerte, wusste ich noch nicht, aber irgendwie wurden wir uns da immer einig.

Toni war genau wie Matt mit uns zusammen zur Schule in Salen gegangen. Wir kannten uns alle schon beinah unser ganzes Leben. Es würde ein schöner Nachmittag unter Freunden werden. Darauf freute ich mich sehr.

Als ich alles beisammenhatte, ging ich zur Kasse, wo Misses Tenner bereits auf mich wartete. Neben ihr lag schon der nächste Teil der Reihe über die heißen Highlander. Offenbar hatte sie nicht abwarten können, einen Blick in das Buch zu werfen.

Schmunzelnd packte ich meinen Einkauf auf das Band und holte meinen Geldbeutel aus der Tasche.

»Das macht dreiundzwanzig Pfund und zehn Pence. Soll ich das gleich von dem Geld abziehen, dass du von mir bekommst?«

»Ja, das können wir gern so machen.« Ich beobachtete, wie Misses Tenner den Betrag der Rechnung für die Bücher in einen Taschenrechner tippte und anschließend davon die Summe des Einkaufs abzog.

»Gut, dann bekommst du von mir noch elf Pfund und fünfundsiebzig Pence.« Mit schnellen Handgriffen holte sie das Geld aus der Kasse und legte die Rechnung für die Romane hinein.

»Danke.«

»Nichts zu danken. Eher hab ich dir zu danken, immerhin hast du mir die Bücher hierher gebracht. Das nennt man wohl Service und gelungene Kundenbetreuung« Sie lächelte mich aufrichtig an, doch dann blickte sie sich kurz um und beugte sich zu mir. »Kannst du mir einen Gefallen tun, Ally?«, fragte Misses Tenner mit gesenkter Stimme.

»Klar, welchen?«, erwiderte ich in genauso verschwörerischem Tonfall.

»Mein Neffe ist gerade in einer schwierigen Phase. Er wird endlich erwachsen. Ich glaube, er sehnt sich nach Beständigkeit. Vielleicht kennst du ja jemanden?« Hoffnungsvoll blickte sie mich an.

»Sie wollen, dass ich ihn verkupple?«, entfuhr es mir. Insgeheim tat mir ihr Neffe leid. Immerhin war er ein erwachsener Mann und kein Siebzehnjähriger, der nicht wusste, was er wollte.

Sie machte eine wegwischende Handbewegung. »Das nicht. Aber vielleicht kannst du einfach die Augen offen halten?«

Zaghaft nickte ich. »Ja ... ja, das mache ich.«

»Fein, dann hätten wir das geklärt. Weißt du, Ally, manchmal muss man dem Glück ein bisschen nachhelfen.« Misses Tenner wirkte äußerst zufrieden und ich fragte mich unwillkürlich, wie vielen Menschen sie auf dieser Insel bereits zu ihrem Glück verholfen hatte.

# 6.

Cha toir a'bhòidhchead goil air a' phoit.
– *Schönheit macht nicht satt.* –

## Samstag, 5. Mai

Bereits den ganzen Samstag freute ich mich auf das Treffen mit meinen Freunden. Es war lange her, dass wir als größere Gruppe gemeinsam etwas unternommen hatten. Beinah fühlte es sich ein wenig so an, wie damals, als wir noch in der Schule gewesen waren und keine Sorgen gehabt hatten, außer der Frage, wer wen mochte und welches Geheimnis Matt mal wieder jemandem verraten hatte, der es nicht hätte wissen dürfen.

Bevor ich den Laden abschloss, schnippelte ich noch rasch das Gemüse und holte den Dip aus dem Minikühlschrank im Hinterzimmer.

Als ich bei meinem Auto ankam, lehnte dort bereits Hal an der Beifahrertür und wartete auf mich. Ihr Haar hatte sie zu einem lockeren Knoten gedreht und festgesteckt. Sie hatte sich für eine dreiviertellange Culottehose entschieden, die sie mit einer an der Seite geknoteten Wickelbluse kombinierte.

Im Gegensatz zu Hal hatte ich heute ein lockeres Strandkleid angezogen, das ich schnell ausziehen konnte, wenn ich mich dazu entschied, baden zu gehen. Noch war ich mir nicht sicher, ob ich das Abenteuer in dem kalten Nass wagen würde. Auch wenn die Sonne die Luft bereits gut aufheizte, würde das Meer seine winterlichen Temperaturen noch eine Weile halten. Aber ich wollte wenigstens die Option haben.

Vor Hal standen eine Kühltruhe und eine gigantische Tasche. Was hatte sie wieder alles zubereitet? Vermutlich viel zu viel, so wie jedes Mal. Aber wie immer würde es auch diesmal wieder fantastisch schmecken.

»Ich dachte schon, ich hätte mich in der Uhrzeit geirrt«, begrüßte sie mich lächelnd und nahm so ihren Worten die Schärfe.

»Nein, ich hatte heute nur so viel zu tun, dass ich erst nach Ladenschluss dazu gekommen bin, das Gemüse für den Dip zu schnippeln. Sorry«, entschuldigte ich mich.

»Ach alles gut. Ich war nur unsicher, ob ich es mir falsch notiert hatte. Aber schön, dass du so einen verkaufsstarken Tag hattest.«

»Der beste in diesem Jahr«, verriet ich ihr und sie hob anerkennend den Daumen.

Hal lud ihre Sachen in den Kofferraum und ich legte ebenfalls mein Zeug hinein. Wenige Minuten später brausten wir auch schon mit meinem Auto aus der Stadt in Richtung Küste. Ich hatte die Fenster heruntergelassen, und wir ließen uns den Fahrtwind um die Köpfe wehen.

»Es ist so angenehm warm heute.« Hailey lächelte über das ganze Gesicht und legte den Kopf nach hinten an das Polster. »Zwanzig Grad erreichen wir zwar noch nicht ganz, aber die Sonne scheint mal wieder herrlich warm auf die Isle of Mull herab. Dieses Wetter liebe ich ganz besonders.«

Laut Thermometer bekamen wir auf der Insel fast nie mehr als die genannten zwanzig Grad, aber wenn die Sonne hier mal nicht durch eine Wolkendecke daran wurde gehindert wurde, ihre volle Kraft zu entfalten, fühlte es sich meist deutlich wärmer an, als das Thermometer zeigte.

Wir passierten den Loch Peallach zu unserer Linken, der wenig später in den Loch Meadhoin und schließlich den Loch Carnain an Amais überging. Zu guter Letzt führte die Straße am rechts von uns gelegenen Loch Torr vorbei. Die Seen der Insel waren besonders beliebte Fotoobjekte bei Touristen, allen voran der Loch Meadhoin. Eingebettet in die Hügel der Insel, fand auch ich ihn von allen Seen am schönsten.

»Obwohl ich schon mein ganzes Leben auf dieser Insel wohne, bin ich immer wieder begeistert, wie schön die Natur hier ist. Ich kann mir nicht vorstellen, irgendwo anders zu leben. Du?«, fragte ich Hal.

»Niemals. Überleg mal, was wir hier alles haben. Berge, Meer und Seen. Wilde Natur und vor allem uns. Als wir kleiner waren, hab ich mir manchmal gewünscht, von hier wegzuziehen, aber das lag nicht an der Insel.« Kurz huschte ein Schatten der Erinnerung über Hals Gesicht, doch ich fragte nicht nach. Diese eine Grenze, die Hal schon früh gezogen hatte, überschritt ich nicht. Wenn sie mir irgendwann einmal alles erzählen wollte, wäre ich für sie da und das wusste sie auch, aber bis dahin, bohrte ich nicht nach. Stattdessen legte ich ihr meine Hand auf den Unterarm, was dazu führte, dass sie mir ein kleines Lächeln schenkte und anschließend aus dem Fenster sah.

Ich konzentrierte mich auf die Strecke, die ich zwar schon oft gefahren war, aber niemals auf die leichte Schulter nahm. Kurven und Stellen, an denen es nur einspurig vorwärtsging, sorgten dafür, dass man seine Gedanken nicht allzu weit in die Ferne schweifen lassen konnte.

Als wir nach einer halben Stunde Fahrt am Parkplatz des

Calgary Beach ankamen, atmete ich tief die frische Seeluft ein. Obwohl wir hier auf der Insel wenig mit Luftverschmutzung zu tun hatten, hatte ich dennoch das Gefühl, dass hier direkt am Atlantik die Luft noch ein bisschen besser war als im Hafen von Tobermory. Vielleicht lag es aber auch daran, dass ich an diesem Ort jeglichen emotionalen Ballast abwerfen konnte.

»Es ist schon jemand da.« Ich wies mit dem Kinn hinunter zum Strand.

»Ja, hab sie auch schon entdeckt. Unsere beiden Rothaarigen gäben ein hübsches Pärchen ab«, antwortete Hal und mir kam die Bitte von Misses Tenner in Erinnerung.

Konnte das eine Lösung sein? Der Gedanke, dass die beiden zusammenpassen könnten, war mir in all den Jahren noch nie gekommen. Ich schob ihn wieder von mir. Wenn die zwei sich füreinander interessierten, würden sie auch zueinanderfinden, ohne dass ich mich einmischte, dafür kannten sie sich lang genug.

Hal und ich holten alles aus dem Kofferraum, was wir für den heutigen Ausflug mitgenommen hatten, und stapften vollgepackt hinunter zum Strand.

Ich genoss bereits auf dem Weg dorthin den grandiosen Ausblick. Reiseführer warben oft damit, dass dieser Flecken Erde an die Karibik erinnerte, und längst hatte sich dieser Strand vom Geheimtipp unter den Besuchern zu einem Touristenhotspot entwickelt. Aber auch wenn ich nur Bilder als Vergleich heranziehen konnte – ich war noch nicht so viel herumgekommen in der Welt –, musste ich ihnen recht geben. Der weiße Sandstrand und das blaue Meer waren einfach traumhaft.

Außer uns waren heute allerdings nur noch ein paar andere Leute hier, die sich gut über den Strandabschnitt verteilten, so dass alle genug Platz hatten.

»Hey Ally, hey Hal«, rief Lin, die schon vor einer Stunde ihren Laden geschlossen hatte und direkt hierhergefahren war.

Neben ihr saß Matt und winkte uns zu. Er lächelte glücklich. Nanu, was hatte das zu bedeuten. Nur an Sonne und Strand konnte das nicht liegen. War da etwa schon mehr zwischen den beiden?

Ich kniff die Augen zusammen und versuchte die Situation, die sich mir hier bot, vollends zu erfassen, aber ich war mir nicht sicher, ob ich nicht etwas Falsches hineininterpretierte. Fragend sah ich zu Hal, die mit den Schultern zuckte und die Augenbrauen hob. Offenbar ging ihr dasselbe durch den Kopf wie mir.

»Läuft da was?«, fragte ich flüsternd.

»Nicht dass ich wüsste«, bekam ich zur Antwort.

Zusammen liefen wir das restliche Stück den Strand hinunter bis zu der Stelle, an der die beiden sich niedergelassen hatten.

Lin, die ein hellblaues Wickelkleid trug, hatte bereits ihre fünf Decken ausgebreitet und auf eine das Besteck und die Teller gestellt. Vor ein paar Jahren hatte sie entschieden, dass es Zeit für einen ordentlichen Campingkorb mit wiederverwertbarem Geschirr war, das nicht so schnell kaputtging. Seitdem benutzten wir das, sobald wir solche Ausflüge machten. Das war umweltfreundlicher und im Endeffekt auch günstiger als Pappteller und Wegwerfbesteck, wenn man das auf lange Sicht betrachtete.

Nachdem ich die schweren Taschen abgestellt hatte, drehte ich mich zum Meer und streckte mich, sah ich über das Wasser hinweg bis zum Horizont. Heute stellte die offene See eine relativ glatte Oberfläche zur Schau, der Wind war fast vollkommen verschwunden und die Möwen schrien über unseren Köpfen. Es war so schön, dass es mir die Sprache verschlug. Der Anblick erfüllte mich mit Ehrfurcht, zeigte mir, wie unwichtig und klein meine eigene Existenz im Vergleich zu dieser Schönheit war. Ich atmete noch einmal tief ein, wandte ich mich den anderen zu und begann meine Tasche auszuräumen.

»Wo bleibt denn Toni?«, fragte Hal.

»Er kommt gleich. Ihr werdet es mir wahrscheinlich nicht glauben, aber er will seine neue Freundin mitbringen«, antwortete Matt mit geheimnisvollem Unterton.

Ich hielt inne und sah ihn mit großen Augen an. »Nicht dein Ernst!«

Matt lachte und schüttelte seinen roten Haarschopf, so als könne er es selbst nicht glauben. »Doch, doch. Toni hat sich verliebt und zwar mit allem Drum und Dran. Er redet die ganze Zeit nur von ihr.«

»Und wer ist sie?«, hakte ich neugierig nach.

»Ich weiß es nicht. Sie soll eine von den Saisonarbeiterinnen sein. Bisher hat er sie allerdings vor mir versteckt.« Lachend wackelte er mit den Augenbrauen.

»Kein Wunder, du und deine frechen Sprüche könnten jeden, der dich nicht kennt, abschrecken. Vermutlich hat Toni Angst, dass sie Reißaus nimmt, wenn sie dich erstmal kennenlernt.« Für mich war es wie ein Wunder, dass Toni eine feste Freundin haben sollte. Bisher hatte man ihn eher jedes Wochenende mit einer anderen gesehen.

»Unfassbar!«, stieß Hal hervor. »Ich hätte nicht gedacht, dass ich die Worte Freundin und Toni einmal in einem Satz hören würde.«

»Ich auch nicht«, stimmte Lin ihr zu. »Ich glaube, das letzte Mal, dass er eine feste Freundin hatte, war in der Schule, und das hat etwa zwei Wochen gehalten. Damals erschien uns das allerdings noch wie eine Ewigkeit.« Dann richtete sie sich auf und deutete zum Parkplatz. »Da kommen sie.«

Neugierig drehten wir uns alle um und beobachteten, wie Toni und eine dunkelhaarige Frau aus seinem Jeep stiegen. Ich kniff die Augen leicht zusammen, sie besser erkennen zu können. Irgendwie kam sie mir bekannt vor, aber ich konnte auf die Entfernung nicht ausmachen, woher.

»Ich bin so was von neugierig, wie sie es geschafft hat, sich den unsteten Toni zu schnappen.« Hal kicherte. »Ich dachte, er würde immer Single bleiben, um das Angebot williger Frauen stets voll auskosten zu können. Das wird viele vor ein Problem stellen.«

Irritiert sah ich sie an. »Was willst du damit sagen?«

Hal wiegte den Kopf hin und her. »Erzähle ich dir ein anderes Mal.«

»Du hast Geheimnisse vor mir!«, warf ich ihr vor und sah dann zu Lin. »Weißt du, was sie damit meint?«

Lin nickte und grinste.

»Na toll, dann bin ich die Einzige, die völlig unwissend ist?« Mein Blick glitt von meinen Freundinnen zu Matt und auch er nickte und hielt dabei einen Daumen hoch. »Mist! Ihr Verräter!«

Die anderen lachten über meinen vermeintlichen Scherz, aber wenn ich ehrlich war, tat es tatsächlich ein bisschen weh, die Einzige zu sein, die nicht wusste, was die anderen so lustig fanden. Doch ich nahm mir fest vor, dieses Geheimnis irgendwann zu lüften. So leicht ließ ich mich nicht abspeisen.

Als der blonde Toni, der auch in einem Surferfilm hätte mitspielen können, und die dunkelhaarige Frau mit dem akkuraten

Bob näher kamen, dämmerte mir langsam, woher ich sie kannte. Sie war die Kundin, die vor einigen Wochen ein Buch für ihre Mutter bei mir gekauft hatte.

Damals war sie mir sympathisch gewesen, daran erinnerte ich mich noch. Dementsprechend lächelte ich ihr entgegen, als sie einmal ihren Blick unsicher über unsere Gruppe schweifen ließ. Als sie mich erkannte, hellte sich ihre Miene auf. Bestimmt tat es ihr gut, wenigstens einen Menschen außer Toni zu kennen. Zumindest deutete ich ihr erleichtertes Gesicht so.

»Hey, ihr Tobers«, begrüßte uns Toni. Schon früher hatte er uns so genannt, weil wir aus Tobermory kamen, wohingegen er aus Salen stammte. »Das ist Tally. Tally, das sind die besten Freunde, die du auf dieser Insel finden kannst.«

Wir begrüßten Tally alle freundlich und hießen sie in unserer Mitte willkommen. Man konnte ihr richtiggehend ansehen, wie sie sich entspannte. Auch heute trug sie wieder sportliche Kleidung. Eine eng anliegende Sportleggins und ein lockeres, dünnes Sweatshirt offenbarten einen gut trainierten Körper. »Hi zusammen.« Dann wandte sie sich mir zu. »Du hast mir den Thriller für meine Mum empfohlen. Du arbeitest in dem schnuckeligen Buchladen in Tobermory, oder?«

»Richtig. Danke für das Kompliment. Ich freu mich, dass dir mein Laden gefällt.«

»Oh, das ist dein Geschäft?« Mit großen dunklen Augen sah sie mich an. »Genial.«

»Und wie hat deiner Mutter das Buch gefallen?« Neugierig wartete ich ihre Antwort ab.

»Sie war absolut begeistert und hat, nachdem sie es zu Ende gelesen hatte, sofort gegen ihr selbst auferlegtes Kaufverbot verstoßen und sich gleich zwei Thriller der Autorin gekauft, die wohl auch von der Ermittlerin handeln.« Tally lächelte mich an und wirkte mehr als zufrieden.

»Dann hat es ja gepasst.«

»Definitiv! Und gestern habe ich selbst angefangen es zu lesen, und schon jetzt finde ich es fesselnd.«

»Das ist super.« Kurz zögerte ich, weil ich nicht wusste, ob es passend war, sie das zu fragen, was mir im Kopf herumging, aber dann sprang ich über meinen Schatten. »Und wie geht es deiner Mutter?«

Tallys Lächeln verblasste nicht, was mich beruhigte. »Es ist alles in Ordnung. Kein Krebs.«

»Zum Glück!«, stieß ich hervor und atmete erleichtert aus. »Ich kann mir gut vorstellen, wie sehr dich das belastet hat. Diese Unwissenheit, bis man endlich weiß, was los ist.«

»Wem sagst du das! Das waren die schlimmsten Tage in meinem Leben.«

»Das glaube ich dir sofort. Aber heute machen wir gemeinsam einen der schönsten Tage aus diesem Nachmittag, einverstanden?«

Ergriffen nickte Tally. »Danke, dass ihr mich hier so herzlich willkommen heißt.«

Lin schob sich zwischen uns. »Wir sind froh, dass sich endlich eine Frau diesen Trottel geschnappt und sich seiner angenommen hat. Schon allein deswegen bist du willkommen bei uns.« Tally lachte.

»Genug gequatscht, jetzt sucht euch erst mal aus, was ihr essen und trinken wollt.« Sie machte eine ausladende Handbewegung auf all die Köstlichkeiten, die wir auf der Decke ausgebreitet hatten und neben der sich schon die beiden Männer niedergelassen hatten und zugriffen.

Tallys anfängliche Befangenheit löste sich schnell, und schon bald saßen wir alle kauend und plappernd auf den Decken im Sand.

Tally passte zu Toni und auch zu uns. Das waren gute Voraussetzungen dafür, dass er sie das nächste Mal wieder mitbrachte und es vielleicht etwas Dauerhaftes zwischen den beiden werden könnte.

* * *

Die nächsten zwei Stunden verbrachten die Mutigen von uns mit Baden im kalten Wasser, Essen, Trinken und Reden. Es war eine schöne, ausgelassene Atmosphäre. Tally kam bei allen gut an und es war erstaunlich, wie sehr Toni auf sie fixiert war. Ich hatte Toni schon mit vielen Frauen gesehen, aber mit Tally verhielt er sich anders, natürlicher, authentischer, weniger wie der aufgesetzte Macho, den er gern mimte, wenn es darum ging, Frauen zu beeindrucken. So hatte ich den Kerl noch nie erlebt. Egal was er tat, sein Blick suchte immer wieder den von Tally. Und sie schien genauso verliebt in ihn wie er in sie. Sie erzählte uns, dass sie als Personal Trainerin in einem der Hotels arbeitete. Was Matt mit ausgewachsenen Schimpftiraden darüber kommentierte, dass er nicht ebenfalls auf die Idee gekommen war, so etwas in seinem Hotel anzubieten. Wir waren uns alle einig, dass Matt einen Hotelmanager brauchte, der sich um solche Sachen kümmerte, aber er wollte nichts davon hören.

»Es scheint, als würde Toni doch noch sesshaft werden«, raunte Matt, der neben mir auf der Decke saß, mir leise zu, während die anderen noch eine Runde schwimmen waren. »Vielleicht werden wir Jungs doch endlich mal erwachsen.«

»Du etwa auch?«, fragte ich mit gespieltem Entsetzen und sah ihn feixend an.

Matt blickte mich ernst an, zuckte mit den Schultern und sagte: »Bei manchen dauert es zwar länger, aber letztendlich erkennen wir alle irgendwann, was wirklich wichtig ist im Leben.«

Ich musste schlucken und ließ den Blick über die Wellen gleiten, die der leichte Abendwind vor sich hertrieb. Antworten konnte ich ihm nicht, denn ich war mir nicht sicher, ob jeder fand, was für ihn wichtig war und wonach er suchte. Manche wussten zwar, was sie wollten, waren jedoch ihr Leben lang auf der Suche und wurden nicht fündig.

»Allyyyyyyyy!«, hörte ich eine kindliche Stimme nach mir rufen.

Als ich mich umblickte, sah ich Anna, die in meine Richtung rannte, ein breites Grinsen im Gesicht. Neben ihr tobte der kleine Jack Russell durch den Sand und freute sich über den Wettlauf. Heute war Anna mal ohne ihren roten Regenmantel unterwegs. Stattdessen trug sie Jeans und ein Langarmshirt, genau wie ihr Dad. Doch mir fiel auf, wie blass sie aussah. Die Erkältung musste sie wirklich sehr geschwächt haben.

Sofort war ich auf den Beinen und ging ihr entgegen. Dann breitete ich die Arme aus, nicht sicher, ob dem Mädchen dieses Angebot vielleicht zu vertraut war. Doch zu meiner Freude lächelte sie nur noch breiter und legte dann einen Zahn zu. Kurz darauf fiel sie in meine Umarmung und jauchzte. Der Hund sprang aufgeregt an meinem Bein empor.

»Na, was machst du denn hier?«, fragte ich sie, nachdem ich sie wieder abgesetzt und den Hund beruhigend hinter dem Ohr gekrault hatte.

»Dad«, stieß sie ein wenig atemlos hervor, »hat gesagt, wir müssen ein bisschen am Meer spazieren gehen, damit ich wieder fitter werde und Milow auch mal rauskommt. Und da hab ich ihm gesagt, dass ich an den Calgary Beach möchte, weil es hier so schön sein soll. Ich war noch nie hier, aber die anderen aus meiner Klasse haben gesagt, dass sie im Sommer gern zum Schwimmen herkommen.« Es war das erste Mal, dass sie mir etwas von der Schule erzählte. Bestimmt hatte sie das die ganze Zeit vermieden, um mich nicht auf ihr absichtliches Fehlen aufmerksam zu machen.

»Da haben sie einen guten Geschmack, würde ich sagen. Ich mag Calgary auch und wie du siehst, auch meine Freunde.« Ich deutete hinter mich zu Matt und dann zum Meer, wo Lin, Hailey, Toni und Tally herum planschten und sich einen Ball zuwarfen.

Anna schaute sich neugierig nach den anderen um. »Cool.«

»Euer Hund heißt Milow?«

Anna nickte. »Ja, meine Tante, von der wir unseren Hund haben, ist ein totaler Fan von dem Sänger Milow. Sie hat ihm den Namen gegeben.«

»Okay, hat er vorher ihr gehört?«, hakte ich nach, da es mich irritierte, dass die Tante den Namen ausgesucht hatte.

»Sie ist die Züchterin.« Anna strahlte stolz, angesichts der Tatsache, dass ihre Tante so tolle Hunde züchtete. »Wir hätten ihm einen anderen Namen geben können, aber Dad und ich finden Milow super.«

Anna nahm einen Stock aus dem Sand und warf ihn ins Meer. Sofort rannte der Hund hinterher, während ich Jamie entgegenblickte, der auf uns zukam. Seine Miene war wie immer undurchdringlich. Ich versuchte, ebenso unbeteiligt auszusehen, doch angesichts der aufgeschlossenen Anna, die neben mir auf und ab hüpfte, fiel mir das schwer. Innerlich schüttelte ich über mich selbst den Kopf und entschied, mich nicht zu verstellen. Warum auch? Nur, weil Jamie sich jetzt immer so abweisend verhielt, musste ich mich dem ja nicht anpassen.

»Ich will auch schwimmen«, gestand Anna mir.

»Wenn du ein bisschen fitter bist, wird dein Dad bestimmt gern noch mal mit dir herfahren.« Jamie hatte uns gerade erreicht und ich blickte ihm fest in die Augen. »Stimmt's?«

»Na klar, Bunny. Nächstes Mal fahren wir mit Schwimmsachen her. Aber erst mal musst du richtig gesund werden.«

»Na siehst du«, sagte ich und streichelte Anna übers Haar.

Anna lächelte zuerst mich glücklich an und dann ihren Dad. »Au ja!« Noch einmal legte sie ihre Arme um meine Taille und drückte sich fest an mich.

Ich war ganz erstaunt von ihrem Verhalten. Während ihrer Besuche in der Buchhandlung hatte sie kein einziges Mal Körperkontakt zu mir gesucht. Offensichtlich hatte sich das nun geändert. Ich fragte mich, woran das lag, fand aber so schnell keine Erklärung dafür.

Über ihren Kopf hinweg sahen Jamie und ich uns an. Für einen Moment schloss er die Augen und quälte sich dann ein Lächeln auf die Lippen. Doch ich erwiderte es nicht und sah stattdessen aufs Meer hinaus.

Anna löste sich von mir. »Ich gehe Muscheln suchen. Okay, Dad?«

»Mach das, Bunny.« Jamie sah ihr hinterher und wirkte niedergeschlagen.

»Alles okay mit Anna? Sie sieht blass aus.«

»Sie war schlimm krank. Hatte sich durch die Temperaturen

und den starken Regen verkühlt und ist erst heute das erste Mal so fit, dass ich mit ihr das Haus verlassen kann.« Das erklärte seinen besorgten Blick, mit dem er seine Tochter beobachtete. »Danke, dass du dich um sie gekümmert hast.«

Erstaunt sah ich zu ihm auf, doch er blickte zu Anna.

»Apropos, wir haben noch deine Sachen. Vielleicht kann ich dir die nächste Woche mal vorbeibringen?« Nun sah er mich doch an und seine Miene wirkte nicht mehr so versteinert wie zuvor. »Frisch gewaschen, selbstverständlich.« Ein Lächeln zupfte an seinen Lippen.

Ich erwiderte es und freute mich, dass er den Versuch, unnahbar zu wirken, endlich aufgab. »Gern.«

Plötzlich spürte ich einen Arm, der sich um meine Schulter legte. Jamies Miene wurde wieder zu einer undurchdringlichen Maske.

Es war Matt, der plötzlich neben mir stand und sich nun ein Blickduell mit Jamie lieferte. Was war denn jetzt los?

»Hey, stell uns doch vor!«, forderte Matt mich auf und hielt mich fest, als müsse er verhindern, dass ich mich gleich ins Meer stürzte.

Jamies Blick wechselte von mir zu Matt und wieder zurück. Offenbar boten wir beide hier ein völlig falsches Bild.

Ich entzog mich Matts Umarmung und ging einen Schritt zur Seite. »Jamie, das ist Matt. Matt das ist Jamie.« Aufmerksam beobachtete ich die beiden. »Könnt ihr jetzt euer Balzgehabe sein lassen?«

Matt lachte und sah mich gespielt gekränkt an.

Jamie grinste, so als hätte er das Duell gewonnen.

Männer!

»Jamie? Etwa der Jamie Pearson, von dem alle momentan

reden? Der verlorene Sohn unserer Insel?« Matts Stimme klang nicht wie sonst. Er war eindeutig auf Streit aus.

Doch Jamie blieb gelassen und setzte einen undurchdringlichen Gesichtsausdruck auf. »Genau der.«

Bevor Matt eine weitere biestige Bemerkung von sich geben konnte, sagte ich zu Jamie: »Wenn du magst, könnt ihr euch gern zu uns setzen. Hailey hat mal wieder viel zu viel Essen mitgebracht und freut sich sicherlich, wenn sie nicht alles wieder mitnehmen muss.« Ich drehte mich um und deutete auf unsere Picknickdecken, die immer noch überladen waren mit Köstlichkeiten.

»Wir wollen euch nicht stören.«

Matt machte ein abfälliges Geräusch, wofür er meinen Ellbogen in den Rippen zu spüren bekam.

»Ihr stört nicht. Komm«, forderte ich Jamie auf und ging zurück zu unserem Platz. Matt ignorierte ich, weil ich sein Verhalten total daneben fand.

In diesem Moment kamen meine beiden Freundinnen aus dem Wasser und bibberten. Die Sonne hatte ihre Kraft verloren und konnte die Kälte des Wassers nicht mehr ausgleichen. Rasch trockneten Hal und Lin sich ab und begrüßten Jamie dann freundlich.

»Du musst unbedingt etwas essen!« Hal zauberte einen warmen Hoodie und eine Jogginghose aus ihrer Strandtasche und ließ die sommerliche Culotte darin verschwinden. »Ich hab mal wieder zu viel gemacht.«

Jamie lachte und blickte dann zu mir.

»Habe ich es dir nicht gesagt?«, entfuhr es mir grinsend.

»Hast du. Ich war mir aber nicht sicher, ob Hailey auch davon begeistert ist, uns hier durchzufüttern.« Jamie zwinkerte Hal zu und sie schüttelte tadelnd den Kopf.

»Jamie Pearson, ich freu mich, wenn du und deine zuckersüße Tochter mir die Haare vom Kopf fressen. Ich habe zwar keine Riesencookies dabei, aber etwas Ähnliches.«

Theatralisch griff sich Jamie an die Brust. »Du hast es nicht vergessen.« Hailey schüttelte den Kopf. »Das wird vermutlich niemand je vergessen, der bei dem Fest anwesend war.« Hal hielt ihm die Metallbüchse mit dem Shortbread als Friedensangebot hin.

»Ich habe es beinah befürchtet.« Jamie griff in die Dose und holte einen Keks heraus. Gierig biss er hinein und verdrehte die Augen, angesichts des Genusses, den das Shortbread bot. »Damit hast du mich vollkommen für dich eingenommen.«

Fasziniert beobachtete ich die beiden und fragte mich, warum ich nicht einfach so locker mit Jamie umgehen konnte. Neben mir saß Milow und wedelte aufgeregt mit dem Schwanz. Ich ging in die Hocke und streichelte ihm über den Kopf, während ich Hal und Jamie nicht aus den Augen ließ.

Warum fiel es mir so schwer?

Weil ich mich für ihn interessierte.

Eindeutig. Das hemmte mich und sorgte dafür, dass ich in seiner Nähe unsicher war.

»Das höre ich gern. Falls du es nicht weißt, das *Lizzy's* ist meine Bäckerei. Wenn ich es heute schaffe, dich von dem Gebäck abhängig zu machen, weißt du, wo du mich und meine Kekse finden kannst.« Flirtete Hal etwa mit Jamie?

»Du kennst doch den schottischen Spruch: *Cha toir a'bhòidhchead goil air a'phoit.* Schönheit macht nicht satt.« Das Gälisch aus seinem Mund hörte sich wunderbar an.

Hal lachte. »Willst du damit sagen, dass du so hübsch bist?«

»Du hast es erfasst!«

»Du eingebildeter Kerl!« Kopfschüttelnd holte Hal einen der Teller aus der Kiste und reichte Jamie diesen. Sofort beugte er sich zu den Lebensmitteln herab und schaufelte sich alles Mögliche darauf.

Irritiert schaute ich zwischen den beiden hin und her, wobei ich den Blick von Matt einfing, der mich die ganze Zeit mit verschränkten Armen beobachtet hatte. Neben ihm stand Lin mit dem Rücken zu uns und redete flüsternd auf ihn ein. Auch das war eine Situation, die ich überhaupt nicht einschätzen konnte. Was war das zwischen Lin und Matt?

Es ärgerte mich, dass ich einen Anflug von Eifersucht auf meine Freundin Hal verspürte. Seit wann neideten wir einander etwas? Und vor allem: Was neidete ich Hailey? Dass sie so locker mit Jamie umgehen konnte? Dass Jamie so freundlich zu ihr war? Dass Hal mit ihm flirtete?

Wütend auf mich selbst, beschloss ich, zu Anna zu gehen, anstatt mich selbst damit zu quälen, die beiden zu beobachten. Ich würde mich sicherlich nicht dazu herablassen, mit meiner Freundin um einen Mann zu wetteifern. Das kam gar nicht in Frage!

Anna hatte ihr Langarmshirt am Saum hochgehoben und in die so entstandene Mulde schon ein paar Muscheln gelegt. Glücklich kam sie auf mich zu.

»Schau mal. Ich habe welche gefunden«, erklärte sie mir stolz.

»Das ist großartig! Wenn du noch mehr einsammelst und dazu ein paar Treibholzstücke findest, kannst du daraus ein Windspiel basteln.« Ich hatte so ein selbst gebasteltes Schmuckstück zu Hause an meinem Verandadach hängen. Das hatte ich mal vor einigen Jahren gemeinsam mit Lin gebastelt. »Ist nicht schwer«, fügte ich hinzu, als ich ihre skeptische Miene sah.

»Ich weiß nicht. Ich bin nicht so geschickt.«

Gerade wollte ich ihr anbieten, mit ihr gemeinsam ein solches Windspiel zu basteln, als mir einfiel, dass Jamie ja nicht wollte, dass Anna Zeit mit mir verbrachte. Das hatte er ziemlich deutlich kundgetan. Diese Erkenntnis versetzte mir einen Stich.

»Ich kann dir ja eine Anleitung dazu schreiben – mit einem Bild, wie es aussehen soll. Was hältst du davon?« Lächelnd sah ich sie an und hoffte, dass Anna mir meinen emotionalen Ausnahmezustand nicht anmerkte.

»Oder wir machen das zusammen.« Hoffnungsvoll blickte sie zu mir und es schmerzte mich, ihr diese Hoffnung nehmen zu müssen.

»Ich weiß nicht, ob dein Dad das möchte.«

Sie winkte lachend ab. »Wenn ich ihn lieb frage, wird er nicht nein sagen.«

Ich wollte ihr nicht weh tun, also schwieg ich. Sollte Jamie doch seiner Tochter das Herz brechen, immerhin war er derjenige, der dagegen war, dass sie mich im Buchladen besuchte.

»Komm, ich helfe dir noch die passenden Muscheln und Holzstücke zu suchen«, bot ich Anna stattdessen an.

Die nächsten Minuten verbrachten wir damit, schönen Muscheln und Treibholz nachzujagen. Ich blendete alle anderen aus und konzentrierte mich nur auf das, was ich gerade tat.

Als wir dann mit unserer Ausbeute wieder zu den Decken zurückkamen, holte ich für Anna eine leere Büchse aus meiner Tasche, in die sie ihre ergatterten Schätze packen konnte.

Toni und Tally verabschiedeten sich gerade und ich winkte den beiden Turteltauben zum Abschied hinterher. Ich hoffte inständig, dass diese Beziehung halten würde. Sie passten toll zusammen, und ich mochte Tonis Freundin schon jetzt sehr.

»Dad! Schau mal!«, forderte Anna die Aufmerksamkeit ihres Vaters und auch die aller anderen.

»Was ist das, Bunny?« Lächelnd klopfte er auf die Decke neben sich und Anna setzte sich zu ihm.

»Das wird ein Windspiel. Ally hatte die Idee. Darf ich nächste Woche mal wieder zu ihr?« Mit angehaltenem Atem schaute sie zu ihrem Vater empor. »Nach der Schule natürlich, dann hast du auch mehr Zeit, Computer zu spielen. Und Ally kann mir zeigen, wie man das macht. Sie hat nämlich so ein Windspiel.«

»Ist das so?«, wollte er von mir wissen.

Erstaunlicherweise schien er nicht sauer auf mich zu sein. Denn so wie es sich aus Annas Mund anhörte, hätte er auch denken können, dass das Ganze von mir initiiert war, um Anna dazu zu bringen, wieder zu mir in den Buchladen zu kommen.

»Ja, ich habe ein solches Windspiel.« Ich drehte mich zu Lin. »Kannst du dich erinnern, wie wir das gebastelt haben?«

Lin strahlte. »Na klar, das hat Spaß gemacht. Ich hab auch so eins«, erklärte sie Anna. »Das hängt in meinem Laden.«

»Na, dann müssen wir auch so ein Windspiel haben. Oder Bunny?« Jamie lächelte seine Tochter an, die jauchzend an seinen Hals sprang.

»Danke, Dad!«

»Danke nicht mir, sondern Ally. Sie ist diejenige, die das mit dir basteln wird. Aber erst werden Hausaufgaben gemacht.« Jamie schaute sie streng an.

Anna nickte schnell. Vermutlich hatte sie Angst, dass er es sich anders überlegen konnte. »Einverstanden!«, erwiderte sie feierlich.

Jamie sah zu mir und ich nickte, damit er wusste, dass ich ebenfalls mit dieser Abmachung einverstanden war. Doch anstatt danach wegzuschauen, hielt er meinen Blick gefangen, und auch ich sah nicht woanders hin.

»Und wenn ihr mit Basteln fertig seid, kommt ihr zu mir und holt euch ein paar Cookies«, hörte ich Hal sagen, was mich aus der Erstarrung riss. Blinzelnd wandte ich mich meiner Freundin zu, die Anna anlächelte und ihr ein Shortbread anbot.

Doch Jamie hielt die Hand seiner Tochter fest, ehe diese sich einen Keks greifen konnte. »Erst mal was Richtiges zu essen, dann das Süße. Okay, Bunny?«

Hailey klappte den Mund auf und schloss ihn anschließend schnell wieder. »Sorry, daran hatte ich nicht gedacht.« Sie biss von dem Shortbread ab und machte dabei ein so lustiges Gesicht, dass Anna lachen musste. »Was? Ich vernichte nur die Beweise.«

»Okay!« Noch immer gluckste Anna. »Was gibt es zu essen?«, fragte die Kleine, beugte sich über die mitgebrachten Speisen und griff dann nach einem Blätterteigteilchen, das mit Hackfleisch gefüllt war.

Jamie schüttelte den Kopf und sah dann zu mir. »Ich muss immer aufpassen, dass sie richtig isst. Süßigkeiten würde sie massenhaft in sich hineinstopfen, aber alles andere nicht.«

Ich hing meinen Gedanken nach, während Jamie und Anna aßen und Hal die beiden um den Finger wickelte. Auch Lin beteiligte sich ausgiebig an der Unterhaltung. Nur Matt schwieg und starrte wie ich auf den Atlantik hinaus. Keiner von uns beiden hatte heute den Weg ins Meer gefunden. Vielleicht blickten wir zwei deshalb so sehnsüchtig auf das Wasser.

Noch immer machte ich mir Gedanken, was das mit den

Computerspielen auf sich hatte. War Jamie dafür nicht schon zu alt? Oder lagen die anderen doch mit ihrer Vermutung richtig? Konnte es tatsächlich sein, dass Jamie Glücksspiele spielte?

Ich hoffte inständig, dass dem nicht so war. Das war eine Art, seinen Lebensunterhalt zu verdienen, die nicht beständig war, und man konnte dabei auch viel Geld verlieren.

* * *

## Sonntag, 6. Mai

Dad und ich saßen am Frühstückstisch, im Hintergrund lief ein alter Bluessong und auf dem Tisch standen Brötchen und frisch gebackene Scones. In meinem Innern war eine gewisse Unruhe, die ich eindeutig Jamie zuordnen konnte. Seit gestern wollte ich umso dringender mehr über ihn wissen. Zwar hatte dieser Mann schon die ganze Zeit meine Gedanken für sich eingenommen, aber nun war der Punkt erreicht, an dem ich dem Geheimnis auf den Grund gehen wollte.

Was trieb er hier auf der Insel? Wie bezahlte er seine Rechnungen? Warum war er zurückgekommen? Warum, warum, warum ...

Vielleicht wusste mein Dad etwas über ihn? Immerhin hatte ich bei dem letzten Mal, als Jamie hier bei uns war, das Gefühl gehabt, dass die beiden sich weit besser kannten, als ich erwartet hatte.

»Dad?«, versuchte ich seine Aufmerksamkeit auf mich zu lenken.

Wie jeden Sonntag hatte er es sich nicht nehmen lassen, vor dem Frühstück einen Spaziergang zum Zeitungsladen zu machen. Anschließend setzte er sich immer mit einer Tasse Kaffee auf die Terrasse oder in die Küche und informierte sich darüber, was in den letzten Tagen auf der Welt und in Großbritannien im Besonderen passiert war. Dass er schon die ganze Woche über Nachrichten im Radio hörte oder im Fernsehen ansah und er dementsprechend die neuesten Meldungen bereits kannte, störte ihn nicht. Das war sein Ritual zum Sonntag. Zudem war er der Meinung, dass die Artikel viel ausführlicher alles beleuchteten, als es eine Radio- oder Fernsehsendung könnte.

»Mmh?« Er schaute über den Rand seiner Sonntagszeitung zu mir.

»Hast du eigentlich eine Ahnung, wovon Jamie Pearson lebt?« Ich versuchte, unbeteiligt zu wirken, und schmierte die Clotted Cream voller Hingabe auf einen der Scones, die ich vorhin gebacken hatte.

»Na, ich gehe mal davon aus, dass er von den Milchkühen lebt, wie er es uns erzählt hat.« Ich hörte das Rascheln der Zeitung, als er eine Seite umblätterte.

»Meinst du wirklich, dass er davon zwei Leute ernähren kann?«

Dad ließ die Zeitung sinken und sah mich ernst an. »Wieso denn nicht? Worum geht es hier eigentlich?«

Wie hatte ich nur glauben können, Dad etwas vormachen zu können? Ich ließ das Messer sinken. »Ich weiß auch nicht. Es ist nur merkwürdig, dass er auf die Insel zurückgekommen ist und sich nun dem gleichen Stress aussetzt wie seine Eltern damals. Leben von der Hand in den Mund. So viel kann man doch nicht mit der Milch von ein paar Kühen verdienen. Daran sind seine

Mutter und sein Vater schließlich auch gescheitert. Warum will er nun das gleiche Leben?«

Langsam wiegte Dad den Kopf hin und her und man konnte sehen, wie er nachdachte und überlegte, was er mir antworten sollte. »Manchmal tun Menschen Dinge, die von außen nicht nachvollziehbar sind. Frag ihn doch einfach.« Ich schüttelte vehement den Kopf. »Gut möglich, sogar sehr wahrscheinlich, dass er davon nicht leben kann. Aber er ist kein kleiner Junge mehr. Vielleicht hat er genügend Kapital angespart, um das Aussteigerleben zu finanzieren. Hast du da mal drüber nachgedacht?«

»Ehrlich gesagt nicht«, gestand ich leise. »Ich mache mir Sorgen. Seine Tochter Anna hat mir erzählt, dass er viel Zeit vor dem Computer verbringt und spielt.« Ich beobachtete Dads Reaktion.

Seine Augenbrauen wanderten empor. »Ein Spieler?«

Ich zuckte mit den Schultern. »Gut möglich.«

»Dann hat er aus dem, was in seiner Kindheit passiert ist, nicht viel gelernt.«

»Was ist denn damals passiert?«, hakte ich nach.

»Lange Geschichte.« Sein Blick wanderte zum Fenster hinaus, so als erinnerte er sich an etwas.

»Warst du deshalb letztes Mal zuerst so abweisend zu Jamie?«

Dad stutzte und blickte mich an, als hätte ich auf etwas aufmerksam gemacht, das ihm selbst gar nicht bewusst gewesen war. »Wie gesagt, Ally, es ist eine lange Geschichte, und ich will nicht alten Kaffee aufwärmen. Lass Jamie hier auf Mull ankommen. Er ist ein netter Kerl.« Demonstrativ hob Dad die Zeitung wieder hoch vor sein Gesicht und zeigte mir so ziemlich deutlich, dass für ihn die Unterhaltung beendet war.

Frustriert biss ich die Zähne aufeinander und kümmerte mich wieder um mein Frühstück. Dennoch war die Neugier bei mir jetzt nur noch mehr geweckt worden und ich wollte und würde herausfinden, was damals gewesen war.

# 7.

Giorraíonn beirt bóthar.

*– Zwei Menschen machen den Weg kürzer. –*

## Montag, 7. Mai

Draußen hatte es gerade angefangen zu nieseln, als die Tür zu meinem Laden geöffnet wurde. Sobald es regnete, passierte das öfter. Dann füllte sich mein Laden schneller als bei Sonnenschein.

Als ich mich umdrehte, sah ich Jamie hereinkommen. Automatisch beschleunigte sich mein Herzschlag.

Ich war gerade im Begriff gewesen, auf eine Leiter zu klettern und einen Karton aus einem Schrank hinter dem Tresen zu holen, in dem ich meine Duftkerzen lagerte. Doch nun hielt ich irritiert inne. Meine Finger klammerten sich an der Leiter fest, weil Jamies Anwesenheit genügte, um mir der Tragfähigkeit meiner Beine nicht mehr sicher zu sein.

»Hey«, begrüßte ich ihn und stieg die wenigen Stufen, die ich bisher erklommen hatte, wieder herab. Dabei versuchte ich, mir meine Aufregung nicht anmerken zu lassen.

Er erwiderte meinen wortkargen Gruß lediglich ebenfalls mit einem »Hey«. Seine tiefe Stimme schickte mir eine Gänsehaut den Rücken hinunter. Während er auf mich zukam, fuhr er sich kurz mit der Hand durch sein vom Regen feuchtes Haar, das dadurch noch dunkler wirkte als sonst. Er trug wieder eines dieser

Langarmshirts, die ihm so gut standen und von denen er offenbar ziemlich viele besaß. Und wie immer sah er richtig gut aus.

Ein Kloß steckte in meinem Hals, der mich dazu veranlasste, mich zu räuspern. Nur leise, aber laut genug, dass Jamie es wahrnahm.

»Was führt dich zu mir?« Mist, das hörte sich zu steif an, deshalb fügte ich hinzu: »Sag mir jetzt nicht, dass du ein Buch kaufen willst!« Ich setzte ein gespielt schockiertes Gesicht auf und erzielte damit die gewünschte Wirkung auf Jamie. Er lächelte.

»Warum erscheint dir das so abwegig? Ich lese sogar recht gern.« Die Grübchen an seinen Wangen, die in diesem Moment zu sehen waren, faszinierten mich.

»Das ist ganz einfach zu erklären.« Ich machte eine dramatische Pause. »Bisher hast du hier noch kein einziges Buch gekauft, von Annas Harry Potter Schmuckausgabe mal abgesehen. Bestellst du deine Bücher etwa übers Internet?«

»Erwischt«, antwortete er schmunzelnd. Heute war er anders als bei unseren letzten Begegnungen, locker und aufgeschlossen. Doch anstatt mich darüber zu freuen, verwirrte mich das total. »Also, nicht dabei, dass ich im Internet bestelle. Ich unterstütze die hiesigen Geschäfte, wenn es möglich ist. Aber dass ich im Moment keine Bücher kaufe. Es liegt daran, dass mir bei meinem Umzug auf die Insel aufgefallen ist, wie viele Bücher ich eigentlich besitze. Und die meisten davon habe ich noch nicht gelesen. Und da habe ich noch nicht einmal die E-Books mitgerechnet, die ich auf meinem Reader habe. Ich dachte mir, bevor ich mir was Neues kaufe, muss ich die erst mal lesen.«

Es war zwar nicht das erste Mal, dass wir vollkommen allein in einem Raum waren, aber die Tatsache, dass er mir etwas von sich erzählte, sorgte dafür, dass es sich dieses Mal auf eine verwirrende Weise intim anfühlte. Mein Herz wummerte, dass es mir unmöglich erschien, dass er es nicht hörte. Zudem stand er mittlerweile so nah bei mir, dass mir sein Duft in die Nase stieg. Er roch frisch, nach Wald und Wiese und etwas ganz Eigenem.

»Solche guten Vorsätze haben viele am Anfang des Jahres, aber die wenigsten können sie über die Monate hinweg halten.«

Mit schräg gelegtem Kopf antwortete er: »Na die erste Hälfte habe ich ja schon fast geschafft. Aber wenn ich schwach werde, komme ich zu dir.«

Fiel nur mir die Zweideutigkeit dieses Satzes auf? Sobald Jamie in der Nähe war, schien irgendwas mit mir nicht zu stimmen, mein Hirn setzte aus oder interpretierte völlig absurde Dinge in seine Aussagen. Ich musste mich dringend zusammenreißen. Nicht, dass er noch mitbekam, was in mir vorging.

»Das wäre schön«, antwortete ich lächelnd. Mir fiel auf, wie flach meine Antwort war, doch ich hätte schließlich unmöglich sagen können, dass ich stets bereit war, sollte er es sich anders überlegen. Doch genau dieser Satz lag mir gerade auf der Zunge, würde aber vermutlich dazu führen, dass auch ihm auffiele, wie zweideutig sich seine eigene Aussage angehört hatte. »Aber wenn du kein Buch kaufen willst, warum bist du dann hier?«

Jamies Gesicht wurde wieder ernst und ich sah, wie sein Adamsapfel hüpfte. »Ich bringe dir die Sachen, die du Anna geborgt hast.« Er hielt einen Beutel hoch, was mich an den Abend erinnerte, als ich im Schlafanzug vor ihm gestanden hatte.

»Oh, stimmt. Vielen Dank.«

»Ich hab zu danken. Sind natürlich gewaschen.« Als er den Beutel auf den Tresen legte, drang mir wieder sein Duft in die Nase. Es sollte verboten werden, dass jemand so gut roch!

»Perfekt, dann kann ich sie für den nächsten Notfall gleich wieder hier in meinem Hinterzimmer deponieren.« Ich ließ den Beutel liegen, darum würde ich mich später kümmern. Stattdessen sah ich Jamie an und wartete ab. Wollte er noch etwas sagen, oder warum stand er noch immer in meinem Laden und sah mich an? Warum war er nicht längst wieder gegangen, wie ich es erwartet hätte?

Kurz senkte er den Blick, dann sprach er endlich aus, was ihn zu bedrücken schien. »Ich habe Anna erlaubt, heute zu dir zu kommen. Sie hat sich nicht davon abbringen lassen, dass sie mit dir dieses Windspiel basteln will. Ich hoffe, das ist okay für dich?«

»Absolut«, antwortete ich, ohne zu zögern.

Jamie wirkte erleichtert. »Auf keinen Fall will ich, dass sie dir in irgendeiner Weise auf den Nerv geht oder dich von deiner Arbeit abhält. Sobald das so ist, sag es mir bitte.«

»Das ist Quatsch. Anna ist pflegeleicht und zuckersüß. Warum sollte sie mich nerven?«

Erneut erschien ein Lächeln auf seinem Gesicht und er wirkte wieder so jung und nicht ganz so selbstsicher wie sonst. »Meistens ist sie das auch, aber hin und wieder, wenn sie ihren Kopf durchsetzen möchte, kann sie einen ans Limit bringen.«

Ich musste lachen. »Ist das nicht mit allen Kindern so?«

»Vermutlich.« Der warme Ausdruck in seinen Augen schnürte mir die Luft ab. »Ich hoffe, dein Freund hat da auch nichts dagegen.«

Blinzelnd sah ich ihn an. »Welcher Freund?«

»Dieser Matt und du … Auf mich wirkte es, als wäre er dein Freund.« Wieder machte er diese typische Handbewegung, die ich schon mehrmals bei ihm beobachtet hatte, wenn er aufgeregt war. Er fuhr sich durch das Haar, das anschließend noch unordentlicher aussah.

»Matt?« Rasch schüttelte ich vehement den Kopf. »Matt ist nur ein alter Schulfreund.«

»Weiß er das auch?«, hakte Jamie nach.

Perplex sah ich ihm in die Augen. »Klar weiß er das.«

Mit einer unschuldigen Geste hob er die Hände. »Ist so eine Sache zwischen Männern. Er sendet Signale aus.«

Nun musste ich lachen. »Signale, die du falsch interpretiert hast.« Unsicher biss ich mir auf die Lippe, weil ich mich an Matts merkwürdiges Verhalten am Strand erinnerte.

»Vielleicht«, lenkte er ein. »Wenn das stimmt, bin froh darüber.«

Meinte er das so, wie ich es gerade verstanden hatte? Mein Herz schlug schneller.

Wir sahen einander an und wieder fiel mir das Kribbeln in meinem Bauch auf, das ich immer in seiner Nähe verspürte, gepaart mit der Luftnot sorgte es dafür, dass mir leicht schwindlig wurde. Ob ihm auch auffiel, wie intim es sich in diesen Sekunden zwischen uns anfühlte?

»Wann kommt Anna denn?«, fragte ich, weil mich das Schweigen und der Blickkontakt so nervös machten.

Auf Jamies Gesicht war nun ein Lächeln zu sehen, und wenn ich mich nicht vollkommen irrte, auch ein wissender Ausdruck.

Ich griff nach einem Kugelschreiber, der auf dem Verkaufstresen lag und steckte ihn in den Becher zu den anderen Stiften. Irgendetwas musste ich tun, um Jamie nicht die ganze Zeit anzustarren.

»Ich hole sie nachher von der Schule ab, dann muss sie Hausaufgaben machen und danach darf sie zu dir.«

»Hört sich nach einem guten Plan an. Aber ich kann auch gern helfen und mit ihr zusammen Hausaufgaben machen und üben.«

Ein leichtes Stirnrunzeln erschien auf Jamies Stirn, als ich zu ihm sah. »Das musst du nicht.«

»Das weiß ich, aber ich biete es dir und Anna an. Früher habe ich öfter Nachhilfe gegeben, und soweit ich weiß, habe ich das ganz gut gemacht.« Ich schenkte ihm ein freundliches Lächeln, damit er erkannte, dass ich das ernst meinte und ihm und Anna wirklich gern helfen wollte. »Überleg es dir einfach oder schlag es Anna vor. Sie kann ja dann entscheiden, ob sie das möchte oder nicht.«

»Danke, Ally. Das ist wirklich nett von dir.«

»Ich bring sie dann heute Abend nach Hause.« Ich schob noch ein paar Blätter in eine Arbeitsmappe, bevor ich ihn wieder anblickte. »Hast du herausgefunden, warum sie nicht zur Schule gehen will?«

Jamies Gesichtsmuskeln spannten sich an. »Nein. Sie will nicht mit mir darüber sprechen.«

»Soll ich es mal versuchen?«

»Gern. Vielleicht ist es etwas, das man sich nur unter Frauen erzählt. Vielleicht ist sie verliebt. Ich weiß es nicht. Ich habe immer gedacht, sie wüsste, dass sie mit mir über alles reden kann.« Er fuhr sich wieder durch die Haare und wirkte dabei irgendwie hilflos. Eine interessante Mischung – ein fast zwei Meter großer Mann, den ein kleines Mädchen mit ihrem Dickkopf in die Knie zwang. »Ich will ihr so gern helfen, aber sie ist stur wie ein Maulesel.«

Ich musste lächeln. »Ich versuche mein Bestes.«

»Danke.« Er erwiderte mein Lächeln, zuckte anschließend

mit den Schultern und ging zwei Schritte rückwärts. »Dann geh ich mal wieder.«

»Schön, dass du da warst.« Das sagte ich nicht nur so dahin. Es war wirklich schön gewesen. So nervös mich seine Anwesenheit auch machte, ich genoss sie dennoch.

Erstaunt blickte er mich an. »Ist das wirklich so?«

»Wie meinst du das?« Erneut sahen wir einander in die Augen und wieder fiel mir die Stille auf, die zwischen den Bücherregalen hing und mir eine Intimität vorgaukelte, die vermutlich gar nicht da war.

»Ich war nicht gerade freundlich zu dir, als ich Anna letzte Woche hier abgeholt habe.« Zerknirscht hob er die Hände und ließ sie wieder fallen. »Das war nicht in Ordnung von mir.«

Ich machte eine wegwerfende Handbewegung. »Ist vergessen.«

»Du solltest das nicht so schnell vergessen.« Er machte einen Schritt auf mich zu. »Hör zu, Ally. Es tut mir leid, dass ich dir gleich die Schuld an dem Mist gegeben habe. Ich hoffe, du akzeptierst meine Entschuldigung. Alles, was mit Anna zu tun hat, versetzt mich in einen Ausnahmezustand. Manchmal fühle ich mich so hilflos. Und ich hasse dieses Gefühl.« Sein fester Blick und seine angespannte Körperhaltung zeigten deutlich, dass er es ernst meinte – seine Entschuldigung und seine Erklärung. Ich spürte auch die Erleichterung, dass er es geschafft hatte, diese Entschuldigung vorzubringen, bevor ihn der Mut verlassen hatte und er wieder verschwunden war.

»Schon gut. Bestimmt hätte jeder Vater so reagiert. Du hast dir einfach Sorgen um Anna gemacht«, versuchte ich ihm das schlechte Gewissen zu nehmen. Ich hatte keine Kinder, aber ich konnte mir gut vorstellen, wie schwierig es war, die Verantwortung für ein so junges Leben zu haben, sich ständig zu fragen, ob es richtig war, was man tat. Niemand konnte einem sagen, was der perfekte Weg war, ein Mädchen in Annas Alter auf das Erwachsenenleben vorzubereiten.

»Gut möglich, entschuldigt aber trotzdem nicht, dass ich mich wie ein Idiot benommen habe. Ich hoffe, dass das zukünftig nicht zwischen uns stehen wird.« Er legte den Kopf schräg und sah mich eindringlich an.

Sein Blick sorgte dafür, dass ich erneut nervös wurde. »Da steht nichts zwischen uns. Versprochen.«

Erleichtert atmete er aus. »Das beruhigt mich.« Dann kramte er in seiner Jackentasche und zog eine Visitenkarte heraus. »Falls du mich brauchst oder etwas mit Anna ist.« Mit diesen Worten reichte er mir die Karte.

Automatisch griff ich danach und blickte auf das Stück Pappe in meinen Händen. Es war eine edle schwarze laminierte Visitenkarte mit silberner Schrift. Nur Jamies Name, Telefonnummer und E-Mail-Adresse standen darauf. Sie wirkte hochwertig und teuer.

Wieder einmal fragte ich mich, woher Jamie das Geld hatte, hier auf der Insel ein Aussteigerleben zu führen. Aber wie die Male davor, sprach ich ihn nicht darauf an.

»Danke.« Ich wedelte kurz mit der Karte und legte sie dann in die oberste Schublade des Tresens in eine kleine Kiste, in der ich Visitenkarten von Kunden und Lieferanten aufbewahrte. Nachher wollte ich seine Nummer in meinem Handy speichern.

»Ich danke dir, dass du so nett zu Anna bist.« Mit schräg gelegtem Kopf musterte er mich nur einen Sekundenbruchteil, aber der genügte, dass mir heiß wurde. Doch noch ehe ich unsicher werden konnte, hörte ich ihn sagen: »Melde dich, wenn was ist.«

»Mach ich. Bis dann.« Ich schluckte, um den Kloß in meinem Hals loszuwerden, doch so recht wollte mir das nicht gelingen.

»Man sieht sich.« Er hob kurz die Hand zum Gruß, dann drehte er sich um und ging aus meinem Laden.

Zurück blieb eine endlose Stille, die nur durch das Motorengeräusch unterbrochen wurde, als er seinen Pick-up startete, den er vor meinem Laden geparkt hatte.

Ich sah aus dem Fenster und konnte mich nicht bewegen. Jamie hatte es wieder einmal geschafft, in meinem Innern für Aufruhr zu sorgen.

Noch eine ganze Weile stand ich nur so da und fragte mich, warum er extra hierhergekommen war. Das, was er mir erzählt hatte, hätte er mir auch am Telefon sagen können. Meine Telefonnummer fand man im Internet und er hätte sich dadurch den Weg hierher sparen können. Oder war es ihm doch um die Entschuldigung gegangen? Hatte er deshalb den Weg auf sich genommen? Der Gedanke, dass es ihm so wichtig war, sich persönlich bei mir zu entschuldigen, fühlte sich schön an.

Als die Tür zum Buchladen ein weiteres Mal geöffnet wurde, forderte die Kundin, bei der es sich eindeutig um eine Touristin handelte, meine volle Aufmerksamkeit, und Jamie Pearson verschwand zumindest für eine Weile aus meinen Gedanken.

* * *

Es war schon später Nachmittag, als Anna und ich das fertige Windspiel betrachteten. Seit zwei Stunden bastelten wir daran und davor hatte ich ihr ein wenig mit Mathe geholfen. Sie würde am nächsten Tag einen Test in diesem Fach schreiben. Ich war zwar immer wieder von Kundinnen und Kunden unterbrochen worden, die ein Buch oder gleich mehrere kaufen wollten oder eine Beratung benötigten, aber Jamies Tochter war so geschickt im Basteln, dass ich ihr nur wenig helfen musste. Das meiste hatte sie ganz allein gemacht.

»Es ist toll geworden!« Anna strahlte über das ganze Gesicht und hüpfte um den Schreibtisch im Hinterzimmer herum, was sich angesichts der Enge hier schwierig gestaltete. Doch der kleine Wirbelwind schaffte es trotzdem.

»Das finde ich auch. Da hast du dir aber wirklich ganz besonders viel Mühe gegeben.« Noch immer hielt ich das kleine Kunstwerk an der Schnur hoch, damit wir es von allen Seiten richtig betrachten konnten.

»Du aber auch. Allein hätte ich das nicht gekonnt.« Gerade noch sah ich, wie sie angeflogen kam, dann hatte sie schon ihre schmalen Ärmchen um meinen Hals gelegt.

Ergriffen ließ ich das Windspiel sinken. Und legte ebenfalls die Arme um sie.

Ich hatte mir nie ernsthaft Gedanken darüber gemacht, selbst einmal Kinder zu haben, dafür fehlte mir schlichtweg der Mann. Aber in diesem Moment wünschte ich mir, dass sollte ich mal ein Kind haben, es so wundervoll sein würde wie Anna.

Als sie sich von mir löste, lächelte ich sie an und ihr Strahlen berührte mich zusätzlich.

»Wenn du magst, mache ich heute zwanzig Minuten eher den Laden zu, dann können wir noch rüber zum *Lizzy's* und uns die Cookies abholen, die Hal uns versprochen hat. Was sagst du dazu?«

»Au ja.« Hatte ich vorher schon gedacht, dass das Strahlen in ihrem Gesicht maximale Kraft erreicht hatte, so zeigte mir Anna in diesem Moment, dass ich damit falschgelegen hatte.

»Na, dann räum du schon mal hier auf und ich schau, dass ich vorne alles für den Feierabend vorbereite. Wenn du vor mir fertig bist, kannst du ja noch ein bisschen lesen.«

Weiterhin über das ganze Gesicht strahlend, nickte Anna.

Ich hatte immer wieder überlegt, ob ich sie auf das Schuleschwänzen ansprechen sollte, aber irgendwie war mir kein Zeitpunkt als passend erschienen. Es hätte sich angefühlt, als wäre ich von Jamie beauftragt worden, sie auszuhorchen, und Kinder spürten so etwas. Vielleicht würde sie es mir irgendwann von selbst erzählen? Vermutlich eher nicht, wenn sie das nicht mal ihrem Vater gegenüber konnte. Denn ich durfte nicht vergessen, dass ich trotz alledem immer noch eine Fremde für das Mädchen war.

Aber wenn ich den richtigen Zeitpunkt erwischte, würde ich versuchen, mit ihr darüber zu sprechen. Nicht nur, weil ich es Jamie versprochen hatte, sondern auch wegen Anna selbst. Wenn ein Kind in ihrem Alter die Schule schwänzte, musste doch mehr dahinterstecken als simple Lustlosigkeit an der Schule.

Ich wollte dem Mädchen helfen. Unbedingt.

* * *

»Magst du den Laden abschließen?«

Überrascht sah Anna mich mit großen Augen an. »Darf ich das wirklich?«

»Na klar. Du bist doch alt genug, einen Schlüssel umzudrehen. Oder hab ich mich da in dir getäuscht?« Ich zwinkerte ihr zu und reichte ihr den Schlüsselbund.

Feierlich nahm sie ihn entgegen und freute sich, dass ich ihr eine solch verantwortungsvolle Aufgabe anvertraute. »Nein, hast du nicht. Ich werde bald zehn.« Nachdem sie abgeschlossen hatte, kontrollierte sie noch einmal, ob die Tür wirklich verschlossen war, und gab mir anschließend die Schlüssel zurück. Gemeinsam gingen wir in die Richtung von Hals Bäckerei. Doch wir kamen keine fünf Schritte weit, als Anna zwei Mädchen entdeckte, die vor dem *Lizzy's* standen. Sie wurde mit einem Mal langsamer und ich konnte die Unsicherheit, die sie erfasst hatte, allein an ihrer Körperhaltung ablesen.

»Alles okay?«, fragte ich Anna leise, damit die anderen uns nicht hörten.

Sie zuckte nur mit den Schultern und sah auf ihre Füße, die nur noch zäh von der Stelle kamen.

Die anderen Mädchen kicherten, und ich hörte Annas Namen und danach schallendes Gelächter. Meine Alarmglocken schrillten. Auch in meiner Schulzeit hatte es solche Klassenkameraden gegeben: Kinder, die ihr Selbstbewusstsein gegen andere wendeten und damit die Macht demonstrierten, die die eigene Selbstsicherheit ihnen verlieh. Das Verhalten, das diese beiden an den Tag legten, war mir nicht fremd.

Einem Impuls folgend, sagte ich laut zu Anna: »Du bist die Beste! Ohne dich hätte ich das heute alles nicht geschafft!« Dann legte ich ihr freundschaftlich den Arm um die Schulter. Da sie kleiner als ich war, stellte das kein Problem dar.

Unsicher hob Anna den Kopf und sah mich an. Der Blick, den sie mir dabei zuwarf, machte mich traurig. Sie wirkte so verloren, so allein.

Ich zwinkerte ihr aufmunternd zu und grinste verschwörerisch.

Sofort hellte sich ihr Gesicht auf und sie schaltete um, hatte meinen Plan durchschaut. »Ach, das hab ich doch gern gemacht. Wenn du wieder Hilfe brauchst, ruf mich an.«

»Perfekt«, flüsterte ich ihr zu und sagte lauter: »Das wird bestimmt öfter vorkommen. Dann kannst du dir dein Taschengeld bei mir im Laden aufbessern. Umsonst musst du das nicht machen.«

Die Mädchen starrten uns an, sagten kein Wort mehr, und ich rieb mir innerlich die Hände.

Anna tat so, als hätte sie die zwei erst jetzt registriert. »Ah, hallo Betty und Selma.«

»Hi«, antworteten die beiden unisono und traten einen Schritt zur Seite, so dass wir besser an ihnen vorbeigehen konnten.

»Es ist so schön, dass wir Freundinnen sind. Lass uns doch noch ein bisschen ins Café gehen und miteinander reden.« Anna formulierte ihren Satz ein wenig gestelzt, aber ich fand ihre Vorstellung dennoch grandios und war mächtig stolz auf ihren Kampfgeist.

»Ja, das finde ich auch. Hal wird sich freuen, dich zu sehen.« Ich konnte mir ein Kichern kaum verkneifen. Das war beinah so wie damals, wenn Hal, Lin und ich anderen Mädchen etwas vorspielten, um uns weniger angreifbar zu machen. Es war nur schlimm, dass so etwas überhaupt notwendig war. Warum konnten Menschen nicht einfach friedlich miteinander leben? Warum mussten schon Kinder solche Konkurrenzkämpfe ausfechten?

In diesem Moment dämmerte mir, welches Problem Anna

hatte, warum sie Angst hatte, zur Schule zu gehen. Sie wurde offenbar gemobbt oder zumindest ausgeschlossen. Sie war die Neue, die noch keine Freunde hatte, die, von der keiner wusste, wer sie war, von deren Vater aber vermutlich jedes Elternteil eine Geschichte zu erzählen hatte. Es machte mich traurig, dass sie so allein war.

Als ich so alt gewesen war wie sie, hatte ich meine beiden Freundinnen gehabt. Wir hatten zusammengehalten, und wenn es uns schlecht gegangen war, hatten wir immer jemanden gehabt, mit dem wir über unser Problem hatten reden können. Das war so wichtig für uns gewesen.

Und Anna?

Hatte sie überhaupt eine Freundin? Jemanden, der mit ihr redete, wenn sie etwas belastete? Ich vermutete, nicht. Bisher hatte ich sie nicht ein einziges Mal mit einem anderen Kind gesehen. Auch darüber geredet hatte sie noch nie.

Sie musste schrecklich verzweifelt sein, wenn sie das Schuleschwänzen als letzten Ausweg gesehen hatte.

Am liebsten hätte ich sie sofort darauf angesprochen, aber wir erreichten in diesem Moment die Eingangstür zur Bäckerei. Ich zog sie auf, und Anna huschte an mir vorbei ins Innere.

»Hey, da seid ihr ja! Ich dachte schon, ihr werdet nie mit dem Windspiel fertig.« Hal grinste frech.

»Anna hat sich beeilt, aber ich hab ein bisschen länger gebraucht, bis ich Feierabend machen konnte.« Ich stellte meine Tasche auf dem Tisch ab, der neben dem Tresen stand und umarmte Hailey. Durch das große Fenster konnte ich die beiden Mädchen sehen, die sich die Nasen platt drückten, um einen Blick auf das werfen zu können, was sich hier drinnen abspielte.

Nachdem wir uns voneinander gelöst hatten, wandte sie sich an Anna und sah sie streng an. »Wo ist das Kunstwerk?«

Anna freute sich, dass Hal Interesse an dem hatte, was sie so hingebungsvoll gebastelt hatte. Schnell holte sie das Windspiel aus ihrer Tasche und hielt es Hailey hin. »Da!« Ihre beiden Schulkameradinnen hatte sie völlig vergessen. Das war gut und würde den zwei da draußen zeigen, dass sie absolut unwichtig waren.

»Wow! Du bist ja ein echtes Talent.« Hal nahm es in die Hand, hielt es hoch und betrachtete es von allen Seiten. »Das sieht super aus. Ohne Quatsch, du bist talentiert.«

Anna wuchs einige Zentimeter in die Höhe, so stolz machte Haileys Kompliment sie. »Danke.« Das Wort kam leise, aber so voller Gefühl, dass ich einen Kloß im Hals bekam.

Mir wurde in diesem Moment wieder bewusst, wie sehr ich dieses Kind mochte. Wie sehr ich mich mit ihr identifizierte, und wie sehr ich ihr aus dem Dilemma, in dem sie sich befand, heraushelfen wollte.

»Was willst du essen, Anna? Cookies oder Kuchen?«

»Cookies«, antwortete Anna strahlend.

»Und du, Ally?«

»Auch einen Cookie.«

Hal gab Anna das Windspiel wieder zurück und ging hinter den Tresen. Wir setzten uns an den Tisch und Anna wirkte so glücklich und gelöst, wie ich sie bisher selten erlebt hatte.

»Wer waren die beiden blöden Gänse?«, fragte ich viel zu schnell und zerstörte damit die schöne Atmosphäre, aber irgendwann musste das Mädchen über ihr Problem sprechen, und einen besseren Zeitpunkt würde ich nicht finden.

Anna verdrehte die Augen und schnalzte abfällig mit der

Zunge. Diese Art, sein Missfallen kundzutun, hatte ich schon bei Jamie beobachten können. Als wir am Samstag am Meer gewesen waren, hatte er öfter diese Geräusche von sich gegeben.

Ich wartete geduldig, bis sie mir antwortete.

»Die sind in meiner Klasse. Ich hasse sie!«, stieß sie plötzlich hervor.

»Hass ist ein großes Wort«, begann ich, doch sofort traf mich Annas verletzter Blick. Offenbar fühlte sie sich durch meinen unbedachten Satz missverstanden. Mist, das hatte ich verbockt. »Die beiden müssen ja schrecklich sein, wenn du so was sagst«, versuchte ich zu retten, was noch zu retten war.

Anna nickte heftig. »Das sind sie!«

Der verkniffene Zug um ihren Mund ließ mich kurz zweifeln, ob es richtig war, sie überhaupt darauf anzusprechen. Bestärkte ich sie noch in ihrer Abneigung, oder half ich ihr damit? Sie war gerade eben noch so glücklich gewesen, und nun wirkte sie todunglücklich. Dafür war ich verantwortlich. Als mir das bewusst wurde, ärgerte ich mich über mich selbst.

»Dann ist es ja gut, dass wir ihnen eine solche Show geboten haben.« Ich hätte sie so gern berührt, sie getröstet, vor der Welt beschützt, aber ich wagte es nicht, diese Grenze jetzt zu überschreiten.

Anna nickte wieder heftig und lächelte dann aber zaghaft. »Hoffentlich haben sie uns das geglaubt. Ich werde doch erst zehn, da darf man noch nicht arbeiten.«

»Also, wenn ich ihre Gesichter richtig interpretiert habe, dann sind sie voll drauf reingefallen. Die haben mit offenem Mund dagestanden und haben dich angestarrt, als wärst du ein neu entdecktes Weltwunder.« Ich riss die Augen auf und imitierte die beiden.

Anna kicherte glücklich und mir fiel ein Stein vom Herzen, dass die düstere Stimmung wieder verschwunden war. »Die sind eben total doof.« Sie machte eine Grimasse, was mich zum Lachen brachte.

»Wer ist doof?«, fragte Hal, die in diesem Moment mit einem Tablett an den Tisch trat, sehr direkt. Sie stellte in die Mitte einen Teller, der beinah überquoll. Drei verschiedene Cookies lagen darauf und sie dufteten, als wären sie gerade erst aus dem Ofen gekommen. Außerdem hatte sie für jede von uns eine Tasse Tee mitgebracht.

Anna zuckte mit den Schultern. »Die Mädchen aus meiner Klasse.«

»Oh!« Hal sah mich fragend an.

Ich hob nur die Augenbrauen, was meine Freundin dazu veranlasste, sich neben Anna zu setzen und zu sagen: »Erzähl!«

Bewundernswert, wie sie immer alle Probleme bei den Hörnern packte. Wo nahm sie den Mut her, die Menschen immer offen auf das anzusprechen, was sie interessierte, während ich noch überlegte, wie ich das Ganze angehen konnte. Aber ich wusste auch, wie es sich anfühlte, wenn sie einen an der Angel hatte, weil man in den Köder gebissen hatte und nun nicht mehr loskam – auch wenn man lieber nicht antworten wollte. Anna starrte auf die Kekse und rutschte unruhig auf ihrem Stuhl herum.

Gerade als ich ihr zur Seite springen wollte und im Begriff war, Hal zu sagen, dass es der falsche Moment war, stieß Anna hörbar den Atem aus und sah zwischen uns beiden hin und her. »Seit ich mit ihnen in eine Klasse gehe, ärgern sie mich.«

»Was?«, fragte Hal sauer. »Seit du auf der Insel bist? Spinnen die?«

»Ja, tun sie.« Anna griff nach einem Cookie und knabberte daran.

Gebannt starrten Hailey und ich sie an, warteten darauf, dass sie uns mehr erzählte.

Als sie den ersten Bissen hinuntergeschluckt hatte, begann sie zu erzählen. »Zuerst haben sie mich immer nur doof angeguckt oder getan, als wäre ich nicht da. Das war blöd, aber damit hab ich leben können. Dann hab ich aber mitbekommen, wie sie über mich geredet haben. Ich bin zu klein und zu jung, sagen sie, um in ihre Klasse zu gehen.« Sie zuckte mit den Schultern. »Ich bin ein Jahr früher eingeschult worden«, fügte sie erklärend hinzu, als Hailey und ich sie verständnislos anstarrten.

»Das ist doch totaler Quatsch!«, echauffierte sich Hal. »Du bist großartig, so wie du bist!«

»Das sehe ich auch so, Anna. Vielleicht sind sie neidisch auf irgendwas?«

Sie schüttelte nur den Kopf. »Mittlerweile habe ich das Gefühl, dass mich keiner aus der Klasse mehr leiden kann, dabei hab ich denen nix getan. Ich kenn die alle ja noch nicht mal richtig.«

Ich holte tief Luft, wollte etwas dagegen sagen, sie aufmuntern, ihr versichern, dass dem sicherlich nicht so war. Aber war ich in ihrer Klasse? Wusste ich, was dort vor sich ging?

Kurz dachte Anna nach, dann berichtete sie: »Am Tag nach Beltane hatte die Lehrerin gefragt, welches traditionelle Fest am Tag davor gefeiert worden ist. Ich hab mich gemeldet und erzählt, wie das in Edinburgh gefeiert wird und wie toll es ist. Danach haben sie mich damit aufgezogen und dass ich eine Hexe sei, die um Feuer herumtanzt … nackt. Die Jungs haben danebengestanden. Alle haben gelacht.«

Ich hörte den Kloß in ihrem Hals und spürte im nächsten

Moment, wie sich in meinem Hals auch einer bildete. Anna war kurz davor zu weinen. Am liebsten hätte ich sie in den Arm genommen, aber ich bemerkte Haileys Reaktion.

Sie ballte die Hand zur Faust. Ihr Beschützerinstinkt und das für sie so typische Helfersyndrom waren geweckt. Ich erkannte es sofort an ihrem Blick. Anna hatte hiermit offiziell eine weitere Freundin und Retterin gewonnen.

»Diese kleinen Kakerlaken!« Hailey regte sich total auf und das war das Beste, was sie in diesem Moment tun konnte, denn dadurch hellte sich Annas Gesicht wieder ein wenig auf, sogar ein Lächeln zupfte an ihren Mundwinkeln. Sie fühlte sich verstanden. »Weißt du, Anna, damals, als Lin, Ally und ich zur Schule gingen, gab es auch so dumme Kröten. Kannst du dich erinnern, Ally?« Ihr feuriger Blick traf mich.

»Ja, kann ich. Die hatten es auf dich abgesehen, aber denen haben wir schnell klargemacht, dass sie das mit uns nicht machen konnten.« Bestätigend nickte ich.

»Ganz genau! Und das wirst du diesen Mädchen auch zeigen. Du bist etwas Besonderes. Wer mit dir befreundet sein darf, kann sich glücklich schätzen, das werden sie schon noch merken!« Hailey war aufgesprungen und tigerte mittlerweile vor unserem Tisch hin und her. Man konnte förmlich sehen, wie es in ihrem Kopf ratterte.

Anna blickte mich fragend an. Ich zuckte mit den Schultern, grinste aber und sie erwiderte es. Verschwörerisch zwinkerte ich ihr zu. »Wenn Hal das in die Hand nimmt, wird alles wieder gut!« Davon war ich felsenfest überzeugt.

* * *

Als ich eine halbe Stunde später mit dem Bauch voller Cookies und köstlichem Tee gemeinsam mit Anna zur Pearson-Farm fuhr, hatten wir zu dritt einen Plan ausgeheckt. Ich hoffte nur, dass Jamie mitspielen würde, sobald ich ihm davon erzählt hatte.

Anna saß neben mir auf dem Beifahrersitz und schaute sich das Windspiel an. Sie war in Gedanken versunken und machte sich vermutlich Sorgen, dass unser Plan nicht aufgehen könnte und sie niemals aus dieser blöden Situation herauskommen würde.

Es machte mich so wütend, dass man ihr so übel mitspielte, und dennoch musste ich in ihrer Gegenwart ruhig bleiben. Was hätte das für einen pädagogischen Effekt, wenn ich einer Neunjährigen zeigte, dass ich die beiden Mädchen am liebsten zur Schnecke machen wollte. Mit Wut kam man nicht weit. Immerhin wollten wir erreichen, dass Anna in Zukunft akzeptiert wurde und nicht, dass man vor ihr Angst hatte.

»Wir schaffen das!«, sagte ich deshalb zu ihr. »Du musst daran glauben. Dann wird alles wieder gut und die anderen werden sich darum reißen, deine Freundin zu sein.«

Mit großen Augen starrte sie mich an. »Meinst du wirklich?«

»Klar! Wenn wir zu dritt oder sogar zu viert, wenn Lin mitmacht, das in die Hand nehmen, kann nichts mehr schiefgehen.«

»Hoffentlich«, erwiderte Anna so leise, dass ich sie beinah nicht verstand.

Als wir die Anhöhe hinauffuhren, erkannte ich das erste Mal, wie schön die Farm war. Sie war vor vielen Jahrzehnten erbaut worden und wirkte so erhaben über die Landschaft. Hinzu kam der Ausblick, den man von hier hatte, er raubte selbst mir, die schon ihr Leben lang hier wohnte, den Atem. Von hier aus konnte man sogar das Meer sehen und spürte den Wind, der von dort heraufwehte.

Früher war mir dieser Fleck der Insel immer gruselig erschienen. Als Jugendliche waren wir einmal hier gewesen, hatten uns auf dem Gelände und in den offenstehenden Gebäuden umgesehen. Damals hatte der Wind, der durch die Ritzen des Baus blies, schaurig geklungen. Die dunklen, verlassenen Mauern, die großen Gebäude – all das leerstehend zu wissen, hatte mich schaudern lassen. Ich konnte mich noch sehr gut an einen metallenen Wetterhahn erinnern, der oben auf dem Dach angebracht gewesen war und jeder Böe quietschend ausgewichen war.

Jetzt war diese Düsternis verschwunden. Es herrschte Leben auf dem Hof. Das frisch gestrichene Haus, die weiß gekalkten Ställe, das leise Muhen der Kühe in den Ställen und das sanfte Tuckern irgendeiner Maschine. Als ich meinen Blick zum Dachfirst lenkte, stellte ich fest, dass es den Hahn nicht mehr gab.

»Ist es für dich okay, wenn ich erst mal mit deinem Dad allein spreche?«, fragte ich Anna vorsichtig. Ich wollte auf keinen Fall, dass sie sich hintergangen oder ausgeschlossen fühlte. Immerhin ging es hierbei um sie und sie sollte auch merken, wie wichtig es mir war, dass sie mit allem einverstanden war.

Sie zog den Atem ein und nickte. »Ja, ist es. Ich bin sogar froh, wenn ich das nicht mit ihm bereden muss.«

»Das glaub ich dir.« Verständnisvoll lächelte ich sie kurz an, ehe ich die letzte Kurve nahm und vor dem Cottage parkte.

Kaum hatte ich die Handbremse angezogen, war sie auch schon aus dem Wagen gesprungen. Auf der Terrasse stand Jamie. Er lehnte an einem der Pfeiler, die das Verandadach stützten, und hatte eine Kaffeetasse in der Hand, aus der er trank, während er uns über den Rand hinweg entgegensah.

Als ich selbst ausgestiegen war, sah ich, wie Anna in diesem Moment bei Jamie ankam und ihm das Windspiel zeigte. Ich hielt mich zurück und blieb beim Auto stehen, weil ich die zwei nicht stören wollte. Ich sah, wie Jamie seine Tochter lobte und den Arm um sie legte. Die beiden redeten gemeinsam und lächelten sich an. Sogar von hier aus konnte man erkennen, wie liebevoll sie miteinander umgingen. Es war schön zu sehen, wie sehr Anna ihren Vater anhimmelte. Sie lächelte glücklich zu ihm auf und er streichelte ihr über das Haar, ehe sie im Haus verschwand.

Dann trafen sich Jamies und mein Blick. Er stellte die Tasse auf einem Tisch ab, ohne den Blickkontakt zu unterbrechen, stieg er die Verandastufen herunter und überquerte die Auffahrt.

»Ihr kommt genau richtig, ich bin gerade mit dem Melken fertig. Hat alles geklappt?«, wollte er mit einem Lächeln auf den Lippen wissen, als er mich erreichte. Wie immer legte er diese Lässigkeit an den Tag, die für meine Selbstbeherrschung nicht gerade förderlich war. Zudem sah er in der Arbeiterhose und dem dunklen Shirt wieder zu Anbeißen aus.

»Ja, es hat alles geklappt«, erwiderte ich und lächelte ihn ebenfalls an. Krampfhaft darauf bedacht, dass es nicht wirkte, als würde ich ihn anschmachten. »Du hast eine wundervolle Tochter. Sie hat das Windspiel fast allein gemacht. Ich habe ihr nur zeigen müssen, wie sie am einfachsten die Löcher in die Muscheln bekommt.«

»Von mir hat sie das nicht!« Er hob in einer Unschuldsgeste die Hände.

»Nicht dein Ernst! Ich habe gedacht, dass du in jeder freien Minute bastelst.« Ich musste lachen, als ich mir das bildlich vorstellte. Auch Jamie fiel mit ein. Das schelmische Glitzern in seinen Augen wirkte beinah genau so anziehend wie seine Lässigkeit. »Du hast mich durchschaut, und mein Geheimnis ist gelüftet.«

»Anna ist ein wahrer Bastelchampion. Dementsprechend warst du deiner Tochter auf jeden Fall ein gutes Vorbild.«

Plötzlich wurde Jamie ernst. »Das versuche ich immer zu sein.«

Unwillkürlich fragte ich mich, ob er das so nachdrücklich betonte, weil seine eigenen Eltern kein gutes Vorbild für ihn gewesen waren. Doch darum sollte es jetzt nicht gehen. Ich konzentrierte mich auf die Unterhaltung, die ich eigentlich mit ihm führen wollte.

»Das bist du mit Sicherheit.« Nachdem ich kurz durchgeatmet hatte, fragte ich ihn: »Hast du Zeit, einen Spaziergang mit mir zu machen? Ich will dir etwas erzählen.«

Sein Blick glitt über mein Gesicht. »Du hast herausgefunden, warum sie nicht zur Schule gegangen ist«, mutmaßte er und es klang weniger wie eine Frage, als eine Feststellung.

Den Kloß in meinem Hals ignorierend, antwortete ich: »Ja, Anna hat mir vorhin alles erzählt.« Ich schlug den Weg ein, der über eine nicht eingezäunte Weide führte, und Jamie folgte mir.

Zuerst liefen wir schweigend auf dem ausgetretenen Pfad entlang. Ich überlegte, wie ich am besten anfangen sollte, und Jamie ließ mir die Zeit, mich zu sammeln, was ich ihm hoch anrechnete.

Nach vielleicht hundert Metern standen wir an einem Abhang. Von hier aus hatte man einen fantastischen Blick über die Isle of Mull mit ihren typischen Schafweiden und tiefen Seen. Neben mir blieb Jamie stehen und verschränkte die Arme vor der Brust, während auch er seinen Blick schweifen ließ.

Ein tiefer Frieden erfasste mich, wie ich ihn nur hier auf der Isle of Mull empfand. Das war meine Heimat. War es schon immer gewesen, und ich konnte mir beim besten Willen nicht vorstellen, an irgendeinem anderen Ort zu leben.

Doch irgendwann musste ich die Katze aus dem Sack lassen und Jamie erzählen, warum ich diesen Spaziergang mit ihm hatte machen wollen. Ich atmete tief ein und ließ dann die Bombe platzen. »Sie wird in der Schule gemobbt.« Eine Strähne meines dunklen Haares hatte sich aus dem Zopf gelöst und fiel mir ins Gesicht. Genervt schob ich sie hinters Ohr.

Jamie zog zischend den Atem ein und schwieg einen Moment, ehe er mir, ohne sich zu mir umzudrehen, antwortete: »Etwas in der Art habe ich mir schon gedacht.«

»Wirklich?«, fragte ich, aufmerksam geworden, und sah zu ihm.

Wieder blieb er zuerst still, doch dann gestand er mit einem Blick zu mir: »Ich war lange Zeit selbst Opfer von Mobbing. Damals nannte man es nur nicht so. Außerdem hat man von uns Jungen erwartet, dass wir so etwas unter uns klären. Notfalls mit den Fäusten. Manchmal haben die Lehrer sogar dabei zugesehen.«

Ich schnaubte abfällig und blickte wieder über das Land. »Ja, an die Zeiten kann ich mich auch noch erinnern. Wenn man als Mädchen mal etwas gesagt hat, war man gleich eine Petze. Das Opfer ist meistens mieser behandelt worden als derjenige, der sich wie ein Idiot verhalten hat!«

»So ging es mir damals zumindest. Ich habe mal einen Lehrer angesprochen und ihm die Situation geschildert. Die anderen Jungs wollten mich ständig fertigmachen, weil ich zu kurze Hosen trug oder meine Schuhe kaputt waren.« Ich konnte sehen, dass Jamie die Erinnerungen nicht mehr trafen. Er hatte offenbar mit diesem Kapitel seines Lebens abgeschlossen. »Die Lehrer taten es ab als Dummejungenstreiche. Aber mich hat das echt belastet. Irgendwann habe ich zugeschlagen. Ich hatte einfach nicht mehr gewusst, wie ich mir anders hätte helfen sollen.«

»Das tut mir leid.« Als Jamie mich ungläubig ansah, fügte ich hinzu: »Für dich, weil man dich nicht ernst genommen hat und für die anderen, die deine Wut abbekommen haben.« Jamie lachte auf, und das ließ mich zufrieden schmunzeln. Es war schön, dass wir auf einer Wellenlänge lagen und ich ihn zum Lachen bringen konnte.

»Was genau hat Anna dir erzählt?«, wollte er nun wissen. Offenbar hatten wir lange genug um den heißen Brei herumgeredet.

Er bewegte sich voller Unruhe neben mir, was mich dazu brachte, wieder ein paar Schritte zu gehen. Jamie folgte mir und ich erzählte ihm alles, was ich von Anna erfahren hatte. Aufmerksam hörte er mir zu. Nur hin und wieder vernahm ich von ihm einen Laut des Unmuts. Ich konnte ihm nicht verdenken, dass er sich darüber ärgerte. Auch mir ging die Geschichte nah und Anna tat mir fürchterlich leid.

»Sie braucht dringend eine Freundin, der sie sich anvertrauen kann und die zu ihr hält«, erklärte ich ihm ernst.

»Die hat sie offenbar in dir gefunden.« Jamie wirkte nachdenklich, als er wieder stehenblieb und sich umdrehte. Von hier aus hatte man einen guten Blick auf das Cottage, in dem er mit Anna lebte. Hinter den Fenstern brannte Licht, obwohl es noch nicht wirklich dunkel war. Aber es verlieh dem Haus eine heimelige Anziehungskraft. Es versprach Wärme und Geborgenheit.

Ich war mir sicher, dass Anna das in ihrem Zuhause hatte und glaubte nicht, dass Jamie ein schlechter Vater war, auch wenn er vermutlich gerade an sich zweifelte.

»Ich bin gern für sie da und höre ihr auch zu, aber ich meinte eher, dass sie ein Mädchen in ihrem Alter braucht.«

»Das war mir schon klar, aber ich wollte dir damit verdeutlichen, wie wichtig du für Anna in dieser kurzen Zeit geworden bist. Das hat sie mir gegenüber ziemlich deutlich geäußert – als sie krank war und auch an dem Nachmittag, nachdem wir euch am Strand getroffen haben.« Jamie wandte sich mir zu. »Sie hat dich in ihr Herz geschlossen.« Nach kurzem Zögern fügte er hinzu: »Bitte verletze sie nicht.«

Erstaunt öffnete ich den Mund und schloss ihn dann wieder. Ich blinzelte, versuchte zu verstehen, was Jamie mir da sagen wollte. »Ich würde ihr niemals wehtun«, antwortete ich leise und hatte damit zu kämpfen, nicht selbst von seinen Worten verletzt zu sein. Denn warum sagte er mir das? Hatte ich ihm einen Grund gegeben, dass er mir zutraute, seine Tochter zu verletzen?

»Nicht bewusst, aber vielleicht wirst du es tun, ohne dass es dir klar sein wird.« Er blickte zu dem Cottage und auf seiner Stirn erschienen tiefe Denkfalten. Das dunkelbraune Haar hatte in der späten Abendsonne einen rötlichen Schimmer. Erstaunlich, weil es sonst meist beinah schwarz aussah. »Weißt du, Ally, Anna ist normalerweise nicht so, dass sie jemandem schnell Vertrauen schenkt. Das zwischen euch beiden ist etwas Besonderes und ich möchte, dass dir das bewusst ist.«

Ich schwieg. Was sollte ich auch darauf erwidern? Jamie hatte seine Warnung an mich ausgesprochen und mir gleichzeitig etwas Wertvolles gezeigt. Er hatte mir deutlich gemacht, dass

Anna Vertrauen in mich hatte und zeitgleich hatte er mir zwischen den Zeilen verraten, dass er mir nicht vertraute.

Ich ging nicht darauf ein. Warum auch? Bisher hatte ich mir sein Vertrauen nicht verdient und wäre ich an seiner Stelle, würde ich auch niemandem das Seelenheil meines Kindes anvertrauen. Stattdessen erzählte ich ihm von Haileys Plan.

»Eine Party?«

»Ja, eine Kostümparty genauer gesagt, vielleicht bekommen wir so die schlechte Stimmung in der Klasse in den Griff und die Kinder erkennen, welch großartiger Mensch sich da in ihrer Mitte befindet.« Ich war kurz davor, ihm zu sagen, dass er so auch bemerken würde, dass ich vertrauenswürdig war. Was für ein absurder Gedanke. »Anna hat das verdient. Die Party soll am achtzehnten Mai stattfinden. Das ist ein Freitag. Und das Motto ist *Harry Potter*.«

»Und wie genau wollt ihr das auf die Beine stellen?« Ich war erleichtert, dass er nicht gleich mit Einwänden kam, sondern sich tatsächlich für das zu interessieren schien, was wir vorhatten und vor allen Dingen: Er war nicht von Anfang an kategorisch dagegen. Das war schon mal viel wert.

Ich erklärte Jamie, was ich mit Anna und Hailey bereits besprochen hatte. Dass wir die Party im *Lizzy's* steigen lassen wollten und dass Lin sich um die Kostüme kümmern würde. Immer wieder nickte er zustimmend und schlug Verbesserungen vor. Letztendlich waren wir uns einig, wie wir durch die Party gegen das Mobbing vorgehen wollten. Wir würden alle an einem Strang ziehen – Jamie, Hailey und ich. Und sollte Lin sich bereit erklären mitzumachen, wovon ich einfach mal ausging, dann wären wir schon vier Erwachsene, die für Annas Glück kämpfen würden.

»Ich werde nochmal mit Anna darüber reden«, erklärte Jamie, als wir langsam zu seinem Zuhause zurückgingen. »Sie muss wissen, dass sie jederzeit zu mir kommen kann, wenn sie etwas belastet und dass sie sich nicht vor mir schämen muss, egal, um welches Thema es sich handelt.«

»Mach das und melde dich, wenn noch was sein sollte oder dir noch etwas einfällt. Ansonsten bereiten Hailey und ich schon mal alles vor.« Ich nickte ernst, als er zu mir blickte.

In seinen Augen konnte ich jetzt einen anderen Ausdruck erkennen. Einen, der die Vorsicht und Skepsis mir gegenüber verdrängt hatte. »Danke, Ally. Ganz ehrlich, damit hätte ich nicht gerechnet.« Kurz berührte er meinen Unterarm, was ein Kribbeln in meinem gesamten Körper zur Folge hatte.

»Womit?«, fragte ich verwirrt von meinen Gefühlen, die mal wieder Achterbahn fuhren.

»Dass du deine Freizeit für Anna opferst, dir einen solchen Plan mit deinen Freundinnen ausdenkst und für ein Kind kämpfst, das du noch nicht lange kennst. Das ist nicht selbstverständlich.«

Seine dunklen Augen sahen mich an und ich hatte das Gefühl, dass er mich nicht nur ansah, sondern in mich hineinblicken konnte. Bis zu meiner Seele, die ich eigentlich vor ihm verstecken wollte.

Ein Lächeln erschien auf seinem Gesicht, kaum wahrnehmbar, aber wir standen nah genug beieinander, dass ich es sehen konnte. »Eine Party zu veranstalten, damit Anna besser in die Klasse integriert wird ... Das hätte mir schon viel früher einfallen müssen. So was wäre so einfach gewesen, bevor alles schiefgelaufen ist.«

Ich machte eine wegwerfende Handbewegung. »Ach, das

macht mir Spaß, und du warst mit dem Umzug und allem bestimmt genug ausgelastet. Niemand hätte ahnen können, dass ihr Start an der neuen Schule so holprig sein wird. Außerdem ist es ja nicht so, dass es normal ist, eine große Party für die Klassenkameraden der Tochter springen zu lassen.« Ich legte den Kopf schräg und beobachtete ihn genau. Alles an ihm weckte meine Neugier, die kleinen Gesten, seine Mimik und wie er mich ansah.

»Na ja, aber es hätte mir schon einfallen können.« Sein Lächeln wirkte zerknirscht, aber dennoch dankbar, und das freute mich. »Sobald ihr wisst, wie viel das kosten wird, sagt mir Bescheid, damit ich wenigstens den finanziellen Teil übernehmen kann.«

Kurz überlegte ich, ob ich ihn darauf ansprechen sollte, woher er das Geld nehmen würde, ließ es jedoch sein und erwiderte: »Na klar.« Ich nahm mir vor, dass Lin, Hailey und ich so sparsam wie möglich sein und ihm dann auch anbieten würden, dass er das nicht auf einmal zurückzahlen musste. Es ihm abzusprechen, die Party selbst zu bezahlen, wäre vermessen. Immerhin wollte er ebenso dazu beitragen, dass es Anna bald wieder besser ging, wie wir. Er war nun mal ihr Vater und als solcher wollte er sich einbringen.

Ich spürte seinen Blick auf mir, merkte, wie meine Knie weich wurden, ging jedoch weiter. »Du bist deiner Granny verdammt ähnlich. Eine solche Aktion hätte auch zu ihr gepasst.«

Erstaunt drang das, was er gerade gesagt hatte, zu mir durch. Meine Schritte wurden unregelmäßig, bis ich wieder ein für mich passendes Tempo gefunden hatte. Diese Aussage berührte mich so sehr, dass ich spürte, wie meine Augen brannten, als sich Tränen darin sammelten.

»Danke«, gab ich leise von mir, weil mich seine Worte fast sprachlos machten. Ich konnte mich nicht erinnern, dass mich je jemand mit Granny verglichen hatte. Es war das erste Mal. Und da ich daran nicht gewöhnt war, bemerkte ich erst jetzt, wie sehr ich schon immer so sein wollte wie meine Großmutter. Kämpferisch, gutherzig, stark. Attribute, die ich bisher nicht unbedingt mit mir selbst in Verbindung gebracht hatte. Klar, ich hatte ein gutes Herz, aber stark und kämpferisch war eher Hailey nicht ich. Doch dieses kleine Mädchen holte auf sonderbare Weise das Beste aus mir heraus.

»Warum bist du zurück auf die Insel gekommen?«, fragte ich ihn, weil es mir schien, als wäre dies der richtige Zeitpunkt eine so private Frage zu stellen.

Zuerst schwieg Jamie und ich befürchtete schon, zu weit gegangen zu sein. Im Grunde genommen kannten wir uns kaum und redeten meistens nur wegen seiner Tochter miteinander. Klar, ich fand ihn toll, aber das hieß ja nicht, dass er mir seine Geheimnisse anvertrauen würde, auch wenn mir das gut gefiele.

Doch dann räusperte er sich und sagte: »Ich war verheiratet, und das ging in die Brüche. Wir haben uns viel zu jung aneinander gebunden.« Kurz zuckte er lapidar mit den Schultern, als wäre das Erklärung genug.

Etwas Unangenehmes brannte in meinem Innern wie Säure. War ich etwa eifersüchtig auf eine Frau, die ich nicht mal kannte? Auf eine Frau, die nicht mehr mit Jamie zusammen war? Ich hatte überhaupt kein Recht, eifersüchtig zu sein, immerhin waren wir beide kein Paar. Und so wie ich die Sache zwischen uns einschätzte, würde das auch so bleiben. »Wie lange seid ihr zusammen gewesen?«, hakte ich interessiert nach.

»Fast neun Jahre.«

»Neun Jahre?«, wiederholte ich erstaunt seine Worte. »Das ist eine lange Zeit.«

»Ja, aber wir haben eigentlich nie wirklich zusammengepasst, selten zusammengelebt und auch wenig gemeinsam gehabt.« Wieder zuckte er mit den Schultern und es machte den Anschein, als wäre damit für Jamie alles erklärt. Doch nach einer kurzen Pause fuhr er fort. »Irina ist gebürtige Russin, deshalb haben wir uns auch für den Namen Anna entschieden, weil er in unseren beiden Nationen oft verwendet wird. Aber sie hat eine ganz andere Sicht auf das Leben als ich. Ihre Karriere ist ihr wichtig, deshalb war sie für ein Jahr nach Edinburgh gekommen. Sie hatte dort eine Anstellung beim Empire Theater bekommen. Als wir uns begegnet sind, habe ich noch in Glasgow gewohnt. Damals war ich für einen Trip in der Stadt. Wir hatten eine heiße Affäre, die über ein paar Wochen ging, dann war Anna unterwegs und wir heirateten. Als jedoch der Alltag Einzug hielt, stellten wir fest, dass wir nicht zusammenpassten.«

»Oh, mit Kind ist das bestimmt keine gute Kombi«, mutmaßte ich.

»Nein, definitiv nicht. Irina war ihre Karriere leider wichtiger als ihre Familie, und das ließ sie mich allzu oft spüren.«

Ich machte ein abfälliges Geräusch, was Jamie schmunzeln ließ.

»Immer öfter blieb sie wochenlang von zu Hause weg, ging auf Konzertreisen oder nahm Gastauftritte an, sobald sie sich ihr geboten haben. Ich hatte immer das Gefühl, als wäre sie auf der Flucht vor uns.« Ein verkniffener Zug trat auf seine Gesichtszüge. »Irgendwann haben wir dann beschlossen, es vollkommen sein zu lassen, und haben uns getrennt.« Jamie steckte die Hände in die Taschen und holte tief Luft. »Ich wollte für Anna ein behütetes Leben und da kam mir die Isle of Mull in den Sinn und die alte Farm, die immer noch mir gehörte.«

Erstaunt blickte ich zu ihm empor. »Die Farm gehörte schon früher dir?«

»Ja, meine Eltern haben sie auf mich überschrieben, als ihre Schulden immer mehr wurden. So war die Farm einigermaßen sicher. Bestimmt weißt du, dass sie meiner Familie schon seit vielen Generationen gehört, oder?« Aufmerksam beobachtete er meine Reaktion.

Ich schüttelte den Kopf. »Ehrlich gesagt wusste ich das nicht.«

»Sie ist unsere Heimat, schon immer gewesen und ich bin meinen Eltern dankbar, dass sie wenigstens diesen einen Punkt durchdacht haben. So ging das Grundstück nicht verloren, als alles andere zugrunde ging. Diese eine Sache wollten sie nicht zu Geld machen. Es sollte irgendwann mir gehören und dann Anna.«

»Und da dachtest du, du wirst Farmer, nachdem du den größten Teil deines Lebens in der Stadt verbracht hast?« Ich erntete ein schelmisches Grinsen, das meinen Magen Purzelbäume schlagen ließ. »Aber von den paar Kühen kann man nicht wirklich leben, oder?«, stellte ich ihm die Frage, die mich wurmte, seit er mit meinem Dad darüber gesprochen hatte. Ich trat an einen der Zäune heran. Auf der Weide standen vielleicht dreißig Tiere, die friedlich grasten und nur hin und wieder mit dem Schwanz ein paar Fliegen und Mücken verscheuchten.

Jamie lachte. »Nein, nicht ganz. Das konnte man damals nicht, und heute ist das beinah genauso unmöglich. Aber ich verdiene ganz gut mit dem Verkauf der Milch. Ich verkaufe hauptsächlich hier auf der Insel meine Milch, und da ich auf artgerechte Haltung und glückliche Kühe achte, kann ich einen guten Preis verlangen.«

Gerade wollte ich ihn fragen, wie er und seine Tochter ansonsten über die Runden kamen, als Anna die Tür des Cottages aufriss.

Sie hielt ein schnurloses Telefon in der Hand und lächelte glücklich. »Dad? Da ist Granny dran. Sie will dich sprechen.«

Jamie sah zu mir. »Tut mir leid, da muss ich rangehen.«

»Kein Problem, wir haben ja alles geklärt. Sobald etwas zu machen ist oder es Probleme gibt, melde ich mich, okay?« Ich tat so, als würde es mir nichts ausmachen, unser Gespräch zu beenden. Doch das war eine Lüge. Ich hätte gern weiter mit ihm geplaudert und herausgefunden, ob er sich für mich genauso interessierte wie ich mich für ihn.

Jamie nickte und kurz hielt er meinen Blick gefangen, so als wollte er noch etwas sagen, doch dann drehte er sich um und sprang auf die Veranda zu Anna.

Wie gerne wäre ich ihm einfach hinterhergegangen, hätte den Abend mit ihm und Anna verbracht und gemeinsam gegessen. Dumme Schwärmerei!

Ich hörte noch, wie er seine Mutter begrüßte und dann im Haus verschwand. Mein Herz schlug viel zu schnell und ich sehnte mich so sehr danach, ihm einfach zu folgen.

Doch stattdessen ging ich zu meinem Wagen und öffnete die Fahrertür. Als ich noch einmal zum Cottage blickte, sah ich Anna, die mir glücklich zuwinkte, als ich ins Auto stieg. Ich erwiderte ihren Abschiedsgruß und fuhr los.

Meine Gedanken purzelten wild durcheinander. Um einen klaren Kopf zu bekommen, kurbelte ich das Fenster herunter und ließ den Fahrtwind herein. Das half nur bedingt, denn Jamie hatte sich in meinem Kopf festgesetzt und ich befürchtete, dass er auch von meinem Herzen bereits ein Stück eingenommen hatte und es verdammt schwierig werden würde, ihn da wieder herauszubekommen.

# 8.

Cha robh dithis riamh a' fadadh teine nach do las eatarra.

*– Zwei zünden nie ein Feuer an,*

*aber es kann zwischen ihnen funken. –*

## Sonntag, 13. Mai

Was ist das?«, wollte Lin wissen, als ich am Sonntagnachmittag die Treppe zu ihrer Wohnung heraufkam.

Sie wohnte direkt über ihrem Laden. Die beiden schnuckeligen Zimmer hatte sie schon gemietet, bevor sie ihr eigenes Geschäft eröffnet hatte. Es hatte eine Zeit gegeben, da wollte sie aus der Wohnung aus- und mit ihrem Verlobten zusammenziehen. Doch bevor sie was Passendes gefunden hatten, hatte der sich aus dem Staub gemacht.

Ich hob den Beutel, den ich mitgebracht hatte, hoch und verkündete: »Neuer Lesestoff!«

»Oh wie schön! Bin schon gespannt, was wir dieses Mal lesen werden.« Lin strahlte über das ganze Gesicht und ihre helle Haut bekam an den Wangen eine rötliche Farbe. In ihrem gelben Sommerkleid sah sie bezaubernd aus. Es unterstrich auf dezente Art ihre natürliche Schönheit.

»Eigentlich hatte ich euch die schon gestern zeigen wollen, aber dann sind wir nicht dazu gekommen.«

Es war zur Tradition geworden, dass wir eine Art Buchclub hatten. Ich brachte hin und wieder Bücher mit und wir entschieden gemeinsam, welche wir lesen wollten. Jeder für sich und dann trafen wir uns wieder und redeten darüber. Ein bisschen spießig für unser Alter, aber es machte solchen Spaß, mein Hobby mit meinen Freundinnen auf diese Weise zu teilen.

Ursprünglich hatten wir uns schon gestern zu einem Bücherabend treffen wollen, aber dann war die Planung für die Party dazwischengekommen. Wir hatten bei mir im Garten gesessen und tausend Pläne für den kommenden Freitag erstellt. Ich hätte niemals gedacht, dass das so viel Spaß machen würde. Und offensichtlich ging es mir nicht allein so.

Lin hatte sich bereit erklärt, gemeinsam mit Anna am Dienstag Girlanden, Eulen und Schulabzeichen zu basteln und ein großes Schild zu bemalen, auf dem stehen sollte, dass es Annas ganz private Party war und nur geladene Gäste Zutritt hatten. Darüber hatte die Kleine sich total gefreut, sie blühte regelrecht auf.

In den letzten Tagen war Anna nach der Schule immer noch zu mir gekommen, war jedoch nie lange geblieben. Sie war immer nur kurz in den Buchladen geschneit, hatte Hallo gesagt, mir neue Ideen, Fragen oder Bedenken mitgeteilt, die ihr zur Party gekommen waren und war dann nach draußen geeilt, wo Jamie schon in seinem Pick-up auf sie gewartet hatte. Manchmal war sie auch noch für einen Abstecher bei Lin im Blumenladen vorbeigehuscht, um mit ihr abzusprechen, was sie für ihre Bastelnachmittage brauchen würden. Gemeinsam wollten sie die Deko für den Raum herstellen und die Kostüme für uns entwerfen.

Hailey, Lin und ich hatten in der Zwischenzeit eine Party geplant. Eine Party, wie sie Tobermory und vor allem all die Zehn-

und Elfjährigen noch nicht gesehen hatten. Eingeladen hatte Anna nur die Kinder aus ihrer Klasse. Eine Willkommensparty, weil sie neu auf der Insel war und das Ganze war nur für VIPs, die eine Einladung bekommen hatten, so dass sich die Eingeladenen als etwas ganz Besonderes fühlten.

Es würde tolle Spiele, Essen und Trinken geben und jede Menge Deko und Hailey wollte eine Torte mit mehreren Stockwerken backen – eines für jedes Haus in Hogwarts. Verziert in den passenden Farben: Grün mit Silber für Slytherin, Blau mit Bronze für Ravenclaw, Gelb mit Schwarz für Hufflepuff und Rot mit Gold für Gryffindor, obenauf das Schulwappen mit den Wappentieren der Häuser.

Die Party sollte im *Lizzy's* nach Ladenschluss stattfinden und ich war überzeugt, es würde ein voller Erfolg werden.

Lin führte mich in ihre offene Küche. Hailey saß bereits an dem runden Tisch, auf dem eine große Teekanne auf einem Stövchen stand. Der Duft frischen Earl-Grey-Tees drang in meine Nase, und ich seufzte.

»Setz dich, ich gieß dir eine Tasse ein«, sagte Lin, die offenbar meine Gedanken erraten hatte.

Hailey sprang auf, wobei ihre blonden langen Haare herumwirbelten, die sie am Wochenende gern offen trug. Liebevoll umarmte sie mich und versuchte dann, mir den Beutel aus der Hand zu nehmen.

»Finger weg, erst brauche ich einen Schluck Tee, dann können wir loslegen«, wies ich sie in gespielt strengem Tonfall zurecht.

Hal verzog ihren Mund und strich sich das Shirt glatt, auf dem eine riesengroße Sonnenblume prangte. »Ich bin doch so neugierig.«

»Ich weiß«, erwiderte ich nur und ließ mich auf einen der Stühle fallen.

»Was ist los? Du siehst müde aus.« Lin sah mich aufmerksam an, nachdem sie eine Tasse mit dampfendem Tee vor mir abgestellt hatte.

Bedächtig gab ich einen Löffel Zucker und einige Tropfen Milch in meinen Tee, ehe ich antwortete. »Schlecht geschlafen. Der Wein gestern Abend ist mir nicht sonderlich bekommen.«

»Du hast doch nur zwei Gläser getrunken.«

»Zählst du etwa von uns allen die Anzahl der Gläser, die wir trinken, Hal?«, wollte Lin wissen und kicherte.

»Doofe Angewohnheit, ich weiß.« Hailey zuckte mit den Schultern.

Lin nickte flüchtig und wandte sich dann wieder mir zu. »Nun zeig schon, was du mitgebracht hast.«

Obwohl wir das schon oft gemacht hatten, war ich jedes Mal aufgeregt, den anderen beiden meine Auswahl zu präsentieren. Vorsichtig stellte ich den Beutel auf den Tisch und nahm die ersten drei Bücher heraus. Dreimal das gleiche Buch.

»Das ist ein Thriller. Von dem Autor haben wir schon mal was gelesen, und es hat uns allen gefallen.« Ich reichte jeder ein Exemplar, damit sie sich den Klappentext durchlesen und aus dem Bauch heraus entscheiden konnten, ob das Buch in die nähere Auswahl kam oder sofort rausflog. Wir entschlossen uns immer einstimmig für ein Buch, so dass alle gleich viel Spaß am Lesen der Geschichte hatten.

»Ehrlich gesagt kann ich grad nix lesen, was so blutrünstig ist«, gestand Lin. »Nach dem letzten Thriller brauche ich erst mal eine Pause und was Sanfteres.«

Ich nickte und räumte die Exemplare ohne einen weiteren

Kommentar auf einen Stapel. Argumente wurden nicht diskutiert, sondern einfach hingenommen, das war eine unserer Regeln. Keine von uns sollte das Gefühl haben, sich rechtfertigen zu müssen.

»Gut, dann das nächste.« Ich holte aus dem Beutel den nächsten Stapel hervor. »Das ist der neueste Historienschinken von dem netten Autor aus Yorkshire, der schon mal für eine Lesung auf der Insel war.«

Wieder waren die beiden mit Lesen des Klappentextes beschäftigt und ich beobachtete aufmerksam ihre Reaktion.

Irritiert blickte Hailey auf. »Das ist ein Jugendfantasybuch.«

»Ich weiß, ich dachte, ich erweitere mal euren Horizont.« Frech grinste ich die beiden an.

Hal wiegte den Kopf skeptisch hin und her und mir war klar, dass ich sie damit nicht hatte überzeugen können.

»Okay, her mit den Büchern.« Ich legte sie zu den anderen und holte den nächsten Stapel aus dem Beutel. »Was fürs Herz.«

Die beiden lächelten zufrieden und zeigten mir damit deutlich, dass sie ihre Wahl getroffen hatten, noch bevor sie Gelegenheit hatten, den Text zu lesen. Da ich sowieso alle Bücher lesen würde, die ich in die heutige Auswahl gepackt hatte, machte es für mich keinen Unterschied, welches davon ich anschließend mit meinen Freundinnen besprechen würde.

»Das Buch ist letzten Monat erschienen und das Romandebüt der Autorin. Sie scheint *der* neue Stern am Romance-Himmel zu werden, wenn man die Verkaufszahlen betrachtet und die Begeisterung, die sie in der Community auslöst«, stellte ich meine romantische Buchauswahl vor.

»Klingt schon mal gut! Der Liebesroman vom letzten Monat

mit dem Stiefbruder ... der war echt heiß!« Lin strahlte begeistert, von uns dreien war sie definitiv der größte Fan von Liebesromanen.

Ich räusperte mich und fuhr fort: »Die Protagonistin hat gerade ihren Uniabschluss in der Tasche und will Karriere machen, deshalb zieht sie von einem englischen Provinznest nach Paris. Dort merkt sie, dass das Französisch, das sie in der Schule gelernt hat, nicht ausreicht. Ihr Nachbar bietet sich an, ihr Paris zu zeigen und die Umgangssprache beizubringen. *Et voilà – l'amour* hält Einzug und die Schmetterlinge flattern im Frühling durch Paris, und eure Herzen werden schmelzen.«

In Lins Augen konnte ich schon die Herzen sehen. »Du solltest Werbetexterin werden.«

Ich musste lachen. »Nein, nein, ich mach schon das, was mir am meisten Spaß macht. Das Buch ist was fürs Herz und ich freu mich darauf, das mit euch beiden zu lesen.«

»Apropos was fürs Herz«, begann Hailey und blickte mich durchdringend an. »Was ist mit Jamie?«

»Was soll mit ihm sein?« Absichtlich stellte ich die Gegenfrage, um Zeit zu gewinnen, und packte dabei die nicht ausgewählten Bücher in den Beutel zurück. Als ich aufsah, erfasste mich Lins Blick. Ihre leicht zusammengekniffenen Augen ließen mich innerlich aufstöhnen.

»Na, hast du schon mehr herausgefunden? Was hat ihn hergetrieben? Von was lebt er? Was ist mit Annas Mutter?« Hal hatte soeben ihre Angel ausgeworfen und ich hing am Haken, ihre Neugier war einfach zu groß.

Bei jedem anderen wäre es mir bestimmt nicht anders ergangen, ich hätte mit den beiden überlegt, was Jamie antrieb und was ihn ausmachte und vor allem welche Frauen er mochte. Aber ich wollte den beiden nicht zeigen, wie sehr mich dieser Kerl um meine Selbstbeherrschung brachte. Warum verschwieg ich ihnen, dass ich in seiner Nähe ganz nervös wurde? Was trieb mich dazu, meine Gefühle für mich zu behalten? So weit ich mich erinnern konnte, hatte ich den beiden gegenüber noch nie dieses Bedürfnis verspürt, etwas für mich zu behalten. Das irritierte mich enorm.

Um nicht völlig verschlossen zu wirken, antwortete ich: »Seine Frau und er haben sich getrennt, weil ihr die Karriere wichtiger war als die Familie.«

»Was?«, stieß Lin ungläubig hervor. »Das ist schrecklich. Anna ist doch ihre Tochter.«

Hal schnaubte abfällig. »Nicht jede Mutter ist für diese Aufgabe gemacht.«

»Er will ihr ein geborgenes Leben bieten und ist der Meinung, dass ein Kind hier auf der Insel besser aufgehoben ist als in einer Großstadt.« Ich hängte den gefüllten Beutel an die Lehne meines Stuhls und griff wieder nach der Teetasse.

»Womit er definitiv recht hat.« Lin nickte bekräftigend.

Mir fiel etwas ein. »Sagt mal, was habt ihr eigentlich letzte Woche gemeint, als ihr über Toni gesprochen habt?«

Lin blinzelte. Ich kannte dieses Blinzeln. Sie klimperte immer so auffällig mit den Wimpern, wenn sie im Begriff war zu lügen. »Was meinst du?«, fragte sie und blinzelte hektisch weiter.

»Du weißt genau, was ich meine!«, entfuhr es mir, weil ich ihren Ablenkungsversuch durchschaute. Hal kicherte und zog meine Aufmerksamkeit auf sich. »Dann sag du es mir, Hailey Ferson. Was habt ihr gemeint, als ihr so kryptische Bemerkungen in Bezug auf Toni und einsame Frauen gemacht habt?« Ich kniff die Augen leicht zusammen und sah Hailey böse an.

»Na jaaaaaa«, begann sie und kicherte wieder. »Toni ist ein Geheimtipp.«

Mir entfuhr ein Stöhnen, weil sie mir mit ihrer Antwort nicht wirklich weitergeholfen hatte. »Das bedeutet?«, hakte ich gereizt nach.

»Eigentlich dürfen wir dir das gar nicht sagen«, erklärte Lin mit leiser Stimme.

»Jetzt erzählt schon!«, forderte ich die beiden vehement auf.

Hal und Lin tauschten einen Blick aus. Dann nickten die zwei, so als hätten sie zuvor eine nonverbale Abmachung getroffen, deren Inhalt mir aus irgendeinem Grund nicht ersichtlich war.

»Es ist so«, begann Lin, »Toni wird unter Frauen weiterempfohlen.«

Sie sah mich mit hochgezogenen Augenbrauen an, so als müsste ich nun wissen, um was es ging. Wieder konnte ich nur den Kopf schütteln, weil ich nicht mal erahnte, worauf sie hinauswollte. Frustriert biss ich in einen Keks. Wer wusste schon, wie lange es dauern würde, bis Lin endlich zum entscheidenden Punkt kam, der mir dabei half, die Zusammenhänge zu verstehen.

»Unter Frauen, die einen gewissen Bedarf haben.« Sie hielt inne und sah mich wieder mit diesem vielsagenden Blick an, doch ich verstand immer noch nicht, was sie mir sagen wollten.

Hailey stöhnte genervt. »Toni arbeitet als Escort.«

Ich verschluckte mich an dem Cookie und hustete. Es dauerte eine ganze Weile, bis ich mich so weit im Griff hatte, die Frage zu stellen, die mir im Kopf herumspukte. Ich konnte es mir zwar nicht vorstellen, aber ich musste dem nachgehen. »Er ist ein Callboy?«, fragte ich und hustete noch einmal.

»Nein, nicht das, was du denkst.« Lin schüttelte heftig den Kopf, der mittlerweile rot angelaufen war. Was mich daran erinnerte, dass auch Lin vor ein paar Wochen mit Toni ausgegangen war.

Fassungslos setzte ich die einzelnen Puzzlestücke zusammen. »Du«, entfuhr es mir und ich deutete mit dem Zeigefinger auf sie. »Du hast ihn gebucht!« In meinem Kopf entstanden Bilder. Bilder von Toni und Lin. Im Bett. »Oh mein Gott! Katzenbabys, ich muss dringend an Katzenbabys denken, damit ich diese Bilder von dir und Toni aus meinem Kopf bekomme!« Ich schloss die Augen und vergrub das Gesicht in meinen Händen.

»Jetzt krieg dich mal wieder ein, Ally!«, schimpfte Hal drauf los. »Der Kerl ist Gold wert in manchen Situationen und wird nur unter Frauen weiterempfohlen, die ihn dringend brauchen. Deshalb haben wir dir bisher auch nichts davon erzählt. Du warst nie in einer solchen Situation.«

Ich hob den Kopf und blickte Hal an. »Nicht du auch!«

Hal verdrehte die Augen und sah dann Lin an. »Ich hab doch gesagt, dass sie es nicht verstehen wird.«

»Moment mal! Matt wusste auch davon. Jetzt sag mir nicht, dass er auch die *Dienste* in Anspruch nimmt.« Ich malte für das Wort Dienste imaginäre Gänsefüßchen in die Luft.

Nun war es an Lin zu kichern. »Nein. Er hilft aus, wenn Toni zu viel zu tun hat.«

Für einen Moment überlegte ich, ob ich in einem Paralleluniversum gelandet war und sich deshalb hier auf einmal Geschichten erzählt wurden, von denen ich bisher nicht einmal etwas geahnt hatte. Das konnte doch nicht wahr sein. Da betrieb einer unserer Freunde einen Escort-Dienst und der andere machte mit und überhaupt schien jeder darüber Bescheid zu wissen außer mir.

Wieder schnellte mein Blick zu Lin. »Wie war er? Wie hat sich Toni angestellt?«

Lin kicherte. »Bei dem, wofür ich ihn gebucht habe, war er großartig.«

Wieder strengte meine Phantasie sich an, Höchstleistungen zu erbringen. »Wofür hast du ihn gebucht?«, knurrte ich ungeduldig.

Lin lachte und lachte, bis sie kaum noch Luft bekam.

»Sie hat Toni gebucht, um mit ihr auszugehen. Mehr nicht.« Hailey saß am Tisch mit verschränkten Armen und hatte ihr Schlechte-Laune-Gesicht aufgesetzt und das galt eindeutig mir.

»Mehr nicht?« Im Grunde genommen ging mich das nichts an, aber die Geschichte war so absurd, dass ich diese Grenze überschritt, ohne mir darüber Gedanken zu machen. »Wie hätte denn das Mehr ausgesehen?«

Lin wurde wieder ernst. »Nein, mehr war da nicht. Mehr würde Toni auch nicht tun. Er begleitet die Frauen nur, wenn sie sich mal wieder begehrt fühlen wollen. Es ist wie eine Art Rollenspiel. Aber er ist verdammt gut und man muss fast ein bisschen aufpassen, dass man ihm nicht zu sehr glaubt, was er einem vorspielt – ich bin sicher, die eine oder andere hat sich schon in ihn verliebt.«

»Unfassbar.« Ich schüttelte immer wieder den Kopf, bis ich mich dazu zwang, damit aufzuhören. »Und du hast ihn auch gebucht?«, wandte ich mich an Hal.

Nun bröckelte ihre Fassade ein wenig. Sie sah verlegen auf den Tisch. »Ja.«

»Ich dachte immer, du bist nicht einsam«, entfuhr es mir.

Ich biss mir auf die Zunge, denn der Blick, den Hal mir zuwarf, zeigte deutlich, dass ich das nicht hätte sagen sollen.

»Ich bin auch nicht einsam. Aber auf der Insel habe ich ein Gerücht gehört. Jemand ist an mich herangetreten und hat es mir verraten. Von ihr hatte ich auch den Tipp mit Toni.« Als ich sie fragend ansah, da ich mit dieser Aussage nichts anfangen konnte, fuhr sie fort: »Es wurde erzählt, dass ich lesbisch sei und ihr meine Geliebten.« Hal sah ernst aus.

Ich wiederum konnte nicht anders, als lauthals loszulachen. »Und das hat dir so zugesetzt, dass du Toni gebucht hast?«

Hal biss die Zähne zusammen und verschränkte wieder die Arme vor der Brust. »Ich hab das für euch getan!«

Schlagartig wurde mir bewusst, dass sie das ernst meinte. »Entschuldige bitte, dass ich gelacht habe.«

»Schon gut. Ist ja auch eine abgefahrene Geschichte. Und nur damit das klar ist: Ich stehe auf Männer, auch wenn ich nicht glaube, dass die Liebe existiert. Ihr wisst schon: Chemie. Hin und wieder Sex ist ja schön, aber Beziehungen, die mit einem *Sie lebten glücklich bis ans Ende ihrer Tage* enden, gibt es nicht.«

»Ja, ja, das wissen wir. Stimmt's Lin?«

Lin nickte nur und sah noch immer verlegen aus.

»Okay, jetzt noch mal für die unwissende Ally. Toni kann man buchen, wenn man jemanden braucht, mit dem man ausgehen möchte. Und das wissen hier wie viele Frauen auf der Insel?«

Hailey ließ die Arme sinken. »Auf der Insel wissen es nicht viele. Er macht das hauptsächlich auf dem Festland, in Oban und so.«

Ich lehnte mich ein Stück vor. »Aber Sex bietet er nicht an, oder?«

»Nein«, antwortete Lin. »Er hat mir erzählt, dass er so weit nur geht, wenn es passt, wenn er Lust dazu hat und es sich so ergibt. Hat er wohl noch nicht oft getan, aber es kam vor.«

Mir fiel beinah die Kinnlade herunter. »Hat er sich dafür bezahlen lassen?«

Heftig schüttelte Lin den Kopf. »Nein, es war dann wie bei einem normalen Date. Die Chemie stimmt und man landet in der Kiste. Ein One-Night-Stand ohne Verpflichtungen.«

Allein der letzte Satz sorgte dafür, dass mein Blick zu Hailey schnellte. Sofort schüttelte sie den Kopf. »Nein, die Chemie zwischen uns hat nicht gestimmt – nicht so.«

Beinah erschöpft lehnte ich mich in dem Stuhl zurück. All diese Informationen ... Es war anstrengend das zu verdauen. »Was ist mit Matt?«, fragte ich Lin. Sie wich meinem Blick aus, was mich stutzig machte.

»Was soll mit ihm sein?« Hailey nippte an ihrem Tee und sah zwischen Lin und mir hin und her. »Hey, weiht diesmal jemand mich mal ein?«

Lin zuckte mit den Schultern und fuhr mit den Fingern über ihren geflochtenen Zopf. »Da ist nichts.«

»Wie da ist nichts?«, hakte ich nach und nahm einen Schluck Tee, weil mein Mund vom vielen Reden so trocken war. »Ihr steckt ständig die Köpfe zusammen, und wenn ich dazu komme, tut ihr ganz unbeteiligt. Ihr benehmt euch nicht normal. Hast du ihn gebucht und da läuft mehr?«

Für einen Moment schloss Lin die Augen, dann sah sie mich direkt an. »Ich habe ihn nicht gebucht. Er hat das bisher nur zwei- oder dreimal für Toni übernommen. Er steht auf dich.«

»Was?« Fassungslos stellte ich die Tasse ab.

»Wie bitte?«, fragte Hailey schockiert. »Reden wir hier von Matty?«

Lin schüttelte den Kopf. »Er hat sich verändert. Er will was Festes.«

»Und das will er mit mir haben? Hab ich da noch ein Wörtchen mitzureden, oder entscheidet ihr beiden das über meinen Kopf hinweg?« Ich wusste auch nicht so recht, warum ich mich dermaßen darüber aufregte, aber irgendwie fühlte es sich an, als hätte Lin mich hintergangen.

Lins verletzter Gesichtsausdruck ließ in mir ein schlechtes Gewissen aufkommen. »Er hat sich mir nur anvertraut. Was hätte ich machen sollen? Ihn wegschicken? Sorry, aber wenn ein alter Schulkamerad mit mir reden möchte, weil er verliebt ist, dann weise ich ihn nicht ab.«

Ich hob die Hände. »Entschuldige bitte. Das war bescheuert von mir.«

Hal lachte kurz und laut auf. »Da hast du absolut recht.« Dann wendete sie sich wieder an Lin. »Er hat sich wirklich in Ally verliebt?«

Über Lins Gesicht huschte ein Lächeln. »Ja, mit allem, was dazugehört. Offenbar hat ihn das Glück von Toni dazu inspiriert, auch sein eigenes zu finden.«

»Aber warum ich? Es gibt doch noch andere Frauen auf der Insel«, jammerte ich, weil ich Matt nicht das Herz brechen wollte. »Ich kann ihn mir nicht mal ansatzweise als jemanden vorstellen, der eine Freundin hat – geschweige denn, dass ich diese Freundin bin.«

»Aber er sieht gut aus«, schob Hal ein.

Lin nickte. »Ja, er ist schon ein echter Hingucker.«

Lachend schüttelte ich den Kopf. »Sorry, aber irgendwie

fehlt mir für diese Feststellung der Abstand zu ihm. Dafür kenne ich ihn einfach schon zu lange.« Dann wurde ich ernst. »Aber jetzt ist mir auch klar, warum er sich so merkwürdig verhalten hat, als Jamie am letzten Samstag am Strand aufgetaucht ist.«

»Wirklich? Das hab ich gar nicht mitbekommen.« Lin runzelte die Stirn, als sie versuchte, sich zu erinnern.

»Da seid ihr alle gerade im Wasser gewesen. Er hat den Arm um mich gelegt und sich verhalten, als hätte er irgendwelche Ansprüche auf mich«, erklärte ich den beiden und griff nach einem der Cookies, die bestimmt Hal mitgebracht hatte.

»Und das hat dir nicht gepasst«, stellte Hal fest.

Ich kaute bedächtig und schluckte anschließend den Cookie herunter. »Hätte es dir denn gefallen, wenn er das bei dir gemacht hätte?«

Hal schmunzelte und auch Lin grinste über das ganze Gesicht.

»Was?«, fragte ich und rang mit den Händen.

Kichernd antwortete Lin: »Na ja, eigentlich regt einen so ein Körperkontakt von einem guten Freund nur auf, wenn das einem die Tour bei einem anderen Mann vermasselt.«

»Ist das so?« Ich wollte es einfach nicht zugeben, aber offenbar hatten meine beiden Freundinnen mich schon längst durchschaut.

»Jaaaaaaa«, antworteten Hal und Lin im Chor.

»Bin ich so leicht zu durchschauen?«

Lin legte mir die Hand auf den Unterarm. »Darling, wir sind schon so lange befreundet, dass wir manchmal die anderen besser verstehen als uns selbst, oder?«

Ich nickte, denn genau so verhielt es sich.

»Immer wenn Jamie zur Sprache kommt, ist da so ein Glitzern in deinen Augen, dass mich daran erinnert, wie du früher reagiert hast, wenn du ein Buch haben wolltest, es aber nicht bekommen hast.«

Lins Erklärung ließ meinen Kopf emporschnellen.

Hailey schmunzelte, als ich zu ihr sah, und nickte bestätigend. »Du stehst auf den Single-Dad.«

Ich schlug die Hände vor das Gesicht, weil ich spürte, wie mir die Hitze in die Wangen schoss. Ich lief vermutlich so rot an wie eine Tomate.

»Ich denke, das können wir als Eingeständnis werten«, gab Lin kichernd von sich.

»Aber so was von!« Hailey lachte und legte ihre Hand auf meinen anderen Unterarm. Alles, was ich darauf erwidern konnte, war ein Seufzen und Schulterzucken.

Die beiden drängten mich nicht dazu, mehr preiszugeben. Sie wussten, wenn es so weit war, würde ich schon von selbst zu ihnen kommen. Also tranken wir eine Weile einfach zusammen Tee und weil wir unser gemeinsames Buch ja erst einmal lesen mussten, erzählte ich ihnen von denen, die ich gerade selbst beendet hatte.

Nach einer Weile entschied ich mich dazu, Lin auf den Laden anzusprechen. »Wie weit bist du mit den Vorbereitungen für die Bastelkurse?«

Lin stellte bedächtig ihre Tasse ab und betrachtete scheinbar angestrengt die Maserung der Tischplatte. »Noch nicht so weit.«

Ich fing Haileys Blick auf, die die Augenbrauen beinah bis an den Haaransatz hochgezogen hatte.

»Was ist, Lin?«, hakte ich nach. »Hast du dich anders entschieden?«

Heftig schüttelte sie den Kopf. »Nein.«

»Was belastet dich dann?« Ich legte den Kopf schräg und versuchte sie dazu zu bringen, mich anzusehen, aber es war unmöglich.

»Mich belastet nichts.«

»Ach nein? Warum lässt du dann den Kopf hängen?«, fragte Hailey mit ihrer direkten Art.

Ein Stöhnen entwich Lins Mund und sie lehnte sich im Stuhl zurück. »Ich habe jede Menge Ideen«, begann sie.

»Großartig!« Ich freute mich, dass sie sich dazu offenbar schon Gedanken gemacht hatte.

»Aber?«, kam es von Hailey.

Lin rang mit den Händen. »Wie soll ich das ganze Equipment finanzieren?«

»Was brauchst du denn?«, wollte ich wissen. Vielleicht konnten Hal und ich sie ja unterstützen.

»Vergiss es, das muss ich allein schaffen.« Ihr Finger bohrte sich durch die Luft in meine Richtung, weil sie meine Gedanken gelesen hatte. »Es ist eine Menge Material notwendig.«

Hal unterbrach sie: »Das musst doch nicht du alles kaufen. Für jeden Kurs erstellst du eine Liste mit Material, das die Teilnehmer selbst besorgen müssen. Dann musst du da auch nicht vorher schon in deine Tasche greifen, bis auf das Zeugs, das du benötigst, um den Leuten zu zeigen, was sie machen müssen, brauchst du nichts.«

Lin wiegte den Kopf hin und her. »Ist es so einfach?«

»Na klar!«, stieß Hal hervor.

»Ich glaube nicht.« Hailey und Lin sahen mich fragend an. »Ich nehme euch beiden ungern den Wind aus den Segeln, aber wir müssen realistisch an die Sache rangehen, sonst wird das nix.«

»Was meinst du damit?« Hailey verschränkte die Arme, was mich zum Schmunzeln brachte.

»Nun geh nicht gleich in Abwehrhaltung, Hal.« Ernst sah ich sie an und sie verdrehte gespielt die Augen, ehe sie die Arme wieder sinken ließ und neugierig abwartete. »Ich frage mich nur, wie die Inselbewohner oder Touristen das Zeug besorgen sollen. Auf der Isle of Mull gibt es kein Bastelgeschäft. Wenn Lin das Material aber im Großhandel für alle einkauft, ist das Problem gelöst. Dann kann sie es teurer an die Teilnehmer verkaufen und dadurch noch etwas verdienen.«

»Wieder Geld, das ich nicht habe.« Resigniert ließ Lin die Schultern hängen. Sie sah so kraftlos aus, so gebrochen, dass mich ihr Anblick schmerzte.

»Du nimmst Buchungen an und das gegen Vorkasse, damit kannst du dann das Material kaufen.« Damit hatte ich ihr die Bedenken genommen und erntete ein wohlwollendes Nicken von Hailey.

Lin blickte zwischen uns hin und her. Ich dachte schon, sie würde sich dagegen auflehnen, doch dann nickte sie. »Das ist eine gute Idee. Ich hoffe nur, dass genügend Leute einen solchen Kurs mitmachen wollen.«

»Klar. Sie werden sich darum reißen«, erwiderte Hal und ich hob bestätigend den Daumen.

Unruhig rutschte Lin auf ihrem Stuhl herum. »Was haltet ihr davon, wenn ich Youtube-Videos mache. Über DIY, das Nähen meiner Kleider und so? Vielleicht werden so mehr auf die Kurse aufmerksam.«

Erstaunt hob ich die Augenbrauen. Lin war nicht gerade eine Frau, die gern im Mittelpunkt stand, umso mehr zeigte dieser Vorschlag, wie sehr sie wollte, dass ihr Vorhaben Erfolg hatte.

Hailey schüttelte den Kopf. »Das ist ein toller Einfall. Aber so bekommst du erst mal keine Leute zu den Kursen. Zuerst musst du dich auf eine Sache konzentrieren und wenn das gut läuft, gehst du das Nächste an, okay?«

Lin nickte und lächelte dann zaghaft. Man merkte, dass sie sich sichtlich entspannte und begeistert war von der Idee der Bastelkurse.

Die nächste Stunde verbrachten wir damit zu überlegen, welche Kurse Lin anbieten könnte und welche Materialien die Teilnehmer dafür brauchen würden.

Am Ende unseres Treffens hatten wir uns nicht nur für ein Buch entschieden, dass wir in den nächsten Tagen lesen würden, sondern auch einen Kursplan erstellt. In ein paar Wochen sollten Lins DIY-Kurse starten. Vorher würden wir Flyer erstellen und die in unseren Läden auslegen.

* * *

Montag, 14. Mai

Der nächste Morgen war arbeitsreich. Irgendwie hatten sich alle verabredet, an diesem Montag Bücher zu kaufen. Ich freute mich sehr, dass so viel los war, aber noch mehr freute ich mich, als es endlich Zeit für die Mittagspause war. Ich atmete tief durch, als der letzte Kunde den Laden verließ und ich das Schild auf *Geschlossen* drehte. Zum Mittagessen war ich mit Hailey und Lin verabredet. Das Festnetztelefon klingelte in dem Moment, da ich die Strickjacke überstreifte.

»*More than words*, was kann ich für Sie tun?«, meldete ich mich freundlich, nachdem ich das Gespräch angenommen hatte.

»Allison Forbes, du hörst dich ja so erwachsen an«, dröhnte eine tiefe Stimme in mein Ohr. »Hier ist John McIntosh.«

»John! Schön von dir zu hören!«

John und mein Vater waren früher zusammen im Rugbyteam gewesen und hatten für Schottland gespielt. Dad war hier auf der Insel entdeckt worden, hatte schnell ein Stipendium an einer Universität erhalten und dort zwar keinen Abschluss erworben, aber durch seine Mitgliedschaft in der universitären Rugbymannschaft war er in die Nationalmannschaft nominiert worden. Darauf war er noch heute sehr stolz.

Und John, diesen stillen Riesen, der in Glasgow lebte, kannte ich deshalb seit meiner Kindheit und hatte ihn schon immer sehr gemocht. Von ihm hatte ich mein erstes richtiges Buch geschenkt bekommen. Was auch nicht verwunderlich war, denn seine Familie führte seit Generationen ein Buchgeschäft in Glasgow. Dieser uralte Buchladen, mit seinen dunklen, deckenhohen Bücherregalen, den stillen Ecken und dem weichen Teppich, der die Geräusche schluckte und einem die Möglichkeit gab, sich zwischen den Büchern zu verlieren, war für mich als Kind ein Paradies gewesen. Von John hatte ich meine Liebe für Bücher injiziert bekommen, und sein Laden hatte die Vorstellung eines eigenen Buchladens in mir wachsen lassen.

Früher war er öfter bei uns gewesen, oder wir hatten ihn in Glasgow besucht, aber nachdem er und Dad jeder einer geregelten Arbeit nachgehen mussten, sah ich ihn kaum noch. Rugby spielte man nur wenige Jahre, danach war man körperlich nicht mehr dazu in der Lage, diese harte Sportart auszuüben. Mit dreißig hatten beide schon beinah zum alten Eisen gehört und sich zeitgleich dazu entschieden, den Sport an den Nagel zu hängen.

»Das ist ja eine Begrüßung! Wie geht es dir, Kleines?«

»Ach, alles beim Alten. Und bei dir?«

»Ich werde heiraten!«

»Was? Das ist ja toll!«, freute ich mich für ihn. »Wer ist die Glückliche?«

»Sie heißt Mary-Anne. Sie war in Glasgow auf Geschäftsreise und hat sich in meinen Laden verirrt, weil sie – wie könnte es anders sein? – ein Buch lesen wollte.« Er gab dieses tiefe, warme Lachen von sich, das ich schon als Kind so geliebt hatte.

»Und da hast du ihr statt eines Buches gleich dich selbst empfohlen?«, neckte ich ihn.

»So könnte man es sagen. Und jetzt werden wir heiraten, und ich werde nach London ziehen.«

»Du wirst was?«, fragte ich verwirrt.

Wieder lachte er. »Das ist der Grund meines Anrufs. Ich werde den Buchladen auflösen, und wenn du magst, kannst du die Raritäten haben. Ich würde mich freuen, wenn sie in gute Hände kommen würden.«

Kurz schüttelte ich den Kopf, weil das einfach zu viele verwirrende Informationen auf einmal für mich waren. »Das ist nicht dein Ernst, oder? Du willst mich auf den Arm nehmen.«

»Nein, es ist mein absoluter Ernst, Kleines. Ich will meine restlichen Jahre nicht zwischen verstaubten Büchern verbringen, sondern mit Mary-Anne genießen.«

»In London?«

»In London.« Wieder lachte er und zeigte mir so ziemlich deutlich, dass ihn die Aussicht auf die Zeit mit der Frau, die ganz offensichtlich sein Herz erobert hatte, mehr als freute.

»Das ist … toll! Ich bin nur ein wenig überrumpelt. Das hätte ich nie gedacht, John.«

»Was hättest du nie gedacht? Das ein Büchernarr wie ich, eine Frau findet, die es mit ihm aushält?«, zog er mich auf.

»Nein, natürlich nicht«, ich musste lachen. John war ein liebevoller Mann und ich freute mich, dass er in seinem Alter noch das große Glück gefunden hatte. »Ich wäre niemals auf die Idee gekommen, dass du einmal freiwillig den Laden aufgeben wirst. Und ich kann es mir kaum vorstellen, dass es ihn nicht mehr geben soll.«

»Ich auch nicht. Aber mittlerweile bin ich älter geworden, habe keine Kinder, denen ich das Geschäft übergeben könnte, und Mary-Anne hat mich so tief in meinem Herzen berührt, dass ich gewillt bin, diesen enormen Schritt zu gehen.«

Kurz schwieg ich, weil mir seine Worte so nahegingen. »Das ist so schön, John. Wirklich. Ich freue mich sehr für dich.« Das tat ich wirklich. Er war ein herzensguter Mensch und hatte es verdient, glücklich zu sein.

»Also, wann kommst du?«

Ich zögerte. »Ich kann diese Bücher unmöglich annehmen.«

»Dann landen sie im Müll.«

»Nein!«, rief ich impulsiv aus.

»Das war ein Scherz, Ally. Wenn du nicht herkommst, schick ich sie dir. Der Inhalt dieses Regals ist für dich bestimmt, ob du willst oder nicht. Tu einem alten Mann den Gefallen und nimm sie an. Du bist das für mich, was einer Tochter am nächsten kommt, und da du ja gewissermaßen in meine Fußstapfen getreten bist, gehören sie nun mal dir.«

Ich ließ mich auf den Stuhl fallen und lächelte. Denn sein letzter Satz berührte mich sehr. »Danke, John.«

»Nichts zu danken, komm her und hol sie ab, dann seh ich dich wenigstens noch mal, bevor ich Schottland verlasse. Wie wäre es mit morgen?«

»Morgen schon?« Ich überlegte. »Warum nicht?«

»Perfekt. Ich bin den ganzen Tag im Laden.« Ich konnte das Grinsen förmlich aus seinen Worten heraushören.

Wir verabschiedeten uns noch und dann machte ich mich auf den Weg ins *Lizzy's*, wo Hal und Lin schon auf mich warteten.

Lin lächelte mir entgegen, und Hal stand gerade hinter dem Tresen und schäumte Milch auf. Erschöpft ließ ich mich auf den Stuhl fallen und hängte meine Tasche an die Lehne.

»Na, wie war dein Tag bisher?«, begrüßte mich Lin und strich mir sanft über den Rücken.

Ich berichtete ihr von meinem turbulenten Vormittag und von Johns Anruf. Meine beiden Freundinnen kannten ihn gut, und Lin reagierte in etwa so wie ich. Als ich ihr dann erzählte, dass er heiraten würde, bekam sie glasige Augen.

»Das ist so romantisch. Er gibt alles für diese Mary-Anne auf. Das muss Liebe sein!«

»Was muss Liebe sein?«, fragte Hailey und stellte jeder von uns eine Tasse Tee hin.

Nachdem auch sie eingeweiht war, berichtete ich ihnen, dass ich morgen nach Glasgow fahren würde.

»Kannst du dann einen Blick auf meinen Laden werfen, Lin?«

»Na klar, pack ein Schild in die Tür und ich kümmer mich um deine Kunden.« Dann beugte sie sich zu mir vor und sah mich grinsend an. »Unter einer Bedingung.«

Irritiert sah ich sie an. »Welche?«

»Bring noch ein bisschen Dekokram für Annas Party aus der großen Stadt mit. Hier bekommt man echt nichts Passendes für die Feier.«

Erleichterte atmete ich auf. »Puh! Ich dachte schon, ich soll in irgendeinem Sumpfgebiet um Glasgow herum nach einer seltenen Pflanze suchen gehen.«

Lin kicherte, und Hal verdrehte die Augen. »So abwegig ist das nicht, Lin!«

Wir unterhielten uns noch ein wenig und aßen zusammen einen Salat. So waren wir gestärkt für den zweiten Abschnitt unseres Arbeitsalltags. Bevor jede in ihrem Laden ihrem Job nachging, verabredeten wir uns noch für den Abend in *Joe's Pub*, zu Drinks und einigen Runden Darts und Billard.

* * *

Ein weiteres Mal nahm ich ein paar Stunden später die Liste zur Hand. Bis zur Party waren es nur noch wenige Tage und einiges fehlte noch, was ich hier auf der Insel nicht bekommen würde.

Ich hatte genau aufgeschrieben, was es zu essen geben würde, was davon wir kaufen, was wir selbst zubereiten und welche Getränke wir noch besorgen mussten. Dabei hatte ich darauf geachtet, dass die Feier nicht zu teuer werden würde.

Ich überlegte noch einmal, welche Dinge ich in Glasgow besser bekommen würde, als bei uns auf der Insel. Wenn ich sowieso aufs Festland fuhr, konnte ich die Gelegenheit auch gleich nutzen. Außerdem recherchierte ich nach einem Geschäft, in dem ich die passende Deko finden konnte, um die Lin mich gebeten hatte. Ich musste morgen all das einkaufen, was noch fehlte, und mit Sicherheit kämen da noch ein paar Spontankäufe hinzu.

Ich wollte, dass die Party perfekt wurde. Die Kleine hatte es verdient. Zudem machte es uns dreien richtig viel Spaß, diese Feier zu organisieren.

Anna hatte mir berichtet, dass die Kinder ihrer Klasse ein wenig irritiert gewesen waren, als sie die Einladungen verteilt hatte. Die Einladungen hatte Anna zusammmen mit Lin erstellt und so aufgebaut, dass sie dem Einladungsbrief nach Hogwarts ähnelten, den Harry Potter an seinem elften Geburtstag bekommen hatte. Mittlerweile war wohl eine regelrechte Aufregung bei den Schülerinnen und Schülern zu spüren und davon profitierte Anna. Denn sie war nun ins Zentrum der Aufmerksamkeit gerückt, allerdings nicht wie bisher. Jetzt war es positive Aufmerksamkeit, denn die Kinder wollten wissen, was es mit der Party auf sich hatte und was wir planten. Außerdem sprachen alle ständig von ihren Kostümen und freuten sich auf Freitag.

Anna hatte erzählt, dass ihre Situation schon ein bisschen besser geworden war und alle freundlich zu ihr waren. Aber Anna war ein cleveres Mädchen, das nicht so schnell auf nettes Gehabe hereinfiel, wenn dem vorher solch ein mieses Verhalten ihrer Klassenkameraden vorausgegangen war. Sie hatte sehr genau erkannt, dass jeder zu ihrer Party kommen und es sich deshalb niemand mit ihr verscherzen wollte.

Wir hatten Anna darauf vorbereitet, dass eine einzige Party allein sicher nicht die Lösung für ihr Problem werden würde, doch ich spürte, dass etwas in Anna sich verändert hatte. Die Einladungen zu verteilen und die Party zu planen gab ihr neues Selbstvertrauen.

Das Machtverhältnis hatte sich, ohne dass das Mädchen es selbst bemerkte, zu ihren Gunsten verschoben. Sie war es, die Informationen hatte und auch diejenige, die darüber verfügte, wer daran teilhaben durfte. Anders als ihre Widersacherinnen nutzte sie das allerdings nicht gegen andere. Sie freute sich schlicht auf die Party, auf die Überraschung für ihre Mitschüler und darauf, dass die Vorbereitungen sich zu einem großen Ganzen zusammenfügten und sie mit Gleichaltrigen eine tolle Zeit haben würde. Sie fieberte darauf hin, neue Freunde zu finden, weil sie Gemeinsamkeiten mit ihnen entdeckte und etwas mit ihnen erlebte.

Jamie hatte mit Annas Lehrer gesprochen, und nun wollten sie gemeinsam gegen das Mobbing vorgehen.

Für den Moment war das schon mal ein Gewinn. Nach der Party mussten wir irgendwie dafür sorgen, dass Anna dauerhaft in die Klasse integriert wurde. Aber ich war zuversichtlich, dass wir auf der Party dafür den Grundstein legen und den Rest auch noch hinbekommen würden.

Ein Piepen riss mich aus meinen Gedanken. Ich hatte eine Nachricht auf mein Handy geschickt bekommen. Neugierig schaute ich auf das Display. Sie war von Jamie.

Mein Herz schlug plötzlich schneller. Mit fahrigen Fingern entsperrte ich den Bildschirm, um nachzuschauen, was er mir schrieb.

*Hey Ally,*
*ich habe gehört, dass du morgen nach Glasgow musst. Lin hat es mir erzählt, als ich vorhin mit ihr über Anna und das morgige Basteln der Dekosachen für die Party geredet habe. Zufälligerweise muss ich in dieser Woche auch dorthin, um eine neue Kuh vom Züchter abzuholen. Was hältst du davon, wenn wir zusammen fahren?*

Er wollte mit mir zusammen nach Glasgow fahren? Allein der Gedanke, stundenlang mit ihm – genauer gesagt vier Stunden lang – in einem Auto zu sitzen, bedeutete für mich, einem Herzinfarkt nahe zu sein. Und dann wären da noch mal vier Stunden für die Rückfahrt. Aber die Aussicht darauf ließ mich dümmlich grinsen und anstatt abzulehnen, schrieb ich ihm:

*Das hört sich super an! Wann wollen wir los? Ich habe für morgen Lin dazu verdonnert, sich um meinen Laden zu kümmern. Ich hänge also ein Schild in die Tür. Kann dementsprechend jederzeit los und würde vorschlagen, dass wir möglichst früh aufbrechen.*

Ich musste nicht lange auf eine Antwort warten. Keine Minute später verkündete mein Handy durch ein weiteres Piepen, dass Jamie mir schon zurückgeschrieben hatte.

*Dann hole ich dich um sieben bei dir zu Hause ab, ok?*

Ob das okay war? Ja, war es, dachte ich mit einem dümmlichen Grinsen auf den Lippen. Er hätte auch um sechs Uhr sagen können. Es wäre mir egal gewesen, weil ich mich schon viel zu sehr auf die Fahrt nach Glasgow freute.

*Perfekt!*

Mein Handy piepte nicht noch einmal. Eine Antwort war ja auch im Grunde genommen nicht nötig. Dennoch hätte ich den ganzen Nachmittag noch so weiter mit Jamie texten können. Es fühlte sich auf verwirrende Weise aufregend an.

Und wer war dafür verantwortlich? Lin. Natürlich! Ihr Blick gestern, als wir über Jamie geredet hatten, hätte mich vorwarnen sollen. Vermutlich hatte sie ihn dazu überredet, mich zu fahren. Warum tat sie mir das an? Sie konnte doch unmöglich der Versuchung erlegen sein, mich verkuppeln zu wollen. Oder etwa doch? War das auch ihre Absicht mit Matt gewesen?

Einem Impuls folgend, pustete ich die Kerze aus, die stets auf meinem Ladentresen stand, drehte das Schild in der Tür um und verließ meinen Laden. Mein Weg führte mich direkt zu Lins Blumenladen.

Als ich ihr Geschäft betrat, sah sie mir mit großen Augen entgegen. Offenbar hatte sie gerade ein Gesteck anzufertigen. Vor ihr lag Steckschaum, aus dem schon einige Blumen ragten. »Was machst du denn hier? Es ist doch noch nicht Zeit für den Feierabend und das *Joe's*, oder?«

Mit ausgestrecktem Finger ging ich auf sie zu. »Du!«

Unschuldig hob sie die Hände, so als hätte ich mit der geladenen Waffe auf sie gezielt. »Ich?«

»Du steckst hinter Jamie und Glasgow!« Ich blieb vor ihr stehen und sah sie aus leicht zusammen gekniffenen Augen an.

Ein Grinsen zupfte an ihren Lippen, das sie mehr schlecht als recht zu verbergen versuchte. Dann nahm sie eine Blume in die Hand und arbeitete weiter an ihrem Gesteck. »Hat es geklappt?«, fragte sie, ohne mich anzusehen, aber ich erkannte die Neugier, die in ihrer Stimme mitschwang.

»Wenn du meinst, dass ich morgen mehrere Stunden mit Jamie in seinem Pick-up verbringen werde, dann ja.« Meine ernste Miene konnte ich mittlerweile nicht mehr aufrechthalten.

Lins Kopf schoss empor und sie sah mich mit großen Augen

an. Als ich nickte, rief sie: »Yes!« Kämpferisch hob sie die Faust in die Höhe. »Ich wusste es!«

»Was wusstest du?«

»Na, dass er gern Zeit mit dir verbringen will.« Wieder griff sie nach einem Stängel mit mehreren Blüten daran.

»Wie kommst du darauf?« Ich entspannte mich ein wenig und wartete ihre Antwort ab. Doch sie ließ sich Zeit, widmete sich etliche Sekunden ihrer Arbeit, die sich hinzogen wie Minuten. Sie tat so, als wäre ich nicht anwesend.

Lin sah aus, als hätte sie gerade von den leckersten Plätzchen genascht, als sie aufblickte und mich fixierte. »Ganz einfach: Ich hab ihm erzählt, dass du morgen nach Glasgow fährst. Mehr nicht. Wenn er da auf die Idee gekommen ist, mit dir zusammen zu fahren, dann ist das ganz allein auf seinem Mist gewachsen.«

Mein Mund wurde trocken. Konnte das wirklich sein? »Bestimmt will er nur freundlich sein.«

»Wenn du meinst!«

»Ja, das meine ich.« Ich wandte mich der Tür zu und sagte noch: »Ich bin gegen sieben da und hole dich ab, dann gehen wir ins *Joe's*.« Ich hielt den Zeigefinger warnend hoch. »Aber ich will nichts mehr über Jamie oder den morgigen Tag hören. Verstanden?«

Lin nickte und kicherte immer wieder. »Aye, aye, Captain.« Sie salutierte, und ich musste ebenfalls lachen.

»Bis nachher, du Nervensäge.«

Dann verließ ich Lins Geschäft, weil ich nicht wollte, dass sie meine Reaktion auf ihre Aussage mitbekam. Denn in diesem Moment breitete sich auf meinem Gesicht ein breites Grinsen aus. Jamie hatte mir tatsächlich von sich aus geschrieben. Niemand hatte ihn dazu ermutigt oder ihm diesen Vorschlag unterbreitet. Er wollte Zeit mit mir verbringen und gemeinsam nach Glasgow fahren.

# 9.

Brìgh gach cluiche gu dheireadh.
*– Der Gewinner des Spiels steht erst am Ende fest. –*

## Dienstag, 15. Mai

Als Dad am nächsten Tag die Treppe heruntergeschlurft kam, um seinen ersten Kaffee zu trinken, war ich bereits angezogen, hatte gefrühstückt, dazu drei Tassen Earl Grey getrunken und stand dementsprechend unter Strom. Wobei ich vermutlich auch ohne das viele Teein aufgeregt gewesen wäre. Es war gerade mal sechs Uhr zwanzig und es würde noch über eine halbe Stunde dauern, bis Jamie mich abholte. Meine Nerven flatterten, sobald ich an ihn und die lange Autofahrt dachte.

Was sollte ich mit ihm reden?

Welches Thema wäre nicht zu oberflächlich?

Welches Thema? Nein, es mussten etliche Themen sein, immerhin würde die Fahrt über vier Stunden dauern. Panik wallte in mir hoch.

»Guten Morgen, Sweetie«, begrüßte Dad mich und ging ohne Zwischenstopp zur Kaffeemaschine. Zufrieden brummte er, als er bemerkte, dass ich ihm bereits eine Kanne seines Lebenselixiers aufgesetzt hatte. »Danke, Ally. Was würde ich nur ohne dich machen?« Er hatte sich schon angezogen, bevor er runterkam, aber sein Haar stand wild von seinem Kopf ab.

»Den Kaffee selbst kochen?«, antwortete ich grinsend, während ich beobachtete, wie er einen großen Schluck Milch in das starke Gebräu goss.

»Gut möglich. Aber du weißt doch wie das ist. Der Kaffee, den ein anderer gekocht hat, schmeckt immer viel besser.« Er zwinkerte mir zu, nahm einen großen Schluck und schloss genießerisch die Augen. Dazu gab er ein zustimmendes Brummen von sich. »Siehst du? So hätte ich das niemals hinbekommen. Einfach perfekt.«

Kopfschüttelnd nahm ich die Milchpackung und räumte sie wieder in den Kühlschrank. »Ich trinke lieber Kaffee und Tee, die ich selbst gekocht habe. Nur ich kenne die richtige Mischung für mich. Niemand anders kann das so hinbekommen.«

»Irgendwann wirst du einen Menschen finden, der ganz genau wissen wird, wie du deinen Tee magst. Jemand, dem du so wichtig bist, dass er darauf achtet und dir dadurch das Gefühl gibt, etwas Besonderes zu sein.« Dad lächelte mich liebevoll an, und mir zog sich das Herz zusammen.

»Das hast du wunderschön gesagt, Dad«, erwidere ich ergriffen.

»Das macht die Lebenserfahrung.«

Ich brauchte nicht zu fragen, ob meine Mutter ihm dieses Gefühl gegeben hatte, denn das war sicherlich nicht der Fall gewesen. Und selbst wenn, dann hatte sie mit ihrem Verschwinden alles kaputt gemacht. Bei ihm und auch bei mir.

»Warum bist du heute so früh auf den Beinen?«, wollte Dad von mir wissen.

»Das habe ich dir gestern noch erzählen wollen, aber du warst schon im Bett, als ich heimgekommen bin.« Ich trat zu ihm und strich ihm das wirre Haar zurück.

Dad riss die Augen in gespieltem Entsetzen weit auf. »Habe ich so schlimm ausgesehen?«

Ich grinste ihn frech an. »Steckdose«, sagte ich nur und er wusste sofort, was ich damit meinte. Steckdose war bei uns ein Codewort für wirres, abstehendes Haar.

»Danke.« Sicherheitshalber strich sich Dad selbst noch einmal über den Kopf. »Ja, gestern war ich so müde, dass ich gar nicht erst versucht habe, lange wachzubleiben. Bin schon um halb acht immer wieder auf dem Sofa eingenickt und hab dann aufgegeben. Sweetie, ich werde alt.« Zerknirscht nahm er noch einen Schluck von seinem Kaffee.

Nachdem ich ihm sanft gegen den Oberarm geboxt hatte, griff ich an ihm vorbei und goss mir auch eine Tasse Kaffee ein. Das würde vermutlich den Takt meines Herzens noch mehr erhöhen, aber es roch so lecker, dass ich nicht anders konnte. »Alt werden wir alle. Pass auf, dass du nicht krank wirst.« Ich goss ebenfalls Milch in den Kaffee und trank dann einen großen Schluck.

»Nein, krank werde ich nicht. Keine Sorge.« Dann sah er mich aufmerksamer an als zuvor. »Was hast du heute vor?«

»Ich fahre nach Glasgow. John wird zum ersten Juni seine Buchhandlung auflösen.«

»Was? Wieso das denn?« Dad balancierte seine Tasse zum Tisch und setzte sich.

»Du weißt es noch gar nicht? John hat mich gestern angerufen und mir erzählt, dass er eine Frau kennengelernt hat und zu ihr nach London zieht. Ich dachte, er hätte dich sicher zuerst angerufen. Er will heiraten«, erklärte ich ihm.

»Nach London? Nein, das habe ich nicht gewusst. Der alte Griesgram meldet sich schon seit ein paar Wochen nicht bei mir, aber das ist wieder typisch. Nur das Nötigste kommunizieren.

Jetzt weiß ich auch, warum – er hat keine Zeit für einen alten Freund, weil er es offensichtlich noch faustdick hinter den Ohren hat!« Dad lachte laut auf. »Und weswegen fährst du jetzt hin?«

»Na ja, er hat ein paar Raritäten, die ich mir abholen soll. Die jüngeren Bücher kann er zurückgeben, die hat er nur auf Kommission im Laden stehen, genau wie ich auch, aber die Raritäten und Antiquitäten will er mir schenken.«

»Der muss ja über beide Ohren verliebt sein, wenn er plötzlich alles so über den Haufen wirft und dermaßen großzügig wird.« Kopfschüttelnd lehnte er sich zurück.

»Ich freu mich jedenfalls, dass er an mich gedacht und mir das angeboten hat. Er will am ersten Juni umziehen und räumt jetzt alles raus. Er meinte, ich kann mitnehmen, was ich will.« Ich setzte mich zu Dad an den Küchentisch und stellte meine Tasse ab.

»Ich gönn es ihm ja, aber hoffentlich fasst er keinen übereilten Entschluss. Immerhin gehört der Buchladen seit drei Generationen seiner Familie.« Dad sah mich an und kniff die Lippen zusammen.

»Projiziere nicht deine eigenen schlechten Erfahrungen mit Frauen auf andere. Er hat so glücklich gewirkt am Telefon. Ich glaube, er weiß genau, was er tut.«

»Oh Mann, Ally! Du hörst dich schon an, als wärst du meine Mutter und nicht ich dein Dad.« Er verdrehte tatsächlich die Augen. Das hätte er sich Granny gegenüber sicherlich niemals getraut.

»Na ja, einer muss dir doch die Wahrheit sagen.« Ich zuckte mit den Schultern und trank von meinem Kaffee.

»Das schon, aber doch bitte nicht so kaltherzig.«

»Ehrlich, Dad. Nicht kaltherzig.« Ich leerte den Kaffee mit einem großen Schluck. »Ich muss gleich los. Jamie holt mich ab.«

»Jamie?« Sofort richtete sich Dad auf und sah mich mit gerunzelter Stirn an. »Warum fährt er dich nach Glasgow? Wenn du nicht selbst fahren willst, hättest du doch auch mich fragen können.«

»Hat sich angeboten, Dad. Er muss die Fahrt ohnehin machen, um eine Kuh vom Züchter abzuholen. Deswegen fanden wir es sinnvoll, dass wir uns zusammentun.« Ich vermied es, ihn dabei anzusehen. Dad hätte es ansonsten sofort gemerkt, wie aufgeregt ich war.

»Aha.« Mehr kam nicht von ihm, doch ich wusste, dass er damit vermutlich erreichen wollte, dass ich ihm mehr erzählte, mehr von meinen Gefühlen, mehr von dem, was in mir vorging. Ich fiel jedoch nicht darauf rein, schwieg und stellte stattdessen meine Tasse und den Teller, den ich vorhin benutzt hatte, in den Geschirrspüler.

»Lass den Rest stehen, ich räume auf, sobald ich gefrühstückt und die Zeitung gelesen habe.« Dad lächelte mich an, aber ich konnte sehen, dass er darüber grübelte, was das zu bedeuten hatte, dass ich mit Jamie nach Glasgow fuhr. Doch er hakte nicht noch einmal nach und sagte stattdessen: »Viel Spaß.«

»Danke, Dad!« Ich beugte mich zu ihm und drückte ihm einen Kuss auf die Wange, ehe ich die Küche verließ und erst einmal tief durchatmete. Da war ich knapp dem väterlichen Verhör entkommen.

* * *

Draußen begrüßte mich heller Sonnenschein. Wir hatten uns, so wie es aussah, den passenden Tag für die Fahrt nach Glasgow ausgesucht. Das schottische Wetter zeigte sich heute von der schönsten Seite. Beinahe schade, dass wir die meiste Zeit im Auto sitzen würden. Doch ich beschloss, es dennoch zu genießen und die Sonne in mich aufzusaugen.

Ich hielt gerade die Nase gen Himmel, um mein Vorhaben auch gleich in die Tat umzusetzen, als ich hörte, wie ein Auto die schmale Straße zu unserem Cottage hochgefahren kam. Hinter der Windschutzscheibe des roten Pick-ups entdeckte ich Jamie, der mir zur Begrüßung zuwinkte und anschließend den Wagen neben dem weiß gestrichenen Gartenzaun abstellte.

Ganz Gentleman, stieg er aus und wartete nicht einfach im Auto darauf, dass ich einstieg. Außerdem lächelte er mich an, was mir besonders gefiel und mir das Gefühl schenkte, dass es ein wirklich guter Tag werden könnte.

»Tolles Wetter für einen Ausflug.«

»Ja, dasselbe habe ich gerade eben auch gedacht.« Ich ging auf ihn zu, ohne zu zögern. Ich versuchte, mir keine Gedanken zu machen, obwohl ich total nervös war. Immerhin fuhren wir nur gemeinsam nach Glasgow und nicht auf Weltreise.

»Wollen wir gleich zur Fähre, oder musst du noch kurz in den Buchladen?«

Es war schön, dass er mir diese Frage stellte und so aufmerksam war. »Nein, ist alles mit Lin geklärt. Ich habe ein Schild in die Tür gehängt, damit meine Kunden Bescheid wissen, dass sie sich bei Lin im Laden melden sollen, wenn sie etwas kaufen wollen oder morgen wiederkommen müssen, wenn sie Beratung brauchen. Was ist mit deinem Hund?«

»Um den wird sich Clarissa kümmern.«

»Clarissa?«, fragte ich mit einem doofen Gefühl.

»Matts Mutter«, klärte er mich auf.

Ich spürte, wie meine Wangen heiß wurden. Na toll! Jetzt wurde ich auch noch rot. Da konnte ich mir ja gleich auf die Stirn schreiben, dass ich nicht an Matts Mutter, sondern an eine heiße Blondine gedacht hatte, die sich nicht nur um Jamies Hund kümmerte. Ich hatte für einen kurzen Moment einen leichten Stich der Eifersucht verspürt. Gar nicht gut!

»Ich weiß«, entgegnete ich. »Aber wie kommt es, dass Clarissa sich um Milow kümmert?«, fragte ich stattdessen, um von meinen roten Wangen abzulenken.

»Sie hat sich letztens Milch bei mir geholt und gesagt, dass sie mir gerne helfen würde, wenn ich mal ihre Hilfe bräuchte. Sie liebt Hunde und Milow liebt sie – also habe ich sie einfach gefragt.« Jamie zuckte mit den Schultern.

Mir schwante, woher die Selbstlosigkeit von Matts Mutter kam. »Sie hat eine Jack- Russell-Hündin.«

Jamies Augenbrauen schossen empor. »Sag mir nicht, dass sie sich auf das Verkuppeln von Hunden spezialisiert hat!«

Ich musste lachen. »Bisher habe ich davon noch nichts gehört, aber wer weiß schon, was sie so treibt, wenn sie nicht gerade Liebesromane liest.«

»Das tun wohl alle Frauen hier«, erwiderte er und schüttelte den Kopf.

»Einige. Gut für mich.« Ich grinste ihn frech an. »Wollen wir los? Bis nach Craignure zum Fähranleger brauchen wir noch ein bisschen.«

»Ja, lass uns losfahren, dann erreichen wir noch die nächste Fähre.« Sein Lächeln wirkte ehrlich und wieder einmal traten diese Grübchen zu Tage, die mir den Verstand raubten.

Kurz bevor ich bei ihm war, stolperte ich und fluchte dabei leise vor mich hin, weil mir meine Ungeschicklichkeit so unfassbar peinlich war. Aber ich hatte mich schnell wieder im Griff und stand auf beiden Füßen, ehe er mir zu Hilfe eilen musste. Ich musste dringend an meiner inneren Balance arbeiten. Zumindest wenn Jamie in der Nähe war. Denn dann war sie offensichtlich im Ungleichgewicht, und das wirkte sich mittlerweile sogar schon auf meinen Körper aus.

Mit hochroten Wangen – ich spürte das Pochen schon wieder überdeutlich – kam ich vor ihm zum Stehen. Er ging nicht auf meinen Fauxpas ein, was ich ihm hoch anrechnete. Stattdessen lächelte er freundlich, wenn auch seine Augenbrauen einen Tick höher gewandert waren.

»Soll ich deinen Rucksack nach hinten packen oder willst du ihn vorn bei dir haben?«, lenkte er von meiner Ungeschicklichkeit ab. Auch das war ein Zeichen dafür, was für ein netter und zuvorkommender Mensch er war.

Ich sah ihm in die Augen, was ich besser hätte lassen sollen, denn sofort merkte ich, wie meine Knie es schwerer hatten, den Rest von meinem Körper zu tragen. »Danke, aber ich nehm ihn lieber mit nach vorn. Mein Handy ist da drin, und eine Flasche Wasser hab ich auch eingepackt. So hab ich alles griffbereit.«

»Alles klar.«

Jamie wartete, bis ich eingestiegen war, dann setzte er sich hinter das Steuer und fuhr mit seinem Pick-up mit dem Anhänger äußerst geschickt die schmale Straße rückwärts, bis er auf die Hauptstraße traf. Das hätte ich selbst niemals geschafft, bemerkte ich erstaunt. Mit diesem Ungetüm von Auto war das schon schwer, aber er hatte ja auch noch den riesigen Anhänger hinten dran. Das grenzte beinah an eine Unmöglichkeit.

»Wo hast du das gelernt?«, fragte ich ihn deshalb und als er mich fragend ansah, beschrieb ich einen Kreis mit der Hand und er verstand mich sofort.

»Die Straßen von Edinburgh sind auch nicht gerade breit. Das mit dem Anhänger musste ich schnell lernen, weil meine Frau ein Pferd hatte, mit dem sie an Turnieren teilnahm und mit dem Tier immer wieder mal irgendwohin gefahren werden musste, wenn sie nicht gerade durch die Weltgeschichte tourte.« Ein Pferd also – dann konnten sie auch in Edinburgh nicht arm gewesen sein. So ein Tier kostete nicht nur in der Anschaffung eine ganze Stange Geld.

Sein Blick war auf die Straße gerichtet, dadurch hatte ich die Chance, ihn genau anzusehen. Heute trug er ein kurzärmeliges dunkles Shirt und eine hellgraue verwaschene Jeans. Wenn ich gedacht hatte, dass diese Longsleeves ihm fantastisch standen und es nicht möglich war, sich besser anzuziehen, dann hatte ich falschgelegen. Bis jetzt hatte ich nicht gewusst, dass ein männlicher Unterarm so anziehend auf mich wirken könnte, doch ab diesem Tag wusste ich es besser. Kräftige Unterarme konnten mit einer Frau ganz merkwürdige Dinge anstellen.

Rasch wandte ich den Blick ab und schaute aus dem Fenster. Im Beisein von Jamie war ich nicht mehr Herr meiner Sinne! Das ging eindeutig zu weit.

Wir schwiegen und genossen die Fahrt. Ich hatte das Fenster heruntergelassen und der Fahrtwind wehte die frische, immer wärmer werdende Luft in das Innere des Wagens.

Die Stille zwischen uns war nicht unangenehm, aber ich hatte dennoch das Bedürfnis, etwas zu sagen. Eine Weile rutschte ich unruhig auf meinem Sitz herum, bis ich endlich den Mund öffnete und ihn fragte: »Wie geht es Anna?«

Sofort erschien ein Lächeln auf seinen Lippen. »Sie ist heute Morgen gut gelaunt zur Schule gefahren, das habe ich in den letzten Wochen nicht einmal erlebt. Und sie freut sich, nachher mit Lin zu basteln und sich um deinen Buchladen zu kümmern.« Jamies dunkle Stimme sorgte erneut dafür, dass ich einen Kloß im Hals bekam.

»Sie wird sich bei Lin wohlfühlen und Hailey wird versuchen sie zu mästen. Um Anna musst du dir ganz bestimmt keine Sorgen machen.« Ich grinste, bei dem Gedanken an Anna, Lin und Hailey und wie sie den Tag gemeinsam verbrachten.

»Ich mache mir keine Sorgen«, erwiderte er in ausgeglichenem Tonfall.

»Nur über eines solltest du dir im Klaren sein.« Fragend sah er zu mir, ehe er den Blick wieder auf die Straße richtete. »Vermutlich wird Anna in Zukunft immer bei Hal essen wollen. Sie kocht fantastisch.« Wir fuhren gerade an einer Schafherde vorbei und Jamie drosselte das Tempo, da einige der Tiere sehr nah an der Fahrbahn grasten.

»Das kann ich mir gut vorstellen. Die Sachen, die sie letztens zum Strand mitgebracht hat, waren schon extrem lecker.«

Wir plauderten noch eine Weile über Hailey und das *Lizzy's*. Ich versuchte, mir die Eifersucht nicht anmerken zu lassen, die angesichts seiner Bewunderung für Hailey in mir aufflammte. Er sprach im Grunde genommen nur das aus, was auch ich für meine Freundin empfand. Hätte eine Frau so über Hal geredet, wäre ich auch nicht gleich auf die Idee gekommen, etwas hineinzuinterpretieren, das nicht ausgesprochen wurde. Nachdem ich das erkannt und verinnerlicht hatte, konnte ich dem Gespräch lockerer folgen. Wir lachten viel, erzählten uns Anekdoten aus der Kindheit, an die sich hauptsächlich Jamie noch erinnern konnte. Ich berichtete ihm von Granny und wie sie die letzten Jahre verbracht hatte, nachdem er von der Insel weggezogen war.

Die Zeit verging wie im Flug, weil wir uns so gut verstanden und unterhielten. So war es nicht verwunderlich, dass mir die halbstündige Fahrt zum Fähranleger in Craignure extrem kurz vorkam. Von hier aus wollten wir mit der Fähre nach Oban übersetzen.

Das war der einzige Nachteil, den ich beim Leben auf der Isle of Mull sah. Mal schnell irgendwohin fahren war nicht möglich, sobald sich das Ziel nicht auf der Insel befand. Man war für weitere Strecken immer auf die Fähre angewiesen.

Aber ich wurde nie wirklich seekrank und genoss dementsprechend die seltenen Überfahrten auf das Festland. Auch heute stieg ich aus dem Auto, stellte mich an die Reling und blickte über das Wasser zurück auf die kleiner werdende Isle of Mull, und als wir am Duart Castle vorbeikamen, lächelte ich. Die alte Burganlage war früher der Stammsitz des MacLean Clans gewesen und hatte die Insel schon vor manchem Überfall bewahrt, weil die Bewohner von Duart Castle die Meerenge und eventuelle Angreifer gut im Blick gehabt hatten. Über viele Jahrzehnte hinweg war die Anlage dann dem Verfall preisgegeben worden, bis sich Anfang des zwanzigsten Jahrhunderts wieder ein Nachfahre der MacLeans der Burg angenommen und sie restauriert hatte. Mittlerweile war sie für Besichtigungen geöffnet und ein Muss für alle Touristen.

Auch ich war fasziniert von diesem Bauwerk. Schon als Kind hatte ich es geliebt und mir dazu die wildesten Geschichten ausgedacht.

Ich spürte Jamies Nähe, als er zu mir trat und sich neben mich stellte. Mein Blick wurde magisch von ihm angezogen und ich sah, wie der Wind sein Haar zerzauste. Ich hatte mir heute früh einen festen Zopf gebunden, so dass ich mir um meine Frisur keine Sorgen machen musste, war allerdings auch nicht sehr eitel.

»Immer wieder beeindruckend.« Jamie deutete mit dem Kinn zur Burg und sah sich das Bauwerk an, als würde er es das erste Mal sehen, was sicherlich nicht der Fall war.

»Ja, absolut.« Kurz zögerte ich, doch dann entschied ich mich, ihm eine Geschichte aus meiner Kindheit zu erzählen. »Als ich noch ein Kind war, wollte ich Autorin werden.« Erstaunt blickte er mich an. »Ich hatte sogar schon angefangen, einen Roman zu schreiben, und der spielte – du ahnst es vermutlich schon – auf Duart Castle.«

Auf Jamies Lippen war ein Schmunzeln zu sehen, während er mich einen Moment still ansah, ehe er fragte: »Hast du das noch, was du damals geschrieben hast?«

Diese Frage erstaunte mich. Kopfschüttelnd antwortete ich: »Nein, das habe ich in meiner aufsässigen Pubertätsphase weggeschmissen, weil ich mich selbst und einfach alles und jeden gehasst habe.« Bedauernd hob ich die Schultern und ließ sie wieder fallen.

»Du und aufsässig? Das kann ich mir beim besten Willen nicht vorstellen.«

»Stille Wasser sind tief«, sagte ich den Spruch nur so dahin, doch als Jamie mich durchdringend ansah, musste ich schlucken.

»Ist das so?«, fragte er so leise, dass nur ich es hören konnte. Sein Blick brannte sich in mich hinein.

Was sollte ich darauf antworten? Was würde sich cool und lässig anhören? Was würde ihn dazu bringen, sich mehr für mich zu interessieren?

Anstatt zu antworten, zuckte ich nur mit den Schultern, lächelte geheimnisvoll und sah wieder auf das Wasser hinaus. Hoffentlich würde ihm das genügen. Ich wollte ihm nicht irgendwas erzählen, was mich besonders interessant machte, denn da wäre mir auf die Schnelle nichts Passendes eingefallen. Und lügen wäre auf jeden Fall der falsche Weg gewesen, um seine Aufmerksamkeit auf mich zu lenken, schließlich wollte ich, dass er sich für mich interessierte und nicht für eine Person, die es nicht gab.

Unwillkürlich fragte ich mich, wann ich mich dazu entschlossen hatte, ihm gefallen zu wollen. Wann war das passiert? An dem Abend im Auto, als er mich pitschnass nach Hause gefahren hatte? Oder als wir zusammen im Flur unseres Cottages gestanden hatten? Oder bei einem der anderen Male, als wir uns begegnet waren?

Nein, wenn ich ehrlich war, wusste ich es ganz genau. Es war der Moment gewesen, als er zum ersten Mal in meinem Buchladen gestanden hatte. In mir hatte sich etwas verändert. Ich wollte, dass er mich mochte, dass er sich für mich interessierte, dass er sich in mich verliebte.

Nur, wie stellte man so etwas an? Vermutlich würde ich in einem der Lebensratgeber fündig werden, die ich in meinem Laden verkaufte, aber ob die Tipps, die man darin nachlesen konnte, wirklich hilfreich waren?

Erleichtert stellte ich fest, dass auch Jamie sich dem tollen Ausblick zuwandte und mich nicht weiter mit seinen Blicken zu ergründen versuchte. Er hatte sich an die Reling gelehnt und hing seinen Gedanken nach. Der Wind wehte uns die frische Meeresbrise ins Gesicht, und die Sonne wärmte uns.

Ich schloss die Augen, genoss die Sonnenstrahlen und lächelte bei der Vorstellung, dass neben mir der Mann stand, für den ich mich begeisterte. Ich begeisterte mich für einen Mann! Seit Tom war das nicht mehr vorgekommen. Ich hatte in mir drin ein Feuer entdeckt, das für Jamie brannte.

Allerdings war ich mir nicht sicher, ob er dasselbe empfand. Und erst recht war ich mir nicht sicher bei der Frage, ob ich herausfinden wollte, ob er etwas und wenn ja, was er für mich empfand. Denn würde ich dieser Frage nachgehen wollen, musste ich auch mit einer Enttäuschung rechnen. Und ob ich schon bereit dazu war, wieder bei einem Mann zu scheitern, da war ich mir nicht sicher.

Schweigend genossen wir den Rest der Überfahrt. Keiner von uns sprach auch nur ein Wort, und dennoch war das in diesem Moment genau das Richtige, denn jede einzelne Silbe hätte diesen Augenblick als unwichtig abgetan. So wurde es zu einem kostbaren Moment, der sich in meine Erinnerungen einbrannte. Denn es war der Moment, in dem ich mich der Wahrheit stellte. Ich interessierte mich für Jamie Pearson. Und das nicht nur, weil er der Vater von Anna war. Auch nicht, weil er in mysteriöser Weise mit meinem Vater und auch mit meiner Großmutter verbandelt war.

Nein, es war aus einem ganz eindeutigen und simplen Grund – meine Gefühle spielten in seiner Nähe verrückt und ich hatte mich hier auf der Fähre von Craignure nach Oban dazu entschlossen herauszufinden, wo das hinführen würde. Einmal in meinem Leben wollte ich, was einen Mann betraf, mutig sein.

* * *

Während der vierstündigen Fahrt hatten wir Musik gehört und geredet und irgendwann war ich eingeschlafen und erst wieder aufgewacht, als wir an einer Ampel anhalten mussten, die sich bereits am Stadtrand Glasgow befunden hatte.

Es war schon halb zwölf Uhr mittags, als wir in der Innenstadt von Glasgow ankamen. Die Straßen in der Stadt waren voll, aber wir kamen gut durch und fanden schnell einen Parkplatz. Um nicht mit dem Anhänger in die Stadt fahren zu müssen, hatte Jamie sich dazu entschlossen, ihn auf einem Park-and-ride-Parkplatz abzustellen. Wir würden ihn später wieder abholen, bevor wir zu der Farm fuhren und die Kuh abholten.

Jamie und ich hatten beschlossen, unsere Besorgungen getrennt zu erledigen. Zuerst war ich ein wenig enttäuscht, als er diesen Vorschlag äußerte. Es hatte mir den Eindruck vermittelt, als wäre ihm meine Gegenwart nach vier Stunden genug. Vielleicht interpretierte ich aber auch mal wieder zu viel in diesen Vorschlag hinein. Immerhin war es die sinnvollste Vorgehensweise, um Zeit zu sparen. Es war inzwischen Mittag, und die letzte Fähre zurück auf die Insel ging heute Abend um acht. Wir würden uns rechtzeitig wieder auf den Weg machen müssen, um rechtzeitig in Oban zu sein. Bis dahin hatten wir noch ein paar Stunden und die würden sicherlich schneller vergehen, als uns lieb war.

Ich versuchte, mir nicht allzu viele Gedanken über Jamie zu machen. Doch Geduld war noch nie meine größte Stärke gewesen. Hinzu kam, dass ich mit Männern bisher kaum Erfahrungen gesammelt hatte. Die Beziehung mit Tom war schon lange vorbei und die hatte sich damals einfach so ergeben. Keine romantischen Dates oder langen Phasen des Herantastens.

Doch bei Jamie sah die Sache ganz anders aus. Er sandte so widersprüchliche Signale aus. Manchmal dachte ich, er mochte mich sehr. Mal war er eher abweisend. Ich wusste einfach nicht, ob er mir gegenüber aufgeschlossen war oder nicht. Und das machte mich unsicher und ratlos.

Wie wickelte man einen Kerl um den Finger? Hatte ich nicht schon ausreichend Bücher gelesen und Filme geschaut, die sich mit dem Thema Liebe befassten? Sollte das nicht genügen, mich zu einem Profi in Sachen Liebe zu machen? Eigentlich schon, aber im realen Leben war ich eine Niete. Dementsprechend unsicher und verklemmt ging ich an das Projekt *Jamie für mich gewinnen* heran.

Um nicht zu spät bei Johns Buchhandlung anzukommen, erledigte ich rasch alles, was ich auf meinem Zettel stehen hatte, und eilte um kurz vor eins vollgepackt mit Tüten in die Buchanan Street im Zentrum Glasgows. Das war eine der belebtesten Straßen der Stadt.

Jamie und ich hatten verabredet, dass wir uns um ein Uhr hier wiedertreffen würden. Er wollte gleich mit dem Pick-up bei Johns Buchhandlung vorfahren, so dass ich die Bücher nicht durch halb Glasgow tragen musste. Das war alles nicht selbstverständlich und eine große Hilfe für mich, aber ich war so unsicher in allem, was ihn betraf. Er war nett zu mir, aber nett war man auch zu seinem Nachbarn. Doch ich wollte mehr von ihm, als von unserem Nachbarn Mr Burns, dem alten Witwer, der kaum noch etwas hörte. Schon die beiden miteinander zu vergleichen ließ mich schmunzeln.

Zwar war dies hier eine Fußgängerzone, aber Jamies Wagen parkte bereits vor Johns Laden, als ich dort ankam. Kurz blieb ich stehen und ließ meinen Blick nach rechts und links schweifen. Die schöne Fußgängerzone, in der sich Johns Laden befand, bestand größtenteils aus charmanten viktorianischen Gebäuden, aber auch moderne Häuser konnte man hier finden. Es gab etliche Geschäfte, die für jeden Geldbeutel etwas boten. Doch von Jamie war nichts zu sehen, also betrat ich Johns Laden, in der Hoffnung, ihn dort zu finden.

Im Innern der Buchhandlung erwartete mich ein Anblick, der mir beinahe das Herz brach. Die wunderschönen alten Regale waren bereits ausgeräumt und es standen Kartons, wo man nur hinschaute. Es wirkte irgendwie, als hätte man ein Lebewesen ausgeweidet. All die Lebendigkeit, die Geborgenheit, die Schönheit, die dieser Laden für mich bedeutet hatte, waren mit einem Mal verschwunden. Es war trostlos und es machte mich traurig, den Buchladen, den ich schon seit meiner Kindheit kannte und der mir so viel bedeutet hatte, so kurz vor dem ewigen Ladenschluss zu sehen.

Doch als ich John entdeckte, konnte ich nicht anders, als ihn anzulächeln. Er wirkte keineswegs traurig oder so, als würde er mit der Entscheidung zu schließen hadern. Nein, er strahlte regelrecht vor Glück.

»Allison! Schön, dass du hierhergefunden hast!«, begrüßte er mich, während er aus dem Hinterzimmer trat.

Ich stellte die Tüten ab, als John bereits auf mich zukam und mich in seine Arme schloss. Ich hatte das Gefühl, eingehüllt zu werden. John war der größte Spieler der damaligen Rugbymannschaft gewesen, und noch heute erwartete man in ihm mit seiner Größe von weit über zwei Metern eher einen Türsteher als einen Buchhändler. Hinzu kam, dass er sein Gewicht vermutlich beinah verdoppelt hatte, seit er das letzte Mal professionell Sport getrieben hatte. Genau wie bei Dad nagte auch an ihm der Zahn der Zeit.

Gutmütig sah der Riese, dessen dunkles Haar inzwischen von weißen Strähnen durchzogen war, auf mich herunter. »Du siehst gut aus! Hast ein bisschen Sonne abbekommen, was, Kleine?«

»Heute morgen auf der Fähre. Ansonsten bin ich fast den ganzen Tag im Laden und seh die Sonne eher selten«, erwiderte ich grinsend. »Kennst du ja sicherlich.«

»Und wie. Auch ein Grund das Leben endlich anderweitig zu genießen. In meinem Alter braucht man Sonne, damit die Knochen nicht brüchig werden.« Er grinste ebenfalls und legte die Hand auf meine Schulter. »Ich freu mich wirklich sehr, dass du mein Angebot angenommen hast.«

Von niemandem sonst ließ ich mich so gern Kleines nennen wie von ihm. Normalerweise fand ich es überheblich und anmaßend, wenn Männer mich so behandelten. Nur weil ich nicht sehr groß war, hieß das nicht, dass ich nicht ernst genommen werden wollte. Doch bei ihm hatte es eine andere Bedeutung. Er bezog sich nicht auf meine Größe, ich würde einfach – genau wie für Dad – immer das kleine Mädchen bleiben, das auf seinem Schoß saß, ihm von ihren Träumen erzählte und sich in die Welten großartiger Geschichten entführen ließ. Ich wusste, dass er stolz auf mich war und meine Stärke sah und den Kosenamen nicht abwertend meinte.

»Ich danke dir, dass du an mich gedacht hast. Ich bin schon total neugierig, was du für mich hast.«

John nahm die riesige Pranke von meiner Schulter, drehte sich zu einem der Regale um und zeigte darauf. »Das sind die Schätze, die ich dir gern geben würde. Ich weiß, du wirst dich gut um sie kümmern und sie in die passenden Hände abgeben.«

Ich musste schmunzeln, weil er von seinen Raritäten sprach, als wären es Haustiere, die er nur schweren Herzens jemand anderem gab. Doch er hatte mit einer simplen Geste meine Aufmerksamkeit auf die Buchrücken gelenkt und alles andere war vergessen. Zielstrebig ging ich zu dem Regal. Es waren Schmuckausgaben und auch recht alte Bücher dabei. Jüngere Bücher standen neben älteren, aber sie hatten alle eins gemeinsam: Sie waren besonders schön gestaltet und es war ein wahrer Genuss, sie anzuschauen.

»Wow!«, entfuhr es mir. Von Neugier erfüllt ging ich in die Hocke, um auch die unteren Einbände genauer sehen zu können.

»Hab ich dir zu viel versprochen?« John stellte sich neben mich, die Arme vor der Brust verschränkt und wirkte stolz wie ein Vater, der seinen Sohn dabei beobachtete, wie er seine ersten Schritte in die Welt hinauswagte.

»Nein, das hast du definitiv nicht. Aber ich kann die unmöglich mitnehmen, ohne dir etwas dafür zu geben, John!« Ich richtete mich auf und sah ihn ernst an. »Die sind ein Vermögen wert.«

Behäbig drehte er den Kopf von der einen Seite zur anderen und wieder zurück. »Keine Chance, Kleines. Die bekommst du von mir, weil ich weiß, dass sie bei dir in guten Händen sind. Wenn du sie nicht verkaufen willst, weil du dann das Gefühl hast, dich auf meine Kosten zu bereichern, dann stell sie dir in dein Zimmer.«

»Aber …«

»Nichts aber, das sind jetzt deine Bücher und da lass ich auch nicht mit mir reden. Pack sie ein. Ich bin froh, wenn ich das nicht machen muss. Mein alter Rücken ächzt mittlerweile, nachdem ich seit einer Woche gefühlt nichts anderes mache, als Bücher in Kisten zu verstauen.« Demonstrativ fasste er seinen unteren Rücken an und machte ein gequältes Gesicht.

»Bist du dir wirklich sicher?«, hakte ich ein letztes Mal nach, da ich in etwa abschätzen konnte, wie wertvoll die Sammlung war, die er so bereitwillig an mich weitergeben wollte.

»Absolut. Ich gehe hier nicht als armer Mann aus dem Laden raus und Mary-Anne hat in London ein kleines Stadthaus, das bereits abbezahlt ist. Von daher werden wir auch nicht allzu viel zum Leben brauchen. Alles, was ich durch den Verkauf dieses Hauses erwirtschafte, werden wir in Reisen stecken. Das wird wunderbar werden.« Euphorisch lächelte er und nickte dann. »Nimm die jetzt, und diskutier nicht mehr.« Mit diesen Worten wandte er sich von mir ab, griff nach einem festen Karton und reichte ihn mir. »Leg los.«

Ich gab nach und nahm die Kiste entgegen. »Danke.«

John winkte nur ab und verschwand aus meinem Blickfeld.

Bedächtig packte ich die Bücher ein und staunte immer wieder, welche Kostbarkeiten der Freund meines Vaters mir da so einfach überließ, ohne etwas dafür zu erwarten. Auf dem freien Markt hätte er bestimmt noch eine vierstellige Summe für die Bücher bekommen, eventuell sogar noch mehr.

Während ich das Regal nach und nach ausräumte, werkelte John im Hinterzimmer. Ich fragte mich, wo Jamie war. Immerhin stand sein Pick-up vor dem Laden. Da konnte er doch eigentlich nicht weit sein. Ich blickte durch das Schaufenster hinaus und stutzte. Da stand er und er war nicht allein. Neben ihm entdeckte ich eine langbeinige blonde Frau, die aussah, als wäre sie geradewegs aus einem Film herausgeschlüpft. Sie passte so wenig in Glasgows Straßen wie ein Zebra auf eine Ponyfarm.

In meinem Magen bildete sich ein fester Knoten. Wie hatte ich nur je auf die Idee kommen können, dass ich diesen Mann für mich gewinnen konnte? Er spielte außerhalb meiner Liga, um mal den Rugbywortlaut zu verwenden, den Dad und John mir schon früh beigebracht hatten.

Tja, was sie mir nicht beigebracht hatten, war der Umgang mit Männern. Meine Selbstwahrnehmung ließ da offensichtlich auch zu wünschen übrig.

Ich war knapp einen Meter siebzig groß und nicht gerade gertenschlank. Ich trug beim Lesen eine Brille und hatte noch immer meine Naturhaarfarbe. Mit so einem künstlichen Supermodel konnte ich nicht mithalten.

Als Jamie in diesem Moment auch noch die Arme um die Frau legte und ihr einen Kuss auf die Wange drückte, brannte die Enttäuschung wie Säure in meinem Magen. Um die beiden nicht noch weiter anzustarren und innerlich zerfressen zu werden, drehte ich mich wieder dem Regal zu.

In meinen Augen brannten Tränen, die ich unter keinen Umständen vergießen wollte. Kaum auszudenken, wie das auf Jamie wirken würde, wenn er mich verheult in diesem Buchladen vorfände. Für einen Moment ließ ich den Kopf hängen und schob diese verwirrenden Gefühle, die ich für Jamie empfand, weit von mir.

»Willst du darüber reden?«, hörte ich John fragen.

Resigniert atmete ich ein und sah dann zu ihm. So zu tun, als wäre nichts, wäre dumm gewesen. John kannte mich dafür zu gut. Außerdem gab es keinen Grund, ihn anzulügen.

Er stand im Türrahmen zum Hinterzimmer und ich erkannte die Sorge in seinem Blick, während seine kräftigen Arme an seiner Seite herabhingen.

Vehement schüttelte ich den Kopf und wandte mich den Büchern zu. In der Hoffnung, er würde es dabei belassen. Doch diesen Gefallen tat er mir nicht.

»Weißt du, Ally?«, begann er mit dieser ruhigen Stimme, die mich schon als Kind eingelullt hatte, und kam zwei Schritte auf mich zu, ehe er wieder mit etwas Abstand zu mir stehen blieb.

»Mmh?«

»Manchmal muss man kämpfen, um das zu bekommen, was man unbedingt haben möchte. Gib nicht zu früh auf, aber zieh es auch nicht unnötig in die Länge, wenn du merkst, es ist vergebens.« Mit diesen Worten beendete er das Gespräch und ich hörte seine etwas schwerfälligen Schritte. Die anschließenden Geräusche aus dem anderen Zimmer ließen mich darauf schließen, dass er dort wieder mit den Kisten hantierte.

Seine Worte hatten mich aufgewühlt, doch ich hatte keine Zeit, mich zu beruhigen, denn in diesem Moment wurde die Ladentür geöffnet und Jamie betrat das Geschäft. Ich brauchte nicht hinzusehen und mich zu vergewissern, dass er es war. Ich spürte es, und als sein Duft zu mir drang, war das lediglich die Bestätigung für meine These. Ich würde diesen besonderen Geruch, der ihn angekündigt hatte, überall erkennen. Er hatte sich in meinem Bewusstsein verankert wie eine Tätowierung unter der Haut.

»Hey, Ally. Entschuldige bitte die Verspätung. Ich habe eine alte Bekannte wiedergetroffen und war noch einen Kaffee mit ihr trinken. Hab dir geschrieben, aber du hast nicht geantwortet.«

Die Tür fiel zu. Für einen Moment schloss ich die Augen, atmete tief ein und versuchte, eine freundliche Miene aufzusetzen. Immerhin hatte er mir geschrieben. Das war doch nett von ihm, oder? Zudem hatte ich keinerlei Recht, eifersüchtig oder gar verletzt zu sein. Wir waren nicht zusammen, er hatte mir nicht einmal das Gefühl gegeben, dass er etwas von mir wollte.

»Oh, das hab ich tatsächlich nicht mitbekommen. Ich war hier so beschäftigt.« Meine Stimme hörte sich viel zu schrill an. Noch einmal sog ich den Atem ein und drehte mich dann lächelnd zu ihm um.

Ich würde mir nichts anmerken lassen.

Unter keinen Umständen.

Jamie strahlte mich an. »Allison Forbes und ihre Bücher. Da vergisst du alles, oder?«

Dich nicht, dachte ich im Stillen, antwortete jedoch: »Jeder sollte eine Leidenschaft haben. Findest du nicht?«, erwiderte ich.

Nachdenklich sah er mich an. »Alles okay bei dir?« Kurz blickte er sich um, so als wolle er sichergehen, dass mich niemand gekidnappt hatte, und konzentrierte sich dann, als er keinen Mann mit einer Waffe entdeckte, wieder auf mich.

»Klar. Was soll denn sein?« Gegenfrage stellen – eine gute Art der Verteidigung. Zumindest hoffte ich das.

»Du wirkst irgendwie ... Ach vergiss es.« Resigniert ließ er die Arme fallen und zuckte mit den Schultern.

John räusperte sich von der Tür zu seinem Hinterzimmer. Ich stellte Jamie dem alten Freund und Teamkollegen meines Vaters vor. John hob lediglich die Augenbraue und nickte, während Jamie die Hand zum Gruß hob und »Hi« sagte.

Dann deutete Jamie auf den Karton neben mir. »Soll ich den schon mal rausbringen?«

»Ja, das wäre toll. Danke.« Rasch drehte ich mich um, weil ich total durch den Wind war. Jamie hatte mich durchschaut. Er war so aufmerksam gewesen. Obwohl wir uns nicht wirklich kannten, hatte er bemerkt, dass mit mir etwas nicht stimmte. War das gut? Hieß das, dass er sich für mich interessierte?

*Nun mach dir nicht schon wieder falsche Hoffnungen!*, sagte ich zu mir selbst und packte weiter Bücher in die nächste Kiste. Ich hasste es, so unsicher zu sein.

## 10.

Gun till do cheum, as gach ceàrn, fo rionnag-iùil an dachaidh.
*– Mögen deine Schritte von allen Enden der Welt unter Führung des Heimatsterns heimfinden. –*

Ich hatte fünf Kartons gepackt, voll mit den schönsten Büchern, die man sich vorstellen konnte. Doch schon nach der halben Stunde, die ich dafür gebraucht hatte, hatte ich nachvollziehen können, wie körperlich anstrengend es war, einen Buchladen komplett auszuräumen. John war nicht mehr der Jüngste, und es musste für ihn viel schwerer sein als für mich.

Warum hatte er sich keine Hilfe besorgt?

Ich schüttelte über mich selbst den Kopf. Diese Frage konnte ich mir gut selbst beantworten, immerhin waren wir uns, was unsere Buchläden anging, recht ähnlich. Vermutlich wollte er selbst alles verpacken und vertraute niemandem so sehr, wenn es um seine Bücher ging. Es war seine Art, Abschied zu nehmen. Bald würden es nicht mehr seine Bücher sein. Mit jedem Buch, das er in einen Karton packte, mit jedem Karton, den er verklebte und versandfertig machte, löste er sich ein Stück von diesem Teil seines Ichs. Er freute sich auf das, was kam, das sah man ihm an. Doch das hieß nicht, dass es ihm nicht auch ein wenig schwerfiel, sich von diesem Laden, der auch für ihn seit seiner Kindheit existiert hatte, zu trennen.

Als ich den letzten Karton verschlossen hatte, kam John gerade aus dem Hinterzimmer und blieb vor mir stehen. Zwischendurch hatte er sich mit Jamie über Rugby unterhalten und ihn in staunende Sprachlosigkeit versetzt, als er erfuhr, mit wem er es zu tun hatte.

»Hier, die ist für dich, deinen Dad und eure jeweiligen Begleitungen.« John hielt mir einen cremeweißen, edel aussehenden Umschlag entgegen.

»Was ist das?« Neugierig griff ich danach.

»Na, die Einladung zu unserer Hochzeit.« John freute sich und wirkte so glücklich, dass ich lächeln musste.

»Hochzeit? Wer heiratet?«, fragte Jamie, der in diesem Moment wieder in den Laden gekommen war, nachdem er die vorletzte Kiste im Wagen verstaut hatte.

»John wird bald heiraten«, klärte ich ihn auf.

»Oh, das freut mich für Sie, Sir.« Jamie lächelte aufrichtig.

John sah ihn an, erwiderte jedoch sein Lächeln nicht. Er wirkte nicht unfreundlich, aber er blieb sehr ernst. »Wenn man die Richtige gefunden hat, sollte man sie nicht so schnell wieder gehen lassen.« Dabei durchbohrte er Jamie mit festem Blick.

Oh nein! Er dachte, wir beiden wären ein Paar und ich hätte deshalb vorhin so reagiert, als ich Jamie mit der anderen Frau vor dem Schaufenster gesehen hatte.

Mist! Aufklären konnte ich das in diesem Moment nicht. Jedenfalls nicht, wenn ich das Ganze hier nicht zu einer völlig skurrilen Situation verkorksen wollte.

»Da haben Sie absolut recht. Stimmt's, Ally?«, Jamie sah zu mir und riss dabei leicht die Augen auf, so als wollte er mich fragen, was er falsch gemacht hatte.

Ich nickte bestätigend. »Ja, das stimmt. Nur denjenigen, der zu einem passt, zu finden, ist nicht so einfach.«

»Behaltet die Augen offen, Kinder. Manchmal ist der oder die Richtige ganz in der Nähe.« John lächelte milde.

Ich senkte den Blick, vermied es tunlichst, zu Jamie zu schauen. Stattdessen betrachtete ich den Umschlag genauer und fuhr mit dem Finger die wunderschöne schnörkelige Schrift nach.

»Die hat Mary-Anne beschriftet. Ihre Handschrift ist bezaubernd, oder?«

»Oh ja. Das sieht ein bisschen so aus wie bei dem Handlettering Workshop, den ich mal besucht habe. So was erfordert wirklich viel Übung. Sie macht das großartig, richte ihr das von mir aus.«

John legte seine Pranke auf meiner Schulter ab. »Das werde ich und ich hoffe, ihr kommt zu der Hochzeit.«

»Selbstverständlich. Von nichts auf der Welt werden wir uns davon abhalten lassen.« Ich ließ mich von ihm an seine Brust ziehen und er strich mir über den Rücken.

»Pass gut auf meine Schätze auf«, brummte er und sein ganzer Körper vibrierte bei seinen Worten. Als er mich wieder losließ, wandte er sich an Jamie. »Und du pass gut auf mein Mädchen auf, sie ist etwas ganz Besonderes.«

Oh Mann! Peinlicher ging es ja kaum! John benahm sich, als hätte Jamie gerade bei ihm um meine Hand angehalten. Ich boxte ihm gegen die Schulter. »Ich bin alt genug, um auf mich selbst aufzupassen.«

»Das weiß ich doch. Du bist Mohammed Ali und Bruce Lee in einer Person, Kleines.« Er lachte laut und tief.

Ich fing Jamies amüsierten Blick auf und schüttelte nur den Kopf. »Falsch! Ich bin Lara Croft und Wonder Woman in einem.« Als wenn es nicht genug weibliche Heldinnen gab! Männer!

»Da ist sie! Meine kleine Kämpferin!« John jubelte beinah los. »Wussten Sie, Jamie, dass Ally früher nie ohne Buch unterwegs war und dass das mein Verdienst war? Ich habe ihr das erste richtige Buch geschenkt.«

»Wirklich?«, hakte Jamie interessiert nach.

»Ja, so war es. Aber ich habe es ihr unter einer Voraussetzung geschenkt. Kannst du dich noch erinnern?«, fragte John mich und grinste dabei über das ganze Gesicht.

»Ich musste Karatestunden nehmen.« Meine Augenbrauen berührten fast den Haaransatz, als ich zu Jamie sah. »Er meinte, dass ich mich selbst verteidigen können müsste.«

»Genau«, bestätigte John mir zufrieden, doch dann wurde er ernst. »Und du weißt mittlerweile, dass ich damit recht hatte.«

Ganz plötzlich wurde mir die Kehle eng und ich schluckte heftig, als mich die Erinnerungen überrollten. Aber ich wollte mir vor Jamie nicht die Blöße geben und weinerlich werden, also schob ich die unangenehmen Erinnerungen weit von mir. Jamie wusste nichts von dem, was damals passiert war, und das sollte auch vorerst so bleiben.

Demonstrativ blickte ich auf meine Uhr. »Ich denke, wir müssen langsam los.« Mit einem Ächzen ging ich in die Knie und hob den letzten Bücherkarton hoch.

»Lass mich das machen, Ally.« Ohne meine Einwände zu berücksichtigen, nahm Jamie mir die Kiste ab und verabschiedete sich von John.

Als er durch die Tür gegangen war, blickte mich Dads alter Freund irritiert an. »Er weiß nichts von damals?«

»Nein, und das soll auch so bleiben.« Ich kniff die Lippen zusammen.

»Dann tut es mir leid, dass ich es zur Sprache gebracht habe.« John wirkte zerknirscht, aber ich nahm ihm seine Andeutung nicht übel. Schließlich wusste er nicht, dass Jamie und ich uns nicht so nahestanden. Ich hatte, die völlig falschen Signale ausgesandt.

»Schon gut«, erwiderte ich deshalb mit einem Lächeln, das ihn hoffentlich beruhigte.

»Wirklich? Ist es für dich in Ordnung?« Sanft hob er mein Kinn hoch und zwang mich so, ihm direkt in die Augen zu sehen. »Bist du okay?«

Sein besorgtes Gesicht schwemmte all die negativen Empfindungen weg, die durch meine Erinnerungen nach oben gespült worden waren. »Ja, es ist alles gut. Ich bin okay.«

Noch einmal zog er mich in eine Umarmung. »Pass auf dich auf, Kleines.«

Ich grinste an seinem Pulli, der nach Old Spice roch und mir ein Gefühl von zu Hause schenkte. John hatte schon immer verstanden, dass es mir wichtig war, für mich selbst einzustehen. Auch wenn er manchmal Sprüche machte, die etwas anderes vermuten ließen, verstand er dieses Bedürfnis von Frauen mehr als manch anderer Mann.

»Wir sehen uns im August zur Hochzeit«, erinnerte er mich nicht gerade subtil an die Einladung, die ich in den Karton gelegt hatte.

»Versprochen.« Lächelnd ging ich rückwärts zur Ladentür. »Und wenn du vorher Sehnsucht nach mir und Dad und natürlich auch deinen Büchern hast: Du weißt, wo du uns findest. Die Isle of Mull ist ein ganz wunderbares Reiseziel. Bring Mary-Anne mit.«

John hob den Daumen und ich winkte ihm noch einmal zu, ehe ich den Laden verließ. Der Abschied fiel mir schwer, wie jedes Mal. Ich mochte John sehr und war traurig, dass er nun noch weiter von uns wegziehen wollte.

London! Unfassbar. Wer zog freiwillig in diese wilde, laute und volle Stadt? Glasgow reichte mir schon, und ich freute mich bereits jetzt auf meine stille Insel.

Draußen lehnte Jamie mit verschränkten Armen an seinem Pick-up. Aufmerksam blickte er mir entgegen. Seine muskulösen Unterarme waren deutlich zu sehen und überhaupt sah er beeindruckend gut aus, wie er dort stand. Sein Gesicht hatte wieder diesen undurchdringlichen Ausdruck, und sein Blick schien direkt in mich hineinsehen zu können. Das konnte er echt gut. Dieses Pokerface, das er aufgesetzt hatte, war phänomenal. Er hätte perfekt in einem Mafiafilm mitspielen können.

»Lass uns fahren«, sagte ich zu ihm, während ich näher kam. »Sonst wird es zu spät und Anna muss am Ende noch bei Lin schlafen, wenn wir die letzte Fähre nicht erreichen. Und wir müssten dann auch sehen, wo wir die Nacht verbringen könnten.« Ich hörte selbst, wie schroff meine Stimme klang, aber ich hatte gerade mit meinen Emotionen zu kämpfen.

Rasch öffnete ich die Beifahrertür und schob mich in das Auto. Sobald ich die Tür wieder zugeschlagen hatte, atmete ich tief durch und hoffte, dass Jamie es gut sein lassen würde. Im Moment fühlte ich mich nackt und verletzlich. So, als könne er mich sofort durchschauen und ich wollte definitiv nicht, dass er merkte, wie sehr ich mich mittlerweile zu ihm hingezogen fühlte. Und erst recht nicht sollte er erfahren, dass es mich verletzt hatte, als ich ihn so in trauter Zweisamkeit mit der unbekannten Frau gesehen hatte.

Und tatsächlich beließ Jamie es dabei und fragte nicht nach, welch merkwürdige Situation er eben mit John erlebt hatte, als er ins Auto stieg. Erleichtert ließ ich leise den Atem entweichen. Er schwieg, und ich tat es ihm gleich.

Dieses Mal jedoch war die Stille nicht beruhigend und angenehm. Nein, es war vielmehr so, dass sie zwischen uns lag wie eine unüberwindbare Mauer. Jamie merkte vermutlich, dass ich ihn ausschloss aus meiner Gedankenwelt, und ich spürte, dass ihm das ganz und gar nicht gefiel.

* * *

Die Farm, zu der wir fuhren, lag in Kinkell, einer kleinen Ortschaft, einige Meilen außerhalb von Glasgow.

Nachdem wir die Innenstadt Richtung Norden verlassen hatten, ging es vorbei an saftigen grünen Weiden, auf denen Schafe und Kühe grasten. Hier fand man sogar ein paar schottische Hochlandrinder, die friedlich nebeneinander die Köpfe emporreckten, als würde ihnen dieses Land gehören. Auch auf der Isle of Mull gab es diese Rasse. Dort lebten sie oft frei, ohne Einschränkungen.

Kurz darauf durchquerten Jamie und ich die kleine Stadt Kirkintilloch. Malerische Häuser lehnten aneinander und überall blühten Blumen und verliehen dem Ort ein ganz besonderes Flair.

»John ist ein interessanter Mensch«, unterbrach Jamie die Stille zwischen uns. »Ich hätte nie gedacht, dass der ehemalige Loose Forward unserer Rugby-Nationalmannschaft eine Buchhandlung führt, beziehungsweise geführt hat.« Er sah entspannt aus und lächelte.

Mittlerweile hatte ich mich beruhigt und meine Gefühle für ihn und den leichten Abschiedsschmerz wieder im Griff, den ich jedes Mal empfand, wenn ich John verließ. Ich mochte den alten Brummbär einfach zu gern. Es war eine Art Seelenverwandtschaft, die von unserer gemeinsamen Leidenschaft für Bücher genährt wurde.

»Ja, er ist ein supernetter Kerl. Ich kenne ihn schon mein ganzes Leben. Er ist eher ein Onkel für mich als nur ein Freund der Familie.« Ich erinnerte mich an einige Situationen, die ich mit John erlebt hatte, und musste schmunzeln. Wenn er in der Nähe war, gab es meistens viel zu lachen.

»Wieso wusste ich eigentlich nicht, dass dein Dad auch in der Nationalmannschaft gespielt hat?«

Das brachte mich zum Lachen. »Mein Dad hat das nie an die große Glocke gehängt. Viele wissen das, aber er will nicht mehr darauf angesprochen werden. Vermutlich bringt es deshalb auch niemand mehr auf den Tisch.«

Jamie schüttelte den Kopf. »Unfassbar. Bei welcher Mannschaft hat er gespielt?«

»Bei den Glasgow Warriors. Er war die Nummer acht, auch in der Nationalmannschaft«, klärte ich ihn auf. »Das war aber, bevor ich geboren wurde.«

»Wahnsinn. Da treffe ich nicht nur den ehemaligen Loose Forward, sondern kenne auch schon mein Leben lang die ehemalige Nummer acht und hab seinen Rasen gemäht, ohne zu wissen, wer er ist!«

»Du tust gerade so, als wäre er ein Nationalheld!« Irritiert blickte ich erneut zu ihm, doch er hatte wieder sein Pokerface aufgesetzt.

»Allison Forbes, ich glaube ich muss dir eine kleine Lehrstunde in Sachen Rugby geben.« Tadelnd schnalzte er mit der Zunge.

»Ach, da kenn ich mich ganz gut aus.« Ich machte eine wegwerfende Handbewegung. Ich brauchte definitiv nicht noch einen Mann, der mir die Liebe zum Rugby näherbringen wollte. Da hatte Dad sich schon die Zähne dran ausgebissen. Vergeblich – ich war immun.

»Aber du weißt offenbar nicht, wie ernst diese Sportart auch im Rest Schottlands genommen wird.«

Ich war mit dem Thema Rugby aufgewachsen. Mein Dad sah sich alle Spiele an – schon immer. Eigentlich war ich voll im Thema, doch es nervte mich, über Rugby zu reden. Vermutlich hatte ich einfach zu viel davon mitbekommen, so dass mein Kopf zumachte, sobald ich etwas über diese Sportart zu Ohren bekam.

Da ich nicht antwortete, sah sich Jamie offenbar in der Pflicht, mich aufzuklären. Schmunzelnd hörte ich ihm zu.

»Alle Schotten lieben Rugby!« Ich unterbrach ihn nicht, um ihm zu sagen, dass dem nicht so war. Schließlich stellte ich den lebenden Beweis dafür dar, dass es auch andere Menschen gab, die zwar in diesem Land lebten, aber mit dem Sport nun wirklich nichts anfangen konnten. »Es ist die Atmosphäre, die einen einfach mitreißt, wenn die Menge jubelt und die dramatischen Momente im Matsch immer emotionaler werden.«

Ich musste lachen. »Ja, wenn die großen Männer im Matsch spielen. Sehr dramatisch.« Kichernd sah ich wieder zu ihm und erntete einen fassungslosen Blick. »Was?«

»Ich bin schockiert. Du bist eine Rugby-Banausin!«, antwortete er mit brüchiger Stimme, so als wäre er kurz vor einem mentalen Zusammenbruch, was mich noch mehr zum Lachen brachte.

»Sorry, aber ich mag Rugby einfach überhaupt nicht. Vermutlich habe ich so viel davon mit in die Wiege gelegt bekommen, dass ich für den Rest meines Lebens genug davon habe.« Ich zuckte, immer noch amüsiert, mit den Schultern.

»Anna wird ebenfalls schockiert sein. Sie ist immer gern mit ins BT Murrayfield Stadion gekommen, wenn in Edinburgh die Welt still stand, sobald eins der großen Rugbyturniere dort stattfand.«

»Anna? Wirklich?«, hakte ich nach, weil ich mir das kaum vorstellen konnte.

Amüsiert nickte Jamie. »Ja, sie liebt die Geselligkeit dieser Veranstaltungen und die freundlichen Unterhaltungen zwischen den Zuschauern. Das ist eine unschlagbare Atmosphäre dort. Wenn wir mal nach Edinburgh fahren, nehmen wir dich mit und besuchen ein solches Event.« Er lächelte mich an.

Mein Herz geriet ins Stolpern. Nicht wegen Jamies Lächeln, sondern wegen der Tatsache, dass er mich für die Zukunft mit in sein Leben einplante. Das bedeutete doch, dass er mich mochte, oder? Allein der Gedanke an einen solchen Familienausflug verursachte mir ein warmes Gefühl in meinem Bauch.

»Gern«, antwortete ich deshalb begeistert.

Jamie wirkte zufrieden, angesichts meiner Zusage. »Ich verzeihe dir, dass du Rugby nicht so gern magst, unter einer Bedingung.«

»Die da wäre?« Neugierig hob ich die Augenbrauen und hatte damit zu kämpfen, ernst zu bleiben.

»Keine abfälligen Bemerkungen mehr über meinen Lieblingssport.« Er hörte sich so ernst an, als er das sagte, dass ich mich zusammenriss und mir weitere Albernheiten verkniff. Schließlich kannte ich es von zu Hause nicht anders. Alles, was diesen Sport betraf, war weltbewegend wichtig.

»Einverstanden.« Feierlich reichte ich Jamie die Hand, um

unsere Abmachung zu besiegeln. Er ergriff sie und hielt sie fest, doch er schüttelte sie nicht. Stattdessen hielt er sie nur und fuhr mit seinem Daumen über die empfindliche Stelle zwischen meinem Daumen und meinem Zeigefinger. Eine Gänsehaut rieselte über meinen Rücken.

Ich heftete den Blick auf unsere Hände, so wie er unablässig auf die Fahrbahn sah, dann ließ er los, um in einen niedrigeren Gang zu schalten. Meine Haut fühlte sich heiß an der Stelle an, die er berührt hatte. Sie kribbelte und glühte, rasch legte ich sie in meinen Schoß, weil ich total nervös wurde.

»Hast du selbst auch Rugby gespielt?«, fragte ich Jamie. Ich wollte einfach mehr über ihn erfahren und die lockere Atmosphäre, die gerade zwischen uns herrschte, war bestens dafür geeignet.

»Nur ein bisschen, aber als mein Dad uns verließ, konnte meine Mum sich nicht einmal mehr den Beitrag für den Verein leisten.«

Kurz schwieg ich und erwiderte nichts darauf. Die Schwere der Worte lag zwischen uns und es tat mir im Herzen weh, wenn ich mir den jungen Jamie vorstellte, der vieles nicht machen durfte oder konnte, weil schlichtweg das Geld gefehlt hatte. Manchmal war die Welt grausam und ungerecht.

»Bei uns hat es auch Phasen gegeben, während denen das Geld knapp gewesen ist.« Als ich den Satz ausgesprochen hatte, war mir erst bewusst, was ich da gerade preisgegeben hatte. Doch es war mir nicht peinlich. Jamie hatte mir gegenüber auch nicht mit dem gehadert, was damals passiert war und sein Leben geprägt hatte. Deshalb erzählte ich auch weiter, ohne zu zögern. »Dad hat nicht viel gespart von dem Geld, das er beim Rugby verdient hat, und dann war es vorbei mit der Karriere. Er hat sich damals schwer am Knie verletzt und sich dann entschieden, sein professionelles Sportlerdasein zu beenden.«

»Oh, Shit. Nicht gut!« Jamie war sichtlich betroffen und konnte offenbar gut nachvollziehen, was das für Dad bedeutet hatte.

»Nein, das war es definitiv nicht. Danach war Geld zwischen meinen Eltern wohl immer ein Thema. Sie haben deswegen oft gestritten. Und dass wir dann zu meiner Grandma gezogen sind, weil wir Geld sparen mussten, hat meiner Mutter überhaupt nicht gefallen.«

Ich erinnerte mich noch gut an die erste Zeit bei Granny. Ich hatte es geliebt, bei ihr zu wohnen. Mein Zimmer in meinem neuen Zuhause war größer als in der Wohnung meiner Eltern, und der Garten mit der Schaukel war einfach nur schön gewesen. Und das Beste: Gegenüber von Grannys Cottage befand sich die Gärtnerei von Lins Eltern und wir Mädchen freundeten uns schon in den ersten Tagen an. So musste ich in Zukunft nur über die Straße, wenn ich mit meiner Freundin spielen wollte.

»Hört sich nicht allzu sympathisch an.« Für einen Moment trafen sich unsere Blicke und ich konnte das Mitgefühl in seinen Augen sehen, aber auch einen leichten Schock, als er erkannte, dass er da gerade über meine Mutter sprach und die Unsicherheit, ob er zu weit gegangen war. Es gab sicherlich andere, die bei einem solchen Spruch gleich auf die Seite ihres Elternteils gesprungen wären. Ich nicht, denn er hatte recht.

»Ich kann mich nicht mehr deutlich an sie erinnern und auch nicht an wunderschöne Zeiten, die mich traurig machen, weil sie vorbei sind.« Erst jetzt wurde mir klar, dass es wirklich so war. »Für mich war immer Granny die wichtigste Frau in meinem Leben gewesen. Vielleicht fällt es mir deshalb so leicht, über meine Mutter zu sprechen. Keine Ahnung. Ich vermisse sie jedenfalls nicht.« Im Gegensatz zu meiner Großmutter. Es verging kein Tag, an dem ich nicht an sie dachte.

»Das habe ich von meinem Dad auch immer behauptet, aber ich frage mich mittlerweile oft, was aus ihm geworden ist.« Wieder zuckte er mit den Schultern, während er geradeaus sah und sich auf die Straße konzentrierte. Er hatte das so locker dahingesagt, aber ich spürte, dass ihn das wirklich verfolgte und er sich Gedanken machte. »Seit ich selbst Vater bin und Anna so sehr liebe, dass es fast schon weh tut, verstehe ich meinen Dad noch weniger. Er hat damals alle Brücken abgebrochen. Wie kann man seine Familie und vor allem seinen Sohn, auch wenn ich schon ein Teenager war, einfach so im Stich lassen?«

Ich hörte den Schmerz und die Ratlosigkeit aus seinen Worten heraus und es tat mir weh, dass ich ihm keine Antwort auf seine Frage geben konnte.

Da ich das Bedürfnis verspürte, in irgendeiner Weise für ihn da zu sein, legte ich eine Hand auf seinen Unterarm und sagte: »Das habe ich mich früher auch oft gefragt. Und ob meine Mutter mich nicht richtig geliebt hat. Das hat dann manchmal dazu geführt, dass ich an mir selbst gezweifelt habe.« Ich verriet Jamie nicht, dass ich das immer noch hin und wieder tat. »Aber irgendwann bist du darüber hinweggekommen. Und Anna ist so ein Sonnenschein. Ich denke, auch sie wird irgendwann verstehen, dass manche Beziehungen nicht ewig halten.«

»Hoffentlich ist es für sie auch so einfach.« Acht Worte, die mehr über das verrieten, was ihn in Sachen Vater beschäftigte, als eine ganze Rede.

Das harte Lachen, das mir über die Lippen kam, hörte sich fremd an. »Nicht wirklich einfach, aber irgendwann wird man erwachsen und sieht vieles anders.«

»Das stimmt. Da hast du vollkommen recht«, erwiderte er und nickte bestätigend.

Es irritierte mich, dass er so offenherzig über seine Schwächen sprach. Die Männer, die ich bisher kennengelernt hatte, taten das normalerweise nicht. Es kam mir vor, als müsste ich ihm gut zureden, ihm sagen, dass all seine Selbstzweifel falsch seien. Aber wer war ich für ihn? Jedenfalls niemand, der ihm gute Ratschläge geben sollte.

»Annas Mutter hält aber Kontakt zu ihrer Tochter, oder?« Ich biss mir auf die Lippe, da ich mir nicht sicher war, ob die Frage angebracht war.

»Ja, sie hält Kontakt. Nicht immer, aber immer mal wieder. Je nachdem, wie sie beruflich eingespannt ist. Sehr oft sehen die beiden sich aber nicht.« Jamies Fingerknöchel traten weiß hervor, als er das Lenkrad fester umgriff. Es war eindeutig zu erkennen, dass es ihm nicht gefiel, wie Annas Mutter mit ihrer Tochter umging.

Ich ging jedoch nicht darauf ein, wenn er mir mehr erzählen wollte, würde er es tun. Stattdessen ließ ich meinen Blick über die Kuhherde gleiten, an der wir gerade vorbeifuhren. Als Jamie den Blinker setzte und auf eine breite Einfahrt fuhr, war klar, dass wir unser Ziel erreicht hatten und unser Gespräch vorerst beendet war.

Zum Glück war die Fahrt zur Farm nicht lang gewesen, nachdem wir den Anhänger an dem Parkplatz abgeholt hatten, den

Jamie klugerweise an der Stelle, an der wir aus der Stadt fahren mussten, ausgewählt hatte. Kaum mehr als zwanzig Minuten waren vergangen, seit wir in der Buchanan Street losgefahren waren. Die Fahrt war aufschlussreich gewesen und hatte dazu geführt, dass wir einander besser kennengelernt hatten. Dafür war ich mehr als dankbar. Dementsprechend stieg ich mit einem guten Gefühl aus dem Wagen.

»Ich geh mal kurz rein und sag Bescheid, dass wir da sind.« Mit einem schiefen Grinsen fuhr er sich durch die Haare, so als wäre ihm erst jetzt klargeworden, wie ehrlich er mir gegenüber gewesen war und nun unsicher wäre, wie ich mit dem Gehörten umgehen würde.

Ich hob den Daumen, ehe er sich abwandte und auf das Haus zuging, und schlenderte zu einem Baum, der neben einer eingezäunten Weide stand. Erschöpft lehnte ich mich dagegen und ließ den Kopf zurückfallen. Ich merkte erst jetzt, wie verkrampft ich im Auto gesessen hatte. Das Thema hatte nicht nur Jamie emotional mitgenommen. Auch ich hatte mehr damit zu kämpfen, als ich es für möglich gehalten hätte.

* * *

Es war aufregend zu sehen, wie schwierig es war, eine Kuh in einen Anhänger zu bekommen. Zumindest dieses Exemplar seiner Gattung stellte sich im wahrsten Sinne des Wortes quer. Immer wieder lief sie in die falsche Richtung, scheute vor der Rampe und wollte sich partout nicht in den beengten Hänger locken lassen. Doch Jamie hatte eine Engelsgeduld mit dem Tier, und als die Kuh endlich in dem Gefährt stand, grinste er mich strahlend an.

Ich applaudierte leise. »Ich finde, die Kuh hat es verdient, einen Namen zu bekommen, nachdem sie es dir so schwer gemacht hat. Findest du nicht?«, fragte ich ihn neckend, als er auf mich zukam, und reichte ihm eine Flasche Wasser, die er dankbar annahm.

Durstig trank er sie fast leer und wischte sich anschließend in dieser typisch männlichen Geste über den Mund. Fasziniert beobachtete ich ihn bei dieser alltäglichen Situation.

Wie konnte es sein, dass ein Mann sogar beim Trinken aus einer Wasserflasche sexy aussah? Das war nicht gerecht! Das sorgte nur für unnötige Schmetterlinge in meinem Bauch, zudem hatte ich das Gefühl, dass sich in meinem Mund eine Wüste gebildet hatte, so trocken war er.

»Und wie würdest du sie nennen?«, fragte Jamie, während ich noch meinen wirren Überlegungen nachhing.

»Wen?«, hakte ich irritiert nach, weil ich immer noch auf seine Lippen starrte.

»Na, die Kuh. Du wolltest ihr doch einen Namen geben.« Wieder setzte er die Flasche an und trank auch noch den letzten Rest.

Blinzelnd erwachte ich aus meiner Erstarrung. »Keine Ahnung! Ich habe noch nie eine Kuh getauft.« Eigentlich hatte ich noch keinem Tier einen Namen gegeben.

»Na, dann wirst du das heute tun. Ich übertrage dir hiermit die Aufgabe der Namensgebung.« Jamie zwinkerte mir zu und packte die leere Flasche auf den Rücksitz seines Pick-ups.

Unsicher biss ich mir auf die Lippe. »Muss ich da irgendetwas beachten? Einen bestimmten Anfangsbuchstaben? Oder einen Namenszusatz, damit man erkennt, wo sie herkommt oder hingehört?«

Wieder lachte Jamie ausgelassen. Es fühlte sich aber nicht an, als würde er mich auslachen, sondern vielmehr so, als hätte ich einen Witz gemacht.

Ich lachte mit ihm, aber im Grunde genommen hatte ich die Frage ernst gemeint, doch das verschwieg ich ihm.

Nachdem Jamie das Finanzielle geregelt und für unterwegs einen Korb voller Lebensmittel gekauft hatte, stiegen wir in den Wagen und fuhren los.

Ich hing meinen Gedanken nach und überlegte fieberhaft, welchen Namen ich der dickköpfigen Kuh geben wollte, wegen der wir nun ein bisschen langsamer fahren mussten als auf der Hinfahrt. Doch egal wie sehr ich mir den Kopf zerbrach, mir fiel nichts Originelles ein.

»Was hältst du von Elsa?«, fragte ich schließlich resigniert. »Immer wieder ist mir dieser Name in den Sinn gekommen. Nicht sehr einfallsreich.«

»Der ist super!« Jamie schien regelrecht begeistert zu sein. Und als er weiterredete, wurde mir klar, warum. »Dann fahren wir eine Elsa auf die Isle of Mull, wo eine Anna bereits auf sie wartet.«

»Oh jaaaa, stimmt. Die Eiskönigin.« Ich freute mich und grinste. Da hatte ich ganz unerwartet doch einen Volltreffer gelandet.

»Großartige Idee, das wird Anna freuen. Sie wird begeistert sein, wenn ich ihr das erzähle und vermutlich täglich im Stall sitzen und ihr das Lied aus diesem Film vorsingen, das sie so sehr liebt.«

Erleichtert atmete ich auf und entspannte mich ein wenig, doch in diesem Moment knurrte mein Magen. »Hast du auch solchen Hunger?«

Jamie nickte. »Einen Bärenhunger. Schau mal in den Korb.«

Ich griff danach und überprüfte, was Jamie gekauft hatte. Es gab Tattie Scones, die Kartoffelbrötchen, die ich so gern aß, und Würstchen und Käsestücke. Daneben lagen Äpfel und Tomaten. »Das sieht lecker aus.« Ich holte einen Scone und ein Würstchen aus dem Korb und reichte Jamie beides.

»Ich hab gedacht, dass wir unbedingt was essen sollten. Immerhin sind wir in Glasgow nicht dazu gekommen, etwas essen zu gehen, obwohl ich mir das eigentlich vorgenommen hatte.« Zerknirscht legte er den Kopf schief und sah wieder nach vorne, ehe er in das Wurstbrötchen biss.

Er hatte mit mir essen gehen wollen? »Ich habe gedacht, dass du mit der Freundin essen gewesen bist, die du getroffen hast.« Mist! Hatte ich ihn das gerade wirklich gefragt? Das hörte sich mit Sicherheit so an, als wäre ich eifersüchtig oder zumindest sauer auf ihn. Na ja, zu dem Zeitpunkt, als ich ihn mit der Blondine gesehen hatte, war es ja auch so gewesen.

»Du meinst Olga?« Jamie hörte sich an, als würde ihn der Gedanke amüsieren.

»Ja, ich war davon ausgegangen …«, wiederholte ich meine Vermutung. Wer hieß denn bitte schön Olga?

»Nein, wir haben nur einen Tee beziehungsweise Kaffee zusammen getrunken. Ich habe es unfair dir gegenüber gefunden, wenn ich etwas gegessen hätte, während du hungern musst.«

Mein Kopf ruckte herum und ich starrte Jamie fassungslos an. Er hatte tatsächlich nichts gegessen, weil ich auch nichts bekommen hatte?

Er bemerkte meinen Blick und sah zu mir. Seine Stirn in Falten gelegt, fragte er: »Was ist?«

»Nichts!«, stieß ich viel zu hastig hervor. »Ich … ich hätte nur nicht erwartet, dass du so viel Rücksicht auf mich nimmst. Wir waren nicht zum Essen verabredet oder so.« Männer waren doch normalerweise nicht so, oder?

Kurz schüttelte er den Kopf. »Warum denn nicht? Schließlich sind wir doch zusammen auf dieser Tour. Ich fand es schon nicht in Ordnung, dass ich überhaupt so lange mit Olga geredet habe, aber sie ist wie eine Spinne. Wenn man mal in ihr Netz gegangen ist, kommt man nicht mehr so schnell von ihr los.« Er lachte über einen Witz, den ich nicht verstand. Wollte er damit sagen, dass er ihren Reizen erlegen war? Bitte nicht! »Sie ist eine Freundin meiner Ex-Frau, kommt auch aus Russland und arbeitet wie sie beim Theater, allerdings als Kostümschneiderin. Ist schon seit Jahren in Irina verliebt und wollte von mir alles wissen, was ihr dabei helfen könnte, meine Ex-Frau für sich zu gewinnen.«

Ich atmete erleichtert auf, als ich das hörte. Diese Olga war wunderschön, ich hätte mit Sicherheit keine Chance gegen sie gehabt. Mir fiel ein riesiger Stein vom Herzen und ich schöpfte Hoffnung, dass ich Jamie eventuell doch für mich begeistern konnte, wenn zumindest diese vermeintliche Nebenbuhlerin keine war.

Beherzt nahm ich mir ebenfalls ein Brötchen aus dem Korb und ein Stück Käse. »Und hast du ihr helfen können?«, fragte ich ihn und biss in das Brötchen.

»Das werden wir sehen«, antwortete er ein wenig kryptisch und sah mich verschmitzt an.

Bedächtig kaute ich und schluckte mein Essen hinunter, ehe ich ihn weiter löcherte. »Ist das denn überhaupt eine Option für deine Ex?«, hakte ich nach. Immerhin hatte sie mit Jamie eine heterosexuelle Beziehung geführt.

Jamie nickte. »Ja, sie ist schon immer offen für beide Geschlechter gewesen.«

»Na, wenn das so ist, dann hoffe ich, dass Olga erfolgreich ist. Das Aussehen hat sie auf jeden Fall auf ihrer Seite.« Selbstverständlich war diese Hoffnung nicht nur reiner Selbstlosigkeit geschuldet.

»Findest du?«, fragte Jamie. So, als würde er meine Aussage nicht nachvollziehen können, runzelte er die Stirn.

»Ja, sie sieht aus wie ein Model.« Und das meinte ich so, wie ich es sagte.

»Ja, eben. Sie wirkt so künstlich perfekt ... Ich mag das eher nicht.« Er sagte es so dahin, als wäre es das Selbstverständlichste auf der Welt, doch für mich war es etwas ganz Großes.

Am liebsten hätte ich nachgehakt, auf welchen Typ Frau er denn dann stand. Aber ich biss mir auf die Lippe und sah aus dem Fenster, wo sich saftige Wiesen mit wilden Hügeln abwechselten und Schottland sich von seiner schönsten Seite zeigte.

Ich hing meinen Gedanken nach, meinen Hoffnungen und gleichzeitig schoben sich Erinnerungen an Tom dazwischen, die es mir schwer machten, an das Glück zu glauben, das ich mir tief in meinem Innern so sehr wünschte.

* * *

Der Rest der Fahrt verlief ruhig. Immer wieder nickte ich ein, während leise alte Songs aus dem Radio erklangen. Wir schafften es, rechtzeitig die letzte Fähre zu erreichen, und aßen im Auto sitzend, weil es angefangen hatte zu regnen. Bis wir die Hälfte der Überfahrt hinter uns gebracht hatten, war nichts mehr in dem Korb und unsere Wasserflaschen waren auch alle leer.

Zufrieden und gesättigt lehnte ich mich zurück und schloss die Augen. Die Scheiben waren mittlerweile beschlagen und auch Jamie hatte seinen Sitz zurückgestellt und die Augen geschlossen.

»Ich bin froh, dass wir zusammen gefahren sind, Ally.« Seine tiefe, warme Stimme glitt leise durch den Innenraum des Fahrzeugs.

»Ich auch«, erwiderte ich genauso leise.

Ich hörte, wie Jamie in seinem Sitz herumrutschte, und spürte anschließend seinen Blick auf mir. Träge öffnete ich die Augen und sah zu ihm. Er hatte sich auf die Seite gelegt und beobachtete mich. Dunkelbraune Augen ließen mich nicht mehr los. Mein Herz wummerte viel zu laut in meiner Brust. Beinah kam es mir vor, als würde sich das Auto im Takt mitbewegen.

Langsam hob Jamie eine Hand, so als wollte er mir genügend Zeit geben zurückzuweichen. Doch das tat ich nicht. Voller Erwartung setzte mein Herz einen Schlag aus, ehe es noch schneller schlug.

Jamie strich mir zärtlich eine Strähne aus dem Gesicht und lächelte, dann zog er die Hand wieder zurück und legte sie unter seinen Kopf. Ich erwiderte sein Lächeln und seinen Blick. Gefangen im Hier und in den dunklen Iriden meines Gegenübers. Der Regen prasselte sanft auf das Autodach und im Radio erklangen die ersten Töne von *It's Raining Men*, was uns beide zum Schmunzeln brachte.

»Nicht gerade passend«, sagte Jamie und grinste.

Kaum wahrnehmbar schüttelte ich den Kopf.

Sein Blick glitt zu meinem Mund und ich zog unbewusst die Unterlippe zwischen die Zähne. Als Jamie mir wieder in die Augen schaute, erkannte ich die Sehnsucht darin, die auch ich empfand. Sehnsucht nach einem Kuss, nach sanften Berührungen und dem Bedürfnis nachzugeben und das zu tun, was das Herz einem so stürmisch zurief.

Jamie hob den Kopf, seine Lippen näherten sich meinen. Ganz langsam und doch unaufhaltbar. Ich konnte es kaum erwarten, ich wollte diesen Kuss so sehr, dass es mir schien, als zöge sich mein Innerstes vor Sehnsucht zusammen. Ganz vorsichtig kam auch ich näher und endlich fanden sich unsere Lippen. Zuerst war es nur eine sanfte Berührung, ehe wir noch näher aneinanderrückten. Die Luft vibrierte, mein ganzer Körper tat es, und als Jamie seine Hand an meine Wange legte, schmiegte ich mich in sie hinein, während ich seinen Mund auf meinem spürte.

Dieser Kuss war zärtlich und vorsichtig und doch kam es mir vor, als könnte er ganze Berge versetzen. Die Welt veränderte sich mit einem Schlag, denn es war, als hätte ich endlich das gefunden, wonach mein Herz die ganze Zeit gesucht hatte, ohne dass ich selbst es gewusst hätte.

Zaghaft bewegten sich unsere Lippen aufeinander und ich spürte, wie seine Zunge um Einlass bat. Ohne zu zögern, öffnete ich mich ihm und hieß ihn willkommen.

In meinem Innern flammte ein Gefühl auf, das ich niemals zuvor gespürt hatte. Heiß, alles verschlingend und unstillbar. Mein Herz schlug für diesen Mann und ich konnte mir nicht vorstellen, dass jemals eine Frau so geküsst worden war.

Pures Glück rauschte durch meine Adern, Glück, das mich elektrisierte. Tausende Liebesromane hatte ich gelesen, war selbst geküsst worden, aber niemals hätte ich damit gerechnet, solche Gefühle bei einem Kuss zu empfinden.

Wir erkundeten einander mit diesem Kuss und schmiegten uns aneinander, als hätten wir Angst, den anderen hier auf dem Meer zu verlieren, während wir mit der Fähre auf die Insel übersetzten.

Nach einer Weile löste sich Jamie von mir, legte seine Stirn gegen meine und sagte: »Das wollte ich schon tun, seit ich dich das erste Mal in deinem Laden gesehen habe.«

Mein ganzes Gesicht verzog sich zu einem Lächeln. »Warum hast du dann so lange gewartet?«, fragte ich ihn atemlos.

Jamies Lächeln erlosch, als er sich bedächtig aufrichtete. Ernsthaftigkeit lag in seinem Blick, was mich auf surreale Weise ängstigte. »Mit einem Kind im Gepäck trifft man keine leichtfertigen Entscheidungen.«

Ich nickte und ließ den Blick sinken. Im Grunde genommen konnte ich ihn verstehen. Wenn man, wie er, eine Tochter hatte, ging man nicht einfach eine Beziehung ein, der man keine Zukunft zutraute. Man überlegte es sich vermutlich Hunderte Male, ehe man sich auf eine andere Person einließ. »Ich verstehe schon.« Meine Stimme klang krächzend, war kaum zu hören.

»Hey, sieh mich an, Ally.« Sanft berührten seine Finger mein Kinn, übten einen leichten Druck aus, so dass ich ihn ansehen musste.

Kurz schlug ich die Lider nieder, weil meine Augen brannten und ich mir keine Blöße geben wollte. Wir hatten uns geküsst. Mehr nicht. Ein langer und weltverändernder Kuss. Doch letztendlich war es scheinbar nur meine Welt, die aus den Angeln gehoben worden war.

Zaghaft sah ich dann doch in diese braunen Augen, die eine solche Tiefe hatten, dass ich Angst hatte, mich darin zu verlieren – für immer.

»Vielleicht habe ich mich falsch ausgedrückt. Ich habe es mir gut überlegt. Eine ganze Weile schon, und ich kann mich einfach nicht mehr von dir fernhalten. Ständig muss ich an dich denken, auch wenn wir uns länger nicht sehen.«

Meine Augen weiteten sich und Hoffnung machte sich in mir breit. Hoffnung, die mir Angst machte, weil ich befürchtete, dass ich bitter enttäuscht werden würde. Aber sein Blick war fest und voller Wärme, so als wäre er sich sehr sicher, mit dem, was er mir gerade versuchte zu erklären.

»Was soll das heißen?«, stieß ich leise hervor.

Jamie lächelte mich an. »Das soll heißen, dass ich dich gern näher kennenlernen will und hoffe, dass du mir eine Chance dazu gibst.«

Mein Mund war mit einem Mal so trocken, dass ich keinen Ton herausbrachte.

»Wärst du dazu bereit?«

Ich war nur dazu fähig zu nicken.

Auf Jamies Gesicht erschien ein strahlendes Lächeln, weggewischt war die Ernsthaftigkeit und zurück blieb nur dieses Strahlen.

Langsam beugte er sich zu mir und ich hielt den Atem an. Er würde mich wieder küssen und dieser Kuss war der Beginn von etwas, das ich mir so sehr gewünscht hatte. Ein Beginn zwischen Jamie und mir. Und er küsste mich tatsächlich, besiegelte das Wir, das Uns.

Dieses Mal küsste er mich jedoch nicht ganz so vorsichtig. Beinah erwartete ich, dass die Funken sprühten, als sich unsere

Lippen berührten und miteinander tanzten. Jamie zog mich fest in seine Arme. Mit einem leisen Stöhnen griff ich in seine Haare, um ihn noch näher bei mir zu haben, mich in ihm zu vergraben, eins mit ihm zu werden, seinen Duft zu inhalieren und seine Haut zu spüren.

Niemals zuvor war ich mit so viel Gefühl geküsst worden. Niemals zuvor hatte ich jemanden mit so viel Gefühl geküsst. Niemals zuvor hatte sich ein Kuss so weltverändernd angefühlt wie dieser Kuss mit Jamie. Niemals zuvor hatte ich so viel empfunden und so viel geben wollen.

Ein satter, dunkler Ton ließ uns innehalten. Das Horn der Fähre verkündete, dass wir Craignure erreicht hatten und wir die Fähre verlassen mussten.

Wir lächelten einander an, beinah schüchtern fühlte ich mich in diesem Moment. Verletzlich und doch so voller Energie. Noch einmal streichelte Jamie zärtlich über meine Wange und legte seine Stirn kurz an meine. Am liebsten hätte ich protestiert, als er sich von mir abwandte, den Motor startete und die Lüftung anmachte, damit die beschlagenen Scheiben wieder klar wurden.

Ich lehnte mich in meinen Sitz zurück, legte die Finger auf meine Lippen und grinste glücklich. Ich musste mit mir kämpfen, Jamie nicht wieder an mich zu ziehen. Trotz des Hungers, der in mir brannte, blieb ich vernünftig.

Die Scheiben wurden klarer und unsere kleine Blase, in der wir uns die letzten Minuten befunden hatten, löste sich auf, doch die Vertrautheit blieb.

Den Rest der Fahrt brachten wir schweigend hinter uns. Immer wieder suchte Jamies Hand meine und wir umschlangen die Finger des anderen, klammerten uns an die Hoffnung, dass dieses besondere Gefühl anhalten würde, wenn uns die Realität wieder einholte. Ich hoffte, dass dies niemals passieren würde. Nicht heute und auch nicht in Zukunft.

* * *

Eine halbe Stunde später hielt Jamie vor unserem Cottage. Mit diesem Lächeln, das seine Grübchen so gekonnt in Szene setzte, sah er zu mir.

Wieder war diese Spannung zwischen uns. Hatte sie überhaupt zwischendurch nachgelassen? Vermutlich nicht. Ich blickte ihm tief in die Augen, legte meine Hand auf seine.

Jamie sah mich mit schräg gelegtem Kopf an und befeuchtete seine Lippen, so als wolle er unseren Kuss erneut schmecken. »Wann kann ich dich wiedersehen?«

Leise drang seine Stimme zu mir durch. Eine simple Frage, und doch jauchzte mein Herz bei den Worten laut auf.

»Jederzeit«, wisperte ich und erwiderte sein Lächeln.

Jamie nahm meine Hand in seine und umschloss sie mit der anderen. »Was hältst du davon, wenn ich dir morgen die Bücherkisten in deinem Laden vorbeibringe?« Seine Augenbrauen wölbten sich ein wenig mehr als sonst. Er wirkte ein klein bisschen unsicher.

Ich tat so, als müsste ich mir das erst einmal durch den Kopf gehen lassen, was dazu führte, dass sein Lächeln verblasste. Rasch antwortete ich deshalb: »Großartige Idee.«

»Schön. Nein, großartig! Ich will dich so schnell wie möglich wiedersehen.«

»Ich dich auch«, gestand ich ihm, woraufhin er mir einen sanften Kuss gab.

Dann rutschte Jamie jedoch plötzlich unruhig auf seinem Sitz herum. »Darf ich dich noch um etwas bitten, Ally?«

Um alles, hätte ich am liebsten geantwortet, doch ich sagte nur: »Ja, klar.«

»Können wir das zwischen uns vorerst für uns behalten?«

Mir blieb das Herz stehen. Ich riss die Augen ein Stück weiter auf, antwortete jedoch nicht. Tausend Fragen schwirrten in meinem Kopf herum.

Jamies Schultern sackten ein Stück herab. »Vor Anna. Ich würde ungern gleich mit der Tür ins Haus fallen.«

Durch die Blume sagte er mir damit, dass er sich mit mir nicht sicher war. Oder? Welchen Grund gab es ansonsten, seiner Tochter gegenüber geheim zu halten, was sich zwischen uns entwickelte. Wieder überkam mich diese unsägliche Unsicherheit, die ich so an mir selbst verabscheute.

»Klar, können wir so machen.« Meine Worte hörten sich leicht und locker an und ich quälte mir ein Lächeln auf die Lippen, als wäre es für mich nicht schlimm, ein Geheimnis vor anderen zu sein.

»Danke. Anna mag dich. Ich möchte ihr keine Hoffnungen auf etwas machen, von dem wir selbst noch nicht wissen, wohin es uns führt, weil wir uns noch viel zu wenig kennen.«

»Ich verstehe das.« Ich drückte ihm einen Kuss auf die Wange, stieg rasch aus dem Auto und winkte ihm kurz zu. Dann warf ich die Tür hinter mir ins Schloss.

Während ich auf den Gartenzaun zuging, zog ich den Atem ein, als wäre ich am Ersticken. Irgendetwas schnürte mir die Kehle zu und meine blöden Augen brannten schon wieder, als hätte ich einen Fremdkörper darin.

Doch anstatt es darauf beruhen zu lassen, stieg Jamie auch

aus dem Wagen und beeilte sich, mich abzufangen, bevor ich am Gartentor unseres Cottages angekommen war.

»Warte, Ally!«, forderte er mich mit leiser, aber eindringlicher Stimme auf.

Ich blieb stehen und schloss für einen Moment die Augen. Weitergehen wäre kindisch gewesen. Ihn wegschicken wollte ich auch nicht, das hatte er nicht verdient. Aber ich hatte einfach verdammt große Angst, verletzt zu werden, und dieser Mann, so wenig ich ihn bisher auch kannte, hatte die Macht dazu, mir mein Herz in Stücke zu reißen.

»Hey«, hörte ich seine beruhigende Stimme. Sanft hielt er mich zurück und drehte mich zu sich herum. Ich ließ es widerstandslos zu. Im nächsten Moment hatte er seine Arme um mich gelegt und hüllte mich ein.

Ich legte meinen Kopf an seine Brust, hörte sein Herz fest gegen mein Ohr wummern. Schnell, doch es wurde langsamer, beruhigte sich, so wie auch ich mich immer weiter entspannte und mich plötzlich selbst nicht mehr verstand.

Warum hatte ich so überreagiert?

»Es tut mir leid, Ally.« Seine Worte drangen zu mir durch und ich hob den Kopf, sah in seine Augen.

»Du musst dich nicht entschuldigen«, erwiderte ich mit leiser und viel zu brüchiger Stimme. »Es ist okay für mich. Mir tut es leid, dass ich dir den Eindruck vermittelt habe, etwas Falsches von mir verlangt zu haben. Ich verstehe es.«

»Wirklich?«, hakte er nach. Eine dunkle Strähne fiel auf seine Stirn. Ich hob die Hand und strich sie zurück.

»Ja, wirklich. Ich habe nur so schreckliche Angst, verletzt zu werden, dass ich überreagiert habe.«

»Ich werde dir niemals weh tun, Ally!« Sein Mund fand meinen und küsste mich. Sanft, dann drängender, so, als wolle er mir damit verdeutlichen, wie ernst er seine Worte meinte.

Die Kuh im Anhänger gab ein lautes *Muh* von sich. Amüsiert lösten wir uns voneinander. Ich kam wieder zu mir und erinnerte mich, wo wir uns in diesem Moment befanden: Vor meinem Haus, in dem vermutlich gerade mein Vater hinter dem Fenster stand und uns beobachtete.

Rasch entzog ich mich Jamies Umarmung. Ich lächelte ihn an. »Danke für den wunderschönen Tag, aber ich glaube, jetzt solltest du Elsa zu ihren neuen Schwestern bringen.«

Jamies Hand fand meine Wange. »Jederzeit wieder.« Sein Daumen fuhr über meine Unterlippe und in seinen Augen war diese Sehnsucht zu erkennen, die auch mich im Griff hatte, dennoch ließen wir voneinander ab.

»Wir sehen uns morgen.« Jamie schlenderte rückwärts zu seinem Wagen, sah mich dabei an und lächelte schief. Ich hob die Hand und mein Herz schmerzte, weil ich mich nicht von ihm trennen wollte, doch er hatte noch einiges zu tun. Musste Anna bei Lin abholen, ehe das Mädchen ins Bett musste – und Elsa ihr neues Zuhause zeigen. Ich verstand ihn. Ich verstand auch seinen Wunsch, Anna vorerst nicht einzuweihen.

Doch dieses kleine dumme Herz in meiner Brust wollte am liebsten der ganzen Welt verkünden, dass es einen Menschen gefunden hatte, der ein Herz besaß, das so perfekt zu meinem passte.

Ich winkte Jamie hinterher, bis ich seinen Wagen nicht mehr sehen konnte, erst dann ging ich ins Haus, das dunkel und still war. Mein Dad war gar nicht daheim.

Glücklich lehnte ich mich von innen gegen die Haustür und grinste über das ganze Gesicht. Ich war verliebt. So richtig. Mit allem Drum und Dran.

Ich beschloss für diesen Moment, die Angst von mir zu schieben und einfach das Gefühl zu genießen, das Jamie in mir entfacht hatte und das ich nicht mehr missen wollte.

# 11.

Mol an latha math mu oidhche.
*– Man soll den Tag nicht vor dem Abend loben. –*

## Montag, 16. Mai

Ich hatte kaum geschlafen, weil ich die ganze Nacht dem Kuss nachgespürt hatte, der noch immer auf meinen Lippen lag. Pures Glück sorgte offenbar dafür, dass ich nicht schlafen konnte und aufgeputscht wurde, und dieses Elixier wirkte stärker als jeder Espresso.

Lin hatte mir mehrere Nachrichten geschrieben und nachgefragt, wie es gewesen war und, ob ich bei dem Ausflug Erfolg gehabt hatte. Mir war klar, worauf die Fragen abzielten, auch wenn sie nicht direkt nach Jamie gefragt hatte. Sie wollte natürlich genau darüber Bescheid wissen, was zwischen uns passiert war. Vermutlich würde es sie auch interessieren, wenn nichts geschehen wäre, doch ich konnte mir in diesem Fall ihre Enttäuschung bereits bildlich vorstellen.

Trotzdem antwortete ich nur, dass alles bestens gelaufen war und es mir gut ging. Vermutlich würde sie spätestens beim Mittagessen nachhaken und nicht lockerlassen, bis sie alles bis ins kleinste Detail erfahren hatte. Ich konnte es ihr nicht verdenken, immerhin war sie die Initiatorin dieses Trips gewesen. Und dass es dabei nicht darum gegangen, das Weltklima zu retten, indem wir uns einen Wagen teilten, hatte sie ja bereits zugegeben.

Allein der Gedanke, wie sie vor Neugier unruhig auf und ab tigerte, ließ mich schmunzeln, während ich meinen Laden aufschloss.

Ich hatte es vermieden, an Haileys Bäckerei vorbeizugehen, denn mit Sicherheit hatte Lin meine andere Freundin bereits instruiert, nach mir Ausschau zu halten und mich sofort auszufragen, sobald sie mich zu Gesicht bekäme. Nein, ich würde die beiden vorerst zappeln lassen.

Zudem war ich mir selbst nicht sicher, ob ich mein Geheimnis schon jemandem verraten wollte. Es war einfach so groß, so emotional berührend, dass ich nicht wusste, ob ich das überhaupt in Worte fassen konnte.

Im Laufe der unruhigen Nacht hatte ich besser verstanden, warum Jamie das zwischen uns geheim halten wollte. Ihm lag so viel daran, seine neunjährige Tochter zu schützen, das war mir in den Stunden, in denen ich wach gewesen war, klar geworden. Sicherlich wünschte sich Anna jemanden, der die Rolle einer Mutter übernehmen konnte. Eine wichtige Rolle, von der ich noch nicht wusste, ob ich ihr gewachsen war. War ich überhaupt dazu fähig, für ein Kind da zu sein, wenn ich selbst eine so schlechte Beziehung zu meiner Mutter hatte? War ich ein schrecklicher Mensch, weil mir die Vorstellung, einen so wichtigen Part im Leben dieses Kindes zu übernehmen, ein bisschen Angst machte?

Ich hätte so gern mit Hal und Lin darüber geredet, aber wenn ich meinen Freundinnen erzählte, dass Jamie und ich uns geküsst hatten, würde das Gespräch definitiv erst einmal für eine ganze Weile bei diesem Thema verweilen. Sie würden jede Sekunde dieses Kusses und alles, was danach passiert war, haarklein erläutert bekommen wollen und nicht zulassen, dass ich dieses

Gefühl des Angekommenseins durch Zweifel, Wenn und Aber kleindenken würde.

Jamie hatte vollkommen recht, dass wir das zwischen uns noch für uns behalten sollten. Ich hatte überreagiert, weil ich mal wieder Angst gehabt hatte, enttäuscht zu werden. Weil ich Angst gehabt hatte, nicht genug wert zu sein, dass jemand bei mir blieb. Auch wenn es sich so anfühlte, als wäre ich angekommen, war ich noch nicht bereit, meinen Freundinnen von den Gefühlen zu erzählen, die sich so stark anfühlten, dass sie mir Angst machten. Diese zwei Frauen, die mir so nahstanden, würden bestimmt überreagieren, sobald sie etwas in Sachen Liebe von mir hörten. Wobei Hal eher skeptisch wäre, zumindest schätzte ich ihre Reaktion so ein.

Auf verblüffende Weise erschien es mir nicht richtig, sie einzuweihen. Ich wollte das, was zwischen Jamie und mir im Begriff war zu erblühen, für mich behalten. Es genießen, wie eine besondere Praline, die ich mit niemandem teilen wollte.

Dementsprechend beschloss ich nun, dass Jamie und ich unsere ... Ja, was war das eigentlich zwischen uns? Konnte man das schon Beziehung nennen? Liebelei oder Verliebtheit? Ich fand nicht das passende Wort, aber ich würde meinen Freundinnen vorerst noch nichts davon erzählen.

Ich schüttelte über mich selbst und meine Überlegungen den Kopf und zog meine Strickjacke aus, um sie im Nebenraum aufzuhängen. So gefühlsduselig und nervös kannte ich mich gar nicht – mein verliebtes Ich war neu für mich. Das hatte es so noch nicht gegeben. Bei diesem Gedanken trat ein Grinsen auf mein Gesicht, weil es sich alles so unwirklich anfühlte, so neu und so aufregend.

Da heute ein trockener Tag war, öffnete ich die Ladentür, um ein bisschen Frühsommerluft herein zu lassen. Feuchtigkeit war Gift für Bücher, weshalb ich dies nur tat, wenn das Klima es erlaubte. Danach zündete ich eine Kerze an und setzte mir einen Tee auf. Earl Grey, stark, damit ich einen klaren Kopf behielt, sobald Jamie hier eintraf.

Bis ich den Laden öffnen würde, dauerte es noch fast eine Stunde. Ich war viel zu früh hier gewesen und hatte nun nichts zu tun. Ich schloss die Tür wieder und drehte den Schlüssel um. Anschließend ging ich unruhig durch die Regalreihen und schob die Buchrücken gerade, sortierte einzelne Exemplare wieder richtig ein, wenn ein Kunde sie an den falschen Platz gestellt hatte.

In der ganzen Zeit überlegte ich, wie unser Wiedersehen wohl ablaufen würde. Wie würde Jamie reagieren? Noch einmal fuhr ich mir über das Haar und kontrollierte meine Frisur. Ich wollte besonders hübsch sein, hatte mir heute früh noch mehr Mühe mit meinem Aussehen gegeben als sonst und die Haare so frisiert, dass ich sie offen tragen konnte. Als ich erneut auf die Uhr sah, war gerade mal eine Viertelstunde vergangen. Ich musste mich beschäftigen, bis Jamie hier ankam, damit ich nicht noch nervöser wurde.

Also startete ich die Registrierkasse und das Warenwirtschaftssystem auf dem Computer, der auf meinem Tresen stand und nahm die eingegangenen Bestellungen auf. Ich war gerade darin vertieft, die ISBNs abzutippen, als ich ein zurückhaltendes Klopfen an der Tür hörte. So leise, als wolle derjenige niemanden aufschrecken.

Sofort begann mein Herz schneller zu schlagen und mein Atem stockte. Das konnte nur Jamie sein! Da ich das Rollo, das nachts verhinderte, dass man in den Laden blicken konnte, noch geschlossen hatte, konnte ich nicht sehen, wer vor der Tür stand.

Mit zittrigen Knien ging ich zur Ladentür und drehte den Schlüssel um. Als ich die Tür öffnete, sah ich zuerst einen leicht zerzausten dunklen Haarschopf und als er den Kopf hob, blickte ich in Jamies dunkelbraune Augen, die mich voller Ungeduld und jeder Menge Fragen anblickten.

Stolpernd ging ich zwei Schritte zurück. Jamie ließ mich währenddessen nicht aus den Augen, kam die drei Treppenstufen hoch und folgte mir ins Innere des Ladens. Als er ganz nah vor mir stand, ließ er die Tür wieder ins Schloss fallen und drehte den Schlüssel, ohne sich umzudrehen oder mich aus den Augen zu lassen. Das Geräusch, das zu hören war, als das Schloss zuschnappte, ließ die feinen Härchen auf meinen Unterarmen emporschnellen.

Der ernste Gesichtsausdruck von Jamie und die Stille, die zwischen uns hing, sorgten dafür, dass ich unruhig von einem Fuß auf den anderen trat. Die Zeit schien stillzustehen, wir sahen uns an.

Wie sollte ich mich nun verhalten?

Sollte ich ihm um den Hals fallen?

Würden wir uns küssen?

Dieser peinliche Moment schien sich in die Länge zu ziehen. Vielleicht ging es Jamie wie mir? War auch er unsicher und wusste nicht, ob das, was gestern zwischen uns geschehen war, heute noch Bestand hatte? Sollte ich den nächsten Schritt gehen? Ihm zeigen, dass ich da weitermachen wollte, wo wir aufgehört hatten?

Doch Jamie nahm mir die Entscheidung ab. Er hielt mir seine Hand mit der Handfläche nach oben hin und ich legte meine hinein. Im nächsten Moment riss er mich in seine Arme und platzierte den Kopf auf meinem. »Ich habe es kaum ausgehalten, bis ich dich wiedersehen durfte.«

Eine Woge der Erleichterung ging durch mich hindurch. Mein Herz sprang beinah auseinander, so sehr berührten mich seine Worte. Es war ihm offenbar wie mir ergangen. Auch ich hatte die Zeit ohne ihn kaum ertragen und dem Moment des Wiedersehens entgegengefiebert. Ich klammerte mich an ihn.

So standen wir da. Keiner rührte sich. Wir hielten einander fest, als hätten wir Angst, den anderen im Chaos des Alltags zu verlieren. Ich atmete tief ein, konservierte seinen Duft und lächelte. Da war es wieder dieses Glücksgefühl. Es durchströmte mich und jede Faser meines Körpers schien mehr Energie zu haben als zuvor, so als sorge Jamie dafür, dass ich meine Batterien auflud.

Als er meine Hand losließ, fühlte sich das wie ein Verlust an, doch dann spürte ich, wie er sanft mit seiner Hand über meinen Rücken strich, während er die andere dafür benutzte, in meine Haare zu greifen.

Ich ließ es zu, dass er die Führung übernahm, schmiegte meinen Kopf in seine Hand und sah zu ihm auf.

Ein zufriedenes Lächeln legte sich auf Jamies Lippen. »Ich konnte kaum schlafen, weil ich die ganze Nacht an dich denken musste.«

Nun war es an mir, zufrieden zu lächeln, denn seine Worte gaben so exakt wieder, wie es mir ergangen war, seit er mich zu Hause abgesetzt hatte. »Ist das so?«, neckte ich ihn.

Jamie lachte leise, sein Körper vibrierte an meinem. »Du kannst dir nicht vorstellen, wie sehr ich mich auf diesen Moment gefreute habe.«

*Ich auch*, wollte ich noch sagen, doch er ließ mich nicht mehr zu Wort kommen. Sein Mund eroberte meinen und wir versanken in einem Kuss, der mich all meine Zweifel vergessen ließ. Zärtlich und voller Gefühl küsste er mich. Es tat beinah weh, so sehr zog sich mein Körper vor Glück zusammen. Meine Hände wanderten an seiner Brust empor, strichen über seine Muskeln, während seine Hände mich hielten und mir so die Kraft verliehen, nicht vor Emotionen zusammen zu sacken, und am Boden liegen zu bleiben.

Viel zu schnell löste Jamie seine Lippen von meinen. Ich hätte am liebsten protestiert und ihn erneut an mich gezogen, aber das traute ich mich nicht. Zu neu war das alles noch und ich immer noch viel zu unsicher in dem, was ich machen konnte, wollte und sollte.

»Hey«, raunte er und ich spürte seinen Atem an meinem Ohr, ehe er meine Wange küsste.

Ich musste grinsen, weil es für die Begrüßung in diesem Moment irgendwie zu spät war. »Hey. Meinst du nicht, dass du mich normalerweise zuerst begrüßen und dann erst küssen solltest?«, zog ich ihn auf.

Wir standen immer noch eng nebeneinander und ich spürte sein Lächeln an meiner Wange. »Im Normalfall wäre das angebracht, aber ich hätte niemals so lange warten können.«

»Ich auch nicht«, gestand ich ihm und fand mich als Nächstes erneut in einer festen Umarmung wieder.

Wie bereits zuvor standen wir einfach nur da, Jamie lehnte an der Tür, von wo aus uns niemand sehen konnte. Wir hielten uns, genossen die Gegenwart des anderen, bis mein Telefon klingelte und uns auseinandertrieb.

Mit einem entschuldigenden Lächeln bewegte ich mich fort

von Jamie und eilte zum Verkaufstresen, auf dem mein Festnetztelefon stand.

Ich spürte seinen Blick bei jedem Schritt, den ich mich von ihm entfernte, was mich so nervös machte, dass ich mich lediglich mit meinem Namen meldete, als ich das Gespräch entgegennahm.

»Sag mal, hast du heute keinen Hunger?«, hörte ich Haileys Stimme.

Ich kicherte viel zu schrill. »Doch, aber ich komme zwischendurch kurz rüber, musste erst mal eine wichtige Lieferung entgegennehmen.« Ich suchte mit meinem Blick den von Jamie, der amüsiert schmunzelte und sich mit dem Daumen über seine Unterlippe fuhr.

»Eine wichtige Lieferung? Und der Lieferant hat nicht zufällig dunkle Haare und sieht hammermäßig aus?« Hal hatte ins Schwarze getroffen.

»Richtig.« Mehr konnte ich nicht sagen, weil ich nicht zu viel verraten wollte, schon gar nicht, während Jamie danebenstand.

»Also gut. Ich will nachher jedes kleinste Detail von dir erfahren. Bis später!« Und schon hatte meine Freundin das Gespräch beendet.

So viel zum Thema, dass ich Hailey und Lin vorerst nicht einweihen wollte. Das konnte ich nun vergessen. Ich hatte den Köder an ihrem Angelhaken geschluckt.

»Das war Hailey, sie hat dich offenbar gesehen, als du hier reingekommen bist.« Zerknirscht hob ich die Schultern an. »Tut mir leid!«

Jamie hob die Augenbrauen. »Warum tut dir das leid?«

Erneut ergriff mich Unsicherheit, bedächtig legte ich das

Telefon zurück auf den Tresen. »Du wolltest es doch geheim halten.«

Ein Lachen ließ mich den Kopf heben und zu Jamie schauen. Warum lachte er jetzt? Lachte er mich etwa aus?

»Vor Anna, doch nicht vor allem und jedem. Und auch Anna würde ich am liebsten gleich erzählen, was für ein Glückspilz ich bin.«

Ich schloss die Augen, atmete tief ein und ließ das Lächeln zu, dass sich seinen Weg auf mein Gesicht suchte und nicht mehr zurückzuhalten war. Dann sah ich Jamie wieder an. »Das meinst du ernst?« Ich hatte es wie eine Aussage klingen lassen wollen, aber es war letztendlich doch eine Frage, die über meine Lippen kam.

Jamie schüttelte den Kopf über mich und meine wirren Worte. »Natürlich meine ich das ernst.«

Ich wollte ihn ausfragen, mehr von ihm wissen, wie er das sah, was zwischen uns passierte und wie wir weiter miteinander umgehen wollten. Doch dazu kam ich nicht. Jemand klopfte vehement gegen die Ladentür.

»Darf ich?«, fragte Jamie und deutete auf die Tür.

Ich nickte zustimmend und stützte mich auf der Ladentheke ab, weil meine Beine sich wie Pudding anfühlten, angesichts dessen, was Jamie gerade gesagt hatte.

Kaum, dass er die Tür aufgeschlossen hatte, stürmte Matt herein. Als er sah, wer ihm aufgemacht hatte, blieb er abrupt stehen. Sein rotes Haar stand zerzaust von seinem Kopf ab und in der Hand hielt er etwas, doch ich konnte nicht sehen, was es war.

»Guten Morgen, Matt«, begrüßte ich ihn mit einem Lächeln. Ich hatte zwar mittlerweile erfahren, dass er etwas für mich empfand, aber er ahnte vermutlich nicht, dass ich es wusste. Deshalb versuchte ich, ihn zu behandeln, wie ich es immer tat.

Mit einem Mal wirkte er wieder jung und unsicher. In gewisser Weise erinnerte mich sein Verhalten an meine eigene Unsicherheit, die ich so oft in Jamies Gegenwart empfand. Ich hatte Mitgefühl für Matt, immerhin musste das hier für ihn mehr als eine unangenehme Situation sein.

»Ja, guten Morgen.« Wieder blickte Matt zwischen uns hin und her.

Jamie nickte Matt kurz zur Begrüßung zu und räusperte sich. »Ich geh dann mal die Kisten aus meinem Auto holen.«

»Danke dir.« Als Jamie aus dem Raum gegangen war, sah ich wieder zu Matt. »Schön, dich zu sehen. Was treibt dich in meinen Laden?« Hörte sich das gestelzt an, oder redete ich immer so mit Matt?

Vermutlich wirkte ich verkrampft und benahm mich völlig absurd. Hinzu kam, dass ich an die Sache denken musste, die Hailey und Lin mir erzählt hatten. Er arbeitete hin und wieder als Escort! Was hatte das damit zu tun, dass er so plötzlich seine Schwärmerei für mich entdeckt hatte?

Langsam kam er auf mich zu. »Ich habe dich eigentlich fragen wollen, ob du Lust hast, am Wochenende mit mir essen zu gehen.«

Oh Mann, Lin hatte tatsächlich recht! Matt wollte eine Verabredung mit mir. Wie sollte ich nun reagieren? »Ich ... ich kann nicht.«

Resigniert ließ mein alter Schulfreund den Kopf hängen. »Ich komme zu spät«, stellte er fest.

»Ja«, erwiderte ich nur. Was sollte ich auch ansonsten darauf antworten? Sollte ich mich entschuldigen? Eher nicht, das würde ja bedeuten, dass ich bedauerte, Jamie in mein Leben gelassen zu haben. Also beließ ich es bei dem schlichten Ja.

»Dachte ich mir schon.« Matt hob den Kopf und sah mich direkt an. »Schade, dass ich mich nicht früher entschieden habe, dich um ein Date zu bitten.«

Ich schenkte ihm ein Lächeln. »Ach, Matt. Ich glaube nicht, dass ich die Richtige für dich wäre. Du brauchst jemanden, der dich mehr herausfordert und dich nicht so schnell langweilt, wie ich es tun würde.«

Matt hob die Hand. »Stopp! Rede nicht so von dir selbst, Ally.«

»Ich kenne mich selbst recht gut und weiß, dass ich dich nicht dauerhaft so sehr faszinieren könnte, dass wir beide glücklich miteinander würden.« Ich ging um den Tresen herum auf ihn zu.

»Da bin ich mir nicht so sicher.« Matt lächelte mich unsicher an.

»Ich schon, und auch wenn ich nicht weiß, wo deine Gefühle plötzlich herkommen, ich bin mir ziemlich sicher, dass auch ohne Jamie nichts Ernstes aus uns hätte werden können. Bleibt zwischen uns trotzdem alles beim Alten?«, fragte ich ihn.

»Natürlich. Das ändert nichts an unserer Freundschaft.« Zerknirscht hob er die Schultern.

Impulsiv legte ich die Arme um seine Mitte und drückte ihn an mich. Ich wollte ihn trösten, den Matt zurück, der immer witzig war und nie etwas ernst nahm. Das Glöckchen an der Tür bimmelte. Ich wollte mich von Matt lösen, damit Jamie keine falschen Schlüsse zog, doch Matt erwiderte genau in diesem Moment meine Umarmung. Dieser Schuft, das war Absicht, um Jamie zu provozieren. Wieder so ein Männerding.

»Na, da komme ich ja genau zur richtigen Zeit«, hörte ich Jamie sagen.

Für einen Moment schloss ich die Augen, dann entwand ich mich Matts Umarmung und ging ein paar Schritte von ihm zurück.

»Wo soll ich die Kisten hinstellen, Honey?« Jamie sah mich mit einem schrägen Grinsen an, den ersten Karton in den Händen.

Mit diesem einen Wort hatte er offiziell Besitzansprüche an mich angemeldet. Wenn ich jetzt nicht weiter darauf einging, sondern es hinnahm, bestätigte ich sozusagen, dass ich zu ihm gehörte. Oder war das nur ein so dahingesagter Kosename und ich interpretierte wieder zu viel hinein, weil ich es gern so hätte? Nein, so ein Mann war er nicht.

»Stell sie da drüben in die Ecke. Ich räume die Kisten später aus.« Ich deutete hinter den Tresen.

Matt verfolgte Jamies Bewegungen mit Argusaugen. Als dieser die Kiste abgestellt hatte, fragte Matt mich: »Gibt es noch mehr reinzutragen?«

Erleichtert atmete ich aus. »Ja, noch vier Kartons.«

Er klatschte in die Hände. »Na dann, lass uns die Sachen holen, Jamie.«

Meine Augen brannten, weil ich Matts Art, mit der Situation umzugehen, wundervoll fand. Ich fing seinen Blick ein und lächelte ihn dankbar an, woraufhin er den Kopf schräg legte und mit den Schultern zuckte.

»Na dann komm, Kumpel.« Jamie klopfte ihm auf den Rücken und ging schon mal nach draußen.

»Danke, Matt«, hauchte ich ergriffen.

»Schon gut. Aber wenn er dich nicht gut behandelt, breche

ich ihm jeden einzelnen Finger.« Sein ernster Blick sorgte dafür, dass ich laut auflachen musste.

»Das sagst du ihm am besten selbst.«

»Das werde ich! Glaub mir, das werde ich. Gleich jetzt!« Entschlossen lief er auf die Ladentür zu.

Ich wollte ihn schon aufhalten, aber da drehte er sich noch mal zu mir um, zwinkerte und hob seine Hand hoch. Er zeigte mir, was er die ganze Zeit vor mir verborgen gehalten hatte. »Außerdem wird er mich zu meiner Mutter fahren müssen, damit ich ihr die Pralinen schenken kann, die eigentlich für dich gewesen waren.«

Erneut brachte er mich zum Lachen. Das konnte er gut. Das hatte er schon immer gut gekonnt. Ich wünschte ihm von Herzen, dass er eines Tages eine Frau finden würde, die zu ihm passte und war mir gleichzeitig sicher, dass ich das niemals gewesen wäre.

Nachdem die beiden die restlichen Kisten hineingetragen hatten, drückte Jamie mir noch einen Abschiedskuss auf die Wange und verschwand gemeinsam mit Matt.

Doch ich hatte keine Zeit, ihn in den nächsten Stunden zu vermissen, ich führte ein langes Telefonat mit meiner Tante, die in Inverness lebte. Zudem hatten sich heute offensichtlich alle Touristen dazu verabredet, in meinem Laden nach Urlaubslektüre zu suchen.

* * *

Gegen Mittag atmete ich tief durch und stürmte beinah aus dem Laden, so als wäre ich auf der Flucht vor den vielen Kunden. Wenn ich ehrlich war, stimmte das sogar. Wenn ich mich jetzt nicht beeilte, würde gleich der Nächste vor der Tür stehen und mich von meiner Pause abhalten.

Auch im *Lizzy's* war ordentlich was los. Haileys Aushilfskraft Elsie, die seit Ende letzter Woche bei ihr arbeitete, hatte alle Hände voll zu tun, da nicht nur im Innenbereich sämtliche Tische besetzt waren, sondern auch draußen. Nur unser Tisch war noch frei. Hal hatte mit einem Schild mit der Aufschrift *Reserviert* dafür gesorgt.

Sie winkte mir zu, als ich hereinkam, und symbolisierte mir, dass es noch ein bisschen dauern könnte, bis sie fertig war und Zeit für eine Pause hatte. Mit einem lauten *Uff* ließ ich mich auf den Stuhl fallen und schloss für einen Moment die Augen.

Das Telefonat mit meiner Tante war anstrengend gewesen und die heutigen Kunden ebenfalls. Es fühlte sich an, als hätte ich mein Tagespensum an Worten schon heute Vormittag aufgebraucht. Aber dennoch pulsierte durch meine Adern eine unbändige Energie. Es fühlte sich an, als wäre ich komplett vollgepumpt mit Endorphinen. Nicht mal das Telefonat mit meiner Tante hatte es geschafft, mich runterzuziehen. Immerhin hatte ich erfahren, dass meine Cousine ihr Baby auf die Welt gebracht hatte.

Vermutlich war dieser Hormoncocktail, den Jamie bei mir freigesetzt hatte, besser als jede Droge. Dennoch merkte ich, dass ich die Nacht kaum geschlafen hatte, meine Augen brannten und mein Hirn fuhr dauerhaft auf hundertachtzig.

»Na, du scheinst ja fix und fertig zu sein!«, hörte ich Lin sagen.

Ich öffnete nur ein Auge. »Nein nicht wirklich. Meine Augen brennen nur so. Bin kaum dazu gekommen, genug zu trinken.«

Lin grinste diabolisch und setzte sich neben mich. Ihr rotes Haar und dieser Gesichtsausdruck sorgten dafür, dass ich nachvollziehen konnte, warum man in früheren Jahrhunderten Angst vor Rothaarigen gehabt hatte. »Oder war die Nacht so aufregend?«

Zuerst verstand ich die Anspielung nicht, weil ich mit meinen Gedanken gerade ganz woanders gewesen war, doch dann sickerte die Essenz dieser Frage zu meinem teils matschigen, teils überdrehten Hirn durch und ich richtete mich ruckartig auf. »Ich war früh zu Hause und noch früher im Bett als sonst. Da gab es keine aufregende Nacht.«

»Aber hoffentlich einen aufregenden Nachmittag, oder?« Nun sah sie einfach nur neugierig aus und beugte sich zu mir. »Erzähl schon!«

»Du auch noch! Meine Tante hat mich heute schon ausgehorcht.«

»So schlimm? Hat Tante Maggy angerufen?«, fragte Lin mit Mitleid in ihrer Stimme. Sie wusste, wie anstrengend meine Tante sein konnte.

»Ja, sie hat versucht mich zu tyrannisieren und gefragt, wann ich endlich heirate und Nachwuchs in die Welt setze. Sie freut sich so sehr über ihr Enkelkind, dass sie gern möchte, dass auch mein Dad in den Genuss kommt, Enkelkinder zu haben.« Doch dieses Mal hatten vermutlich die Glückshormone dafür gesorgt, dass ich das alles an mir hatte abprallen lassen. Ich hatte sogar gelächelt, während meine Tante ihre Show abgezogen hatte. »Dabei hat sie wie immer angefangen zu jammern, von wegen, sie hätte nie Kinder gehabt und wenigstens ich solle den Familiennamen weitergeben.« Ich verdrehte die Augen, was Lin zum Lachen brachte.

»Hast du denn Jamie schon gefragt, ob er deinen Namen annehmen würde, wenn ihr heiratet?«

Mein Kopf schnellte zu Lin, die ihre Augen aufriss und kicherte.

»Was ist gestern passiert, von dem ich noch nichts weiß«, mischte sich jetzt auch noch Hal in die Unterhaltung ein. Als ich ihr einen bitterbösen Blick zuwarf, fügte sie hinzu: »Nun schau nicht so! Ich komm hier an den Tisch und höre nur Jamie und das Wort heiraten in einem Satz, da werde ich doch noch mal nachfragen dürfen. Immerhin bin ich eine deiner beiden besten Freundinnen.« Vorwurfsvoll blickte sie mich an, aber ich durchschaute sie. Sie wollte mich weich klopfen genau wie Lin.

Ich hob warnend eine Hand. »Stopp! Ich werde es euch ja erzählen, sobald ihr beide am Tisch sitzt und wir mal kurz in Ruhe quatschen können.«

Hal klatschte freudig in die Hände. »Super! Ich beeil mich, alle Bestellungen abzuarbeiten und dann kann Elsie übernehmen.« Wie ein Wirbelwind eilte sie davon und ließ Lin und mich zurück. Ich schüttelte den Kopf, weil Hal einfach so voller Energie war und dennoch nie hektisch wurde. Es war wie ein Tanz auf der Rasierklinge, den sie bestritt, aber sie trat nie daneben und meisterte ihn mit Bravour. Sie sprühte einfach nur vor Energie und strahlte dabei so viel Positivität aus, dass ihre Art mitreißend war.

Nach drei Minuten – wir hatten die Zeit gestoppt – kam sie mit einem Tablett zurück an den Tisch. Darauf standen drei Teller und drei dampfende Tassen mit Tee. Nachdem sie alles verteilt hatte, ließ sie sich auf den einzigen freien Stuhl fallen. »Lasst es euch schmecken. Aber dabei erzählst du alles haarklein, Ally.« Mit einem Blick aus zusammengekniffenen Augen blickte sie zu Lin. »Oder hat sie etwa schon alles erzählt, während ich gerade weg war?«

Lin schüttelte rasch den Kopf. »Nein, sie hat kein Wort mit mir gewechselt. Ich glaube, sie ist sauer auf mich.«

Lachend boxte ich ihr liebevoll gegen den Oberarm. »Ich bin nicht sauer, sondern müde.«

»Müde, soso.« Hailey schnalzte mit der Zunge und fixierte mich mit einem Blick, der mir deutlich machte, dass sie mir kein Wort glaubte. »Ich habe heute recht früh einen gewissen Mr Pearson in deine Buchhandlung gehen gesehen. Wusstest du das, Lin?«

»Oh mein Gott! Nein, das wusste ich nicht.« Sie sah mich auffordernd an und schüttelte kurz den Kopf. »Jetzt erzähl schon. Sonst bin ich nachher die Einzige, die nichts weiß. Das wäre doch total unfair, oder?« Unschuldig klimperte sie mit den Lidern.

Ich war nervös, weil mich die Geschichte mit Jamie auf allen Ebenen nervös machte, auch wenn ich darüber nur etwas erzählen sollte. Um etwas in der Hand zu haben, griff ich nach der Teetasse und nippte an der heißen Flüssigkeit, verbrannte mir dabei aber beinahe die Zunge. Rasch ließ ich den Becher wieder sinken. »Es war toll gestern.«

»Wie toll?«, hakte Hal sofort nach, klang dabei wie eine strenge Lehrerin.

»Wundervoll toll«, antwortete ich und grinste so sehr, dass mir meine Wangen wehtaten.

»Oh! So sehr?«, hauchte Lin ergriffen.

Ich nickte. »Ja. Ich glaube, mich hat es voll erwischt.«

Lin lächelte zufrieden. »Das ist so schön.«

»Hat er dich geküsst?«, platzte es aus Hailey heraus und ich nickte wieder. »Und?«

Ich spürte, wie meine Wangen heiß wurden. »Es war der schönste Kuss, den ich je bekommen habe.«

Lin seufzte laut und sah aus, als wäre sie selbst verliebt. Ihr verklärter Blick war in die Ferne gerichtet und das selige Lächeln auf den Lippen zeigte deutlich, dass sie sich danach sehnte, wieder einen Mann in ihrem Leben zu haben.

Hal schüttelte stattdessen den Kopf und sah aus, als hätte ich ihr verkündet, regelmäßig ins Wettbüro zu gehen. »Du weißt schon, dass du noch nicht oft einen Mann geküsst hast und somit auch nicht allzu viele Vergleichsmöglichkeiten hast?«

Angesichts der Skepsis, die Hal der ganzen Sache zwischen mir und Jamie entgegenbrachte, wurde ich ernster. »Das weiß ich, aber ich kann mir beim besten Willen nicht vorstellen, dass es da eine Steigerungsmöglichkeit gibt.«

»Jetzt sei nicht wieder so negativ, Hal! Nur weil du nicht an die Liebe glaubst, musst du nicht so griesgrämig sein. Schau sie dir an! Ally strahlt wie die aufgehende Sonne!« Lin selbst strahlte nicht weniger.

Das liebte ich so sehr an Lin, sie fühlte so viel mehr als andere und gestattete sich diese Gefühle auch. Dadurch hatte ich aber auch ständig Angst, dass jemand sie verletzen könnte, so wie es ihr bescheuerter Ex-Freund getan hatte.

»Ich bin nicht negativ, sondern realistisch. Da gibt es einen großen Unterschied«, rechtfertigte Hal sich.

»Ja, ja ich weiß, Süße«, beruhigte Lin sie. »Aber lass uns doch den Spaß und die Träumerei.«

»Hauptsache, ihr liegt mir nachher nicht mit einem gebrochenen Herzen in den Ohren. Ich bin immer für euch da, das wisst ihr, aber sagt dann nicht, dass ich euch nicht gewarnt hätte. Vor allem dich, Ally.« Sie deutete mit ihrem Zeigefinger auf mich.

»Alles klar. Du hast mich gewarnt, und ich werde mir nicht das Herz brechen lassen.« Ich fügte mit Absicht nicht das obligatorische *Versprochen* hinzu, weil ich jetzt schon wusste, dass ich im schlimmsten Fall dieses Versprechen nicht würde halten können.

Hal legte den Kopf auf die Seite. »Was ist eigentlich mit Jamies Job?«

Da ich nicht wusste, was sie meinte, zuckte ich mit den Schultern. »Was soll damit sein?«

Meine Freundin verdrehte tatsächlich die Augen und lehnte sich vor, so dass sie die Arme auf dem Tisch verschränken konnte. »Hast du vergessen, dass du vor noch nicht allzu langer Zeit gedacht hast, dass er ein notorischer Spieler ist? Ist das vom Tisch? Weiß du jetzt, was er macht, wenn er am PC spielt?« Das letzte Wort setzte sie mit den Fingern in imaginäre Gänsefüßchen. »Womit verdient er sein Geld, Ally?«

»Jetzt lass es mal gut sein, Hailey Ferson. Ich finde, das geht echt zu weit. Lass die beiden sich doch erstmal kennenlernen!«, regte sich Lin auf.

»Das tue ich, aber bitte nicht mit der rosaroten Brille, ansonsten …«

»Nichts ansonsten. Kannst du mir noch einen Tee machen?« Lin sah Hal durchdringend an, bis diese aufstand, ein undamenhaftes Schnauben ausstieß und hinter dem Tresen verschwand.

Lin beugte sich zu mir und legte die Hand auf meinen Arm. »Nimm es ihr nicht krumm. Sie hat diesen ausgeprägten Beschützerinstinkt und will nur nicht, dass du verletzt wirst.«

»Das weiß ich.« Das wusste ich wirklich, aber dieses besondere Gefühl von Glück hatte gerade eben einen Dämpfer bekommen. »Sie hat ja nicht ganz unrecht. Ich sollte erst mal herausfinden, was er macht, und worauf ich mich da einlasse, ehe ich mich ohne Kontrolle fallen lasse.«

Lin schüttelte den Kopf, wollte noch etwas sagen – man konnte es ihr genau ansehen – aber in dem Moment kam Hailey zurück, stellte die Tasse vor Lin ab und setzte sich.

»Ich möchte euch beide nur noch um etwas bitten.« Sofort hatte ich die Aufmerksamkeit meiner Freundinnen. »Anna soll vorerst nichts davon erfahren. Wir wollen den richtigen Zeitpunkt abwarten, ehe wir sie einweihen.«

Hailey stöhnte leise, doch Lin nickte, ehe sie sagte: »Lasst sie nicht zu lange im Unwissenden, sonst fühlt sie sich hintergangen, wenn sie es als Letzte erfährt.«

»Nein, werden wir nicht«, antwortete ich, obwohl ich mir nicht sicher war, ob ich damit auch im Namen von Jamie sprach.

»Legt endlich los, sonst wird das Essen kalt.« Hailey hatte offenbar genug von Männergeschichten und deutete unwirsch auf die Teller, die vor uns standen. »Lasst es euch schmecken.«

Erst jetzt sah ich mir an, was sie heute gekocht hatte. Es gab diesen besonderen großen Couscous mit Tomaten und Garnelen. »Das sieht lecker aus. Guten Appetit.«

Die restliche Mittagspause verbrachten wir mit Essen und mit meinem Bericht von der Fahrt und von Johns bevorstehender Hochzeit. Außerdem besprachen wir noch unsere Kostüme für die Party am Freitag. Lin hatte bei jeder von uns Maß genommen und sich schon an die Arbeit gemacht. Annas Verkleidung war bereits fertig genäht. Bis jetzt hatten die beiden mir nicht verraten, für welches Kostüm sich Anna entschieden hatte. Dementsprechend neugierig war ich.

Hailey hielt sich zurück und sagte nichts mehr über ihre Bedenken, wofür ich ihr sehr dankbar war.

Als ich wieder zurück in meinen Laden ging, war ich erleichtert. Es fühlte sich doch richtig an, vor meinen Freundinnen keine Geheimnisse zu haben. Die Vorstellung, in den nächsten Tagen oder Wochen die Sache zwischen Jamie und mir für mich behalten zu müssen, hatte mich doch mehr belastet, als ich gedacht hatte.

Allerdings hatte Hal mich mit ihrer realistischen Art zurück auf den Boden der Tatsachen geholt und mir klargemacht, dass ich nicht blauäugig sein durfte, auch wenn Jamie mich alles um mich herum vergessen ließ.

* * *

Freitag, 18. Mai

Leider hatten Jamie und ich es nicht geschafft, uns noch ein weiteres Mal allein zu sehen.

Immer wieder hatten wir Textnachrichten hin und her geschickt, so dass wir ständig in Kontakt waren. Mittlerweile liebte ich das Geräusch einer eingehenden Nachricht und stürzte mich dann jedes Mal gleich auf das Handy, in der Hoffnung, Jamie hätte geschrieben.

Trotz allem hatten wir aber auch miteinander telefoniert, sobald Anna geschlafen hatte. Mittwoch hatten wir über alles Mögliche geredet. Wie wir die Welt sahen, welche Werte uns wichtig waren und was wir uns für die Zukunft wünschten. Ich hatte mich nur nicht getraut, ihn nach den Computerspielen zu fragen. Stand mir das überhaupt zu? Erstaunlicherweise hatte

Jamie mir erzählt, dass er unbedingt auf der Insel alt werden wollte. Meine größte Sorge war es gewesen, dass ich mein Herz an diesen Mann verlor und er dann, wie damals Tom, aus meinem Leben verschwand, weil es ihm hier zu langweilig war.

Der Donnerstag verging wie im Flug. Jamie hatte eine Videokonferenz mit anschließender Online-Fortbildung gehabt, so dass er mich auch nicht am Vormittag in der Buchhandlung hatte besuchen können. Ich hatte mich gefragt, was genau er bei dieser Fortbildung machte. Vielleicht wurde den Leuten gezeigt, wie man Kühe glücklicher machte? Das hatte bei mir zu einem hysterischen Kicheranfall geführt. Als ich ihm davon erzählt hatte, hatte ich erfahren, dass es um die biologische Haltung von Kühen ging. Wie man sie am besten ernährte, um mehr Milch zu bekommen. Und das im Sinne der artgerechten Haltung und Ernährung.

Nach dem Gespräch hatte er etwas getan, was mein Herz aufblühen ließ, er hatte Lin angerufen und sie einen wunderschönen Strauß Blumen für mich binden und mir bringen lassen und dazu eine Karte auf der stand:

*Ich vermisse dich!*

Dann war Anna nach der Schule zu mir gekommen und hatte mit mir für zwei Tests geübt. Als Jamie sie anschließend bei mir abgeholt hatte, hatten wir uns kurz gesehen, doch in der Gegenwart seiner Tochter hatten wir uns zurückgehalten. Aber die leichte Berührung seiner Hand an meiner und die Art, wie er mich angesehen hatte, waren genug, um bei mir für Herzklopfen zu sorgen. Bis jetzt hatte Anna noch nichts mitbekommen und ich hoffte, das würde auch so bleiben, bis wir es ihr erzählen wollten.

Am Abend hatten wir uns über das Telefon gemeinsam einen

Film angeschaut. Also um genau zu sein, hatten wir telefoniert und dabei den gleichen Film laufen lassen – Watchparty nannte der Streamingdienst das. Die Funktion sorgte dafür, dass die Filme auch wirklich synchron liefen und man gemeinsam an den gleichen Stellen lachen konnte. Beinah war es mir vorgekommen, als wäre Jamie bei mir gewesen. Nur der Körperkontakt hatte mir schrecklich gefehlt. Vor allem die Küsse.

Aber ich war froh, dass wir diese Zeit gemeinsam verbracht hatten, auch wenn wir uns nicht gesehen hatten, war sie so wertvoll und sorgte dafür, dass ich glücklich einschlief, nachdem wir die Telefonate beendet hatten.

Leider hatte es auch mit dem Treffen heute früh nicht geklappt, weil Jamie vor der Party für Anna noch die Kühe melken und den Stall ausmisten musste. Doch ich freute mich umso mehr, ihn heute Abend endlich wiederzusehen, und vielleicht würden wir eine ruhige Minute im Trubel der Party finden, während der wir ganz allein waren. Ich sehnte mich so sehr nach einem Kuss, dass es beinah schon körperlich weh tat, solange darauf verzichten zu müssen.

Oh ja, es hatte mich ganz doll erwischt. Dieser Mann war meine Droge und ich wollte ihn jetzt, wo ich wusste, dass es ihm ähnlich ging, am liebsten ständig in meiner Nähe haben.

Als ich an diesem Nachmittag meinen Laden abschloss, ging ich mit einem Lächeln zu Haleys Bäckerei. Auch sie machte heute ihr Geschäft früher zu, damit wir genügend Zeit hatten, alles zu schmücken und die letzten Vorbereitungen abzuschließen.

Die folgenden Stunden hatten wir eine riesige Freude daran, das Café in die Große Halle von Hogwarts zu verwandeln. Als wir fertig waren, bestaunten wir unser Werk und die lange Tafel, die wir aus den Tischen erstellt hatten.

»Kaum wiederzuerkennen!«, stieß Lin hervor und betrachtete mit glänzenden Augen die Dekorationen.

Von der Decke hingen verschiedene Eulen. Teilweise aus Papier gebastelt und manche waren Stofftiere aus unserem Fundus. Dazwischen hatten wir Lichterketten aufgehängt, die den Sternenhimmel an der sich ständig verändernden Decke der Großen Halle darstellen sollten. An den Wänden lehnten alte Besen, die wir uns von einigen Inselbewohnern ausgeliehen hatten. Die Getränke hatten wir in große Glasschalen gefüllt und mit Lebensmittelfarbe in Zaubertränke verwandelt. Und Lin war so kreativ gewesen und hatte einige Topfpflanzen auf einem Tisch aufgestellt. Ich glaubte, dass es kleine Kohlköpfe waren, die sie angemalt hatte und die aussahen wie die Alraunepflanzen, die in *Harry Potter und die Kammer des Schreckens* vorkamen.

»Ja, da haben wir uns selbst übertroffen«, erwiderte Hal zufrieden. »Am besten finde ich deine Idee, mit den Fenstern, Ally.« Wir hatten die Schaufensterscheiben mit braunen Stoffen zugehängt, die auf den ersten Blick wie eine Holzvertäfelung aussahen. So war es relativ dunkel im Raum, obwohl draußen noch die Sonne schien. »Das bringt erst so richtig die Atmosphäre, die an das Setting der Harry-Potter-Filme erinnert.«

Wir wurden durch ein Klopfen an der Tür unterbrochen, und im nächsten Moment standen Anna und Jamie im Raum. Mit großen Augen blickte sich das Mädchen um. Sie hatte sich als Hermine Granger verkleidet. Eigentlich hätte ich mir das denken können, denn allein ihr wildes Haar, das sie dem Anlass entsprechend offen trug, war dem von Hermine sehr ähnlich.

»Hey, du siehst toll aus, Anna!«, stieß ich aus und lächelte breit.

Voller Stolz stand das Mädchen da und strahlte über das ganze Gesicht. »Danke.«

Doch schon wurde mein Blick von Jamie angezogen, der komplett in Schwarz gekleidet war. Sein Teint wies eine unnatürlich helle Farbe auf, bestimmt hatte Anna darauf bestanden, dass er sein Gesicht heller schminkte, und das Haar der schwarzen Perücke hing leicht strähnig herab. Er sah fantastisch aus. Sein Blick ruhte auf mir und an seinen Mundwinkeln zupfte ein Lächeln, weil er meine Reaktion auf ihn offenbar bemerkt hatte.

»Willkommen, Hermine und willkommen Professor Snape«, begrüßte Hal die beiden, während ich die zwei angesichts der großartigen Kostüme anstarrte.

Lin wirkte äußerst zufrieden, schließlich hatte sie ja diese fantastischen Verkleidungen erschaffen. Auf den ersten Blick waren es nur Umhänge, doch die vielen Embleme, Verzierungen, die passenden Farben für die verschiedenen Häuser von Hogwarts, das alles hatte viel Arbeit gemacht und es hatte sich gelohnt.

Lin sollte so viel mehr aus ihrem Talent machen, schoss es mir durch den Kopf. Im Grunde genommen hätte sie Modedesign studieren müssen, denn das Zeug dazu hatte sie. Aber sie war wie ich stark mit der Isle of Mull verwurzelt und konnte sich nicht vorstellen, irgendwann einmal für längere Zeit von hier fortzugehen und sie liebte Pflanzen ebenso wie Stoffe, deshalb war sie nur ganz leicht vom Pfad ihrer Eltern abgewichen und hatte sich für den Blumenladen entschieden.

»Ihr seid ja noch gar nicht verkleidet!«, stieß Anna entsetzt hervor.

Ich trat zu ihr. »Wir waren bis gerade eben mit Dekorieren beschäftigt. Wie findest du es?«

Sofort verflüchtigte sich ihr schockierter Gesichtsausdruck. »Es ist so schön – wie im Film.«

»Dankeschön. Das war Teamwork. Und du hast deinen Teil genauso dazu beigetragen wie wir.« Ich strich ihr über den Unterarm und erntete ein Lächeln, das mich tief berührte.

»Anna?« Jamie sah seine Tochter stolz an. »Erzähl doch Ally von deinem Mathetest.«

Anna strahlte. »Ich habe eine Zwei geschrieben.«

»Nein!«, stieß ich hervor.

»Doch! Das ist, weil du mit mir geübt hast.«

»Ach, das hättest du auch ohne mich hinbekommen.« Dennoch war ich megastolz auf Anna und freute mich, dass sie das, was ich ihr beigebracht hatte, so gut umgesetzt hatte. Am liebsten hätte ich ihr in diesem Moment über die Haare gestrubbelt.

»Was können wir noch übernehmen?«, fragte Jamie und hielt mich damit davon ab, seiner Tochter die Frisur zu verunstalten.

Allein seine Stimme sorgte dafür, dass ich ihn am liebsten umarmt hätte. Und geküsst. Aber das ging nicht. Nicht heute.

»Ihr haltet hier die Stellung, während wir uns umziehen gehen. Dort drüben sind die Kerzen, die müssen noch in die Förmchen, das könnt ihr machen, oder?« Hal sah Anna an und diese nickte ernst.

»Das werden wir, stimmt's, Dad?«

»Na klar. Ich hab übrigens Matt überredet, als Hagrid den Türsteher zu mimen.«

Sein Blick bohrte sich in meinen, und mir fiel mit einem Mal das Atmen schwer. »Hast du nicht!«, stieß ich deshalb ein wenig atemlos hervor. Was jedoch nichts mit der Aussicht auf Matt im Kostüm des Hagrids zu tun hatte.

Ein triumphierender Ausdruck erschien in seinem Gesicht. »Doch, und er war sofort begeistert.«

»Das ist eine tolle Idee!« Lin klatschte in die Hände. »Jetzt aber ab nach hinten, damit wir noch rechtzeitig umgezogen sind, bevor die ersten Gäste kommen.«

Ich löste meinen Blick von Jamie und fing den von Hermine Granger ein, die mich aus leicht zusammengekniffenen Augen beobachtet hatte. Mist! Ich hatte meine Gefühle für Jamie nicht im Griff. Vermutlich konnte sogar Anna erkennen, was in mir vorging. Nicht gut. Gar nicht gut.

Ich räusperte mich und sah zu meinen beiden Freundinnen. »Na, dann mal los. Werden wir zu einem Teil von Hogwarts.«

* * *

Die Party war ein voller Erfolg. Die Kinder erschienen in den ausgefallensten Kostümen. Es gab zwei Hermine Grangers, einen Ron und eine Ginny Weasley, einen Draco Malfoy, eine Loona Lovegood, ein Einhorn und ein Zentaur, mehrere Hogwartsschüler, die ich nicht zuordnen konnte und einen Neville Longbottom, der eine Kröte im Arm hatte, die so lebensecht aussah, dass Hailey kurzfristig Panik bekam. Ein Junge hatte sich sogar getraut, als Lord Voldemort zu kommen. Und natürlich gab es gleich mehrere Harry Potter.

Und wir drei fühlten uns wohl in den Kostümen, die Lin in so wundervoller Kleinarbeit für uns hergestellt hatte. Lin selbst hatte sich als Mrs Weasley verkleidet, was super zu ihrem roten Haar passte. Sie hatte eigentlich als Ginny gehen wollen, weil sie das Mädchen war, das Harry Potter am Ende für sich bekommen hatte. Doch mittlerweile fühlte sie sich zu alt dafür. Als im nächsten Moment ein kleiner elfjähriger Junge mit Zahnspange den Raum betreten hatte, der sich als Harry Potter verkleidet hatte, nickte sie bestätigend und brachte uns alle damit zum Lachen.

Hal war Professor Pomona Sprout, die Lehrerin für Kräuterheilkunde, und ich hatte mich für Professor Minerva McGonagall entschieden und versuchte ein möglichst neutrales bis strenges Gesicht zu ziehen.

Irgendwann stieß auch Dad zu uns. Ein langer Bart und seine Lesebrille, gepaart mit einem Umhang, ließen nicht daran zweifeln, dass er als Professor Albus Dumbledore das Geschehen betrat. Außerdem hatte er den Sprechenden Hut dabei, mit dem er die Kinder bespaßte.

Nur eine meiner Lieblingsfiguren, der Fast Kopflose Nick alias Sir Nicholas de Mimsy-Porpington – allein der Name war genial – fehlte leider.

Und draußen vor der Tür stand für lange Zeit Rubeus Hagrid, ehe er zu uns in den geschmückten Saal kam. Matt mit seinen zwei Metern war bestens dafür geeignet und er hatte einen Heidenspaß daran, sich als riesiger zottliger Kauz von den Kindern ihre Einladungen zeigen zu lassen und alle sonstigen Besucher liebevoll, aber bestimmt abzuweisen. Dennoch kam ich nicht umhin, mich zu fragen, welche der alleinstehenden Mütter vielleicht schon in den Genuss gekommen waren, mit ihm auszugehen – als Escort. Beinah brachte mich dieser Gedanke zum Kichern und ich hatte Mühe, diese Vorstellungen aus meinem Hirn zu verbannen.

Aber eigentlich konnte ich meine Augen nicht von Professor Snape lassen. Immer wieder schaute ich zu ihm hinüber. Auch er amüsierte sich herrlich. Als Professor für Zaubertränke hatte er die Bar übernommen und verteilte fleißig die grell gefärbten Getränke. Sein finsterer Blick, mit dem er die Kinder bedachte, machte dem Schauspieler Alan Rickman ernsthafte Konkurrenz. Dennoch konnte ich nicht anders, als erneut festzustellen, dass er phantastisch aussah. Die Kinder aßen und tranken, spielten die Spiele, die wir vorbereitet hatten und genossen den Nachmittag sichtlich. Ich konnte keinerlei Konkurrenz oder Streitereien unter den anwesenden Kindern ausmachen. Alles verlief harmonisch und ich hatte das Gefühl, dass wir die richtige Atmosphäre geschaffen hatten, um Freundschaften zu schließen. Es war so friedlich. Nicht einmal die beiden Mädchen, die sich damals so danebenbenommen hatten, machten Ärger.

Als plötzlich die ersten unverkleideten Mütter in der Bäckerei erschienen, musste ich mit einem Blick auf die Uhr feststellen, wie schnell die Zeit vergangen war.

Nach und nach wurden die Kinder nun von ihren Eltern abgeholt, und Anna verabschiedete sich von jedem Einzelnen. Sie sah so glücklich aus und die Mädchen und Jungen waren allesamt echt nett gewesen. Ich hoffte, dass wir recht behielten und diese besondere Party dazu führte, dass Anna in Zukunft besser akzeptiert werden würde.

Die letzte Klassenkameradin stand vor der Tür und neben ihr Anna, die beiden kicherten entspannt und mir wurde ganz warm ums Herz. Ich beobachtete die zwei, während sie auf die Eltern des Mädchens warteten.

»Das sieht doch gut aus, oder?«, raunte Jamie in mein Ohr. Er stand schräg hinter mir und hatte die Arme vor der Brust verschränkt. Auch sein Blick war nach draußen gerichtet. Ich spürte die Wärme, die von seinem Körper ausging, weil er mir so nah war. Und doch war es mir nicht nah genug.

»Hast du Lust, morgen zu mir zu kommen?«, hörte ich in diesem Moment das andere Mädchen Jamies Tochter fragen.

Meine Hand suchte Jamies Arm und klammerte sich daran fest. Ja, die Party war ein voller Erfolg gewesen! Mit angehaltenem Atem lauschte ich, obwohl ich wusste, dass sich das nicht gehörte.

Anna lächelte. »Ja, total gern.«

»Du kannst ja dann bei mir schlafen, morgen ist Sonntag, da haben wir frei. Also nur, wenn dein Dad es dir erlaubt.« Das andere Mädchen sah hoffnungsvoll aus, und Anna nickte strahlend.

Weiter konnte ich nicht zuhören, weil Jamie den Moment nutzte und mich um die Ecke zog, wo wir ein bisschen ungestörter waren.

»Weißt du eigentlich, wie schwer es mir gefallen ist, mich in den letzten Tagen von dir fernzuhalten?« Mit sanftem Druck schob er mich gegen die Wand des Flurs, der zu einem Hinterzimmer führte. Mit einem Ausdruck in den Augen, der mir eine Gänsehaut bescherte, blickte er zwischen meinen Augen und meinem Mund hin und her. Das schummrige Licht, das hier herrschte, verlieh der Situation eine Intimität, die mir weiche Knie bescherte.

»Ich kann es mir in etwa vorstellen«, antwortete ich flüsternd mit trockenem Mund und vor Aufregung galoppierendem Herzen.

Im nächsten Augenblick spürte ich seine Lippen auf meinen. Ein kurzer, heftiger Kuss, der mir zeigte, wie sehr ich diesem Mann bereits verfallen war. Viel zu schnell löste sich Jamie von mir.

»Wir brauchen Zeit für uns«, stellte er mit verzweifelter

Stimme fest und brachte mich damit zum Lachen. »Was? Das stimmt doch!«

Ich nickte und grinste immer noch, vor allem vor Freude.

»Was hältst du davon, wenn Annas Dad es ihr erlaubt, dass sie bei ihrer neuen Freundin übernachtet und wir uns morgen sehen?«, schlug er vor.

Kurz hielt ich seinem Blick stand und ließ ihn ein wenig zappeln. »Jamie Pearson, nimmst du gerade die Verabredung deiner Tochter zum Anlass, mich um eine Verabredung zu bitten?«

Ein Lächeln erschien auf seinen Lippen, das mehr als verwegen aussah. »Ja, das tue ich. Eine ganz offizielle Verabredung, und ich will nicht, dass du diesmal denkst, es sei eine zweckdienlich miteinander kombinierbare Zeit, damit wir mit nur einem Auto irgendwohin fahren, so wie das in Glasgow der Fall war. Nur wir beide. Du und ich.« Dabei deutete er zwischen uns hin und her. »Und ich weiß auch schon, was wir zusammen unternehmen werden.«

Ich konnte nichts dafür, aber in diesem Moment erschienen vor meinem inneren Auge Bilder von mir und Jamie, die nicht jugendfrei waren. Ich spürte die Röte in meine Wangen schießen. Doch es war viel zu dunkel hier, als dass Jamie dies sehen konnte.

»Was hast du vor?« Meine Stimme war so leise, dass ich mich selbst kaum hörte.

Aber Jamie hatte mich verstanden. »Überraschung, aber nimm dir morgen ansonsten nichts vor, okay?«

Ich ließ ihn dieses Mal nicht zappeln. »Einverstanden.« Meine Wangen schmerzten, so breit lächelte ich.

Seine Arme umschlossen mich für eine kurze und feste Umarmung, dann ließ er mich abrupt los und ging ins Hinterzimmer. Ich überlegte noch, warum er so plötzlich reagiert hatte, als Lin um die Ecke kam.

Jamie hatte eindeutig bessere Ohren als ich.

* * *

Es war schon fast Mitternacht, als ich es endlich aufgab, noch ein paar Zeilen in einem Buch zu lesen. Meine Gedanken fuhren Achterbahn und neben mir saß Jamie in diesem imaginären Waggon und wir fuhren auf und ab. Ich konnte meine Überlegungen nicht wirklich stoppen. Immer wieder sah ich sein Gesicht vor mir und dachte an dieses Lächeln, das mir stets weiche Knie bescherte.

Morgen. Ein Date. Nur wir beide.

Gerade als ich mein Buch zurück auf den kleinen Tisch legte, der neben meinem Lesesessel stand, vibrierte mein Handy und kündigte eine eingehende Nachricht an.

Mit zittrigen Fingern griff ich danach. Um diese Uhrzeit schrieb mir normalerweise niemand, deshalb spielte meine Phantasie gleich verrückt und suggerierte mir, dass es eigentlich nur Jamie sein konnte.

*Bitte lass es Jamie sein!*

Und tatsächlich, als ich den Bildschirm entsperrt hatte, entdeckte ich eine Mitteilung von ihm. Mein Herz flatterte gemeinsam mit den Schmetterlingen in meinem Magen um die Wette, als ich anfing, die Nachricht zu lesen.

*Hey Honey, schläfst du schon?*

Honey. Wieder hatte er diesen Kosenamen für mich verwendet. Und wieder grinste ich, bis mir die Wangenmuskeln weh taten. Ich hatte von nun an einen Kosenamen, mit dem Jamie mich ansprach. Gestatten: Allison Honey Forbes.

Kichernd schüttelte ich über mich selbst den Kopf. Ich benahm mich wie ein Teenager. Aber wenn ich ehrlich zu mir war, fühlte ich mich auch genauso. Ich war verliebt und das sorgte dafür, dass ich mich völlig irrsinnig verhielt. Aber das gefiel mir trotzdem – irgendwie.

Ich nahm das Handy mit und legte mich ins Bett. Nachdem ich mich zugedeckt und das Licht ausgeschaltet hatte, antwortete ich Jamie.

*Nein, ich schlafe noch nicht. Warum?*

Kaum, dass ich die Nachricht abgeschickt hatte, sprangen die beiden dahinterstehenden grauen Haken auf Blau. Jamie war online und schrieb mir auch sogleich eine Antwort. Mit angehaltenem Atem wartete ich, und als die Mitteilung auf meinem Bildschirm auftauchte, staunte ich nicht schlecht.

*Ich hätte dich jetzt gern in meinen Armen und würde da weitermachen, wo wir vorhin unterbrochen wurden.*

Er sprach von unserem Kuss. Beinah spürte ich seine Lippen noch auf meinen. Im Eiltempo flogen meine Finger über die eingeblendete Tastatur auf dem Bildschirm.

*Morgen wird uns niemand stören.*

Wieder hielt ich den Atem an. War das okay, wie ich geantwortet hatte? Oder war Jamie davon ausgegangen, dass wir versaute Nachrichten austauschen würden? Ich hoffte nicht, denn dafür war ich ganz sicherlich nicht der Typ. Sogar das, was ich gerade geschrieben hatte, war schon viel für meine Verhältnisse.

*Ich freu mich schon darauf, dich für mich zu haben. Nur du und ich, Honey. Ich werde dich morgen gegen 13 Uhr abholen. Passt das für dich?*

Nur du und ich … Gut, dass ich lag. Denn mir wurde schwindlig. Ich hatte Angst. Nein, Angst war nicht das richtige Wort, doch egal wie lange ich überlegte, mir fiel kein passenderes ein. Vermutlich lag das daran, dass mein Hirn leer gefegt war.

Dann erinnerte ich mich daran, dass ich Jamie noch antworten musste. Nein, auch das passte nicht. Ich wollte ihm antworten.

*13 Uhr ist perfekt. Nur du und ich, das hört sich gut an.*

Ich legte das Handy auf den Nachttisch, doch schon im nächsten Moment vibrierte es erneut und ich nahm es wieder an mich, entsperrte den Bildschirm. Lächelnd las ich die Zeilen, die mir Jamie geschrieben hatte.

*Schlaf schön und träum von mir!*

Das hätte er nicht extra schreiben müssen, das würde ich sicherlich tun. Mein ganzes Denken und jede Faser meines Körpers schienen mit Jamie beschäftigt zu sein und sich an unsere Begegnungen zu erinnern.

*Du auch … bis morgen. Ich freu mich so sehr und bin schon mega neugierig, was du mit mir unternehmen willst.*

Wieder legte ich das Telefon weg, und während ich einschlief, horchte ich, ob es noch ein weiteres Mal vibrieren würde, aber es blieb still.

# 12.

Cha tèid nì sam bith san dòrn dùinte.
*– Mit einer geschlossenen Faust kann man nichts halten. –*

## Samstag, 19. Mai

Wenn das so weiterging, würde ich demnächst durch akuten Schlafmangel zusammenbrechen, denn auch in der vergangenen Nacht war ich immer wieder aufgewacht. Natürlich war es nur ein einziger Gedanke, der mir beim Aufwachen im Hirn herumspukte: Jamie.

Während ich mich anzog, geisterte mal wieder die Frage in meinem Kopf herum, womit Jamie seinen Lebensstil finanzierte. Ich nahm mir vor, ihn heute danach zu fragen. Das durfte ja schließlich nicht so schwer sein. Schon viel zu lange schob ich das vor mir her. Hal hatte nicht ganz unrecht. Wenn wir wirklich zusammen sein wollten, musste ich wissen, wer er war und was er, außer die wenigen Kühe zu betreuen, noch tat.

Lin hingegen hatte mir lauter Herzchen an die Nachricht angehangen, in der sie mir mitgeteilt hatte, dass sie selbstverständlich den Laden übernehmen würde. Ich bräuchte nicht mal hinkommen, sie würde das Schild an die Tür hängen und sich um alles kümmern. Da sie immer einen Ersatzschlüssel hatte, genau wie Hailey auch, stellte das alles kein Problem dar.

Ich entdeckte Dad in der Küche, wo er gerade eine Kanne Tee zubereitete.

»Guten Morgen, Sonnenschein!«, begrüßte er mich.

»Bist du schon lange wach?«, fragte ich ihn, nachdem ich ihm einen Kuss auf die Wange gegeben hatte.

»Ja, du kennst doch meine innere Uhr. Ich habe schon meinen Samstagsspaziergang hinter mich gebracht.«

»Ah, deshalb siehst du so erholt aus. Gestern Abend hast du irgendwie viel älter auf mich gewirkt.« Ich hatte Mühe, nicht gleich loszukichern.

Dad lachte laut auf. »Gestern Abend war ich ja auch 115 Jahre alt und habe einen langen weißen Bart getragen.«

»Stimmt«, antwortete ich schmunzelnd.

»Was hast du heute vor?«

»Ich treffe mich nachher mit Jamie. Er holt mich um dreizehn Uhr ab«, klärte ich ihn auf und goss mir, scheinbar unbeteiligt, ebenfalls einen Tee ein.

Für einen Moment herrschte Stille und als ich zu Dad blickte, entdeckte ich einen verkniffenen Zug um seinen Mund. »Was wollt ihr unternehmen?«

»Ehrlich gesagt weiß ich das nicht. Jamie hat gesagt, es wäre eine Überraschung.« Ich schmunzelte, weil ich das irgendwie romantisch fand.

Dad setzte sich mit seiner Teetasse zu mir und sein Blick bohrte sich in meinen. »Läuft da was zwischen euch?«

»Wie immer fällst du mit der Tür ins Haus.« Ich lachte, doch er wirkte so ernst, dass das Lachen auf meinen Lippen erstarb. »Es ist noch ganz frisch, aber ja, ich denke, da läuft etwas. Ich weiß zwar noch nicht, was das werden wird, aber es fühlt sich gut an.«

Dads Blick wurde sanfter. »Er ist nett.«

»Oh, Dad«, stieß ich kichernd hervor. »Hast du mir nicht gesagt, dass nett die falsche Bezeichnung für einen Mann ist?«

Ich zwinkerte ihm zu. Es half, denn endlich entspannte er sich ein wenig und lehnte sich in seinem Stuhl zurück.

»Ja, das habe ich gesagt. Aber für einen Vater ist es genau das richtige Wort, wenn er über den Mann spricht, mit dem sich seine Tochter verabredet hat. Was du gemeint hast, ist die Situation, wenn eine Frau das über einen Mann sagt, mit dem sie sich trifft. Denn in diesem Fall ist nett der kleine Bruder von Sch…«

»Sag es nicht! Ich hab noch nicht mal gefrühstückt.«

»Okayyyy!« Lachend hob er die Hände, so als wäre er ein Unschuldslamm.

»Danke.«

Da Dad schon den Tisch gedeckt hatte, konnten wir gleich mit dem Frühstück beginnen. Dad sprach mich kein weiteres Mal auf Jamie an, stattdessen war die gestrige Party das Hauptthema der Unterhaltung. Als ich ihm von Annas Verabredung mit ihrer Freundin berichtete, lächelte er zufrieden.

»Na, dann hat sich das auf jeden Fall gelohnt, was ihr auf die Beine gestellt habt. Die Deko war übrigens klasse.« Dad hob den Daumen.

»Danke. Das war Teamarbeit.«

»Ihr Mädchen seid schon immer ein gutes Team gewesen. Schön, dass ihr das im Erwachsenenleben beibehaltet.« Sanft strich er über meine Wange. »Ich bin stolz auf dich. Alles, was du anpackst, wird gut.«

Ich schwieg, denn bisher war in meinem Privatleben nichts wirklich rundgelaufen. Aber das wollte ich Dad nicht so sagen, es hätte sich doch sehr danach angehört, als wäre ich unglücklich. Was ich nicht war. Dank Jamie.

* * *

Da ich noch ein wenig Hausarbeit zu erledigen hatte, verging die Zeit bis dreizehn Uhr wie im Flug.

Kurz vor eins stand ich frisch geduscht und angezogen vor unserer Haustür. Ich hatte mich für eng anliegende Jeans entschieden, dazu trug ich ein T-Shirt, einen kuscheligen Pulli und feste Schuhe. Da ich nicht wusste, ob sich das Wetter halten würde, hatte ich in meinem Rucksack noch eine Regenjacke. Immerhin waren wir hier auf der Isle of Mull. Auf den Hebriden konnte das Wetter innerhalb von Minuten umschlagen und dann wurde man nass bis auf die Haut, wenn man sich nicht entsprechend ausgestattet hatte. Das war auf dem Nachhauseweg vom Supermarkt noch halbwegs erträglich, aber heute konnte ich darauf gut verzichten.

Hinzu kam, dass ich immer noch nicht wusste, wo es hingehen sollte. Ich hoffte, dass ich mit meiner Kleiderwahl nicht völlig danebenlag. Falls doch, würde Jamie es mir sicherlich sagen.

Ich wartete keine zwei Minuten, als mir auch schon Jamies Pick-up entgegen kam. Sofort musste ich lächeln, und mein Herzschlag erhöhte das Tempo.

Mit weichen Knien ging ich auf das Gartentor zu, als Jamie den Motor abstellte. Wieder stieg er aus und kam mir entgegen, was die Festigkeit meiner Schritte weiter in Mitleidenschaft zog.

Jamie sah so lässig aus, so als könnte ihm die ganze Welt nichts anhaben. Das dunkle Haar hatte wieder diesen unwiderstehlichen verwuschelten Style, der in mir stets den Wunsch weckte, mit meinen Händen hindurchzufahren. Er trug wie ich Jeans, seine war allerdings hellblau und verwaschen, und dazu einen dunkelblauen Kapuzenpulli, was mich aufatmen ließ. Offenbar hatte ich das Richtige angezogen.

»Hey, du bist ja total pünktlich.« Ich wollte ihn auf die

Wange küssen. Doch anstatt sich zurückzuhalten, nahm Jamie mich in die Arme und gab mir einen ganz zarten Kuss auf den Mund, der mich zu Wachs in seinen Armen verwandelte.

»Ich hasse Unpünktlichkeit«, erklärte er mir mit rauer Stimme, nachdem er an meinen Lippen tief eingeatmet hatte, dann ließ er mich los. »Außerdem wollte ich dich so schnell wie möglich wiedersehen.«

Jamie zwinkerte mir zu. Ich war froh, als ich endlich im Wageninnern saß und meine Beine mich nicht mehr tragen mussten.

Wie machte er das? Ein Kuss, ein Blick, seine reine Anwesenheit ... Alles an ihm brachte mich durcheinander und sorgte dafür, dass mein Körper verrücktspielte.

Jamie schob sich hinter das Lenkrad und kaum, dass er die Tür geschlossen hatte, wandte er sich mir zu. Der Blick, den er mir schenkte, war so intensiv, so berührend, dass ich einen Kloß im Hals bekam. »Bereit?«, fragte er mich mit einem Schmunzeln.

Ich nickte, obwohl ich nicht wusste, was er alles mit diesem einen Wort erfragte. Ich war zu allem bereit. Ich freute mich so sehr auf die gemeinsame Zeit mit ihm. Auch wenn ich trotz meiner Freude enorm aufgeregt war.

»Sehr schön, dann schnall dich an, Honey.«

Das Wort Honey sorgte dafür, dass ich glücklich einatmete. Ich griff nach dem Gurt und als ich ihn in die Vorrichtung stecken wollte, berührte ich dabei Jamies Hand, der sich zeitgleich mit mir anschnallte. Hitze durchströmte meine Finger, meine Hand und auch meinen Arm hinauf. Ich versuchte, mir nichts anmerken zu lassen, doch ich hörte selbst, wie zittrig ich einatmete. Vielleicht hatte ich Glück und Jamie war zu sehr auf das Starten seines Wagens konzentriert. Ich kam mir albern vor, dass ich so intensiv auf ihn reagierte.

Wir fuhren aus Tobermory hinaus und Richtung Osten. »Jetzt erzähl schon! Wohin entführst du mich?«, fragte ich Jamie, weil ich die Ungeduld nicht länger zurückhalten konnte.

»Allison Forbes, du bist viel zu neugierig!«, zog er mich auf, doch er ließ mich nicht länger zappeln. »Ich fahre mit dir zum Duart Castle.« Amüsiert schmunzelte er.

Voller Erstaunen schossen meine Augenbrauen nach oben. »Duart Castle? Das ist toll!«

»Die Geschichte, die du mir aus deiner Kindheit erzählt hast, hat mich berührt. Ich dachte, mit genügend Inspiration fällt dir vielleicht wieder ein, was du damals geschrieben hast und es wird doch noch etwas aus dem Roman, der auf dem alten Schloss spielt.« Strahlend lächelte er mich an, aber ich konnte auch Unsicherheit in seinem Blick erkennen. Diese Mischung fand ich so anziehend, dass ich ihm am liebsten um den Hals gefallen wäre.

Er wollte mich tatsächlich dabei unterstützen, einen Roman zu schreiben. »Du bist verrückt, Jamie!«, stieß ich hervor und doch erwiderte ich sein Lächeln.

»Verrückt nach dir.« Jamie griff nach meiner Hand und zog sie zu sich, um einen Kuss auf die Stelle meines Handgelenks zu drücken, an der mein Puls raste.

Als wäre nichts gewesen, ließ er mich wieder los, legte beide Hände ans Steuer und konzentrierte sich auf das Fahren. Auf der Single Track Road, auf der wir gerade fuhren, kam uns jemand entgegen. Man erkannte sofort am Fahrstil, dass es ein Inselbewohner war. Wir fuhren meistens schneller und halsbrecherischer auf den einspurigen Straßen als die Touristen, weil wir es nicht anders kannten.

Mein Herz schlug so heftig in meiner Brust, dass ich mir kaum vorstellen konnte, dass Jamie es nicht hörte. Diese heftigen

Gefühle für ihn überwältigten mich noch immer jedes Mal. Ich lehnte meinen Kopf an die Kopfstütze und sah aus dem Seitenfenster. Es dauerte eine Weile, bis sich mein Puls wieder normalisiert hatte.

Etwa auf der Hälfte der Strecke, kurz vor Salen, passierten wir die Abfahrt zum Aros Castle, von dem aber nicht mehr als ein paar Mauerreste übrig geblieben waren, seit die Burg im siebzehnten Jahrhundert zuletzt genutzt worden war. Es gab da aber einige Nebengelasse, die noch gut genug erhalten und irgendwann für Urlauber umgebaut worden waren. Kleine Ferienwohnungen und ein Ferienhaus luden zum Verweilen ein.

Danach durchquerten wir Salen, und ein fantastischer Blick über den Sound of Mull bot sich mir. Die Sonne schien auf das Wasser und es kam mir vor, als würden Millionen von Diamanten auf der Wasseroberfläche treiben und im Sonnenlicht glitzern. Kein Wunder, dass an dieser Stelle extra ein Aussichtspunkt für Touristen errichtet worden war.

Zwanzig Minuten später erreichten wir den Parkplatz von Duart Castle, und Jamie parkte den Wagen. Ich griff nach meinem Rucksack und stieg aus. Bereits von hier aus hatte man einen grandiosen Blick auf das Schloss und ich sog den Anblick in mir auf. Vielleicht würde ich tatsächlich das Experiment wagen und ein Buch schreiben. Was hatte ich zu verlieren? Ich musste das, was ich schrieb, ja niemandem zeigen.

Jamie trat zu mir und nahm mir den Rucksack ab.

»Lass ruhig, der ist nicht schwer. Ich kann den allein tragen.«

Doch obwohl ich protestierte, bestand er darauf. »Ich laufe nicht neben dir her, ohne etwas in der Hand zu haben und du buckelst dich mit einem Rucksack ab.« Er hielt ihn außerhalb meiner Reichweite. Ein Lachen löste sich aus meiner Kehle. Es war albern, dennoch versuchte ich, an meinen Rucksack heranzukommen. Amüsiert beobachtete Jamie meine vergeblichen Bemühungen und als ich zu sehr darauf konzentriert war, an mein Eigentum zu kommen, fing er mich mit seinem anderen Arm und drückte mich an sich.

Sofort hielt ich inne. Obwohl er mich mit nur einem Arm festhielt, spürte ich die Kraft, die von Jamie ausging, spürte die Hitze, die sein Körper ausstrahlte, und roch seinen ganz besonderen Duft, der mir einen leisen Seufzer entlockte.

Sanft legte ich ihm eine Hand an die Wange und ertrank in seinen dunklen Augen, die so viel Wärme und Gefühl in sich trugen, dass ich nicht anders konnte, als mich auf die Zehenspitzen zu stellen, um ihm näher zu kommen. Jamie beugte den Kopf herab, und unsere Lippen berührten sich.

Es war ein zärtlicher Kuss, ein Kuss, der mich seufzen ließ und dafür sorgte, dass alles an mir weich und anschmiegsam wurde.

Dieses Mal löste ich mich von ihm und sah ihm wieder in die Augen. »Du darfst meinen Rucksack tragen.«

Jamie lachte und ließ mich los. »Vielen Dank.«

Ich deutete eine huldvolle Verbeugung an und richtete meinen Blick wieder auf das Gemäuer vor uns. »Wusstest du, dass dieser schmale, kurze Weg bis hoch zum Schloss den phänomenalen Namen Millennium Wood Walk trägt?«, fragte ich ihn und deutete auf den Schotterweg vor uns, der vielleicht zwei- oder dreihundert Meter lang war.

»Nein, das hätte ich mir sicherlich gemerkt. Ich wusste nicht mal, dass der Weg überhaupt einen Namen hat.« Amüsiert schüttelte Jamie den Kopf und hielt mir die Hand hin.

Ich ergriff sie mit einem Flattern in meinem Magen. »Wir Bewohner von Mull neigen manchmal ein bisschen zur Übertreibung, oder? So ein langer Name für ein solch kurzes Stückchen Weg.«

»Vermutlich. Ich habe mich auf den Ausflug nicht wirklich vorbereiten können. Als ich im Internet alles raussuchen wollte, kam Anna und hat mich auf Trab gehalten und dann habe ich gehofft, dass du mir ein bisschen von Duart Castle erzählen kannst«, meinte Jamie, während wir nebeneinander auf das alte Gebäude zuliefen.

»Ich vergesse immer, dass du ja erst seit kurzem wieder auf der Insel bist. Ansonsten hättest du diese ganzen Geschichten um Duart Castle bestimmt so oft gehört, dass du sie im Schlaf runterbeten könntest. Und sicherlich weißt du nicht mehr viel von dem, was wir damals in Heimatkunde und im Unterricht beigebracht bekommen haben, oder?« Neckend stieß ich ihn von der Seite an.

»Nicht wirklich. Das ist schon so lange her. Manches fällt mir wieder ein, aber es war ja doch eine nicht so schöne Zeit für mich. Bestimmt habe ich vieles verdrängt.« Entschuldigend zuckte er mit einer Schulter und wandte den Blick wieder von mir ab, um sich das Schloss genauer anzuschauen.

»Was hältst du davon, wenn wir eine der Touristentouren mitmachen und uns alles erzählen lassen, was es zu wissen gibt?«, schlug ich vor.

»Tolle Idee.« Jamies Lächeln war unbezahlbar.

Die nächsten Stunden verbrachten wir gemeinsam mit fünf Touristen. Wir ließen uns von einem Guide jeden Winkel von Duart Castle zeigen und viele geschichtliche Aspekte erzählen, die selbst ich nicht gewusst hatte und total interessant fand. Zwar sah das Schloss von innen nicht ganz so spektakulär aus wie von außen, aber das machte nichts. Vielleicht lag es auch an

Jamies Gegenwart und an seinen vielen Fragen, die den Schlossführer zum Teil wirklich an seine Grenzen brachten, aber ich amüsierte mich sehr.

Es war ein so schöner Nachmittag. Ich lachte viel mit Jamie und er mit mir. Nach der Führung gingen wir noch ein Stück spazieren, genossen die Luft, die vom Wasser her unsere Haare zerzauste und warfen Steine in die Duart Bay. Dabei redeten wir über die Schule und die verschiedenen Lehrer, an die wir uns noch erinnern konnten.

Als wir zurück zum Auto gingen, fragte ich Jamie: »Und jetzt?« Mit angehaltenem Atem wartete ich auf die Antwort. Ich wollte noch nicht zurück nach Hause und hatte das Bedürfnis, noch ganz viel Zeit mit ihm zu verbringen.

»Jetzt gehen wir etwas essen. Ich sterbe vor Hunger.« Er lachte ausgelassen und rieb sich dabei über den Bauch.

Kurz huschte mein Blick an meiner Kleidung herab und ich fragte hoffnungsvoll: »Wollen wir ins *Joe's*?« Für ein feines Restaurant war ich definitiv nicht schick genug angezogen. Da klang der Pub schon besser.

»Wie du magst.«

»Dann lass uns ins *Joe's* gehen.« Ich hakte mich bei ihm ein und spürte wieder die Wärme seines Körpers. Es war so leicht in seiner Gegenwart und gleichzeitig so schwer, weil ich ständig dieses Kribbeln spürte und mich immer irgendwie dazu veranlasst fühlte, ihn zu berühren. Hoffentlich ging ihm das nicht zu weit oder er dachte, ich wäre eine anhängliche Klette, die er nie wieder loswerden würde.

Doch Jamie nahm mir meine Befürchtungen, indem er mich noch ein bisschen fester an sich zog und seinen Kopf kurz auf meinem ablegte.

Das Glück, das durch meine Adern pulsierte wie eine Droge, fühlte sich so berauschend an, dass es zumindest für den Moment meine Zweifel davonspülte.

* * *

Eine Stunde später betraten wir das *Joe's*. Wie immer am Wochenende war der Laden voll mit Bewohnern der Insel, aber ich entdeckte auch Touristen, die sich entweder nur amüsieren wollten oder für ein frühes Abendessen hergekommen waren. Das *Joe's* bot eine abwechslungsreiche Küche an. Es gab eine gleichbleibende Karte mit Standardgerichten, aber Sue, die Frau von Joe, hatte vor kurzem zusätzlich eine Wochenkarte mit saisonalen Gerichten und regionalen Spezialitäten eingeführt. Abseits vom normalen Pub-Betrieb gab es einen separaten Raum, in dem man essen konnte und wohin auch Kinder mitgenommen werden durften.

Wir zogen etliche Blicke auf uns, denn die meisten der Anwesenden kannte ich persönlich. Als Jamie dann auch noch meine Hand ergriff, hörte ich ein leises Murmeln durch den Raum rauschen. Ich grüßte einige der Gäste und ging dann mit Jamie nach nebenan, wo wir uns an einen Tisch setzten und bei Joe etwas zu trinken und zu essen bestellten.

»Warst du schon mal hier, seit du wieder auf der Insel bist?«, fragte ich Jamie, weil es mir irgendwie unangenehm war, von den Leuten beobachtet zu werden und dabei kein Gespräch zu führen.

»Nein, bisher noch nicht. Es scheint aber ein beliebter Laden zu sein und so, wie die Leute gucken, kennen sie dich fast alle persönlich. Ich hatte ganz vergessen, wie sehr die Leute hier Klatsch und Tratsch mögen. Wir sorgen eindeutig für Gesprächsstoff, Ally.« Jamie zwinkerte mir zu und griff nach dem Ale, das Joe vor ihm abgestellt hatte.

»Vielleicht hätten wir doch woanders essen gehen sollen«, gab ich zerknirscht zu und schaufelte zwei Stück Zucker in meinen Tee und vollendete das Ganze mit einem Schuss Milch.

Jamie stellte sein Glas ab und sah mich an. »Ist es dir unangenehm, mit mir gesehen zu werden?«

»Was?« Ich richtete mich abrupt auf und vergoss dabei beinah meinen Tee. »Nein! Warum sollte mir das unangenehm sein?«

»Du siehst aus, als hättest du den Geruch von schlechtem Fisch in der Nase, seit wir den Schankraum betreten haben. Und da drängt sich mir die Frage auf, ob das Getuschel der Leute, nachdem sie uns zusammen gesehen haben, damit irgendwie zusammenhängt.«

Ich stieß den Atem ein wenig zu heftig aus. »Oh Mann, wie hatte ich vergessen können, dass dir nichts entgeht?«, stellte ich eine Frage, auf die ich keine Antwort erwartete und ließ den Kopf hängen.

»Hey, wir können auch gehen.« Sanft strich seine Hand über meine, die ich auf den Tisch gelegt hatte.

Vehement schüttelte ich den Kopf und sah wieder zu Jamie. »Nein, wir bleiben. Ich schäme mich weder für das, was zwischen uns passiert, noch dafür, dass man mich mit dir sieht. Versteh das bitte nicht falsch. Ich steh nur einfach nicht gern im Mittelpunkt der Aufmerksamkeit dieser Insel.« Ein erleichterter Gesichtsausdruck legte sich auf Jamies Züge und ich merkte erst jetzt, dass ich ihn mit meinem Verhalten offenbar verletzt hatte. Einem Impuls folgend, griff ich nach seiner Hand und bedeckte sie zeitgleich mit meiner anderen. »Danke für den schönen Nachmittag und dass du jetzt auch noch mit mir essen gehst.«

Das Lächeln, das er mir schenkte, ließ wieder die Grübchen auf seinen Wangen erscheinen und sorgte dafür, dass ich mir wünschte, mit ihm allein zu sein.

Wo würde das heute enden? Würden wir zu ihm fahren? Immerhin war Anna nicht zu Hause und wir hätten die Chance, tatsächlich allein zu sein. Aufregung schoss durch meine Adern und ich spürte, dass Röte meine Wangen überzog. Toll, jetzt wurde ich auch noch rot wie ein Schulmädchen, weil ich daran dachte, was heute noch alles passieren könnte.

Seine Hand, die ich in meinen hielt, war groß, aber nicht so rau, wie vermutlich die Hände eines Bauern normalerweise waren. Das brachte mir wieder in Erinnerung, dass ich ihn fragen wollte, wie er sein Geld verdiente.

»Anna hat letztens erwähnt, dass du oft am PC spielst. Welches Spiel hat es dir angetan?«, versuchte ich hinter das Geheimnis zu kommen, ohne gleich mit der Tür ins Haus zu fallen.

Jamie lachte. »Ich spiele nicht wirklich. Ich verdiene mein Geld mit den Spielen.«

Was sollte das nun heißen? Schlauer war ich durch diese Aussage jedenfalls nicht und meine Neugier war nur noch mehr angeheizt worden.

»Was genau ist da der Unterschied?«, hakte ich deshalb verwirrt nach.

Jamie drehte den Spieß um und legte nun seinerseits seine zweite Hand über meine und ehe ich mich versah, hielt er nun meine beiden Hände in den seinen. »Ich entwickle diese Spiele und bevor ich sie fertigstelle, aber auch danach, muss ich sie hin und wieder testen oder überarbeiten, wenn sich herausgestellt hat, dass sie Bugs aufweisen. Das wirkt dann auf Anna, als würde ich spielen.« Sanft malte sein Daumen Kreise auf die sensible Haut meiner Handinnenfläche.

Ich machte große Augen. »Nicht dein Ernst! Du bist ein Spieleentwickler?« Es erstaunte mich, dass er so kreativ war. Nicht, dass ich ihm das nicht zutraute, aber er wirkte immer so ... männlich und ich war eher davon ausgegangen, dass er etwas tat, das ihm nicht gerade den Stempel eines Nerds aufdrückte.

Das Grinsen, das er nun zeigte, ähnelte dem seiner Tochter. Es war verschmitzt und ich konnte nicht anders, als es zu erwidern.

»Ja, ich bin Programmierer und Spieleentwickler«, erklärte er in ruhigem Tonfall. »Damit verdiene ich schon seit Jahren mein Geld.«

»Und du musst verdammt gut sein, wenn du davon leben kannst«, ergänzte ich ihn.

»Nur so kann ich mir den Luxus leisten, hier auf der Insel zu leben. Von den paar Kühen wäre das heute genauso unmöglich wie damals, als ich noch ein Kind war.« Lapidar zuckte er mit den Schultern und doch sagten die beiden Sätze so viel über sein Leben aus, das er damals hier auf der Insel geführt hatte. Ein Leben in Armut und voller Demütigungen durch Mitschüler.

»Logisch. Ich hatte mich schon gefragt, wie du das machst«, gestand ich ihm.

»Und da hast du gedacht, ich wäre einer von denen, die die halbe Nacht am Rechner sitzen und um Geld spielen?« Der Ton in seiner Stimme verdeutlichte, dass er von dieser Vorstellung nicht viel hielt.

»Na ja ...«, begann ich peinlich berührt, weil er mich offensichtlich so leicht durchschaut hatte. »So in etwa?«

»Oh, Ally! Ein Ratschlag an dich: Sollte das mit uns nichts werden, verabrede dich niemals mit Männern, die versuchen, auf diese Weise ihr Geld zu verdienen.« Jamie sah mich ernst an.

Dabei stellte ich fest, dass der Gedanke, dass das mit uns nichts werden sollte, mehr weh tat, als es gut für mich war. Warum sprach er das überhaupt an?

»Danke für den Tipp.« Ich klang ein wenig eingeschnappt, was mir wiederum leidtat. Ich spürte, dass ich meine Stirn in Falten gelegt hatte, vermutlich weil ich mich so mies fühlte. »So richtig Glück habe ich mit Männern bis jetzt nicht gehabt, deshalb bin ich skeptisch, dass das mit dir anders sein könnte.« Kaum dass ich das ausgesprochen hatte, merkte ich, wie blöd sich das anhörte. So, als wäre ich unfähig, mir einen Mann zu suchen, der kein Loser war. Oder so, als gäbe ich dem zwischen uns keine Chance.

Aber Jamie nahm es nicht persönlich. »Mach dir nichts draus. Wenn wir beide Glück gehabt hätten, würden wir hier nicht sitzen.« Er schenkte mir einen Blick, der so voller Emotionen war, dass ich einen trockenen Mund bekam. »Dann hätte ich dich niemals geküsst und erfahren, wie gut sich das anfühlt.« Seine dunkle Stimme glitt wie geschmolzene Schokolade über meine Seele und überdeckte die Risse, die das Leben ihr zugefügt hatte.

Meine Zunge fuhr über meine Lippen und ich zog anschließend die Unterlippe zwischen die Zähne. Ich tat dies nicht bewusst und mir fiel es selbst auf. Auch, dass ich es schon so viele Male in Liebesromanen gelesen hatte. Rasch unterbrach ich das, was ich da mit meinen Lippen anstellte. Nicht, dass Jamie davon ausging, ich würde ihn damit anheizen wollen. Wobei das bei genauerer Betrachtung gar nicht so weit von dem entfernt war, was ich wollte. Denn ich stand in Flammen – emotional und körperlich. Jamie sorgte dafür, dass ich an nichts anderes als an ihn denken konnte.

* * *

Zwei Stunden später standen wir satt und glücklich vor dem *Joe's*. Ich hatte Jamie von meiner misslungenen Beziehung mit Tom erzählt. Immerhin war es noch nicht lange her, dass auch er mir von der Ehe mit Annas Mutter berichtet hatte. Und auch über Anna und die gestrige Party hatten wir gesprochen, nach dem Essen jedoch relativ zügig entschieden, den Tisch jemand anderem zu überlassen und den Abend in ruhigerer Atmosphäre fortzuführen.

»Wollen wir noch ein bisschen spazieren gehen?«, schlug Jamie vor.

»Oder?«, fragte ich mit mehr Selbstbewusstsein, als ich wirklich besaß.

Schneller, als ich realisieren konnte, was geschah, zog er mich in seine Arme. »Oder magst du noch mit zu mir kommen? Ich habe einen Weißwein im Kühlschrank, den wir zusammen trinken könnten.«

Mein Atem beschleunigte sich. Mein Herz raste. »Das hört sich gut an«, war alles, was ich herausbrachte. Ich lächelte ein klein wenig. Mehr ließ die Aufregung nicht zu.

Jamie zog mich noch enger an sich und raunte in mein Ohr: »Ich hatte gehofft, dass du das sagst.« Dann griff er nach meiner Hand und lenkte mich zu seinem Pick-up, der in einer Seitenstraße stand. Sicher lag meine Hand in seiner. Ich fühlte mich großartig, beinah so, als könne ich fliegen. Gemeinsam mit Jamie.

Unsere Füße trugen uns ein bisschen schneller als üblich bis zum Auto. Und als wir ankamen, hielt mich Jamie zurück, als ich einsteigen wollte.

Stattdessen hob er die Hand, strich eine Strähne meines Haares hinter mein Ohr und sah mich eingehend an. »Ich kann dich auch nach Hause bringen. Du musst nicht mitkommen.«

Wärme durchströmte mich. Er wollte, dass ich mir sicher war, mich nicht gedrängt fühlte. Jamie war feinfühlig, geduldig und dennoch männlicher als jeder Kerl, dem ich bisher begegnet war. Und ich verliebte mich mit jeder Minute, die ich in seiner Gegenwart verbrachte, mehr in ihn.

»Das weiß ich, aber ich würde mich freuen, wenn du mir dein Zuhause zeigen würdest.« Ich biss mir auf die Lippe, um nicht etwas hinzuzufügen, das vielleicht im Moment dieser Intimität in der dunklen Gasse passend erschien, aber bei genauerer Betrachtung doch zu weit gehen würde. Ich wollte nichts Falsches sagen, also schwieg ich lieber.

Jamies Gesicht strahlte regelrecht in dem Lächeln, das sich dort in diesem Moment ausbreitete. »Nichts lieber als das.« Mit diesem Satz und diesem Lächeln zeigte er mir, wie wichtig es ihm war, mit mir Zeit zu verbringen.

Als er um mich herumgriff und für mich die Beifahrertür öffnete, so dass ich einsteigen konnte, tat ich dies, ohne zu zögern.

* * *

Keine fünfzehn Minuten später fuhren wir auf der einsamen Straße, die zu dem Anwesen der Pearsons führte. Über uns funkelten Tausende von Sternen, und durch die geöffneten Fenster wehte ein lauer Wind ins Innere des Wagens.

Dieser Tag war in so vielen Bereichen besonders, dass es mir nur richtig erschien, die restlichen Stunden dieses Abends mit Jamie zu verbringen. Und da ich nicht wusste, wie lange ich bleiben würde, schrieb ich meinem Dad eine Nachricht.

*Warte nicht auf mich, es wird spät. Vielleicht komme ich auch erst morgen früh. Ich weiß es noch nicht. Hab dich lieb.*

Tief atmete ich die frische Luft ein und versuchte, ruhig zu bleiben. Allein der Gedanke, vielleicht die Nacht bei Jamie zu verbringen, brachte meine Nerven zum Vibrieren. Meine Wangen glühten von all den verrückten Gefühlen, die mir so willkommen waren und mich doch in Aufregung, fast schon Panik versetzten. Die Abkühlung tat mir gut.

Jamie parkte seinen Wagen direkt neben der überdachten Veranda und stieg aus, um mir die Tür zu öffnen. Dann holte er meinen Rucksack von der Rückbank und hielt mir die Hand hin, als ich unsicher zum Haus blickte. Dankbar ergriff ich sie und es kam mir so vor, als würde der Kontakt unserer Hände dazu beitragen, dass ich besser atmen konnte. Verrückt.

Kaum dass Jamie die Tür aufgeschlossen hatte, rannte Milow schon auf uns zu. Ich ging in die Hocke und begrüßte den kleinen Hund. Allerdings war seine Freude so groß, dass ich mich vor seiner kalten Hundeschnauze in Sicherheit bringen musste und mich deshalb lachend wieder aufrichtete.

»Na komm, du Rabauke«, sagte Jamie zu ihm. »Geh mal eine Runde spazieren und schau nach dem Rechten.«

Offenbar wusste Milow sofort, was Jamie damit meinte, denn er spitzte die Ohren, ging in Jagdstellung und lief dann ganz plötzlich los, als hätte er etwas gehört.

Jamie bemerkte meinen fragenden Gesichtsausdruck, deshalb erklärte er mir: »Er ist darauf abgerichtet, den Hof im Auge zu haben. Jetzt läuft er zu den Weiden und bis zu den hintersten Zäunen.«

»Und wenn du weg bist, ist er trotzdem im Haus?«, fragte ich irritiert.

»Nicht nur. Ich habe ihm eine Klappe eingebaut, ist etwas größer als für Katzen, so kann er rein und raus.«

»Super Idee«, bemerkte ich anerkennend.

»Danke!« Lächelnd hielt er mir die Tür auf, so dass ich ins Haus gehen konnte.

Das Erste, das mir auffiel, als wir das Haus betraten, waren Annas Schuhe, die im Eingangsbereich lagen. Nicht ordentlich aufgestellt, sondern in kindlichem Chaos, was mir zeigte, dass sie hier in ihrem Zuhause auch Kind sein durfte. Was wiederum einen weiteren Pluspunkt für den Mann darstellte, der hinter mir das Haus betrat.

Nachdem Jamie mehrere Lichtschalter betätigt hatte, konnte ich direkt in das Wohnzimmer blicken. Vier gemütlich aussehende Sessel standen dort vor einem Kamin und vor einer riesigen Fensterfront entdeckte ich sechs Stühle um einen langen Holztisch herum, auf dem ein Glas mit Stiften und mehrere Blöcke lagen. Es wirkte alles einladend und gemütlich. Hier lebten Menschen, denen die akkurate Ordnung nicht so wichtig war wie die Gemütlichkeit. Das mochte ich sehr.

Jamie, der seine Schuhe bereits von den Füßen gekickt und seine Jacke an den Haken gehängt hatte, deutete auf die Tür rechts von ihm. »Ich gehe schon mal in die Küche und hole den Wein und Gläser.«

Ich nickte und schlenderte, nachdem ich mir ebenfalls die

Schuhe ausgezogen hatte, in den Wohnbereich. Fasziniert steuerte ich auf ein Bücherregal zu. Schon immer hatte mich interessiert, welche Bücher bei anderen Menschen in den Regalen standen. Und bei Jamie war das nicht anders.

Neben den Klassikern für Kinder wie Winnie Puuh und Alice im Wunderland stand dort auch die Ausgabe von Harry Potter, die die beiden bei mir gekauft hatten.

Die Erinnerung an diesen Tag ließ mich schmunzeln. Damals war ich davon ausgegangen, dass Jamie kein Geld hatte, um dieses Buch für seine Tochter zu kaufen. Doch seit heute wusste ich endlich, dass meine Bedenken unbegründet gewesen waren, er nicht von den Kühen abhängig war und somit auch nicht am Hungertuch nagte.

In dem Bücherregal befanden sich viele Thriller. Die meisten waren schon etwas älter, aber die meisten hatte auch ich schon gelesen und gemocht. In der Mitte des Regals befand sich ein Bereich mit Sachbüchern. Hier standen dicke Wälzer über Milchkühe und ihre Aufzucht neben Nachschlagewerken zur heimischen Flora und Fauna.

»Bist du mit meiner Auswahl zufrieden?«, hörte ich Jamie fragen, als er in den Raum kam. In seiner Stimme klang ein amüsierter Unterton mit.

»Unbedingt«, antwortete ich, ohne zu zögern.

»Puh! Ich dachte schon, du nimmst Reißaus, wenn du siehst, mit welcher Schundliteratur ich meine Abende verbringe.«

Ich drehte mich zu ihm und schüttelte den Kopf. »Auch wenn Bücher noch so profan und unbedeutend erscheinen, jedes Buch erfüllt seinen Zweck. Wenn es gelesen wird und der Leser sich davon unterhalten fühlt, dann war es ein gutes Buch. Und wenn dann noch etwas hängenbleibt, an das wir zurückdenken können, etwas in Erinnerung behalten, umso besser.«

Jamie stand da, hielt zwei Gläser mit Weißwein in den Händen und lächelte. »Da spricht die Buchhändlerin aus dir, die mit einem Herzen voller Geschichten für ihre Leidenschaft kämpft.« Seinen Pullover hatte er ausgezogen und trug nun nur noch das schwarze eng anliegende Shirt, das ich bereits beim Essen hatte bewundern dürfen. Das indirekte Licht sorgte für Lichtreflexe in seinem dunklen Haar und unterstrich seine männlichen Züge.

Ich erwiderte sein Lächeln. »Danke. Ich denke, da hast du mich sehr gut charakterisiert. Ich liebe Bücher, habe das schon immer getan und freue mich, wenn andere meine Leseleidenschaft teilen. Ich wäre viel eher enttäuscht gewesen, wenn ich bei dir keine Bücher im Regal gefunden hätte.«

»Dann habe ich Glück gehabt. Nicht auszudenken, wenn du gleich wieder gegangen wärst, nur weil es bei mir nichts zu lesen gibt.« Er zwinkerte frech.

»Na ja, so schnell wärst du mich nicht losgeworden, immerhin hast du mir ja erzählt, dass du einen E-Reader besitzt.« Ich grinste ihn mit hochgezogenen Augenbrauen an.

»Richtig!« Jamie hielt mir ein Glas hin, das ich entgegennahm. »Wollen wir uns draußen auf die Terrasse setzen?« Mit schräg gelegtem Kopf sah er mich eindringlich an und wartete meine Antwort ab.

»Gern.« Irgendwie hörte sich dieses einzelne Wort so hölzern an, aber ich war es einfach nicht gewohnt, in einer solchen Situation zu sein. Ich wollte nicht zu überschwänglich reagieren, aber auf diese Weise hörte es sich für Jamie bestimmt so an, als würde ich es nicht ehrlich meinen.

Er ging voraus und ich folgte ihm mit all diesen Gedanken im

Kopf, die mir Zweifel einpflanzten. Zweifel, ob ich mich richtig verhielt, ob ich gut genug war für das, was da zwischen uns im Begriff war zu wachsen.

Die Lounge-Möbel auf Jamies Terrasse sahen sehr bequem aus. Graues Rattan mit hellen Auflagen. Es gab eine Couch aber auch zwei wuchtige Sessel, in denen man sich zurücklehnen konnte und auf diese Weise eine Fußstütze ausgefahren wurde. Jamie schob die beiden Sitzmöbel eng nebeneinander und wir ließen uns darauf nieder. Ich hatte recht gehabt, als ich mir ausgemalt hatte, wie gemütlich es sein würde, in einem von ihnen zu sitzen.

Dann griff Jamie nach einer überdimensional großen Decke und breitete sie über uns aus. Obwohl wir jeder auf einem separaten Sessel saßen, kam es mir dadurch so vor, als würden wir etwas ganz Intimes tun. Ich stellte mein Weinglas auf das ausklappbare Tischchen rechts von mir, und Jamie stellte sein Glas auf die linke Seite.

Schweigend saßen wir nebeneinander, sahen uns die Sterne an und genossen die Stille, die nur durch das Zirpen der Grillen unterbrochen wurde. Es war so einfach, mit Jamie gemeinsam zu schweigen. Nicht einmal mit meinen Freundinnen hatte ich diese Ruhe, ohne dass es unangenehm wurde. Doch hier und jetzt war es genau richtig. Ich kuschelte mich tief in die dicken Auflagen des Sessels und beobachtete einen Lichtpunkt am Himmel, der sich langsam vorwärtsbewegte. Ein Satellit? Oder war es ein kleiner Komet? Ich wusste es nicht.

Irgendwann schlichen sich jedoch wieder die Zweifel bei mir ein. Was, wenn ich nicht eloquent genug war? Was wenn ich viel zu still war? Was, wenn ich langweilig war?

Doch Jamie nahm mir all diese Ängste und Zweifel, indem er

einfach total locker anfing, etwas zu erzählen. Davon, wie Milow zu ihnen gekommen war und wie anstrengend seine Flegeljahre gewesen waren. Jetzt rannte der Terrier über die Weide und bellte. Jamie stieß einen kräftigen Pfiff aus und schon Sekunden später hörte ich Milows trappelnde Pfoten, die auf uns zugerannt kamen. Beeindruckt sah ich zu Jamie hinüber. Er grinste.

»Das war nicht immer so. Terrier sind ziemlich anstrengend, wenn sie in die Pubertät kommen, glaub mir.« Er erzählte mir von einigen Situationen, die uns beide zum Lachen brachten, auch wenn ich mir vorstellen konnte, dass nicht alle im entsprechenden Moment ebenso lustig gewesen waren. Doch er gab mir auch das Gefühl, begehrenswert zu sein. Immer wieder strich seine Hand über meinen Unterarm, seine Blicke ruhten auf mir, und ich hatte zu jeder Zeit das Gefühl, dass er mir zuhörte, sobald ich etwas sagte oder fragte. Es war, als wenn es nur uns gab, umhüllt von einer schützenden Blase.

»Darf ich dich etwas fragen, Ally?« Jamie drehte sich zu mir und schob seinen Arm unter seinen Kopf.

Unsicherheit ergriff mich. Dennoch nickte ich und drehte mich auch auf die Seite, um ihn besser ansehen zu können.

»Als wir bei John in Glasgow waren, hat er so eine Andeutung gemacht ...« Er fuhr nicht fort, ließ den Satz unvollendet in der Luft hängen. Doch ich wusste sofort, von welcher Situation Jamie sprach. Meine Kehle wurde mir eng. War ich wirklich bereit, ihm davon zu erzählen, von diesem Erlebnis, das mir so unangenehm war und mich noch heute so verunsicherte? Aber allein die Erkenntnis, dass er dermaßen aufmerksam gewesen war, als diese Unterhaltung stattgefunden hatte, zeigte mir wieder einmal, dass er jemand ganz Besonderes war. Auch wenn ich dafür keinen weiteren Beweis benötigt hatte.

Jamie hakte nicht nach, wartete einfach nur ab, ob ich es ihm erzählen wollte oder nicht. Dabei strahlte er eine Ruhe aus, dir mir half, meine Gedanken zu sammeln.

Ich zog tief den Atem ein und schloss die Augen, ehe ich stockend begann, von damals zu erzählen: »Während einer Klassenreise waren wir in Aberdeen ... « Die Erinnerung raubte mir kurzfristig den Atem und ich musste warten, bis ich weitererzählen konnte. »Ich hatte Streit mit meiner Klassenkameradin, als wir allein unterwegs waren. Lin und Hal waren damals im Schullandheim geblieben, und nur ich und Sarah waren einkaufen gegangen. Wir mochten uns nicht besonders.« Ich mochte sie jedenfalls nicht. »Sie rannte weg, ließ mich allein und ging zurück zu unserer Unterkunft. Ich war so aufgebracht und hatte keine Lust, ihr zu begegnen, mich zu entschuldigen, oder ihre Entschuldigung annehmen zu müssen. Also trieb ich mich, bis es dunkel wurde, herum, nur um nicht in das Zimmer zu müssen, in dem Lin, Hal, Sarah und ich schliefen.«

Jamie sah mich unverwandt an, Wärme im Blick, aber er blieb neutral, zeigte kein Mitgefühl, sagte keine unnötigen Worte. Er war einfach nur da. Für mich.

»Ich war dreizehn.« Meine Stimme klang anklagend. Ich riss mich zusammen und atmete noch einmal tief ein. »Der Mann war betrunken und bestimmt viermal so alt wie ich. Ich habe einen Fehler gemacht und bin nicht gleich weggerannt, als er mich ansprach. Damals habe ich gedacht, ich wäre unverwundbar und könnte mit Worten jeden in die Flucht schlagen. Dieser Mann war da anderer Meinung.«

Für einen Moment schloss Jamie die Augen und sah mich dann wieder an, Schmerz in seinem Blick.

»Nein, keine Angst, so schlimm war es nicht. Er hat mich nur dumm angequatscht und unangemessen angefasst.«

Keuchend stieß Jamie den Atem aus. »Nur?« Er richtete sich auf und sah über die Weide auf irgendeinen imaginären Punkt und brauchte einen Moment, um sich zu beruhigen.

Ich zuckte mit einer Schulter. Ein Frösteln überzog meine Haut, weil die Decke durch Jamies Aufsetzen heruntergerutscht war. »Das war zumindest das, was ich mir die Stunden danach immer wieder gesagt habe. Mir ist nichts passiert.«

»Männer sollten niemals auf die Idee kommen, ein Mädchen anzusprechen und ein Kind anzufassen, das …« Jamie schluckte, so sehr regte er sich auf. »Wenn ich mir vorstelle, jemand versucht das bei Anna. Ich könnte für nichts mehr garantieren.« Er schüttelte den Kopf, so als wollte er den Gedanken abschütteln.

»Vielleicht beruhigt es dich, wenn ich dir erzähle, warum John noch heute stolz auf mich ist.« Ich lächelte unsicher, als Jamie zu mir blickte.

Er lehnte sich wieder zurück, strich mir vorsichtig über die Wange und entschuldigte sich für seinen emotionalen Ausbruch.

»Du musst dich nicht entschuldigen. Als Vater muss der Gedanke noch schrecklicher sein, dass es Menschen gibt, die keine Grenzen kennen.«

»Ja, das stimmt. Es macht einen wütend, und man fühlt sich machtlos.«

»Er konnte nicht weitergehen, weil ich mich gewehrt habe. Ich habe dem Mann so heftig in die Genitalien getreten und gegen die Nase geschlagen, dass er immer noch an Ort und Stelle lag, als die Polizei kam, nachdem ich sie angerufen und mich um die Ecke versteckt hatte.«

Jamie riss die Augen auf, was mich zum Lachen brachte. »Du hast den Mann zusammengeschlagen?«

»Kann man so sagen«, antwortete ich kichernd. Auch wenn die Geschichte an sich nicht lustig war, so sorgte dennoch Jamies Reaktion dafür, dass ich mich entspannte.

»Kein Wunder, dass John stolz auf dich ist. Das bin ich auch.« Kurz dachte er nach. »Ich werde mich morgen mal im Internet nach einem Kurs erkundigen, der für Mädchen angeboten wird. Ich will, dass Anna auch lernt, sich selbst zu verteidigen.«

»Das ist eine gute Idee. Ein Selbstverteidigungskurs oder Karate. Das hab ich damals gemacht. Mädchen sollten so etwas auf jeden Fall können. Jungen natürlich auch, aber ich habe das Gefühl, die haben weniger Hemmungen, sich zu wehren, weil ihnen in dieser Hinsicht früher mehr zugetraut wird.«

Jamie dachte nach und sah mich dann wieder direkt an. Doch als er mit mir sprach, ging er nicht darauf ein, sondern sagte: »Danke, dass du mir das erzählt hast. Das war bestimmt nicht einfach.«

Er war so feinfühlig, so verständnisvoll. Es schien ihm leichtzufallen, sich in andere Menschen oder zumindest in mich hineinzuversetzen.

»Nein, es war nicht einfach, aber ich bin froh, dass ich dir davon erzählt habe. Und ich bin sicher, dass es gut ist, wenn Anna lernt, sich zu verteidigen. So hat das auf jeden Fall etwas Gutes, dass du dir diese Geschichte anhören musstest.«

»Musstest?« Er griff nach mir, kitzelte mich, bis ich hemmungslos kicherte. Dann hielt er inne und sah mich ernst an. »Ich freue mich über jedes kleinste Detail, dass du mir anvertraust«, sagte er leise und beugte sich zu mir, um mir einen kurzen, aber sehr zärtlichen Kuss zu geben.

Wir saßen noch lange auf der Terrasse, sprachen über alles Mögliche. Über unsere Jugend, die Inselbewohner und über unsere Ausbildungen. Ich erfuhr, dass Jamie in Edinburgh Gamedesign und Medieninformatik studiert hatte. Anfangs hatte er in einer kleinen Firma gearbeitet, doch als sich herausstellte, dass er ein besonderes Talent für das Programmieren von Spielen hatte, hatte er seinen Mut zusammengenommen, alles auf eine Karte gesetzt und sich selbstständig gemacht. Mittlerweile hatte er Verträge mit den ganz großen Firmen in seiner Branche und konnte gut davon leben.

»Nur hin und wieder bedauere ich es, so einsam und allein vor mich hin zu arbeiten. Das war in der Firma damals anders, man hatte immer jemanden, mit dem man reden oder ein Problem besprechen konnte. Jetzt muss ich alles mit mir allein ausmachen. Aber durch Anna komme ich wenigstens dazu, menschlichen Kontakt zu haben.« Lachend stieß er sein Glas gegen meins und wir tranken einen Schluck des kühlen Weißweins.

Ich weiß nicht genau, wie, aber über kurz oder lang schlitterten wir dann doch zu dem Thema unserer ersten großen Liebe. Jamies war natürlich Annas Mutter gewesen. Eine Liebe, die heiß aufgeflammt, aber auch recht schnell wieder verglommen war. Jamie gab zu, dass sie ohne Anna vermutlich niemals neun gemeinsame Jahre gehabt hätten, dass sie das Bindeglied gewesen war, das die beiden nach dem ersten Feuer zusammengehalten hatte.

»Natürlich hat sich über die Jahre auch eine andere, tiefere Liebe entwickelt – zumindest von meiner Seite aus. Aber in mir wusste ich schon lange, dass wir nicht für die Ewigkeit bestimmt waren. Trotzdem hat sie mich sehr verletzt damit, dass sie uns verlassen hat.« Es tat gut, dass er mir seine Emotionen bezüglich Annas Mutter anvertraute. Er zeigte mir sein Innerstes und nahm mir damit, ohne es zu beabsichtigen, meine Bedenken.

Seine Offenheit bestärkte mich darin, dass auch ich ihm mehr von Tom erzählen konnte als die bloßen Fakten, die ich im Pub schon preisgegeben hatte.

»Aber wie das so mit Beziehungen ist, irgendwann enden sie und Tom war einfach nicht der Mann, den es auf Dauer hier auf der Insel gehalten hätte. Damit hätte ich rechnen müssen, dann hätte es nicht so weh getan, aber … na ja, ich war nun einmal verliebt«, erzählte ich ihm von meinem Ex-Freund.

Jamie wirkte nachdenklich. »Glaubst du das wirklich?« Als ich ihn fragend ansah, ergänzte er: »Dass Beziehungen irgendwann enden müssen. Dass nichts von Dauer ist.«

Unsicher zuckte ich mit den Schultern. »Ich habe nur die eine Beziehung gehabt und die ist in die Brüche gegangen. Mein Dad und meine Mutter, deine Eltern … So oft schon haben sich Menschen geschworen, dass sie für immer zusammen sein wollen, und letztendlich sind fast all diese Beziehungen am Alltag zerbrochen, hat man sich auseinandergelebt, die Gemeinsamkeiten verloren.«

Ein Ausdruck legte sich auf Jamies Gesicht, den ich zuerst als traurig eingeordnet hatte, aber nun war ich mir nicht mehr sicher. »Leider hast du mit vielem davon recht, aber es gibt auch Gegenbeispiele.« Sein Blick bohrte sich in meinen. »Ich möchte gern an ein Happy End glauben.«

Wieder flatterten die Schmetterlinge in meinem Bauch und ich fragte mich, ob er mit diesen Worten uns meinte. Sein Blick versprach mir das auf recht subtile Weise.

»Ich auch«, antwortete ich deshalb ganz leise, aber voller

Impulsivität. Geflüsterte Worte, und doch legte ich ihm damit meine Seele zu Füßen.

Ich wollte unbedingt an ein Happy End glauben. Für uns. Obwohl wir erst ganz am Anfang von etwas Neuem standen und alles noch so zerbrechlich war, hatte ich das Bedürfnis, es zu bewahren.

Jamie reichte mir die Hand und ich legte meine bedenkenlos in seine. Sanft strich er mit dem Daumen über die Haut meines Handrückens, malte Muster und Kreise darauf, so dass ich mich langsam entspannte. Der Blick, den er mir schenkte, ließ mich wohlig schaudern.

Ganz bedächtig beugte diesmal ich mich zu ihm, sprang über meinen Schatten und wollte beweisen, dass ich mutig war. Ein warmer Glanz trat in seine Augen, und sein Blick huschte zwischen meinen Augen und meinem Mund hin und her.

Die Zeit schien langsamer zu werden. Wir blickten einander an, versanken in den Augen des anderen. Der Duft seines Aftershaves umwehte mich wie eine Wolke, der ich nicht mehr entfliehen wollte. Ich genoss es, darin gefangen zu sein.

Sein Blick heftete sich auf meine Lippen. Mein Körper reagierte augenblicklich auf diese simple Geste. Langsam beugte ich mich zu ihm, wollte ihn küssen, ihn berühren und ihm sagen, wie sehr …

Im nächsten Moment verpufften alle Gedanken, und all mein Sein war nur noch auf einen einzigen Punkt konzentriert, auf den Punkt, an dem wir uns berührten. Sanft und voller Gefühl erkundete ich seine Lippen, die sich, ohne zu zögern, teilten und mich einließen. Es fühlte sich an wie eine Eroberung. Meine Eroberung, und mit ihr kam das Glücksgefühl des Sieges, des Triumphs und des Besitzanspruchs, ich wollte, dass seine Lippen für immer zu mir gehörten. Ich wollte Jamie. Ich wollte mehr, immer mehr. So sehr, dass ich über die Stuhllehne hinwegkrabbelte und mich auf Jamies Schoß setzte. Dabei unterbrach ich den Kuss kein einziges Mal. Ich ertrank in ihm, in Jamies Umarmung, während seine Hände eine heiße Spur auf mir hinterließen, die ich willkommen hieß und die mir das Gefühl gab, für ihn besonders wertvoll zu sein.

Ich ließ in diesem Moment all meine Mauern fallen, fühlte mich verletzlich und doch stärker als jemals zuvor. Die Sanftheit seiner Hände stand im Kontrast zu der Begierde, die nun unsere Küsse ausdrückten. Leidenschaft flimmerte durch die Luft.

Jamies Lippen wanderten an meinem Hals hinab und mir entwich ein Stöhnen, während seine Hand an dem Zopfgummi zog, das meine braunen Haare zusammenhielt. Sie lösten sich daraus und ergossen sich über meine Schultern und seine Finger.

Als Jamie den Kopf hob und mir fest in die Augen sah, eine stille Frage darin, die ich jedoch zu entschlüsseln vermochte, nickte ich nur. Dann spürte, ich wie Jamie mit mir in seinen Armen aufstand und mich ins Haus trug. Ich klammerte mich an ihn, legte meinen Kopf an seine Schulter und lächelte glücklich.

Ja, ich war genau da, wo ich sein sollte und wo ich sein wollte.

In Jamies Armen.

## 13.

Is ait an mac an saol.

*– Das Leben ist seltsam. –*

### Sonntag, 20. Mai

Am nächsten Morgen kitzelte ein leichter Wind an meiner Nase und sorgte dafür, dass ich zu mir kam. Erinnerungsfetzen der letzten Nacht schwirrten langsam in mein Bewusstsein und zauberten ein Lächeln auf meine Lippen.

Ich fühlte mich wie eine zufriedene Katze und hätte vermutlich geschnurrt, wenn es mir möglich gewesen wäre. Nur zögerlich öffnete ich die Augen. Das Fenster war angekippt, was den Windzug erklärte, der mich geweckt hatte. Er bauschte die weißen Vorhänge auf und die Sonne malte helle Kleckse darauf.

Glück! So fühlte es sich an. Es durchströmte mich in jeder Faser meines Seins.

Mein ganzer Körper fühlte sich wie geschmolzenes Wachs an, geschmolzen im Feuer der nächtlichen Leidenschaft. Ich musste grinsen über die Worte, die mir da im Kopf herumgeisterten. Ich las eindeutig zu viele Liebesromane.

Zufrieden drehte ich mich auf den Rücken, im Begriff mich noch einmal an den Mann zu kuscheln, der für all das Glück, das mich so einnahm, verantwortlich war. Doch als ich neben mich blickte, entdeckte ich dort niemanden. Jamie war bereits aufgestanden. Ich schmollte. Aber das klappte nur für wenige Sekunden, denn das Lächeln fühlte sich viel passender auf meinem Gesicht an, also ließ ich zu, dass es das Schmollen vertrieb.

Sachte fuhr ich mit der Hand über die Stelle, an der er zuvor gelegen hatte. Eigentlich war meine Vorstellung eine andere gewesen: Meine Phantasie wollte, dass ich in Jamies Armen aufwachte, mit seinem Herzschlag an meinem Ohr. Aber der Mann war offenbar ein Frühaufsteher und schon lange auf den Beinen, denn das Laken neben mir war kalt und in meine Nase drang der Duft von gebratenem Speck. Sofort knurrte mein Magen zustimmend und machte mir klar, dass an Weiterschlafen nicht mehr zu denken war.

Halbherzig schob ich die Beine über die Bettkante, richtete mich auf und erhob mich träge. Statt meine Kleidung von gestern anzuziehen, griff ich nur nach meiner Unterhose und dem T-Shirt, das Jamie getragen hatte. Es reichte mir bis zur Mitte meiner Oberschenkel und es roch so herrlich nach ihm, dass ich das Gefühl hatte, von ihm umarmt zu werden.

Allein dieser Gedanke genügte, um die Trägheit aus meinen Gliedern zu vertreiben und meine Schritte zu beschleunigen. Ich war erst wenige Minuten wach, und doch sehnte ich mich bereits jetzt nach Jamie und einer Umarmung von ihm.

Barfuß stieg ich die Stufen hinab, die leise knarzten, aber das genügte, um Milow auf mich aufmerksam zu machen. Schwanzwedelnd kam der Hund mir entgegen und freute sich über meine Anwesenheit.

»Guten Morgen, du kleiner Racker!«, begrüßte ich ihn. Dieses Mal passte ich auf, dass mich seine Hundezunge nicht erwischte, als ich mich zu ihm hinunterbeugte und ihn hinter dem Ohr kraulte. »Wo ist denn dein Herrchen?«

»Hier«, hörte ich Jamies amüsierte Stimme. Er stand an der Küchentür und lächelte mich mit nassen Haaren an. Er trug lediglich eine Jogginghose. Sein Oberkörper war nackt und seine Füße ebenso. Wie eine moderne griechische Statue sah er aus.

Mit wenigen Schritten war ich bei ihm, und er nahm mich liebevoll in die Arme.

»Es tut mir leid, dass du ohne mich aufgewacht bist. Ich muss mich morgens um die Kühe kümmern und sie melken. Aber ich habe danach brav geduscht, damit der Stallgeruch dich nicht total schockiert.«

»Dafür musst du dich doch nicht entschuldigen, immerhin gehört das dazu, wenn man sich auf einen Landwirt einlässt«, erwiderte ich und musste angesichts seines letzten Satzes grinsen.

Glücklich strahlte er mich an. »Ich hoffe, du hast Hunger?«

»Einen Bärenhunger.«

Jamie lachte und ich hatte Probleme damit, ihn loszulassen, weil es sich zu gut anfühlte, einfach nur von ihm gehalten zu werden. Ich genoss es noch einen Moment, doch dann löste ich mich von ihm.

»Setz dich«, Jamie deutete zu dem runden Tisch, der in der Mitte der Küche stand.

Fasziniert beobachtete ich ihn anschließend von einem der drei Stühle am Küchentresen aus. Jamie stand am Herd und zauberte mir ein Frühstück, dass einen ganzen Trupp Bauarbeiter satt bekommen hätte. Innerhalb weniger Minuten hatte ich einen Teller vor mir stehen, der vor Rührei, gebratenem Speck und Baked Beans beinah überquoll.

Mit großen Augen sah ich Jamie an.

»Was? Du hast gesagt, dass du einen Bärenhunger hast!«, verteidigte er sich, jedoch konnte er das Lachen kaum zurückhalten.

»Habe ich auch.« Ich griff nach meiner Gabel und sah ihn herausfordernd an. Dem würde ich es zeigen. Ich hatte tatsächlich einen Bärenhunger und es konnte gut sein, dass ich diese riesige Portion auch schaffen würde.

»Sehr gut, ich auch. Ich hole uns noch den Tee, dann können wir loslegen.« Jamie drehte sich um, griff nach zwei Tassen und stellte anschließend eine vor mir ab. »Bitte schön. Earl Grey, mit zwei Stück Zucker und einem Schuss Milch.«

Ich hielt mitten in meiner Bewegung inne und ließ die Gabel sinken. »Du hast dir gemerkt, wie ich meinen Tee mag«, stellte ich leise fest. Diese Erkenntnis erschütterte mich. Gleichzeitig sorgte sie aber auch dafür, dass sich ein warmes Gefühl in meinem Magen ausbreitete. Ich erinnerte mich an Dads Worte, und das schnürte mir die Kehle zu.

*»Irgendwann wirst du einen Menschen finden, der ganz genau wissen wird, wie du deinen Tee magst. Jemand, dem du so wichtig bist, dass er darauf achtet und dir dadurch das Gefühl gibt, etwas Besonderes zu sein.«*

Das hatte er zu mir gesagt und ich war davon ausgegangen, dass es so einen Mann nicht gab. Jamie bewies mir in diesem Moment das Gegenteil. Er war der Eine, von dem mein Vater gesprochen hatte. Derjenige, der mich besser kannte, als ich es mir je hätte vorstellen können.

»Alles okay?«, hörte ich ihn wie durch einen Nebel hinweg fragen.

Blinzelnd kam ich zu mir und lächelte ihn glücklich an. »Vollkommen okay.« Ich nahm einen Schluck von dem Tee und war mir sicher, dass ich niemals zuvor einen besseren getrunken hatte.

***

Mit jedem Meter, den Jamie auf mein Zuhause zufuhr, rückte der Abschied näher. Da er gleich Anna abholen musste, hatten wir beschlossen, dass er mich zuerst nach Hause bringen sollte, ehe er zu ihrer Klassenkameradin fuhr.

Anna war ein intelligentes und sehr aufmerksames Kind. Sie wäre mit Sicherheit sofort hinter unser Geheimnis gekommen, wenn sie uns zusammen gesehen hätte. Bereits bei der Kostümparty hatte ich kurzfristig das Gefühl gehabt, dass sie uns durchschaut hatte. Ihr skeptischer Blick, der zwischen Jamie und mir hin und her gewandert war, hatte zu verdächtig gewirkt. Dementsprechend wollten wir lieber auf Nummer sicher gehen.

Jamie parkte vor unserem Gartenzaun und stellte den Motor ab. Sein Blick war voller Emotionen. Die gleichen, die auch in mir tobten. Es war ein merkwürdiges Gefühl, sich nach diesen vierundzwanzig intensiven Stunden nun voneinander zu trennen.

»Ich vermisse dich schon jetzt«, entfuhr es mir.

Jamies zerknirschter Gesichtsausdruck, den er daraufhin an den Tag legte, zeigte mir deutlich, dass es ihm nicht viel anders ging.

»Ich werde dich auch vermissen, Honey. Aber morgen früh komme ich gleich zu dir in den Laden, wenn ich Anna zur Schule gefahren und das Futter von der Fähre abgeholt habe. Okay?« Sanft strich er mir eine Haarsträhne hinter das Ohr. Ich trug mein Haar offen, weil ich mein Haargummi trotz intensiver Suche nicht mehr gefunden hatte.

»Einverstanden.« Noch ein letztes Mal küssten wir uns. Es war ein bittersüßer Abschied, aber die Aussicht auf ein Wiedersehen ließ mich schon in diesem Moment Vorfreude empfinden.

Dann stieg ich schweren Herzens aus und winkte ihm noch hinterher, bis er um die Ecke gefahren war.

Beinah rechnete ich damit, dass mein Dad die Tür aufreißen und mich sofort aushorchen würde. Aber nichts dergleichen geschah. Ich kam völlig unbehelligt bis zur Haustür und konnte sie aufschließen, ohne dass er dahinterstand. Auch im Innern des Hauses war es so still, dass ich davon ausging, dass Dad nicht zu Hause war. Trotzdem wollte ich mich zuerst vergewissern, nicht dass er irgendwo saß und auf mich wartete, bevor ich in meinem Zimmer verschwand.

Nachdem ich die Schuhe ausgezogen und meinen Rucksack neben die Treppe gestellt hatte, damit ich ihn nachher mit nach oben nehmen konnte, ging ich in die Küche. Sie war leer. Kurz überlegte ich, mir einen Tee zu kochen und dazu ein oder zwei Cookies zu essen, aber ich wollte zuerst Dad suchen.

Anschließend versuchte ich im Wohnzimmer mein Glück. Fehlanzeige. Allmählich machte ich mir Sorgen. Hatte er erwähnt, dass er heute etwas vor hatte? Ich wollte schon die Treppe hinaufsteigen, um oben nachzusehen, als ich ihn durch das Wohnzimmerfenster auf der Terrasse sitzen sah. Vor sich hatte er die aufgeschlagene Sonntagszeitung liegen, als hätte er eben noch darin gelesen. Doch jetzt war sein Blick in die Ferne gerichtet und er war tief in Gedanken versunken. In den Händen hielt er etwas, was ich von dem Punkt, an dem ich stand, nicht erkennen konnte.

Dad sah verloren aus und ich überlegte, was mir diesen Eindruck verschaffte. Der Anblick, den er mir bot, beunruhigte mich sogar, ich konnte nur nicht richtig greifen, warum das so war, trotzdem hatten meine feinen Antennen etwas wahrgenommen, was mich in Aufregung versetzte. Vielleicht war es seine Körperhaltung oder der Blick, der nicht wie üblich auf die Zeitung gerichtet war oder aber die Tatsache, dass beides zusammentraf.

Die Terrassentür war nur angelehnt. Der leichte Wind sorgte für eine Luftzirkulation im Haus und der Duft der blühenden Pflanzen im Garten drang ins Wohnzimmer. Ich schob die Tür weiter auf und als ich hinaustrat, erschrak Dad. Offenbar war ich zu leise gewesen. Merkwürdigerweise schob er den Stapel Papiere, den er in der Hand gehalten hatte, unter die Zeitung, ehe er sich mir zuwandte.

Versteckte er etwas vor mir? Wenn ja, was konnte das sein? Eigentlich hatten wir nie Geheimnisse voreinander gehabt. Zumindest hatte ich das bisher immer geglaubt.

Auf Dads Gesicht konnte ich keinen Hinweis auf ein schlechtes Gewissen erkennen, vielleicht interpretierte ich doch mehr in diese Sache hinein als nötig.

»Guten Morgen, mein Schatz. Hast du gut geschlafen?«, fragte Dad mich und lächelte unbekümmert. Aber ich kannte ihn gut genug, um zu wissen, dass es nur ein aufgesetztes Lächeln war, was mich nun doch dazu veranlasste, an meinem anfänglichen Gefühl festzuhalten.

»Ja, ich habe gut geschlafen«, antwortete ich nichtssagend, doch er reagierte nicht wirklich darauf. Aus leicht zusammen gekniffenen Augen beobachtete ich ihn skeptisch.

»Warst du bei Lin oder Hal? Oder hast du bei Jamie übernachtet?« Seine Augenbrauen wackelten hin und her, so dass ich mich ein wenig entspannte und für einen kurzen Moment Dads merkwürdiges Verhalten aus meinen Gedanken schob.

»Ich habe bei Jamie geschlafen«, antwortete ich, ohne zu zögern. Ich war eine erwachsene Frau, und vor meinem Vater musste ich keine Geheimnisse haben.

»Also wird es jetzt ernst?« Aufmerksam beobachtete er mich.

»Ich würde sagen, es ist schon ernst.« Ich zuckte unsicher mit den Schultern.

»Dich hat es offenbar so richtig erwischt«, stellte er fest. Es war keine Frage, lediglich eine Feststellung. Er hatte mich durchschaut.

Ich nickte und lächelte. »So schlimm wie noch nie.«

Doch anstatt dass Dad sich für mich freute, wurde er ernst und schüttelte den Kopf, so als hieße er es nicht gut, dass ich mit Jamie zusammen war – schon wieder.

Dennoch sprach ich ihn nicht darauf an. Stattdessen drückte ich ihm einen Kuss auf die Wange und setzte ich mich neben ihn. Ich konnte jetzt nicht mit meinem Vater darüber diskutieren, ob er die Wahl meines Freundes billigte, oder warum er es nicht tat. Ich war müde und dennoch mental total aufgekratzt.

»Du weißt aber schon, dass du mir versprochen hast, dich nach einer Stiefmutter umzusehen, sobald ich einen Freund habe?« Grinsend sah ich Dad an.

Lachend schüttelte er den Kopf. »Falsch! Sobald du unter der Haube bist, hatten wir abgemacht. Hat er dir schon einen Antrag gemacht?«

Mein Gesicht lief rot an. »Nein, so weit sind wir dann doch noch nicht.«

»Na, dann habe ich auch noch ein bisschen Schonfrist, die Richtige zu finden.« Dad zwinkerte und schwieg wieder.

Wir verbrachten ein paar Minuten in stillem Einverständnis und genossen die frische Luft und die Sonne, die ihre wärmenden Fühler nach uns ausstreckte. Es war, als spiegelte das Wetter mein Glück und wollte damit allen zeigen, wie gut es mir mit Jamie ging. Und wieder waren meine Gedanken bei ihm. Ich ging davon aus, dass wir uns morgen wiedersehen würden, so wie es Jamie gesagt hatte. Ich wusste nur noch nicht, ob ich die Zeit, die bis dahin vergehen würde, aushalten könnte.

Plötzlich unterbrach mein knurrender Magen die Stille.

Dad setzte sich auf. »Hast du etwa noch nichts gegessen?«, wollte er mit einem strengen Tonfall in der Stimme von mir wissen.

»Doch, aber das ist schon wieder zwei oder drei Stunden her. Aber ich wollte nicht erst etwas essen, weil ich dich hier draußen sitzen gesehen habe und du hast so ausgesehen, als wenn du Gesellschaft brauchen könntest.«

»Tatsächlich?«

Ich nickte. »Ja. Über was hast du dir den Kopf zerbrochen?«

»Über nichts«, antwortete er viel zu schnell, als dass es stimmen konnte, und lehnte sich wieder zurück in seinen Stuhl.

Dieses Mal drehte ich mich zu ihm und fixierte ihn mit einem finsteren Blick. »Hatten wir uns nicht mal versprochen, immer ehrlich zueinander zu sein, Dad?«

Seine Schultern sackten herab. »Das haben wir.«

»Was ist los?«, hakte ich nach. »Irgendwas beschäftigt dich und sag jetzt nicht, dass nichts ist. Ich hab gesehen, wie du einen Stapel Papiere vor mir versteckt hast.« Ich deutete auf die Zeitung, an der man eine kleine Erhebung erkennen konnte.

»Du bist schon immer sehr aufmerksam gewesen. Manchmal mehr, als es mir lieb ist.« Er lachte kurz und trocken auf, dann schwieg er wieder und stierte weiterhin zum Ende unseres Grundstücks, wo die Hängematte zu sehen war.

Ich wartete ab, was er mir zu erzählen hatte. Dad zu etwas zu drängen, klappte in der Regel nicht. Ich musste geduldig sein. Also konzentrierte ich mich auf meine Atmung, lauschte den Vögeln und dem Wind, bis Dad irgendwann einen tiefen Atemzug nahm und zu reden begann.

»Kannst du dich noch an die Bitte von Hailey erinnern?«, wollte er als Erstes von mir wissen.

»Welche Bitte?«, fragte ich, weil ich mir nicht erklären konnte, was er meinte.

»Die alten Kleidungsstücke und dass wir geplant hatten, zusammen den Dachboden durchzusehen.«

»Ach das! Ja, natürlich erinnere ich mich.« Ich nickte bekräftigend. »In den letzten Wochen war so viel los, dass ich gar nicht mehr an den Dachboden gedacht habe.«

»Gestern bin ich hoch, nachdem du mit Jamie aufgebrochen bist. Ich wollte das gern erledigt haben, schließlich habe ich das schon viel zu lange vor mir hergeschoben, und da du nicht da gewesen bist ... « Kurz hielt er inne, dann drehte er sich mitsamt dem Stuhl zu mir, so dass er mich besser ansehen konnte. »Ich hatte das Gefühl, es ist doch besser, wenn ich das allein erledige, und ich habe etwas gefunden, was mich ... erschüttert hat.«

Eine Gänsehaut rieselte über meinen Rücken. »Was?«, fragte ich fast tonlos.

»Briefe. Viele Briefe. Briefe, von denen ich nichts wusste.« Dad fuhr sich ergriffen über das Gesicht.

»Was für Briefe?«, fragte ich mit einem unguten Gefühl.

Mein Magen zog sich sogar vor Unbehagen zusammen, weil ich meinen Vater noch nie so aufgewühlt erlebt hatte.

»Es handelt sich dabei um den Schriftwechsel zwischen deiner Großmutter und … deiner Mutter.« Abwartend blickte Dad mich an.

Es dauerte eine Weile, bis das Gehörte in meinem Hirn verarbeitet worden war. Vermutlich lag das an dem Wort Mutter, das ich schon so lange nicht mehr aus Dads Mund gehört hatte, dass ich glaubte, mich verhört zu haben.

»Meine Mutter?«, stieß ich nach ein paar Sekunden hervor. Meine Stimme hörte sich schrill an, wie ein altes Scharnier, das geölt werden musste. Schrill und gleichzeitig ächzend.

»Ja, Ally«, antwortete er und atmete tief ein, ehe er fortfuhr. »Deine Mutter und Granny haben wohl all die Jahre Kontakt zueinander gehabt. Davon habe ich nichts gewusst. Das musst du mir glauben. Bis gestern war mir nicht einmal klar gewesen, wo deine Mutter mittlerweile lebt.« Dad ließ den Kopf hängen.

Ich konnte nur erahnen, wie sehr ihn dieser Fund emotional beschäftigte. Es musste ein Schock für ihn gewesen sein, diese Briefe zu finden. Ein schlechtes Gewissen beschlich mich, weil ich gestern nicht für ihn da gewesen war. Mich ließ das ebenfalls nicht kalt. »Worüber haben die beiden sich ausgetauscht?«

Dad lachte hart auf. »Das Thema warst natürlich du. Was sonst? Offenbar schrieb Granny deiner Mutter alle paar Monate und hielt sie über deine Entwicklungsschritte auf dem Laufenden.«

»Was? Aber …« Ich sprang auf und lief anschließend hin und her. »Das kann doch nicht sein!« Ich fühlte mich auf merkwürdige Weise von meiner Großmutter hintergangen. »Warum hat sie das getan?«

Dad wartete ab, bis ich mich beruhigt hatte und stehen blieb, dann hob er die Schultern. »Das weiß ich nicht. Ich habe nur in zwei oder drei Briefe reingeschaut, aber es sind etliche. Bestimmt dreißig oder sogar noch mehr. Vielleicht hatte Granny Mitleid und hat ihr deshalb auch immer geantwortet, zumindest gehe ich davon aus, nachdem ich die Briefe deiner Mutter gelesen habe. Sie wusste beziehungsweise weiß alles über dich.«

»Mitleid?«, stieß ich abfällig hervor. »Mitleid mit einer Frau, die abgehauen ist und ihre Familie im Stich gelassen hat, ohne mit der Wimper zu zucken? Mit so jemandem hat man doch kein Mitleid!«

Ich hörte selbst, wie schrill ich klang. Ein sicheres Zeichen dafür, dass mir die Sache viel zu nahe ging. Dabei sollte es mir doch egal sein, was mit meiner Mutter war. Bis jetzt hatte ich mir das immer gut einreden können, schließlich war ich davon ausgegangen, dass ich ihr egal war. Doch nun stellte sich das Ganze in einem völlig anderen Licht dar. Sie hatte sich über mich informiert, war immer im Bilde darüber gewesen, was in meinem Leben geschehen war. Bis Granny gestorben war. Von nun an würde sie im Dunklen tappen, es sei denn, sie hätte den Mumm und würde sich direkt an mich oder Dad wenden. Doch so wie ich die Situation und diese Frau, die mir im Grunde genommen eine Fremde war, einschätzte, würde das nicht passieren.

Ich setzte mich wieder, atmete tief ein und sah zu Dad. »Kein Wunder, dass du vorhin so verloren ausgesehen hast.«

»Ist schon eine riesige Entdeckung, oder?« Er fuhr sich mit der Hand über das Gesicht. Erst jetzt sah ich die Bartstoppeln, die so gut wie nie seine Wangen bedeckten. Er achtete jeden Morgen darauf, dass er sich rasierte. Dass er heute sogar darauf verzichtet hatte, zeigte, wie sehr ihn die Sache beschäftigte.

»Ja, das ist es.« Ich starrte in die Ferne und dachte nach. Ich überlegte, ob ich die Briefe lesen wollte. Briefe, die meine Mutter an meine Großmutter geschrieben hatte. Würde ich mit dem klarkommen, was ich daraus erfahren könnte? Würde Granny für mich an Glanz verlieren? Erste Risse hatte sie durch die Bombe, die Dad hatte platzen lassen, definitiv schon bekommen.

Warum hatte Granny das getan? War das so eine Sache von Mutter zu Mutter? War das die Erklärung? Ich wusste es nicht. Ich wusste nur, dass Granny, solange ich zurückdenken konnte, nie gut von meiner Mutter geredet hatte. Sie hatte sie nicht gemocht. Und dennoch waren die beiden über all die Jahre in Kontakt geblieben.

Doch das warf nur noch mehr offene Fragen auf. Fragen, auf die ich Antworten bekommen könnte, wenn ich die Briefe läse. Aber wollte ich das?

»Du überlegst, ob du sie lesen sollst?«, erriet Dad meine Gedanken.

Ich nickte nur. Mein Mund fühlte sich staubtrocken an. Meine Zunge klebte am Gaumen, und ich war nicht fähig zu sprechen. Die Emotionen tobten in mir, seit Dad mir erzählt hatte, was sich unter der Zeitung befand.

»So ging es mir gestern auch. Als ich den Namen des Absenders der Briefe gelesen hatte, war ich nicht mehr in der Lage, geradeaus zu denken.« Dad legte die Hand auf die Rückenlehne meines Stuhls und ich fühlte mich augenblicklich besser, so als wäre das der Halt, den ich in dieser Situation so dringend brauchte.

»Warum hat sie mich nie besucht?« Es war mehr ein Krächzen als meine Stimme, das da zu hören war.

»Das habe ich mich damals auch immer gefragt. Wie kann

ein Mensch einen solchen Bruch im Leben vollziehen, ohne zurückzublicken. Aber nun wissen wir, dass es ihr offenbar doch nicht so leichtgefallen ist.« Dad strich mir über das Haar, so wie er es immer getan hatte, als ich noch klein gewesen war und nach meiner Mum gefragt hatte.

»Soll ich sie lesen?«, fragte ich und merkte selbst, wie kindlich sich meine Stimme anhörte. Ich fühlte mich wie damals mit acht Jahren, als meine Mutter uns einfach verlassen hatte, dabei war ich inzwischen siebenundzwanzig.

Es dauerte ein bisschen, bis er endlich antwortete. Offenbar fiel es ihm schwer, mir einen Rat zu geben. »Diese Entscheidung kann dir niemand abnehmen.«

Ich stieß den Atem aus und schwieg.

* * *

## Montag, 21. Mai

Irgendwann hatte ich mich gestern dann doch noch aufgerafft und war in die Küche gegangen, um uns etwas zu Essen zu machen. Aber geschmeckt hatte ich nichts, weil meine Gedanken bei den Briefen waren, die meine Mutter geschrieben hatte.

Auch die Stunden, in denen ich danach in einem Buch hatte lesen wollen, war ich mir wie in Vakuum verpackt vorgekommen. Und dann hatte ich lange wachgelegen, hatte immer wieder mit mir gerungen, ob ich die Briefe lesen sollte oder nicht.

Dad hatte mir gesagt, wo er sie hingelegt hatte, falls ich mich dafür entscheiden würde. Aber unter keinen Umständen hatte ich noch an diesem Tag diesen für mich viel zu großen Schritt gehen wollen. Ich war völlig durcheinander gewesen, war es immer noch.

Und nun stand ich wieder einmal eine halbe Stunde zu früh in meinem Laden, hatte tiefe Augenringe und war ein nervöses Wrack, weil ich mir immer noch nicht sicher war, wie ich mit der Information über meine Mutter umgehen sollte.

Als Jamie an diesem Moment an der Tür klopfte, eilte ich nicht so euphorisch dorthin, um ihn zu begrüßen, wie ich es an jedem anderen Tag getan hätte. Mich beschäftigte einfach zu viel.

Auch heute kam Jamie heimlich in meine Buchhandlung, damit Anna nichts davon mitbekam und ich fragte mich unwillkürlich, ob wir das Richtige taten. Sollte man ein Kind belügen, nur weil man nicht sicher war, wie es mit einer Information umgehen würde? Ich wusste es nicht, aber durch den entdeckten Briefwechsel meiner Großmutter und meiner Mutter hinterfragte ich jetzt unser Handeln. Denn auch ich war auf eine Art und Weise belogen worden, die mich tief verletzt hatte. Warum hatte mir niemand gesagt, dass meine Mutter das Interesse an mir nicht verloren hatte? So viele Stunden des Zweifelns, der Trauer, der Schuld wären mir erspart geblieben. Wie oft hatte ich nachts wach gelegen und mich gefragt, warum ich es nicht wert war, geliebt zu werden? Jamie und ich sollten und durften nicht außer Acht lassen, dass wir Anna tief verletzen würden, wenn sie über Dritte von unserer Beziehung erfuhr. Wir mussten Anna von uns erzählen, das war mir jetzt klar.

Aber wie sollte es mit mir und Jamie weitergehen, wenn er anderer Meinung war? Würden wir uns weiterhin nur treffen, wenn Anna andere Pläne hatte? Wie lange würde er abwarten wollen? Wie lange Anna im Unklaren lassen, nur um zu sehen, wohin das mit uns beiden führte? Wusste man jemals, wohin eine Beziehung führte?

Die Isle of Mull bot wunderschöne Orte, an denen wir gemeinsam spazieren gehen oder einfach nur zusammensitzen und miteinander reden konnten, ohne dass Anna uns sah. Solange bis sich unsere Gefühle füreinander vertieft hätten und wir beschließen würden, von nun an kein Geheimnis mehr um unsere Gefühle zu machen. Aber war das fair Anna gegenüber?

Ich jedenfalls fand es überhaupt nicht fair, dass meine Großmutter mich nicht eingeweiht hatte in ihr Geheimnis. Wäre es nicht mein gutes Recht gewesen, zu wissen, dass meine Mutter mich nicht hasste? Dass sie sich weiterhin für mich interessiert und Kontakt zu meiner Großmutter gehalten hatte?

All das schwebte mir im Kopf herum, während ich die Tür öffnete und dann in diese dunklen Augen blickte, die mir sofort mehr Ruhe schenkten.

Jamie runzelte die Stirn und fragte: »Was ist los?« Drei Treppenstufen und zwei Schritte später war er im Laden, schloss die Tür und stand dann direkt vor mir.

»Lange Geschichte«, antwortete ich lahm und ließ mich in seine ausgebreiteten Arme fallen. Mein Kopf lag an seiner Brust und ich atmete das erste Mal tief durch, seit Dad mir von den Briefen erzählt hatte.

Obwohl wir gestern Abend noch miteinander geschrieben hatten, war ich nicht ans Telefon gegangen, als er angerufen hatte. Ich war nicht mehr fähig gewesen, eine normale Unterhaltung zu führen.

»Ich habe Zeit, Honey. Und selbst wenn ich keine hätte,

würde ich sie mir nehmen.« Sanft hob er mein Kinn an und schaute mir fest in die Augen. Obwohl ich ihm gestern geschrieben hatte, dass ich nicht telefonieren wollte und Zeit für mich bräuchte, war er heute so liebevoll und zeigte so viel Verständnis. »Erzähl es mir.«

Ich schloss kurz die Augen, dann berichtete ich ihm, von meinem Gespräch mit Dad und von den Briefen, die er gefunden hatte.

»Wow!« Jamie ließ mich los und raufte sich die Haare. »Das ist heftig. Und du hast all die Zeit gedacht, dass sie dich nicht geliebt und sich nicht für dich interessiert hat. Das ist bitter.«

Ich ließ die Schultern hängen, fühlte mich kraftlos und war verwirrt. Verwirrt, weil ich offenbar eine Mutter hatte, die wissen wollte, wie es mir ging und was ich tat, aber nicht wollte, dass ich das wusste. Und nun erfuhr sie all das nicht mehr, weil Granny tot war und niemand ihre Aufgabe übernommen hatte. Vermutlich wusste meine Mutter nicht einmal, dass meine Großmutter nicht mehr lebte.

»Was soll ich bloß tun?« Unsicher fing ich an, hin und her zu laufen, die Arme vor der Brust verschränkt, als könnte mich das vor dem Tsunami, der plötzlich über mein Leben hereingebrochen war, schützen.

»Da fragst du den Falschen. Ich hätte vermutlich sofort angefangen zu lesen. Ich wäre viel zu neugierig gewesen«, antwortete er mit einem Schmunzeln auf den Lippen. Noch immer stand er direkt vor der Tür und lehnte sich nun locker dagegen.

»Verständlich. Wahrscheinlich werde ich das heute Abend auch tun und mache es mir gerade nur unnötig schwer, indem ich das Ganze hinauszögere.«

»Soll ich den Laden für ein oder zwei Stunden übernehmen und du fährst heim? Dann musst du nichts hinausschieben und dich auch nicht unnötig quälen.«

Ich riss den Kopf hoch und starrte ihn entgeistert an. Dieser Mann war der Wahnsinn. Wie hatte ihn seine Ex-Frau nur verlassen können? Ich verliebte mich Stück für Stück mehr in Jamie. Verliebt? War ich verliebt? Ja, ich war verliebt in ihn, musste ich mir selbst eingestehen. Alles andere wäre eine Lüge gewesen.

»Nun schau mich nicht so an. War nur ein Vorschlag.« Mit einer Unschuldsgeste hob er die Hände hoch und sah mich an, als wüsste er nicht, was er mit mir machen sollte. Ich konnte es ihm nicht verübeln, schließlich war ich mit mir selbst gerade nicht im Reinen.

»Ich weiß«, sagte ich, nachdem ich direkt vor ihm stehen geblieben war und eine Hand an seine Wange gelegt hatte. »Ich schaue dich nur so an, weil du einfach wunderbar bist«, gestand ich ihm flüsternd.

»Ich?«, fragte Jamie mit einem amüsierten Unterton in der Stimme.

»Ja, du«, antwortete ich schmunzelnd.

Er sah sich theatralisch um, so als wäre er auf der Suche nach demjenigen, den ich meinte, dann deutete er mit den Daumen auf sich. Ich kicherte und die Anspannung, die seit gestern an mir genagt hatte, ließ langsam nach.

Jamies Gesichtsausdruck wurde wieder ernst. »*Du* bist wunderbar und ich kann an nichts anderes als an dich denken, seit ich dich gestern vor deinem Cottage abgesetzt habe. Du raubst mir den Verstand, Honey.«

Ich fiel ihm um den Hals und legte meine Lippen auf seine.

Es war kein sanfter Kuss, sondern ein Kuss, der von meiner Verzweiflung und meinen Ängsten genährt wurde. Leidenschaft durchfloss mich und ich griff Jamie in die dichten Haare, um ihn noch näher an mich heranzuziehen, mein Rettungsring in diesem Tsunami, der mich davor bewahrte, mitgerissen zu werden. Wenn das jemand konnte, dann er. Niemand sonst. Nicht heute und auch nicht an einem anderen Tag.

Ich schmiegte mich an Jamie und wollte niemals aufhören, ihn zu küssen. Es war so herrlich einfach, in seinen Armen alles zu vergessen. Doch irgendwann ließen wir atemlos voneinander ab. Meine Haare hatten sich aus dem Zopf gelöst, den ich mir heute früh gebunden hatte. Und Jamie sah aus, als hätte er gerade erst aus dem Bett gefunden.

»Und?«, fragte er mich mit leiser Stimme und einem zärtlichen Blick.

Ich blinzelte verwirrt, weil ich in Gedanken noch immer bei unserem Kuss war. Zudem sorgten Jamies Hände, die an meinem Rücken stetig auf und ab fuhren, dafür, dass ich mich so sehr entspannte, dass ich auch an nichts anderes mehr denken wollte. »Was und?«, fragte ich glücklich lächelnd.

»Soll ich hierbleiben und den Laden übernehmen, damit du nach Hause fahren kannst?« Sein dunkler Blick lag unablässig auf mir und ließ mich nicht los.

Das Lächeln erstarb auf meinen Lippen. Ich kam wieder in der Wirklichkeit an und atmete tief aus und ein, dann schüttelte ich den Kopf. »Nein, das ist nicht notwendig. Ich werde das heute Abend ganz in Ruhe tun. Und danach muss ich mir Gedanken machen, ob ich Kontakt zu ihr aufnehme.«

Wissend nickte Jamie. »Ich kann dich gut verstehen. Mir ging es lange Zeit ähnlich mit meinem Vater. All die Jahre hat er sich nicht bei mir gemeldet. Ich weiß nicht, wie ich reagieren würde, wenn er plötzlich ein Lebenszeichen von sich geben sollte. Als ich jünger war, habe ich mir das immer gewünscht, aber das ist lange her.«

Ich sah Jamie offenen Herzens an, fühlte mich so verstanden, weil er ein ähnliches Schicksal erlebt hatte wie ich. Wir hatten uns zwar nicht gesucht, aber offenkundig gefunden. »Ja so ging es mir damals auch.«

Sanft strich er mir über die Wange, ließ seine Finger an meinem Hals hinab wandern und griff mir dann in den Nacken. Ich ließ es zu, mein Kopf sackte nach hinten, gestützt von seiner Hand. Jamie gab mir den Halt, nicht nur körperlich, auch seelisch hatte er es geschafft, dass ich wieder klarer denken konnte. So standen wir eine Weile da und sahen uns nur an, verloren uns im Blick des anderen, und beinah erschien es mir, als würden sich unsere Seelen aneinanderbinden und sich leise ein Versprechen geben.

Jamie räusperte sich und unterbrach die Stille. »Ich möchte es Anna spätestens am Wochenende sagen. Wenn das für dich okay ist.«

Mein Herz geriet ins Stolpern. Ich traute mich nicht mehr zu atmen und wusste nicht, was ich darauf erwidern sollte. Doch ein leises Lächeln legte sich wie von selbst auf meine Lippen.

Auch Jamie lächelte und sagte: »Das werte ich mal als Einverständnis?«

Ich nickte, legte die Arme wieder um ihn, hielt ihn und er hielt mich. Es tobte zwar ein Sturm durch mein Leben, aber dieser Mann hier war wie ein Anker, der dafür sorgte, dass ich nicht vom Boden abhob und weggeweht wurde. Er verlieh mir eine enorme Stärke, die ich erst durch ihn in mir finden konnte.

* * *

»Ich will euch etwas erzählen.«, begann ich mit klopfendem Herzen.

Meine beiden Freundinnen sahen mich fragend an. Befangen blickte ich zwischen ihnen hin und her. Wir standen in Haileys Küche und lehnten an den Schränken, weil ich die zwei um ein Gespräch unter sechs Augen gebeten hatte. Die Aushilfe würde es schon packen, zehn Minuten ohne ihre Chefin auszukommen.

Ich war mir nicht sicher gewesen, ob ich in der Gegenwart von Hal und Lin nicht doch noch anfangen würde, zu weinen. Zwar hatte Jamie es geschafft, mich zu beruhigen, aber hier mit den beiden merkte ich, dass meine Augen wieder anfingen zu brennen.

Ich atmete tief durch und berichtete meinen Freundinnen von Dads Fund. Und obwohl ich die Geschichte nun schon ein zweites Mal an diesem Tag erzählte, kam es mir immer noch so unrealistisch vor, dass Dad tatsächlich diese Briefe gefunden hatte.

»Das ist nicht wahr, oder? Ich kann es nicht fassen, dass Granny so etwas getan hat!« Hailey starrte mich mit offenem Mund an, nachdem sie sich Luft gemacht hatte.

»Ich verstehe es auch immer noch nicht.« Ich fuhr mir mit der Hand über das Gesicht. »Ich habe die Briefe nicht mal angefasst. Ich weiß nicht, ob ich wissen möchte, wie es meiner Mutter geht oder wie es ihr in den letzten Jahren ergangen ist«, gestand ich leise.

»Deshalb hast du sie nicht gelesen?«, wollte Lin nun in sanftem einfühlsamem Tonfall wissen.

Hal legte mir die Hand auf den Unterarm. »Ich kann es verstehen.«

»Ja, ich auch«, bestätigte Lin Haileys Aussage. »Nur dass ich viel zu neugierig wäre, als dass ich das einfach so lassen könnte.«

»Wahrscheinlich wäre ich sofort nach Hause gefahren und hätte die Briefe gelesen, anstatt mich hier in die Küche zu stellen und mit euch darüber zu reden. Ach Quatsch, ich hätte sie schon gestern Abend an mich gerissen.« Hal zwinkerte frech und ich streckte ihr als Antwort die Zunge heraus.

Die beiden versuchten ihr Bestes, die trübe Stimmung abzuschwächen, aber ich grübelte dennoch.

»Ich fühle mich so hintergangen von Granny«, entfuhr es mir leise. Matt ließ ich den Kopf hängen.

»Oh, Süße.« Im nächsten Moment fand ich mich in Lins Armen wieder und kurz darauf war auch Hal da.

Ich schniefte und krächzte: »Ich wäre nie auf die Idee gekommen, dass sie so was macht.«

»Ich auch nicht«, erwiderte Hal. »Niemals. Sie war immer so versessen auf die Wahrheit. Hat nie toleriert, wenn wir mal geflunkert oder etwas geheim gehalten hatten, was für jemand anderen wichtig gewesen wäre.«

»Eben!«, stieß ich aus. »Sie hat es gehasst!« Es hatte so viele solcher Situationen gegeben. Immer hatten wir Ärger bekommen, wenn wir mal nicht gleich mit der Wahrheit rausgerückt waren.

»Du musst unbedingt die Briefe lesen, vielleicht kannst du dann besser verstehen, was da zwischen den beiden vorgegangen ist. Ich jedenfalls will unbedingt wissen, warum Granny in dieser Sache so vollkommen gegen ihre eigenen Prinzipien verstoßen hat.« Lin strich mir sanft über das Haar. »Da muss doch etwas dahinterstecken. Einfach so hätte sie etwas so Wichtiges nicht verheimlicht.«

»Definitiv nicht!«, stimmte Hailey ihr zu.

Ich atmete tief ein und richtete mich dann auf. Der Zuspruch meiner Freundinnen gab mir endlich die Stärke, die mir zuvor gefehlt hatte. Meine beiden Freundinnen gingen einen Schritt zurück und beobachteten mich aufmerksam. Beinah kam es mir so vor, als rechneten sie damit, dass ich wie eine Bombe hochgehen würde.

»Ihr habt recht. Ich werde nachher ein paar der Briefe lesen – sobald ich zu Hause bin. Wenn ich etwas herausbekomme, werde ich das in unseren Chat schreiben, okay?«

»Einverstanden«, sagten beide zeitgleich.

Wir sahen einander an, nickten bestätigend, als wären wir Agenten während eines konspirativen Treffens. Das fiel wohl auch den anderen auf, denn es endete in albernem Gekicher.

Hal räusperte sich, als wir uns ein wenig beruhigt hatten. »Nun, da wir das Thema geklärt hatten, erzähl uns mal, was am Samstag und am Sonntag passiert ist.« Ich war ihr dankbar, dass sie das Thema wechselte und mir so die Gelegenheit gab, etwas Abstand zu der Geschichte mit meiner Mutter und Granny zu bekommen. »Wir haben beide vor unseren Handys gesessen und auf deine Berichterstattung gewartet. Aber wer sich nicht gemeldet hat, warst du!«

Lin kicherte erneut und in ihren Augen konnte ich die Neugier sehen, die ihr so zu schaffen machte. »Sie hat recht. Wir haben bei Hal zusammengesessen und unsere Ungeduld kaum zügeln können. Und dann haben wir uns vorgestellt, was ihr beide gerade alles macht.«

»Ihr … !« Ich zeigte mit dem Finger von der einen auf die andere. »Tut mir leid, Ladys. Manche Dinge muss eine Dame für sich behalten.« Ich näselte und spielte die Zaghafte, so als wäre ich eine Schauspielerin in einem Historienfilm. Das half mir, die trüben Gedanken vollends zu verscheuchen.

»Oh, oh. Ich höre, wie in diesem Moment etliche Frauenherzen brechen. Sie alle wollten diesen heißen Kerl für sich haben, aber dann bist du gekommen und hast ihn dir geschnappt. Ich weiß es ganz genau! Ihr habt es getan!« Hailey sprach mal wieder aus, was ihr im Kopf herumgeisterte.

Meine Wangen wurden heiß, womit ich mehr preisgab, als es mir lieb war.

»Danke, das ist Antwort genug!« Hailey deutete auf mein Gesicht und grinste teuflisch.

Ich zuckte mit den Schultern, stritt es jedoch nicht ab. Warum auch? Das hier waren meine besten Freundinnen und sie konnten ruhig wissen, wie sehr es mich erwischt hatte und dass es Jamie hoffentlich genauso erging.

Damit Hal nicht gleich wieder ihren Pessimismus auslebte, erzählte ich den beiden von Jamies Job und dass er definitiv kein Spieler oder etwas dergleichen war. Dass er mit dem Programmieren von Spielen sogar gut verdiente und dass er ein Ass auf dem Gebiet war.

Erleichtert atmete sie auf. »Sehr gut! Ich bin so froh, dass es nicht so ist und hoffe, dass ihr beiden glücklich seid und es auch ganz lange bleibt«, sagte sie lächelnd und fügte dann noch hinzu: »Am besten für immer.«

Lin schnalzte mit der Zunge. »Na endlich! Schön, dass du

auch mal das Schöne an dieser Beziehung siehst! Aber mal ehrlich, du bist so ein richtiger Snob! Was soll das heißen, du freust dich, dass er nicht so ist? Was wäre so schlimm daran gewesen, wenn er um das Überleben kämpfen müsste?«

»Darum ist es doch gar nicht gegangen. Ich habe einfach Angst gehabt, dass er ein Spieler ist und Ally nachher todunglücklich mit ihm wird. Wenn mir jemand erzählt, dass er Computer spielt, muss ich immer direkt an jemanden denken, der online pokert oder wettet. Der in seinem dunklen Zimmer sitzt und seine Zeit und sein Geld verliert, ohne das richtige Maß zu finden.« Hal sah zerknirscht aus. »Aber das ist ja nicht so. Von daher ... vergesst einfach, was ich da von mir gegeben habe.« Dann sah sie Lin fest in die Augen. »Außerdem bin ich die Letzte, die bei einem Mann darauf schaut, wie viel Geld er besitzt. Ich kann für mich selbst sorgen. Wenn tatsächlich mal der unwahrscheinlichste Fall eintreten und ich mich verlieben sollte, dann würde ich auch einen armen Schlucker nehmen, wenn er ein Herz aus Gold hat.«

Lin hob die Augenbrauen. »Gut gebrüllt, Löwe.«

Wir verließen die Küche und setzten uns an einen der kleinen Tische vor Haileys Bäckerei, um noch ein wenig die Sonnenstrahlen und unser Mittagessen zu genießen.

»Und Anna? Wie lange wollt ihr sie noch im Unklaren lassen?«, wandte sich Lin nun an mich. »Du weißt hoffentlich, dass Anna hofft, dass du und ihr Vater zusammenkommt? Dabei ahnt sie noch nicht einmal, dass ihr Wunsch bereits in Erfüllung gegangen ist.« Lin sah mich ernst an. »Vielleicht solltet ihr es ihr so schnell wie möglich erzählen, ehe sie es irgendwie mitbekommt und sich dann verraten fühlt.« Damit sprach Lin meine größte Sorge aus.

»Jamie hat vorhin beschlossen, dass er sie einweihen möchte«, erklärte ich ihr. »Spätestens am Wochenende will Jamie es ihr sagen.«

»Das ist gut.« Lin lächelte mich zufrieden an. »Sie wird begeistert sein.«

Ich beschloss, nicht weiter darüber nachzudenken. Ob Anna sich freute oder nicht, ich wollte nicht, dass sie es von jemand anderem als Jamie erfahren sollte. Von daher war ich vollkommen Lins Meinung.

Stattdessen entschied ich mich, das Thema zu wechseln. »Wie läuft es mit den Vorbereitungen für den Kurs?«

Lin strahlte über das ganze Gesicht. »Ich glaube ganz fest daran, dass das wirklich etwas richtig Gutes werden wird. Ich habe das im Gefühl. Ich habe Listen erstellt und sogar schon Ideen, wie ich die einzelnen Kurse aufbauen werde.«

Hal klatschte in die Hände. »Großartig. Das ist genau der richtige Weg, an ein so großes neues Projekt heranzugehen. Ich bin stolz auf dich, Linnymaus.«

»Vorhin sind die ersten Lieferungen für das Bastelmaterial angekommen. Und ich habe den Flyer auch schon fertig. Wollt ihr mal sehen?« Sie kramte ihr Tablet aus der Umhängetasche und packte es auf den Tisch, nachdem sie es entsperrt und die Datei aufgerufen hatte, die wir uns anschauen sollten.

Die nächsten Minuten fachsimpelten wir über den Flyer und hörten uns Lins Erklärungen zu den verschiedenen Kursen an, die sie abhalten wollte.

Als ich zurück zu meinem Buchladen ging, war ich mir sicher, dass Lin es schaffen würde, aus den roten Zahlen herauszukommen. Das wäre dann eine Sorge weniger, die ich mir machen müsste.

Doch da war noch immer die Entdeckung meines Vaters. Die Neugier, die in mir eine ständige Unruhe verursachte, ließ mich zu der Überzeugung kommen, dass es der richtige Weg war, wenn ich den heutigen Abend mit dem Lesen der Briefe meiner Mutter verbringen würde.

## 14.

Bàthaidh toll beag long mhòr.

*– Auch ein kleines Loch kann ein großes Schiff versenken. –*

Hast du das alles gewusst?«, fragte ich Dad, kaum dass ich das Wohnzimmer betreten hatte. In meinem Innern herrschte gähnende Leere, ich hatte das Gefühl ins Bodenlose zu fallen.

Dad saß auf dem Sofa, trug bereits seinen Schlafanzug und wirkte nach außen total ruhig. Er hatte sich gerade ein Rugbyspiel im Fernsehen angesehen, als ich hereingekommen war, doch nun schaltete er den Ton des Geräts aus. Er verhielt sich wie an jedem anderen Tag, obwohl er vorhin gesehen haben musste, dass ich mir die Briefe aus der Schublade geholt hatte.

Als er mich ansah, konnte ich genau erkennen, dass ihn meine Frage heftig mitnahm. Er wusste offensichtlich sofort, wovon ich sprach. »Ich habe es nicht gewusst, aber ich habe es geahnt. Die Briefe waren auch für mich ein Schock, Ally. Das musst du mir glauben.«

»Ein Schock?« Ich stöhnte und ließ mich ihm gegenüber in einen Sessel fallen. »Das ist …« Ich konnte es nicht in Worte fassen.

Dad schaltete den Fernseher komplett aus und konzentrierte sich voll auf mich. »Wie viele der Briefe hast du gelesen?«

»Etwa zehn. Vor allem die Ersten. Ich wollte eine Antwort. Ich wollte wissen, warum sie uns im Stich gelassen hat.« Ich ließ den Kopf in meine Hände sinken und stützte meine Ellbogen auf den Oberschenkeln ab.

Dad strich mir liebevoll über den Rücken. »Deine Mum war schon immer ein Freigeist. Ich hätte nie auf die Idee kommen sollen, sie auf dieser Insel einzusperren«, seine traurige Stimme sorgte dafür, dass mein Blut anfing zu kochen.

Ich hob den Kopf und blickte meinen Vater fest an, der in diesem Moment aussah, als wäre er um Jahre gealtert. »Das ist jetzt nicht dein Ernst, oder? Sie hintergeht dich, stopft Tabletten in sich hinein, weil sie so unglücklich ist und du machst dir Vorwürfe?«

»Ich hätte es bemerken müssen, so wie meine Mutter offensichtlich ja auch hinter das Geheimnis ihrer Sucht gekommen ist. Doch ich war nur davon ausgegangen, dass sie unglücklich war – mit mir – und habe versucht, ein besserer Mann zu sein.« Er griff nach der Fernbedienung, aber nicht, um den Fernseher wieder anzustellen, sondern um etwas in der Hand zu halten.

»Ach Dad, Geheimnisse zu haben und Gefühle zu verstecken, das können wir Frauen besonders gut. Mach dir keine Vorwürfe. Man kann die Vergangenheit nicht ändern. Gräme dich nicht. Ich bin mir sicher, du warst ein guter Ehemann, und dass du versucht hast ein besserer Mann zu sein, zeigt doch, wie viel sie dir bedeutet hat. Manchmal kann man Menschen nicht helfen, wenn sie es nicht zulassen ...«

Doch mein Vater wiegte lediglich den Kopf und hing seinen Gedanken nach, so dass ich nicht anders konnte, als Mitleid für ihn zu empfinden. Er sah gebrochen aus. Noch immer hatte er die Trennung von meiner Mum nicht verkraftet und der Fund der Briefe hatte die tiefen Wunden, die ihr Weggang hinterlassen hatte, wieder aufgerissen.

Sanft legte ich den Arm um seinen Rücken und lehnte den Kopf an seine Schulter. Ich hoffte, dass meine Nähe ihm Trost spenden konnte.

Die Briefe hatten mir ein Szenario geboten, das ich niemals so erwartet hatte. Der erste Brief, den meine Mutter an Granny geschrieben hatte, war voll mit Entschuldigungen. Allerdings war mir das Datum nicht entgangen. Der Brief war erst drei Jahre nach ihrem übereilten Aufbruch zu Papier gebracht worden.

Meine Mum erzählte darin, wie sie sich gefühlt hatte, damals auf dieser Insel. Wie sie immer mehr hineingerutscht war in eine Tablettenabhängigkeit. Wie dankbar sie Granny gewesen war, der Einzigen, der sie sich anvertraut hatte und die lange Zeit versucht hatte, sie zu schützen. Aber der auch klar gewesen war, dass sie meine Mum nicht vor allem beschützen konnte. Nicht vor sich selbst und nicht vor den Bewohnern dieser kleinen Insel, auf der jeder jeden kannte. Der Insel, die davon lebte, sich Geschichten über ihre Bewohner zu erzählen.

Als Mum dann eines Tages mit mir im Auto unterwegs gewesen war, hatte es einen Unfall gegeben. Es war nichts passiert, sie hatte keine Hilfe holen müssen und so hatte sie niemandem davon erzählt. Aber sie hatte sich selbst und mich in tödliche Gefahr gebracht, weil sie unter Medikamenteneinfluss gestanden hatte. Um ein Haar hätte sie uns beide in den Tod gefahren.

Aus ihren Worten konnte ich herauslesen, dass es meine Granny gewesen war, die die Idee aufgebracht hatte, meine Mutter solle für eine Weile die Insel verlassen, um gesund zu werden, um sich professionell helfen zu lassen und dann gestärkt zurückzukommen.

Jenen Unfall nannte meine Mutter als den Auslöser für ihre Flucht. Sie hatte solche Angst vor sich selbst und um mich gehabt, dass sie die Gefahr, die sie darstellte, für immer aus meinem Leben streichen wollte. Deshalb war sie gegangen. Ohne ein Wort.

Doch was ich dann las, riss mir erneut und vollends den Boden unter den Füßen weg. So wie meine Mum es schrieb, war klar, dass meine Granny mit ihrem Vorschlag beabsichtigt hatte, meiner Mum hier mit uns eine zweite Chance zu ermöglichen. Doch es hatte einen zweiten Mann im Leben meiner Mutter gegeben. Steven.

Ich hatte keine Ahnung, wie oder wo sie sich kennengelernt hatten, aber sie schrieb, dass er derjenige gewesen war, der sie an jenem Tag abgeholt und mit ihr zusammen die Insel verlassen hatte. Er hatte sie begleitet, unterstützt, ihr die Kraft für den Entzug gegeben – eine Möglichkeit, die sie meinem Vater verwehrt hatte.

Und dann, als ich weiterlas, traf es mich wie ein Blitz.

»Sie hat noch zwei Kinder bekommen«, flüsterte ich. Die Neuigkeit war so erdrückend, dass ich sie aussprechen musste. Hatte Dad das auch gelesen? Bei mir sorgte das dafür, dass ich die Welt nicht mehr verstand. Wie konnte sie uns verlassen, ohne zurückzuschauen, um dann in Manchester eine neue Familie zu gründen? Das war der Brief gewesen, bei dem ich aufhören musste zu lesen und anschließend hier hereingestürmt war.

»Ich weiß. Ich habe gestern den ganzen Tag damit verbracht, die Briefe zu lesen – alle.« Auch er sprach leise und ich hörte aus dem Tonfall ein weiteres Mal heraus, wie sehr ihn das alles mitnahm.

Mittlerweile bereute ich es, dass ich ihn am Anfang dieser Unterhaltung so angegangen war. Er musste unter dem Inhalt dieser Briefe genau so sehr leiden wie ich.

»Ich fühle mich so verraten. Von Mum. Sie hat uns einfach ausgetauscht. Aber auch von Granny«, gestand ich meinem Vater.

Er nickte. »Geht mir nicht anders, Al.«

Wieder schwiegen wir. Ich hielt mich immer noch an Dad fest und musste an diesen imaginären Tsunami denken, der in meinem Leben sein Unwesen trieb. Nein, er würde es nicht schaffen, mich mit sich zu reißen. Ich war stärker, verwurzelt im Hier und Jetzt, und diese alten Geschichten konnten nicht dafür sorgen, dass ich mich verlor.

»Wusstest du von dem anderen Mann?«, fragte ich vorsichtig nach.

Dad versteifte sich augenblicklich. »Nein. Aber ich muss zugeben, dass ich etwas geahnt habe. Sie blieb hin und wieder länger weg, wenn sie einkaufen gewesen ist.«

Ich wusste, dass ihm die nächste Frage nicht passen würde, aber ich musste sie stellen. Es war wichtig für mich, all das zu verstehen und die Zusammenhänge zu erkennen. »Wer ist dieser Steven?«

»Offenbar der neue Mann an der Seite deiner Mum und der Vater der beiden Kinder«, antwortete er in einem bitteren Tonfall.

»Kennst du ihn?«

Dad nickte, sah jedoch hinaus in den Garten, anstatt mir mehr zu verraten.

Ich ließ meinen Vater los und rückte ein Stück von ihm ab. »Wer ist er?«, wiederholte ich meine Frage, weil ich genau erkennen konnte, dass er etwas vor mir verheimlichte.

Er hob den Kopf, sah mir fest in die Augen und sagte: »Steven ist Jamies Vater.«

Meine Welt stand für einen Moment still. Die besagte Ruhe vor dem Sturm. Dann jedoch ergab alles, was vorher passiert war, einen Sinn. Dads Reaktion auf Jamie und darauf, dass ich Zeit mit ihm verbrachte. Es schwappte der Tsunami doch über mich, riss mich mit sich und brachte meine gesamte Welt zum Wanken.

* * *

Dienstag, 21. Mai

Am nächsten Morgen wachte ich schon sehr früh auf. Es war nicht mal sechs Uhr, wie ich nach einem Blick auf mein Handy feststellte. Geschlafen hatte ich so gut wie gar nicht, weil ich auch den Rest der Briefe gelesen hatte und erst zur Ruhe gekommen war, als ich den Inhalt von allen kannte.

Ich musste das alles Jamie erzählen. Nur wie konnte ich das am besten tun? Er sollte es erfahren. Das, was ich gestern herausgefunden hatte, war nichts, was ich für mich behalten durfte. Er hatte das Recht, ebenfalls zu wissen, was mit seinem Dad in der Zwischenzeit passiert war. Mit Sicherheit war er genauso unwissend, wie ich es bis gestern gewesen war. Wie würde er es aufnehmen, wenn ich ihm berichtete, dass ich irrationalerweise seine Stiefschwester und er dementsprechend mein Stiefbruder war. Immerhin waren sein Dad und meine Mutter zusammen und hatten sogar geheiratet. Sie hatten zwei gemeinsame Kinder. Wir hatten zwei gemeinsame Halbgeschwister. Sie waren immer noch ein Paar, so stand es in einem der letzten Briefe, den Granny einige Monate vor ihrem Tod bekommen hatte. Das machte uns doch zu Stiefgeschwistern, oder?

Es waren so viele Fakten, die ich aus den verschiedenen Nachrichten herausgelesen hatte, dass sich das Leben meiner Mutter und meiner Stiefgeschwister nach und nach vor mir entblättert hatte. Nun wusste ich ungefähr, wer was in den letzten Jahren getan hatte und welche Schulen Mary und Penny – so hießen meine beiden Schwestern – besucht hatten.

Granny war sogar so weit gegangen, dass sie meiner Mutter unregelmäßig Geld überwiesen hatte. In einem Brief hatte meine Mutter sich für das Geld bedankt, nachdem sie in dem Brief davor geschrieben hatte, dass ihre Familie kaum über die Runden kam. Nach einem Blick in die alten Kontoauszüge hatte ich erkannt, dass all die Jahre immer wieder Gelder auf das Konto einer Cecil Pearson geflossen waren.

Meine Großmutter hatte sich für diese vier Menschen verantwortlich gefühlt, obwohl sie nicht mit ihnen verwandt gewesen war. Vermutlich rührte das daher, dass sie meiner Mutter damals nahegelegt hatte, die Insel zu verlassen. Anders konnte ich mir nicht erklären, warum sie ihr immer wieder Geld überwiesen hatte.

Auch wenn ich es nicht guthieß, dass sie das getan hatte, versöhnte es mich mit meiner Granny. Zwischenzeitlich hatte ich überlegt, ob ich sie überhaupt wirklich gekannt hatte, aber nachdem ich die halbe Nacht in den Briefen gelesen und dann angefangen hatte zu verstehen, war mir klar, dass es Mitleid gewesen war, was sie angetrieben hatte. Ich konnte nachvollziehen, dass sie Mum hatte helfen wollen. Der Moment, der dieses Empfinden ausgelöst hatte, war der, als ich ein Bild von zwei Kleinkindern in den Händen gehalten hatte. Ein Foto von Jamies und meinen Geschwistern.

Zwischenzeitlich hatte ich die Sorge gehabt, dass es den beiden Mädchen bei meiner Mutter nicht gut gehen könnte, aber sie waren mittlerweile junge Erwachsene. Mary, die Ältere hatte ein Stipendium ergattern können, weil sie bei ihrem Abschluss Jahrgangsbeste gewesen war und studierte nun Medizin, und Penny lebte noch zu Hause und besuchte die Highschool. Sie führten ein ganz normales Leben, auch wenn sie in finanziell beschränkten Verhältnissen groß geworden waren. Obwohl ich sie nicht kannte, erleichterte mich das.

Meine Mutter und Steven lebten mit Penny in einer kleinen Wohnung und kamen wohl relativ gut über die Runden, seitdem beide keinen Tropfen Alkohol und auch keine Drogen mehr konsumierten. Gemeinsam waren sie auf den richtigen Weg gekommen und hatten es durch das Verlassen der Insel geschafft, sich in den Griff zu bekommen. Sie hatten einander gebraucht und sich gegenseitig die Kraft geschenkt, die sie brauchten, um aus der Sucht herauszufinden. Ihr neues Leben fand zwar nicht in Luxus statt, aber es war zumindest geregelt. Und Steven und meine Mum waren clean.

Mum hatte Granny nach Jahren den ersten Brief geschrieben, nachdem sie sich sicher war, wieder mit ihrem Leben klarzukommen. Zwar hatten sie nach dem Entzug auch nicht viel Geld, waren aber offenbar glücklich und gesund. Und durch die Kinder wurde das Glück der beiden vervollständigt.

Ich hatte mir den alten Ordner mit Grannys Bankauszügen ganz genau angeschaut. Wenn ich es richtig herausgelesen hatte, war sie schon einige Jahre vor ihrem Tod nicht mehr bei der Bank gewesen, um Geld zu überweisen. In den letzten Jahren war auch kein Brief meiner Mutter gekommen, in dem sie noch mal um Geld gebeten hatte.

All das geisterte mir im Kopf herum, als ich an diesem noch frühen Morgen das Handy das erste Mal wieder in die Hand nahm. Seit ich gestern angefangen hatte, in den Briefen zu lesen, war es unbeachtet und auf stumm geschaltet liegen geblieben. Mehrere entgangene Anrufe waren auf dem Display zu sehen.

Jamie, Lin und auch Hal hatten versucht, mich zu erreichen. Gut, dass keiner von ihnen gestern Abend auf die Idee gekommen war, direkt hier aufzukreuzen. Vermutlich hätte ich mit keinem der drei einen vernünftigen Satz reden können. Aber ich konnte nachvollziehen, warum sich meine beiden Freundinnen solche Sorgen machten. In ihren Nachrichten hatten sie mehrmals nachgefragt, ob sie vorbeikommen sollten.

Jamies Nachrichten klangen weniger dringlich, dafür aber zärtlicher und beruhigender. Noch. Denn bis jetzt wusste er nichts von dem, was ich herausgefunden hatte.

Erneut stellte ich mir die Fragen, die mich seit Stunden nicht zur Ruhe kommen ließen. Wie würde Jamie reagieren, wenn ich ihm das von seinem Dad und meiner Mum erzählte? Würde er unsere Beziehung beenden, oder sollte ich es sogar tun? Immerhin war sein Dad dafür verantwortlich, dass sich meine Eltern getrennt hatten. Doch im Gegenzug war meine Mutter für die Trennung seiner Eltern verantwortlich. Es sprach so vieles gegen ein Happy End mit Jamie. Der Gedanke schmerzte so sehr, aber um mich selbst zu schützen, musste ich damit rechnen, dass es kein *Uns* geben würde. Es war nicht abwegig, dass Jamie nichts mehr von mir wissen wollte, sobald er die ganze Wahrheit erfahren hatte, und ich durfte nicht zulassen, dass es mich völlig unvorbereitet traf, falls er sich so entscheiden würde.

Wir waren zwar noch ganz frisch zusammen, aber es fühlte sich jetzt schon so groß und so gut an, dass ich mir bis gestern sogar hatte vorstellen können, dass er für immer an meiner Seite war. Allein die Tatsache, dass er Anna von uns erzählen wollte, zeigte ziemlich deutlich, dass es ihm genau so ging wie mir.

Meine Finger flogen über die eingeblendete Tastatur des Handys, als ich, wie versprochen, in unseren Gruppenchat der *Lieblingsmenschen* schrieb, was ich herausgefunden hatte. Es war eine lange Nachricht und normalerweise würde ich sie einfach anrufen, wenn ich ihnen so viel zu erzählen hatte, aber ich konnte noch nicht darüber reden. Trotzdem tat es mir gut, mir alles von der Seele zu schreiben.

Da Hal wie jeden Morgen bereits auf den Beinen war und die meisten der Backwaren, die sie in der Bäckerei verkaufte, schon in den Ofen geschoben hatte, antwortete sie nach wenigen Minuten als Erste.

*Ehrlich gesagt, ich bin schockiert. Ich weiß nicht, was ich dazu schreiben soll. Magst du herkommen? Dann können wir in Ruhe reden.*

Dass Hailey nicht wusste, wie sie darauf reagieren sollte, war sehr aussagekräftig. Im Normalfall hatte sie immer etwas zu sagen oder zu schreiben. Sie war eine Kämpferin und offenbar hatten ihr diese Neuigkeiten genauso die Sprache verschlagen wie mir.

*Ich denke, ich werde den Laden heute später aufmachen und zuerst mit Jamie reden. Er sollte es so schnell wie möglich erfahren.*

Während ich auf eine Antwort wartete, zog ich mich an. Ich entschied mich für eine Jeans und einen kuscheligen Sweater. Ich brauchte etwas, in dem ich mich wohlfühlte, etwas, das mir Geborgenheit versprach. Obwohl ich davon ausging, dass mir der Sweater nicht wirklich weiterhelfen würde, wenn Jamie sich dazu entschloss, mich als seine Stiefschwester zu sehen und nicht mehr als die Frau, mit der er sich eine Zukunft wünschte. Der Gedanke machte mir Angst und doch war auch ich selbst mir nicht sicher, ob wir auf der Basis, die wir nun hatten, tatsächlich eine Beziehung aufbauen konnten. Konnten wir damit leben, was sein Dad und meine Mum getan hatten? Würden wir nicht ständig im anderen einen Teil des Menschen sehen, der die eigene Familie zerstört hatte? Diese Fragen konnte ich mir einfach nicht beantworten, obwohl ich es so gerne wollte. Nicht einmal für mich selbst war ich dazu in der Lage.

Als ich das Handy wieder in die Hand nahm, entdeckte ich bereits eine Antwort von Hailey:

*Alles klar. Ich bin hier, wenn du mich brauchst, Süße. Jederzeit. Und sobald Lin aus dem Traumreich in die Realität zurückkehrt, wird sie dasselbe sagen. Ich, oder besser gesagt wir, haben dich lieb.*

Ich antwortete Hailey nur rasch, dass ich sie auch lieb hatte, alle beide. Sie erwartete mit Sicherheit nicht mehr von mir. Mit zitternden Fingern legte ich das Handy auf meinen Nachttisch und stöpselte es an das Aufladekabel.

Ich legte mich noch einmal hin, schloss die Augen und dachte darüber nach, wie ich die Unterhaltung mit Jamie beginnen sollte. Allein der Gedanke, ihm vom Inhalt der Briefe zu erzählen, verursachte mir Übelkeit.

Ich war zu unruhig, konnte keine Minute länger liegen bleiben. Also rappelte ich mich wieder auf und schnappte mir eine Jacke, meine Tasche und die Autoschlüssel. Um halb sieben saß ich schon in meinem Auto und machte mich auf den Weg zu Jamie.

* * *

Während der ganzen Fahrt zur Pearson-Farm zerbrach ich mir den Kopf, ob es richtig war, zu ihm zu fahren und ihm das alles erzählen zu wollen. Vielleicht wäre es besser, ihn im Unklaren zu lassen. Alte Wunden würden aufgerissen werden und vielleicht dafür sorgen, dass er mich nicht mehr wiedersehen wollte. Ich könnte es nachvollziehen, hätte absolutes Verständnis dafür, wenn er die Tochter der Frau, die seine Familie auseinandergebracht hatte, aus seinem Leben verbannen wollte. Es tat nur schrecklich weh, sich das vorzustellen.

Ich war zwar in derselben Position, aber ich war der Meinung, dass man nicht die Kinder für etwas verantwortlich machen durfte, was die Eltern verbrochen hatten. Doch war Jamie auch so? Wir kannten uns erst so kurze Zeit, dass ich diese Frage unmöglich mit absoluter Sicherheit beantworten konnte.

Kurz bevor ich in den Feldweg einbiegen musste, der zur Pearson-Farm führte, fiel mein Blick auf die Uhr. Es war erst zehn vor sieben. Anna war noch zu Hause und würde sich vermutlich gerade erst für die Schule fertig machen. Danach würde Jamie sie nach Salen fahren und hätte sicherlich erst später Zeit, mit mir zu sprechen.

Ich war viel zu früh hier!

Diese Erkenntnis und die vielen Zweifel und Ängste, die in mir herumschwirrten, sorgten dafür, dass ich nur in den Feldweg fuhr, um zu wenden. Die Räder knirschten auf dem Kies und als ich den Wagen wieder zurück nach Tobermory lenkte, hatte ich das Gefühl, endlich freier atmen zu können.

Mein Weg führte mich in die Main Street und direkt ins *Lizzy's*, wo Hailey gerade im Begriff war, die Tür aufzuschließen.

»Hey, ich dachte, du wolltest zuerst zu Jamie!« Hal sah mich aufmerksam an, während ich ins Café kam.

Es war, als hätte jemand einen Schalter umgelegt. Die ganze Zeit hatte ich tapfer sein können, mir alles Mögliche eingeredet. Doch nun hier bei Hailey brach die Mauer, die ich während all der Jahre um mein Herz errichtet und beim Lesen der Briefe noch verstärkt hatte, und ich fing an zu schluchzen.

Hal nahm mich ohne Worte in den Arm, hielt mich und war der Fels in der Brandung, den ich in diesem Moment so sehr benötigte. Wir standen einige Minuten so da, bis ich mich beruhigt hatte.

»Das wird wieder, Ally.« Hal strich mir über den Oberarm und lächelte verkrampft.

»Ich bin mir nicht sicher, ob das wieder wird. Diese Geschichte ist so absurd, dass ich kaum mehr an was anderes denken kann«, gestand ich ihr.

»Es ist doch auch noch keine vierundzwanzig Stunden her, seit du das erfahren hast. Gib dir Zeit. Das muss man erstmal verarbeiten.« Mit schräggelegtem Kopf sah sie mich an.

Ich nickte vorsichtig, war mir jedoch nicht sicher, ob ich ihr tatsächlich zustimmte.

»Willst du deine Mutter besuchen?«

»Nein, das packe ich nicht.« Mein Körper verspannte sich bei der Vorstellung, und mir wurde schlecht.

Offenbar bemerkte Hal meine Reaktion und sagte: »Komm, ich mach dir erst mal einen Tee und dann kannst du eine Kleinigkeit essen. Lin ist auch gleich da, sie hat direkt bei mir angerufen, nachdem sie wach war und deinen ellenlangen Text gelesen hat.« Fürsorglich legte sie ihren Arm um mich und führte mich zu *unserem* Tisch. »Setz dich.«

Das Glöckchen über der Tür bimmelte und ich drehte mich so, dass niemand mein verheultes Gesicht sehen konnte. Es war die Besitzerin des Kunsthandwerkladens, die sich eine Tüte mit Backwaren holte und nachdem Hal sie bedient hatte, kam sie wieder zum Tisch und setzte sich.

Ich beobachtete, wie Hailey danach eine Kanne Tee aufsetzte und eine Zimtschnecke vom Blech nahm und auf einem Teller drapierte. Anschließend stellte sie alles zusammen mit Milch, Zucker und zwei Tassen auf ein Tablett und kam zurück zu mir.

Der Geruch des Earl Greys drang in meine Nase und sorgte dafür, dass meine überstrapazierten Nerven ein wenig zur Ruhe kamen. Und als ich dann auch noch den Zimt roch, stahl sich ein kleines Lächeln auf meine Lippen. Doch vorerst konnte ich nichts essen, mein Magen fühlte sich an, als läge darin ein gigantisch großer Felsbrocken.

»Na siehst du. Man sagt immer, Liebe geht durch den Magen, aber ich denke, dass das richtige Essen und Trinken gut für unser Wohlbefinden ist und dann dementsprechend auch alles andere gut wird. Was meinst du?« Hal lächelte mich an und setzte sich zu mir.

»Gut möglich. Gerade jetzt scheint deine Zaubermethode zu wirken.« Ich verriet ihr nicht, dass ich im Moment nichts herunterbekam, vielleicht würde sich das ja in den nächsten Minuten ändern. Ansonsten konnte ich die Zimtschnecke immer noch mitnehmen.

Hal hob den Zeigefinger und ließ ihn von rechts nach links und dann wieder zurück schwenken. »Nein, nein. Das ist keine Zaubermethode, es beruht alles auf den richtigen Rezepten. Zutaten, die dir guttun und den Serotoninspiegel anheben, sind zum Beispiel prädestiniert, dir in einer solchen Situation wie dieser zu helfen.«

»Und was hat hiervon besonders viel Serotonin?«, fragte ich sie neckend, weil ich wusste, worin Serotonin enthalten war. Jedenfalls nicht in schwarzem Tee und Zimtschnecken.

Sie machte eine wegwerfende Handbewegung und verzog den Mund. »Wenn man keine serotoninhaltigen Lebensmittel zur Hand hat, tun es simpler Zucker und die passenden Lieblingsgerichte auch sehr gut. Bei dir Zimtschnecken und Earl Grey.« Ein triumphierendes Lächeln lag auf ihren Lippen.

Ich erwiderte das Lächeln und sagte: »Danke, Hal.«

Ein sanfter Ausdruck erschien auf ihrem Gesicht, und sie legte ihre Hand auf meine. »Immer, das weißt du.«

»Ich weiß, aber dennoch ist es nicht selbstverständlich.«

»Jetzt hör aber mal auf. Wir sind praktisch unser ganzes Leben befreundet und wir drei gehören zusammen und stehen auch alles gemeinsam durch.« Das Glöckchen über der Tür kündigte einen weiteren Gast an, und Hal verstummte.

Doch als wir zum Eingang sahen, entdeckten wir Lin, die mit eiligen Schritten auf mich zustürmte und mich sofort in die Arme riss, kaum dass sie bei mir war.

»Ach Ally«, begann sie und wiegte mich wie ein kleines Kind. »Das ist alles so ein großer Mist. Es tut mir leid, dass du jetzt wieder leiden musst, nur weil deine Mutter damals so verantwortungslos gehandelt hat.«

In meinem Hals bildete sich erneut ein fetter Kloß, doch ich hatte vorhin so viel geweint, dass ich nicht schon wieder damit anfangen wollte. Krampfhaft schluckte ich, um das dumme Ding zurückzudrängen, und mit ihm die Tränen, die ansonsten ein weiteres Mal meine Wangen hinabgelaufen wären.

Lin lehnte sich zurück und schaute mir ins Gesicht. »Du bist ja hier!«, stellte sie erstaunt fest, was uns drei zum Lachen brachte, weil sie mich zuerst tröstete und dann laut feststellte, dass ich anwesend war. »Wolltest du nicht direkt zu Jamie fahren?«

Ich berichtete den beiden, dass ich schon auf dem Weg zu ihm gewesen, mir dann aber eingefallen war, dass ich damit seinen ganzen Tagesablauf durcheinander und ihn Anna gegenüber in eine blöde Situation brachte.

»Deshalb wollte ich doch erst mal hierher, zu euch«, gestand ich.

»Setz dich, Lin. Ich hol dir auch eine Tasse. Willst du eine Zimtschnecke?«, fragte Hal.

Lin nickte, doch dann wandte sie ihre Aufmerksamkeit gleich wieder mir zu. »Kommst du damit klar?«

Ich nickte zaghaft, weil ich zwar davon ausging, dass ich das packen konnte, aber mir nicht vollends sicher war.

»Ich hab mir solche Sorgen um dich gemacht, als ich all das gelesen habe. Unfassbar, dass sie danach einfach zwei weitere Kinder bekommen hat. Und Jamies Vater ... Das ist ja schlimmer als in jeder Telenovela!«, regte sie sich lauthals auf.

Ein Grinsen überzog mein Gesicht, weil Lin so schnell redete wie ein Wasserfall. »Ja, das ist wirklich krasser als in einer Telenovela. Völlig unrealistisch, dass ausgerechnet Jamie und ich uns gefunden haben, wo er doch schon von der Insel weggezogen war.«

»Stiefgeschwister. Das erinnert mich an das Buch, das wir im letzten Monat gelesen haben. Das waren doch auch Stiefgeschwister, oder?«

Mein unpassendes Grinsen erlosch. »Stimmt, aber die haben sich kennengelernt, weil ihre Eltern heiraten wollten. Sie haben von Anfang an gewusst, auf was sie sich da einlassen. Und da war es auch nicht so, dass die Beziehung des Ehepaars dafür gesorgt hat, dass sich die jeweiligen Eltern getrennt haben.« Meine Schultern sackten herab, und ich griff befangen nach der Teetasse.

Lin schnaufte leise und ihr Gesicht zeigte deutlich, dass sie sich ärgerte, weil sie das falsche Thema angeschnitten hatte, nachdem sie mich ja bereits zum Lachen gebracht hatte. Doch in diesem Moment war ich zu sehr gefangen in meinen düsteren Gedanken und ich konnte ihr nicht den Gefallen tun, wieder fröhlich zu wirken. Auf der einen Seite war da Jamie, für den ich innerhalb von solch einer kurzen Zeitspanne mehr empfand als jemals zuvor für einen Mann. Auf der anderen Seite stand da die Geschichte meiner Mutter, seines Vaters und damit einer Vergangenheit, die uns auf eine Weise miteinander verband, die vielleicht alles zerstören konnte.

Hailey kam mit einer Tasse und einem Teller zurück an den Tisch, stellte beides vor Lin ab und goss ihr anschließend Tee ein. Nachdem sie sich gesetzt hatte, faltete sie die Hände auf der Tischplatte und sah mich aufmerksam an. Sie hätte auch eine gute Lehrerin werden können. Dieser Blick war eine Kunst und er sorgte dafür, dass man sofort anfing, auf dem Stuhl herumzurutschen, und sich fragte, was man falsch gemacht hatte. Hailey war geradezu prädestiniert für den Job in einer Schule.

»Was willst du nun machen?«, fragte sie geradeaus.

»Hal!« Lin sah sie böse an.

Ich hob die Hand. »Ist schon gut, Lin.«

»Ja, Lin. Jetzt mal ehrlich, was nutzt es Ally, wenn wir sie hier bemuttern, bemitleiden und in Watte packen? Richtig! Nichts! Sie muss sich darüber klar werden, was sie will.« Haileys Blick war todernst und traf nun auf mich.

Beinah verspürte ich das Bedürfnis, mich unter dem Tisch zu verstecken, doch ich hielt dem Blick stand und erwiderte: »Ich weiß nicht, ob ich die Beziehung mit Jamie unter diesen Voraussetzungen aufrechterhalten sollte. Ich weiß gerade nicht mehr, was richtig und was falsch ist!«

»Das ist nicht dein Ernst, oder?«, fragte Lin schockiert und stieß ein Keuchen aus.

Haileys Blick verfinsterte sich zusehends. »Du spinnst!«

Ich lehnte mich in dem Stuhl zurück und verschränkte die Arme vor der Brust. Es war, als müsste ich mir ein Schutzschild gegen die beiden umlegen. Verstanden sie nicht, was in mir vorging? Normalerweise wussten sie immer, was mir zu schaffen machte. Dieses Mal offenbar nicht.

Lin beugte sich zu mir. »Willst du mit ihm Schluss machen oder glaubst du, es tun zu müssen?«

Unsicher zuckte ich mit den Schultern. »Er ist mein Stiefbruder.«

»Na und!«, platzte Hal in diesem Moment der Kragen. »Das ist doch völlig egal. Ihr seid nicht verwandt, nur angeheiratet. Lass es jetzt mal gut sein, und spiel hier nicht die Moralpredigerin!«

Geschockt sah ich Hal an. »Bist du nicht diejenige gewesen, die so vehement gegen diese Beziehung war?«

Doch ihr Blick blieb ernst und fest auf mich gerichtet. Meine Frage hatte an ihrer Haltung nicht im Geringsten gekratzt. Sie wirkte immer noch, als hielte sie unumstößlich daran fest, dass ich im Unrecht war. »Ich mag Unehrlichkeit nicht. Und die meisten Männer sind nicht ehrlich, wenn es darum geht, eine Frau ins Bett zu bekommen. Aber Jamie ist nicht so. Ich habe gesehen, wie er dich auf dem Kostümfest angesehen hat. Er ist in dich verliebt, Ally. Und du in ihn. Mach es nicht komplizierter, als es eh schon ist. Und vor allen Dingen ... mach es nicht kaputt.«

Ich schwieg und ließ den Kopf hängen.

»In dir steckt ja doch noch eine romantische Seele, Hailey Ferson!«, entfuhr es Lin.

»Würde ich ansonsten immer die Liebesromane mit euch lesen?«, antwortete Hal mit einem knurrenden Unterton und stieß anschließend den Atem aus, ehe sie fortfuhr. »Ich erkenne es schon, wenn da etwas ist, und ich akzeptiere es auch. Und tief in meinem Herzen steh ich auch auf all den romantischen Kram. Aber ich komme auch gut ohne aus.«

»Okay«, hörte ich Lin ein wenig unsicher sagen.

»Und nun zu dir«, lenkte Hal die Aufmerksamkeit wieder auf mich. »Ich möchte, dass du dir Gedanken machst. Überleg dir, ob du willst, dass Jamie und du weiterhin unter dem leiden müsst, was deine Mum und sein Dad damals abgezogen haben. Wenn nein, und du ihn wirklich willst, dann kämpfe um ihn.«

Mein Kopf schwirrte. »Das hört sich bei dir so einfach an.«

»Es ist einfach.« Ihre Augenbrauen berührten beinah ihren blonden Haaransatz, als sie sich zu mir beugte und meine Hand ergriff. »Fahr hin, erzähl ihm alles und lass ihm die Chance, sich für dich zu entscheiden. Wenn er nicht damit leben kann, was in der Vergangenheit passiert ist, dann schieß ihn in den Wind. Dann ist er es nicht wert, ihm auch nur eine Träne nachzuweinen, aber nimm ihm die Entscheidung nicht ab, nur weil du Angst vor seiner Antwort hast.«

Mein Hals wurde mir eng. Ich wollte Jamie mit allem, was dazugehörte, aber das sprach ich in diesem Moment nicht aus. Meine beiden Freundinnen wussten das eh schon längst. Ich hatte mich eben geirrt. Hal wusste ganz genau, was in mir vorging und wollte mich vor mir selbst beschützen, indem sie mich so vehement konfrontierte. Mir wurde klar, dass ich vorhin hatte zu ihm fahren wollen, um die Beziehung zu beenden, um von da an nur noch mit ihm befreundet zu sein.

Was war ich nur für ein Feigling?

Warum versuchte ich nicht wenigstens, das zu retten, was mir so viel bedeutete?

Die Antwort war recht simpel. Hailey hatte recht: Wenn ich Schluss machte und ihn vor vollendete Tatsachen stellte, gab ich ihm nicht die Möglichkeit, mich zu verletzen, weil ich das selbst schon getan hatte. Doch tat es deshalb weniger weh? Nein, sicherlich nicht.

Würde die Vergangenheit aber wirklich ein Grund sein, weshalb Jamie keine Beziehung mehr mit mir haben wollte? Ich könnte ihm eine solche Reaktion auf den Inhalt der Briefe nicht verdenken, dennoch hatte ich davor fürchterliche Angst. Angst, dass meine Mutter mir durch ihr Verhalten nach so langer Zeit ein zweites Mal mein Leben und meine Träume zerstörte.

Doch auf die Zweifel und Fragen konnte ich nur eine Antwort bekommen, wenn ich mit ihm redete, ihm die ganze Wahrheit anvertraute und nicht von vorneherein sagte, dass ich nicht mehr mit ihm zusammen sein wollte. Es erforderte Mut. Mut, der mir gerade fehlte.

Ich spürte, wie Lin ihre Arme um mich legte. »Hal hat recht. Gib euch beiden diese Chance und kämpfe um Jamie.«

Lin war ein sehr feinfühliger Mensch. Wenn sie daran glaubte, dass es noch eine Möglichkeit auf ein Happy End gab, dann konnte es wirklich so sein. Ein Funken Hoffnung flammte in mir auf. Hoffnung auf eine gemeinsame Zukunft mit Jamie. Und mit Anna, die ich so sehr in mein Herz geschlossen hatte. Ich musste es einfach versuchen.

»Ich weiß«, antwortete ich schniefend. »Ich weiß.«

Lin ließ mich los und lächelte mich aufmunternd an. »Dann fahr hin.«

Hailey hatte mein Handy in der Hand und hielt es mir vor die Nase. »Schreib ihm, dass du kommst. Und dann kämpfst du gefälligst für dein persönliches Happy End, okay?«

Obwohl mir Tränen die Wangen hinabflossen, nickte ich und lächelte dabei.

»Nur noch eins«, bemerkte Hal und zog das Handy wieder aus meiner Reichweite. »Sollte er dir weh tun, dann reiße ich ihm höchstpersönlich den Hintern auf und schieße ihn zum Mond.«

Lin lachte laut auf. »Da bin ich dann dabei.«

Daran zweifelte ich keine Sekunde, denn auch ich wäre bereit, das für eine meiner beiden Freundinnen zu tun.

Das war es, was unsere Freundschaft so besonders machte. Wir liebten einander und wir litten miteinander, wir freuten uns mit der anderen und wir würden jeden niedermachen, der es auch nur wagte, einer von uns wehzutun.

»Und denk dran, für den Fall, dass er ein Idiot ist: Wir haben noch den Escort-Service von Toni«, witzelte Hal.

»Niemals!«, erwiderte ich lachend.

Lin hob den Zeigefinger. »Lass dir gesagt sein: Sag niemals nie.«

Der Gedanke, mich von einem meiner Schulfreunde trösten zu lassen, und sei es nur bei einer simplen Verabredung, verwirrte mich. »Ich denke, bei dieser Sache bleibe ich bei dem niemals.«

»Das wäre schön«, sagte Hailey und reichte mir mein Handy. »Jamie ist kein Idiot, davon gehe ich mal aus. Trau dich.«

Meine Hand zitterte, als ich nach dem Mobiltelefon griff und das Chatfenster mit Jamies Nachrichten öffnete. Zuerst hielt ich es nur fest, wusste nicht genau, was ich schreiben wollte, doch dann besann ich mich auf das Wichtigste.

*Ich bin um neun Uhr bei dir. Muss dringend mit dir sprechen. Ally*

Es hörte sich so unterkühlt an, so geschäftsmäßig, aber ich wusste nicht, ob es angebracht war, liebevolle Worte zu schreiben und ihm zu zeigen, wie verliebt ich war und wie sehr ich hoffte, dass uns nichts auseinanderbringen konnte – auch nicht die Vergangenheit. Dementsprechend änderte ich nichts an dem Text und schickte die Nachricht ab, ehe ich es mir anders überlegen konnte.

»Ich bin stolz auf dich«, lobte Hal mich. »Und jetzt ab mit dir ins Bad. Wasch dir die Tränen weg und kämm dir die Haare. Du siehst schrecklich aus.«

Ich verzog das Gesicht zu einer Grimasse, stand jedoch auf

und steckte das Handy weg. Ich wollte gerade etwas sagen, da hörte ich Lins Stimme.

»Ja, ja, wir wissen schon: Danke.« Als ich zu ihr blickte, zwinkerte sie und hielt mir ihre Bürste entgegen. »Du weißt doch: Eine für alle und alle für eine und das bis in alle Ewigkeit.«

»Ihr seid die Besten.«

Hal und Lin strahlten mich an. Ich eilte schnell ins Badezimmer, ehe ich erneut anfangen musste zu weinen.

## 15.

Gum fosglach dorus na bliadhna ùire chum sìth,
sonas is sàmchair.
*– Möge dir die Tür des kommenden Jahres den Weg zu Frieden,*
*Glück und stillem Zufriedensein öffnen. –*

Mein Magen war leer – ich hatte nichts von der Zimtschnecke essen können, die mit Sicherheit so lecker war wie immer. An dem Tee hatte ich nur ein paarmal genippt. Und nun saß ich statt im *Lizzy's* in meinem Auto und fuhr immer noch viel zu früh zur Pearson-Farm.

Jamie war noch nicht da, als ich dort ankam, was ich daran erkannte, dass nirgends sein Pick-up stand. Vermutlich brachte er Anna gerade nach Salen zur Schule oder war bereits auf dem Rückweg.

Milow begrüßte mich aufgeregt, kaum dass ich aus dem Auto gestiegen war. Ich kraulte ihn kurz hinter dem Ohr und ging anschließend auf das Haus zu, wo ich mich auf die Veranda setzte. Der Hund ließ sich neben mir nieder, legte seine Schnauze auf seinen Vorderpfoten ab und schlief ein. Fast schon zu friedlich erschien es mir hier, was in einem krassen Gegensatz zu dem Sturm stand, der in mir tobte.

Es war erst kurz vor halb neun und hier auf diesem Fleckchen Erde wurde mir bewusst, welch herrlicher Morgen sich vor mir ausbreitete. Bisher hatte ich nicht mal mitbekommen, dass es ein sonniger Morgen war, zu sehr waren meine Gedanken auf das Gespräch gerichtet, das vor mir lag und das ich so erfolgreich verschoben hatte. Doch nun bemerkte ich die Sonne, die hell ihre Fühler ausstreckte und durch den leichten Nebel, der flach über den Feldern hing, mystische Bilder erschuf. Zudem hatte ich von hier aus einen grandiosen Blick bis zum Meer.

Ein Zittern ging durch meinen Körper. Nicht weil es besonders kalt war. Es lag daran, dass die Veranda Erinnerungen in mir wachrief, die mir zeigten, was ich heute zu verlieren hatte.

Jamie und ich küssend in inniger Umarmung.

Jamie lachend und mit einem glücklichen Ausdruck auf dem Gesicht.

Jamie, wie er mich ins Haus trug.

Und ich erinnerte mich an dieses tiefe Gefühl von Glück, das ich empfunden hatte. Es war viel zu schnell verflogen, nachdem ich zu Hause angekommen war und mit meinem Dad gesprochen hatte.

Ich schloss die Augen und konzentrierte mich auf meine Atmung. Das half mir, mich zu beruhigen und mir nicht zu sehr den Kopf zu zerbrechen. Die Stille hier draußen war ebenfalls hilfreich, um wieder zu mir zu finden. Ich hatte keinen Einfluss darauf, wie Jamie reagieren würde. Meine Entscheidung hatte ich getroffen. Ich wollte ihn und das, was zwischen uns war, nicht verlieren. Ich konnte ihm nur die Tatsachen mitteilen, was er daraus machte, lag bei ihm. Das redete ich mir ein, um nicht weiterhin das Gefühl zu haben, unter Strom zu stehen.

Das klappte so lange, bis ich Jamies Wagen hörte, und als der Pick-up neben der Veranda zum Stehen kam, war ich wieder so aufgeregt und unruhig wie zuvor. Deshalb zitterten meine Knie, kaum dass ich aufgestanden war. Doch ich wollte nicht sitzen bleiben und ihm stattdessen stehend begegnen.

Jamie sprang aus dem Wagen und kam auf mich zu, während Milow versuchte, an seinen Beinen hochzuspringen, doch der

Hund wurde von seinem Herrchen ignoriert. Jamies Blick war auf mich geheftet, unterdessen zeichnete sich auf seinem Gesicht ein sorgenvoller Ausdruck ab. Seine Stirn lag in Falten und er ging schneller als sonst, kaum dass er mich auf der Veranda erblickt hatte.

»Ist alles okay?«, fragte er im Näherkommen.

Ich konnte ihm nicht antworten, es schnürte mir die Kehle zu, dass er so besorgt war. Stattdessen schüttelte ich den Kopf.

Jamies Hände griffen nach meinen Schultern und er blickte mich an, als befürchtete er, ich stände kurz vor einem Zusammenbruch. »Ich war beim *More than words.*«

»Ich konnte den Laden heute nicht öffnen, als wäre es ein ganz normaler Tag.« Ich hasste es, aber meine Stimme klang weinerlich.

»Die Briefe«, mutmaßte Jamie und ich nickte. »Ich wollte dich anrufen, als ich vor der verschlossenen Tür stand. Die Nachricht habe ich erst da entdeckt. Ich bin dann so schnell wie möglich hergefahren.«

Er klang so besorgt, so liebevoll, so wie der Mann, in den ich mich Hals über Kopf verliebt hatte. Und jetzt musste ich den feinen Faden, der uns miteinander verband, vielleicht für immer mit meinen Worten durchschneiden.

»Ich muss unbedingt mit dir sprechen«, begann ich. Warum ich ihm ausgerechnet das sagte, erschloss sich mir nicht, immerhin hatte ich ihm fast den gleichen Wortlaut in meiner Nachricht mitgeteilt, aber mein Hirn fühlte sich an, als wäre es leergefegt.

Auf seiner Stirn vertieften sich die Falten. »Aber es hat mit den Briefen zu tun?«

»Ja. Ich muss dir erzählen, was da drinsteht. Unbedingt«,

antwortete ich und bemerkte, dass meine Stimme zitterte. Insgesamt war mir plötzlich ganz kalt geworden.

Jamie stieß den Atem aus. Ich wusste nicht, warum er sich so aufgebracht durch die Haare fuhr und sah ihn mit gefurchter Stirn an.

»Entschuldige bitte, Ally. Aber ich dachte zuerst, dass du heute mit mir Schluss machen willst.« Er atmete noch einmal tief ein und zwinkerte dann mit einem erleichterten Lächeln, das mich an jedem anderen Tag sofort auf andere Gedanken gebracht hätte. Er wollte mich offenbar aufmuntern, doch dieses Mal schaffte er das nicht. Sein Lächeln verblasste langsam, aber stetig, bis nur noch ein ernster und besorgter Gesichtsausdruck übrig blieben.

Stück für Stück drehte ich mich von ihm weg, ging zurück zu dem gemütlichen Sessel, setzte mich hin und griff nach meiner Tasche. Nachdem ich das gefunden hatte, wonach ich suchte, zog ich es heraus. In den Händen hielt ich das Bild der beiden Kinder, die mit mir und auch mit Jamie verwandt waren.

Er war mir gefolgt und ließ sich neben mir nieder. Die Sessel standen immer noch ganz nah beieinander. Niemand hatte sie auseinandergeschoben, nachdem Jamie sie am Samstag so hingestellt hatte.

Ich reichte ihm das Foto und beobachtete seine Reaktion ganz genau. Keine einzige Bewegung seiner Gesichtsmuskeln entging mir. Es war klar zu erkennen, dass Jamie nicht wusste, was er mit dem Bild anfangen sollte. Er hielt es fest, sah sich die beiden Kinder genau an, drehte es um und las die zwei Namen, die meine Mutter in einer akkuraten Schrift, ohne jegliche Schnörkel darauf geschrieben hatte – Mary und Penny. Aber Jamie wusste nicht, warum ich ihm das Foto gegeben hatte. Woher auch?

Unschlüssig ließ er die Hand sinken und blickte mich fragend an. Mein Mund fühlte sich so trocken an, dass ich befürchtete, dass meine Lippen aneinanderkleben würden, sobald ich versuchte, meinen Mund zu öffnen. Doch ich war ihm eine Erklärung schuldig. Ich wollte es ihm sagen und dann auch wieder nicht.

»Das sind die Töchter meiner Mutter«, stieß ich hervor und merkte, wie kratzig sich meine Stimme anhörte, so als hätte ich seit einer Woche kein Wort mehr gesagt. Ich räusperte mich, um den Kloß aus dem Hals zu verscheuchen.

Jamies Augenbrauen schossen nach oben, berührten beinah seinen dunklen Haaransatz. »Sie hat noch mal Kinder bekommen?«

Ich nickte und fühlte mich wie erstarrt.

»Und sie hat deiner Großmutter von den Kindern ein Bild geschickt?«

Wieder nickte ich nur, anstatt ihm mit Worten zu antworten.

»Warum?«, stellte er die einzig sinnvolle Frage.

Ich räusperte mich dieses Mal, ehe ich das erste Wort von mir gab. Und tatsächlich hörte sich meine Stimme jetzt besser an. Weicher, nicht mehr so kratzig. »Sie hat ihr etwas vorgejammert und Granny hat ihr daraufhin Geld geschickt. Immer wieder mal.«

»Oh Mann, da hat sie sich ja weichklopfen lassen.« Ich sah, wie Jamie die Zähne aufeinanderbiss und dabei seine Wangenmuskulatur gut zu sehen war.

Ich stimmte ihm zu. Kurz darauf wollte Jamie mir das Bild zurückgeben.

»Du kannst es behalten. Ich habe es eingescannt und kann

einen Abzug ausdrucken, wenn ich es mir irgendwohin hängen möchte.« Ironie war meine Art, mit dem umzugehen, was ich erfahren hatte.

Nun erntete ich einen verständnislosen Blick von Jamie, offenbar hatte er meinen Ton missgedeutet. Aber ich konnte es ihm nicht verdenken, dass er meinen wirren Gedankengängen nicht folgen konnte. Das konnte ich ja selbst nicht mal.

Da ich ihm nicht erklärte, was ich mit meiner Aussage hatte mitteilen wollen, fragte er nach: »Warum soll ausgerechnet ich dieses Bild behalten?«

Unsicher knetete ich meine Hände in meinem Schoß und dachte fieberhaft nach, wie ich ihm das, was ich zu sagen hatte, am besten mitteilen sollte. Doch mir fiel partout kein anderer Satz ein, der es hätte sanfter erklären können, ohne um den heißen Brei herumzureden. Deshalb sprach ich es einfach aus: »Weil es auch deine Geschwister sind.«

Mit völligem Unverständnis blickte Jamie mich an. »Es tut mir leid, Ally. Aber ich verstehe nicht, was du mir damit sagen willst.«

Ich schluckte, doch es half nicht gegen die Trockenheit in meinem Hals oder in meinem Mund. »Meine Mutter ist mit deinem Vater verheiratet. Schon seit Jahren. Die beiden«, sagte ich und deutete auf das Foto, »sind ihre gemeinsamen Kinder.«

Sein Blick war kalt wie Eis und mindestens genauso hart. »Das ist irgendein makabrer Scherz, oder?«

Kurz biss ich die Zähne aufeinander, dann gab ich mir einen Ruck und sah ihm endlich in die Augen. »Leider nein. Ich habe die ganze Nacht die Briefe gelesen und dieses Bild war in einem von ihnen. Mittlerweile sind diese Kids zwar schon achtzehn und sechzehn und man könnte davon ausgehen, dass die Sache gefühlsmäßig bei mir schon verjährt wäre, aber das Bild hat mir echt den Boden unter den Füßen weggerissen.« Die Worte purzelten nur so aus meinem Mund, ich redete viel zu schnell. »Als ich dann meinen Dad gefragt habe, wer der Mann ist, von dem meine Mum die Kinder bekommen hat, hat er mir verraten, dass er ihn gekannt hat – dass es dein Vater ist. Dein Dad heißt Steven, richtig?« Ich hielt den Atem an.

Jamies Blick verfinsterte sich noch mehr und fokussierte sich auf das Bild. Ich wusste nicht, was er dort entdecken wollte, aber er starrte lange auf die Gesichter der beiden Mädchen. Das Bild zitterte in seinen Fingern, aber er antwortete mir nicht.

»Es tut mir leid«, flüsterte ich, weil ich das Bedürfnis hatte, etwas sagen zu müssen.

»Es tut dir leid? Was tut *dir* denn leid?«, fragte er mit einem mürrischen Gesichtsausdruck und einem abweisenden Tonfall. Beides traf mich mehr, als es hätte sein sollen. Immerhin hatte ich mir fest vorgenommen, mich durch seine Reaktion nicht verletzen zu lassen. Aber so war das mit guten Vorsätzen. Man fasste sie und dann brach man sie wieder. So wie ich in diesem Moment.

»Es tut mir leid, dass ausgerechnet ich dir eine solche Nachricht überbringen muss.« Dann fügte ich mit einem lockeren Ton hinzu, der so gar nicht dem Gefühl entsprach, das in mir tobte: »Aber sieh es mal so: Wir sind jetzt Geschwister.«

Schock, purer Schock stand Jamie ins Gesicht geschrieben. Mit meinem Spruch hatte ich genau das Gegenteil von dem erreicht, was ich hatte erreichen wollen. Mist!

Ich sah mich gezwungen, das weiter zu erklären. »Stiefgeschwister.«

»Stiefgeschwister«, echote Jamie und wirkte dabei sogar ein bisschen erleichtert.

Ich war gar nicht auf die Idee gekommen, dass er davon hätte ausgehen können, dass wir tatsächlich blutsverwandt wären. Aber offenbar war das der Fall gewesen, wenn ich seinen schockierten Gesichtsausdruck richtig gedeutet hatte.

Unruhig stand er auf und fuhr sich, gefangen in seinen Gefühlen, durch die Haare. »Ich fasse es nicht!«

Ich beobachtete jede seiner Bewegungen. Mein Magen hatte sich mittlerweile verknotet, und leichte Übelkeit machte mir zu schaffen. Meine schlimmsten Befürchtungen schienen sich zu bewahrheiten. Jamie kam mit diesen Neuigkeiten nicht klar und würde sich von mir abwenden.

Mir war zum Weinen zumute, aber ich würde dem Bedürfnis, meinen Tränen ihren Lauf zu lassen, nicht nachgeben. Ich wollte stark sein, wollte mir keine Schwäche erlauben, nicht vor Jamie zusammenbrechen. Dafür hatte ich später noch genug Zeit, sobald ich zu Hause war und meine Zimmertür abgeschlossen hatte.

Plötzlich blieb Jamie stehen und drehte sich wieder zu mir. »Wo wohnt er jetzt?«

»In Manchester, und er und meine Mum sind immer noch zusammen, zumindest stand etwas in der Art in dem letzten Brief, den sie an meine Granny geschickt hat«, beantwortete ich seine Frage bereitwillig. Er wollte Antworten, genau wie ich sie hatte haben wollen.

Ich erntete ein Nicken, dann verschränkte Jamie die Arme vor der Brust und fuhr mit seiner Befragung fort. »Seit wann sind die beiden zusammen?«

Ich ließ den Blick sinken, sah auf meine Finger, die noch immer in meinem Schoß lagen und an dem Riemen der Tasche herumspielten. »Wahrscheinlich waren sie schon zusammen, als beide noch auf der Insel gewohnt haben.«

Jamie keuchte und setzte sich wieder, nachdem er seine Hände kraftlos hatte herunterfallen lassen. »Unfassbar!«

»Ja, da hast du absolut recht. Ich kann das auch immer noch nicht wirklich glauben.« Langsam hob ich wieder den Kopf, doch Jamie sah nicht zu mir, stattdessen war sein Blick auf das Feld vor uns gerichtet. Er war mit seinen Gedanken weit weg.

»Aber wir sind nicht verwandt?«, fragte er mich.

Rasch schüttelte ich den Kopf. »Nein, so lange sind die beiden noch kein Paar, dass ich tatsächlich deine Schwester sein könnte.«

»Gut.« Mehr sagte er nicht.

Wir schwiegen lange und ich überlegte schon, ob es besser wäre, aufzubrechen und Jamie allein zu lassen. Vielleicht wollte er Abstand zu mir haben und sich erst mal mit dem auseinandersetzen, was er gerade erfahren hatte.

Doch dann ging ein Ruck durch ihn und seine dunklen Augen bohrten sich in meine. »Erzählst du mir alles?« Es war eine simple Frage, aber Jamie hatte sie in einem sanften Tonfall gestellt. Die anfängliche Härte war aus seinen Worten völlig verschwunden, und Erleichterung durchflutete mich.

Ich nickte und begann damit, ihm zu berichten, was ich beim Lesen der Briefe noch alles herausgefunden hatte. Jamie wollte sämtliche Einzelheiten wissen und fragte immer wieder nach.

Dass sein Vater weiterhin nur von Gelegenheitsjobs lebte und die Familie wenig Geld hatte, erstaunte ihn nicht wirklich. »Mein Vater ist ein Egoist, das ist er schon immer gewesen. Für eine Frau und Kinder zu sorgen und sich deshalb mal einen festen Job zu suchen, passt ihm nicht in den Kram. Damals hat meine Mum die Farm betrieben, während er sich im Pub amüsiert hat. Er hat gewettet und verloren, getrunken und Schulden gemacht. Und wir litten darunter.«

Das war eine Erklärung für Dads mysteriöse Andeutung vor ein paar Wochen, als er meinte, dass er hoffe, Jamie käme nicht nach seinem Vater. Nun wurde mir einiges klar.

»Und irgendwann hat er meine Mutter getroffen und ist mit ihr von der Insel verschwunden«, ergänzte ich seine Schilderung.

»Eine gute Entscheidung.« Jamie blickte zu mir und nahm meine Hand in seine. »Für uns beide war es besser so. Wir waren besser dran, ohne diese beiden Menschen, die nur Ärger bedeuten.«

Ich nickte und vermied es, ihm in die Augen zu schaue. »Ich hätte so gerne eher erfahren, was damals passiert ist.«

Sanft drückte er meine Finger. »Ich auch, Honey.« Er hob die andere Hand, legte sie an meine Wange. »Aber ich glaube nicht, dass wir es damals verstanden hätten. Du warst noch zu jung und ich ein aufsässiger Teenager.«

»Das schon, aber warum hat meine Granny es mir nicht erzählt, als ich erwachsen war.« Zitternd zog ich den Atem ein.

»Vielleicht war es einfach eine zu lange Zeitspanne, während der sie diese Lüge aufrecht halten musste. Und vergiss nicht, da ist auch noch dein Dad, dem sie auch nichts von all dem erzählen konnte.« Zärtlich strich er mit dem Daumen über meinen Wangenknochen.

»Dad stand total neben sich, als ich am Sonntag nach Hause gekommen bin. Erst nachdem ich alle Briefe gelesen habe, ist mir klargeworden, was ihn so aus der Bahn geworfen hat. Für ihn muss das noch viel schlimmer sein als für mich oder dich.« Dann fiel mir etwas ein. »Meinst du, deine Mutter weiß das alles?«

Jamie wiegte den Kopf unschlüssig hin und her. »Ich weiß es nicht, aber ich bin mir auch nicht sicher, ob ich sie darauf ansprechen soll. Dass er eine Geliebte hatte, das weiß sie, dazu hat sie mal ein paar Andeutungen gemacht. Aber ob sie von der neuen Familie auch nur etwas ahnt ... Keine Ahnung.« Jamie sah gequält aus, doch er fuhr fort: »Ich bin froh, dass sie die Trennung überwunden hat, das hat viel zu lange gedauert. Ich will keine alten Wunden aufreißen und ihr mit der Frage nach Dad vielleicht sogar neue oder noch größere zufügen.«

Ich hob den Blick und sagte Jamie mit so ruhiger Stimme wie möglich: »Verständlich.« Dann lächelte ich ihn aufmunternd an, aber es fühlte sich vollkommen falsch an, weshalb ich die Mundwinkel wieder entspannte und stattdessen fragte: »Willst du ihn besuchen?«

Augenblicklich ließ er die Hand sinken und schüttelte den Kopf. In seinem Gesicht erschien ein harter Ausdruck. »Nein. Er hat sich entschieden, dass ich nicht mehr zu ihm und seinem Leben dazugehöre.« Kurz schwieg Jamie und sah wieder in die Ferne, ehe er etwas sagte, das mich vollkommen aus der Bahn warf. »Aber wenn du willst, begleite ich dich zu deiner Mutter und deinen ... unseren Geschwistern.«

Aufmerksam horchte ich ein weiteres Mal in mich hinein. Vorhin hatte ich zwar schon einmal die Frage gestellt bekommen, aber jetzt und hier mit Jamie und dem konkreten Vorschlag, mich zu begleiten, wurde die Vorstellung realer. Ich verspürte sofort einen enormen Unwillen.

Ich wollte es auf keinen Fall, deshalb erwiderte ich: »Nein, ich denke nicht, dass ich sie sehen will. Außerdem fühlt es sich so an, als wäre das ein Verrat an meinem Dad.« War es okay, das nicht zu wollen? Dass ich nicht meine Mutter und meine Schwestern treffen wollte? »Sie hat mich verlassen, als ich noch ein Kind war, genau wie dein Dad dich verlassen hat. Hat nicht zurückgeschaut, erst als sie Geld gebraucht hat und das zweite Mal schwanger war, hat sie sich bei meiner Granny gemeldet und sich nach mir erkundigt.«

Ich stand auf, hatte plötzlich das Gefühl, nicht mehr genug Luft zu bekommen. Der Gedanke, meiner Mutter gegenübertreten zu müssen, sorgte für eine Art von Panik, die ich selbst nicht verstand. Unruhig lief ich die Verandastufen hinab, atmete ein und aus und versuchte, Herr meiner kreisenden Gedanken zu werden.

Hinter mir hörte ich Schritte. Jamie folgte mir, engte mich jedoch nicht ein, indem er versuchte, mich aufzuhalten oder anzufassen. Er blieb einfach nur in meiner Nähe, für den Fall, dass ich ihn brauchte. Doch ich lief immer weiter und erst am Zaun einer Weide kamen meine Schritte zum Stillstand. Dort legte ich meine Unterarme auf das raue Holz und darauf bettete ich meinen Kopf. Es kam mir vor, als wäre ich plötzlich in einem unendlichen Albtraum gefangen, aus dem ich einfach keinen Ausweg mehr fand.

Jamie stellte sich einen Meter von mir entfernt ebenfalls an den Zaun. Ich spürte seine Nähe, die mir ein tröstliches Gefühl schenkte, dennoch war ich froh, dass er mir die Zeit gab, diesen psychischen Zusammenbruch erst einmal zu verkraften.

Irgendwann, ich weiß nicht, wie viele Minuten vergangen waren, hatte ich mich so weit im Griff, dass ich den Kopf hob und zu Jamie blickte. »Entschuldigung, aber allein der Gedanke, meine Mutter zu sehen, hat irgendwas in mir zum Durchdrehen gebracht«, versuchte ich ihm zu erklären, was da gerade mit mir los gewesen war.

Jamie sah mich an. Aufmerksam und mitfühlend. »Bei mir musst du dich niemals entschuldigen, nur weil dir etwas nahegeht, das jeder vernünftige Mensch mit ein wenig Mitgefühl nachvollziehen kann. Da gibt es nichts zu bedauern oder zu entschuldigen. Das ist doch nur menschlich.«

Wie von selbst schlich sich das Lächeln auf meine Lippen.

»Na, siehst du! Für dieses Lächeln hätte ich noch stundenlang geduldig hier herumgestanden.« Jamie streckte die Hand nach mir aus, und ich ergriff sie.

Ich rechnete damit, dass wir einfach einträchtig nebeneinander stehen bleiben würden, verbunden durch unsere Finger, doch Jamie zog mich an sich und legte die Arme um mich. Meine Hände lagen im nächsten Moment an seiner Brust. Ich spürte sein Herz schlagen. Schnell und fest klopfte es gegen meine Handfläche.

»Schau mich an, Ally«, forderte Jamie mit leiser, aber eindringlicher Stimme.

Ich hob den Kopf und begegnete diesen dunklen Augen, die es schafften, dass ich mich trotz allem, was in den letzten Tagen passiert war, entspannte.

»Gib dir selbst Zeit. Zwanzig Jahre schiebt man nicht so einfach beiseite oder aus dem Gedächtnis. Mir geht es da wie dir.« Er drückte mir einen sanften Kuss auf die Stirn, der mir die Luft abschnürte. »Es sind zu viele und zu tiefe Gräben, zu viele Verletzungen, die uns in jungen Jahren zugefügt worden sind. Im Moment kann ich mir auch nicht vorstellen, einen der vier sehen zu wollen. Aber … wenn du deine Meinung ändern solltest, dann bin ich für dich da und fahre mit dir hin. Okay?«

Tränen verschleierten meinen Blick. Mist! Dabei hatte ich mir doch vorgenommen, nicht zu weinen. Blinzelnd versuchte ich, sie zu verdrängen. Jamie war für mich da und er wollte mich sogar begleiten, falls ich mich eines Tages dazu entscheiden würde, meine Mutter und meine Geschwister besuchen zu wollen. Seine Stiefmutter und auch seine Geschwister und letztendlich wäre dann auch sein Dad dort. Das wollte er für mich auf sich nehmen. Mein Herz öffnete sich noch ein Stückchen mehr für diesen Mann.

Ich nickte und fühlte mich schwach. Schwach, weil ich erneut kurz davor stand, zu weinen, und weil ich nicht stark genug war, der Frau gegenüberzutreten, die mich verlassen hatte.

Es tat mir gut, mit Jamie über all das zu reden. Und in gewisser Weise war es tröstlich, dass es ihm genauso ging wie mir. Dass wir ähnlich fühlten. Jamie verstand, was in mir vorging, wie kein anderer. Dass das Schicksal uns schon als Kinder auf diese makabre Art verbunden hatte, war verwirrend, aber wir konnten nicht ändern, was meine Mutter und sein Vater vor über zwanzig Jahren getan hatten.

Jamie hielt mich noch immer fest, sah mich weiterhin an. Mein Blick glitt über sein Gesicht und blieb an seinen Lippen hängen. Ich hielt die Luft an, sah erneut zu seinen Augen und wieder zurück zu seinem Mund.

»Nun küss mich schon endlich«, hörte ich Jamies dunkle Stimme sagen.

»Aber, du … «

»Nichts aber, Honey.« Er legte den Kopf auf die Seite, so

dass er mir besser in die Augen schauen konnte. »Stiefgeschwister sind nicht Blutsverwandte. Es spricht nichts dagegen, dass wir zusammen sind, dass wir glücklich sind. Wir werden uns nicht durch sie zerstören lassen.« Ein verwegenes Lächeln erschien auf seinen Lippen. »Nun mach schon.«

Mein Herz fing an, wie verrückt zu schlagen, und meine Hände verselbständigten sich, glitten an seiner Brust nach oben, über seinen Hals bis in sein Haar hinein, wo ich mich festklammerte. Jamie lächelte auf diese verruchte Art und Weise, und dieses unwiderstehliche Grübchen zog mich magisch an. Im nächsten Moment lagen meine Lippen auf seinen.

Doch anstatt den Kuss zu erwidern, sprach Jamie an meinen Lippen: »Ich dachte schon, du wolltest das mit uns beenden. Kannst du dir vorstellen, wie sehr mich diese Vorstellung gequält hat?«

Ich löste meinen Mund widerwillig von seinem und lehnte mich ein Stück zurück, um ihm besser ins Gesicht sehen zu können. Seine Augen waren noch dunkler als sonst, und ich konnte darin lesen wie in einem offenen Buch. Er begehrte mich so wie ich ihn.

»Ich habe seit Stunden mit der Angst kämpfen müssen, dass du mich nicht mehr willst, wenn du erfährst, dass ich deine Stiefschwester bin, erfährst, dass es meine Mutter war, die deine Familie zerstört, dir deinen Vater genommen hat. Da ist es doch nur fair, wenn ich dich auch ein bisschen zappeln lasse, meinst du nicht?« An meinen Lippen zupfte ein Lächeln.

Jamie erwiderte nichts, stattdessen fand ich mich in einem Kuss wieder, der mich all meine Zweifel vergessen ließ. Ein Kuss, der mir zeigte, dass meine Mutter keinen Einfluss auf meine Zukunft hatte. Sie hatte nicht die Macht, das zu zerstören, was Jamie und ich gerade im Begriff waren, aufzubauen. Mein Glück hing nicht von ihr ab, auch wenn ich das viele Jahre lang geglaubt hatte.

***

Einige Wochen später …

»Wir haben gekämpft und wie immer zusammengehalten! Und jetzt wird sich alles zum Guten wenden, Ally. Stimmt's Hal?« Lins Stimme zeigte deutlich, dass sie mindestens einen Cocktail zu viel getrunken hatte. Ihr rotes Haar lag in sanften Wellen um ihr Gesicht und ihre Wangen zeigten eine leichte rosa Tönung.

Wir hatten uns schick angezogen – jedenfalls für Inselverhältnisse. In London wären wir in unseren Outfits vermutlich noch nicht einmal in die nächste Bar eingelassen worden. Aber hier auf der Insel sahen wir in unseren Kleidern und High Heels schon extrem auffällig zurechtgemacht aus. Lin trug ein dunkelblaues Etuikleid, Hailey hatte sich für ein dunkelviolettes Kleid in A-Linie entschieden und ich mich für ein gerade geschnittenes Schwarzes mit Pailletten. Wir feierten Haileys achtundzwanzigsten Geburtstag im *Joe's*, nur wir drei, so wie wir es schon seit vielen Jahren machten.

»Da hast du recht, Linnymaus!«, bestärkte ich sie und strahlte vermutlich wie eine 300-Watt-Birne. »Mit Jamie habe ich das große Los gezogen. Und Anna ist wundervoll.«

»Hört, hört!« Hailey klatschte in die Hände. »Wann erklingen die Hochzeitsglocken?«

»Stopp! So schnell sind wir nun auch nicht! Erst mal fahren Jamie und ich im August nach London zu Johns Hochzeit.«

»Vielleicht fängst du da ja den Brautstrauß. Aber mal ehrlich, du bist doch praktisch seit zwei Wochen dauerhaft bei ihm. Da könntet ihr auch gleich offiziell zusammenziehen, oder?«, gab Lin zu bedenken.

»Ja, schon. Aber wir wollen erst sehen, ob das klappt mit uns. Wie der Alltag funktioniert, natürlich auch mit Anna. Die Kleine ist zwar glücklich, wenn ich da bin, aber vielleicht ändert sie ihre Meinung, wenn sie merkt, wie ernst es uns wirklich ist. Wir wollen sie mit all dem nicht überfordern.« Ich drehte das Glas in den Händen und dachte an die Wochen, die vergangen waren, seit mein Vater die Briefe gefunden hatte.

Nachdem Jamie Anna erzählt hatte, dass er und ich zusammen waren, konnte sie niemand mehr bremsen. Sie kam jeden Tag zu mir in die Buchhandlung. Oft hatte sie das Mädchen im Schlepptau, mit dem sie sich auf der Kostümparty angefreundet hatte. Die beiden waren inzwischen fast unzertrennlich. Bei ihrem ersten gemeinsamen Besuch hatte sie ihrer neuen Freundin stolz verkündet, dass ich nun ihre Stiefmutter sei und sie auf mich hören müsse. Sie wirkte so zufrieden, ihre Noten verbesserten sich zusehends und Anna sagte mir immer wieder, dass sie so froh sei, dass Jamie und ich endlich kapiert hätten, dass wir zusammengehörten. Angeblich hätte sie es von Anfang an gewusst.

Ich war so glücklich, dass ich mich täglich fragte, wo der Haken an der Sache war. Doch bisher hatte ich keinen gefunden. Jamie war traumhaft, liebevoll, verständnisvoll und leidenschaftlich. Ich musste meinen beiden Freundinnen zustimmen, wir lebten ja fast schon zusammen. Im Grunde genommen könnten wir es auch gleich offiziell machen, so wie Jamie es mir vorgeschlagen hatte. Aber irgendwie hatte ich das Gefühl, Dad damit im Stich zu lassen. Ich wusste, dass es eigentlich totaler Quatsch war und dass ich diesen Grund vorschob, um mich nicht mit meiner Angst auseinandersetzen zu müssen, die mir dieser Schritt machte. Mit Tom hatte er das Ende unserer Beziehung bedeutet und ich war nicht bereit, mein Leben mit Jamie aufs Spiel zu setzen.

»Das klappt doch jetzt schon so gut, dass ich jedes Mal vor Neid erblasse, wenn du von Jamie erzählst!«, schmollte Lin und verdrehte die Augen. Ja, sie hatte definitiv einen Cocktail zu viel.

»Er ist nun mal wundervoll, da muss ich immer wieder von ihm schwärmen, weil ich es selbst kaum fassen kann«, gab ich zu.

Hal und Lin verzogen die Gesichter zu leidenden Grimassen.

»Schon gut, ich hör ja schon auf, von ihm zu reden.« Ich musste lachen, als Hal so tat, als rutsche sie vor Erleichterung von dem Barhocker herunter.

»Aber euch muss klar sein, dass nach meinem Happy End nun noch ein Happy End auf euch wartet.« Mit dem Finger zeigte ich von einer zur anderen und nickte grinsend.

»Pah, Happy Ends brauchen wir nicht. Man kann auch ohne Mann glücklich sein«, wiederholte Hal mal wieder ihr Lebensmotto.

»So schnell führst du mich nicht mehr hinters Licht. Ich weiß jetzt, dass auch du heimlich auf den Einen wartest.« Ich stieß sanft mit meiner Schulter gegen Haileys, die daraufhin ein mürrisches Gesicht machte.

»Doch, doch«, mischte sich Lin ein. »Hal hat recht. Ohne Mann ist es auch okay und wir haben ja Matt, der für Toni einspringt, seit der mit Tally zusammen ist.« Lin lächelte und nippte genüsslich an ihrem fast leeren Erdbeer-Daiquiri.

Woher Lin mal wieder ihre Informationen hatte, war mir schleierhaft. Obwohl … Sie hatte ungewöhnlich viel Kontakt zu Matt. Vielleicht bahnte sich da etwas an? Ich war mir jedoch nicht sicher, ob Lin die Richtige für Matt war und umgekehrt.

»Vielleicht sollte ich mal überprüfen, ob Matt es genauso drauf hat, eine Frau glücklich zu machen – und das nur mit einem Essen – so wie Toni es damals bewiesen hat.« Hal wackelte provozierend mit den Augenbrauen.

»Mit Sicherheit!«, sprang Lin für Matt ein.

»Meint ihr wirklich, dass er das Geschäft von Toni übernehmen wird?«, wollte ich wissen.

»Bestimmt tut er das. Das ist doch leicht verdientes Geld. Und vergiss nicht, er ist jetzt auf der Suche nach der großen Liebe«, erklärte mir Hal mit einem Wackeln der Augenbrauen.

»Als wenn man die große Liebe bei traurigen und frustrierten Frauen findet.« Lin leerte den Rest des Cocktails in einem Zug. »Das ist doch eher zum Abgewöhnen, oder?«

Da musste ich ihr zustimmen. Aber ihr Verhalten bestätigte meine Vermutung, dass sich da etwas zwischen den beiden anbahnte. Oder lag ich vollkommen daneben? In den nächsten Tagen musste ich sie unbedingt mal danach fragen.

»Vielleicht tröstet er sich aber mit denen, bis das Schicksal ihm eine Frau schenkt, die ihn zu schätzen weiß.« Ich beobachtete Lins Reaktion auf meine Worte.

»Kann schon sein, aber lasst uns nicht mehr über Männer sprechen, die sind alle doof.« Sie riss die Augen auf und schaute betreten zu mir. »Außer dein Jamie natürlich!« Ich lächelte und hob den Daumen. »Es gibt andere, erfreulichere Dinge. Mein kleiner Blumenladen zum Beispiel.« Lin grinste glücklich, und ich verwarf die Idee von Lin und Matt als Paar. Diese Reaktion war zu unbedarft. »Mein Geschäft wird weiter bestehen und ich werde mich nicht nach einem neuen Job umsehen müssen. Wir haben uns einiges einfallen lassen, um wieder Geld in die Kasse des Geschäfts zu spülen.«

»Das stimmt. Auf deinen Blumenladen und die Kurse, die mittlerweile so gut laufen.« Hal hob das Glas. Lin stieß mit ihrem Leeren dagegen und ich mit meinem Cocktail. »Auf uns.«

»Du hast recht, Linnymaus. Durch deinen unermüdlichen Einsatz wird das nach und nach wieder alles gut werden. Ich glaube an uns.«

Und irgendwann würde unsere Lin auch über die Enttäuschung hinwegkommen, die immer noch durch ihren blöden Ex-Freund in ihr schwelte und neue Kraft schöpfen. Doch ich sprach meine Gedanken nicht aus, weil ich Angst hatte, damit die Stimmung zu verderben.

»Auf uns«, begann Lin ihre Rede. »Auf Hailey und ihre gemeinnützigen Projekte und darauf, dass sie noch ganz vielen bedürftigen Menschen helfen kann. Auf Ally, die Bücher Fremden und Bekannten näherbringt und nun einen Mann an der Seite hat, der perfekt zu ihr passt und sie so glücklich macht, wie ich sie noch nie gesehen habe.«

Ich räusperte mich. »Und auf Lin, die morgen ihren nächsten Kurs geben und bald schwarze Zahlen schreiben wird! Und noch mal auf Hal, die die Älteste von uns ist.«

Hal schlug lachend mit der Hand gegen meine Schulter. Früher fand sie es immer toll, älter zu sein, doch mittlerweile war es ihr scheinbar ein Dorn im Auge.

Wieder stießen wir unsere Gläser aneinander, und Hailey und ich tranken den Rest unserer Cocktails.

Es war schön, dass Lin langsam ihre finanziellen Probleme in den Griff bekommen würde. Sie war zwar noch weit davon entfernt, schwarze Zahlen zu schreiben, doch endlich sah sie wieder ein Licht am Ende des Tunnels.

Irgendwo gab es sicherlich zwei wundervolle Männer, die erkannten, welche tollen Frauen hier auf der Isle of Mull auf sie warteten. So, wie Jamie mich gefunden hatte, würden auch Hal und Lin gefunden werden oder selbst jemanden finden. Wie sagte Granny immer: Zu jedem Topf gab es einen Deckel.

Zufriedenheit durchströmte mich. Der ganze Zwischenfall mit meiner Mutter hatte mich zwar stark mitgenommen, aber ich war bei meinem Entschluss geblieben, ich würde sie vorerst nicht besuchen und zur Rede stellen. Vielleicht konnte ich eines Tages die Stärke finden, um ihr zu begegnen, aber momentan wollte ich es einfach nicht.

Wenn, dann würde ich gemeinsam mit Jamie diese Reise nach Manchester in meine, nein in unsere Vergangenheit unternehmen.

Ich liebte Jamie mit jeder Faser meines Seins und ich konnte mir ein Leben ohne ihn nicht einmal mehr ansatzweise vorstellen. Wenn ich tief in mich hineinhorchte, musste ich zugeben, dass ich mir sogar wünschte, mit ihm zusammenzuziehen. Wir würden uns ein gemeinsames Leben aufbauen – schon bald.

Glück, Liebe und Verbundenheit waren die Essenz des Lebens und diese Essenz durchströmte mich seit einigen Wochen, erfüllte mich und ließ mich immerzu lächeln. Jamies Liebe zu mir war so greifbar, dass ich mich fallen lassen konnte und keine Zweifel mehr an unserer Beziehung hatte.

Ich blickte von Hailey zu Lin und lächelte zufrieden. Mit Freundinnen wie ihnen und Jamie an meiner Seite konnte nichts schieflaufen. Gemeinsam mit diesen Menschen würde ich jede Hürde bewältigen, die das Leben noch für mich vorsah. Und ich freute mich schon jetzt auf die vielen glücklichen Stunden mit meinen Lieblingsmenschen.

*Ende*

Und so geht es weiter in Tobermory …

*Leseprobe*

EMMA BISHOP

# Die schottische Bäckerei zum Glück

Roman

– ISLE OF MULL 2 –

# 1.

Gum biodh ràth le do thurus.
– *Möge deine Suche erfolgreich sein.* –

## Freitag, 4. August

Es war einer dieser schönen, warmen Sommertage auf der Isle of Mull, die ich besonders liebte. Die Hauptstadt Tobermory schien heute vor Energie zu pulsieren. Während nur wenige Menschen dauerhaft auf der Insel wohnten, fanden sich in der Hauptsaison umso mehr Saisonkräfte ein, die hier in den Sommermonaten vom Tourismus lebten. Zudem hatte ich das Gefühl, als wären heute noch mehr Touristen auf unser kleines Eiland geströmt als an anderen Tagen.

Schon auf dem Weg zur Arbeit hatte ich bemerkt, dass etliche Yachten vor Anker lagen und einige Beiboote an der Kaimauer im Hafen vertäut waren. Das war an sich nichts Außergewöhnliches, doch die Größe der Schiffe fiel mir auf. So was fand man wahrscheinlich eher in Monaco, Miami und in den Arabischen Emiraten auf den unspektakulären Hebriden. Wobei sich unspektakulär mehr auf das Angebot an sozialen Attraktionen und gesellschaftlichen Events bezog als auf die landschaftlichen Gegebenheiten und mitunter äußerst turbulenten Kapriolen des Wetters. Und natürlich waren auch diese für die üblichen Touristen vermutlich deutlich interessanter als für uns Einheimische, die den Anblick von klein auf vor Augen hatten.

Die Isle of Mull war ein ruhiger Urlaubsort. Teil einer Inselgruppe, die in Schottland lag. Dieser Fleck Großbritanniens war mittlerweile ein Magnet für Touristen geworden, was nicht zuletzt an den vielen Filmen lag, die hier gedreht worden waren. Besucher kamen hierher, um wandern zu gehen, sich zu entspannen und die wilde schottische Natur und die Stille der Inseln zu genießen. Hier gab es keine teuren Restaurants oder Designerläden. Nur kleine Orte und idyllische Buchten. Deshalb irritierte mich der Anblick der Schickimicki-Yachten umso mehr.

Wie an jedem Tag der Woche, außer sonntags, hatte ich auch heute meine Bäckerei – das *Lizzy's* – mit dem dazugehörigen Café geöffnet und mich die nächsten Stunden um meine Gäste gekümmert.

Ich war gerade im Begriff, mich mal für ein paar Minuten setzen zu wollen, als eine Frau im Businesskostüm hereinkam und mich mit einem lang gezogenen Akzent begrüßte.

Augenblicklich war mir klar, dass sie keine normale Touristin sein konnte. Der Akzent hatte mir sofort verraten, dass sie weder aus England noch aus Schottland und erst recht nicht von der Isle of Mull kam, sondern aus den USA. Ihre ganze Erscheinung passte nicht hierher. Sie war auch definitiv keine der wandernden Naturtouristen. Dafür war sie viel zu schick zurechtgemacht.

»Ich brauche zehn von denen und zehn von den Scones. Und noch zehn von den Zimtschnecken«, bestellte sie. Mit aufmerksamem Blick schaute sie sich die Auslage genauer an und deutete auf die Törtchen. »Ach, die sehen auch hübsch aus. Davon auch noch mal zehn und einen Caramel-Macchiato. Alles zum Mitnehmen. Sie haben doch To-go-Becher?«

Was glaubte sie, wo sie sich befand? Auf dem Mond? Statt eine schnippische Antwort zu geben, biss ich mir auf die Zunge und schluckte die Worte, die am liebsten aus meinem Mund gepurzelt wären, herunter.

»Selbstverständlich. Sogar mit Deckel, allerdings nehmen wir Pfand für den Becher, das Sie wiederbekommen, sobald Sie ihn zurückbringen. Oder Sie behalten ihn als Andenken.«

Irritiert blinzelte sie mich angesichts meines zuckersüßen Tons an. Ich schenkte ihr mein gekonnt oberflächliches Lächeln, das ich mir für schwierige Gäste aufhob und widmete mich dann, als sie nichts auf meine Worte erwiderte, ihrem Kaffee.

Während ich anschließend die Backwaren in mehrere Kartons packte, fragte ich mich, für wen die zierliche Blondine diese Massen an Süßkram bestellt hatte. Die Kostümträgerin, die ich auf Mitte bis Ende dreißig schätzte, sah so aus, als kenne sie das Wort Freizeit nicht und hätte aufgrund von Stress nicht viel Zeit zum Essen. Auch jetzt wirkte sie eher gehetzt.

Ich stapelte die sechs Kisten aufeinander und überlegte, wie sie in Gottes Namen das alles von hier wegschaffen wollte. Doch sie überraschte mich erneut.

Hektisch tippte die Frau auf ihrem Smartphone herum und hob es an ihr Ohr. »Justin? Ja, bin im Café am Hafen. Komm her und bring Tim mit. Ihr müsst mir tragen helfen.« Dann schnappte sie sich den Kaffee und trank einen großen Schluck.

Gut, dass ich die Milch des Getränks nicht zu heiß gemacht hatte, ansonsten hätte Mrs Business sich ihre rot geschminkten Lippen verbrannt und mich vermutlich vor irgendein Gericht geschleppt und Schadensersatz von mir gefordert, weil ich sie nicht gewarnt hatte. Sie wirkte auf mich, als wäre sie direkt aus einem Büro in New York hierhergebeamt worden.

»Das macht neunundachtzig Pfund und vierzig Pence«, erklärte ich ihr, nachdem ich ihre Bestellung fertig eingepackt und in die Kasse getippt hatte.

Mit einem Hauch von Großspurigkeit legte sie mir zwei Fünfzig-Pfund-Banknoten auf den Tresen. »Stimmt so.«

Erstaunt hob ich die Augenbrauen, doch sie bemerkte es nicht, weil sie ihre Aufmerksamkeit bereits wieder auf ihr Handy gerichtet hatte.

Ich wollte nicht undankbar sein, aber das war eindeutig zu viel Trinkgeld, zumal ich sie nicht mal am Tisch bedient und ihr die Backwaren nur verkauft hatte. Doch als mich ihr abschätziger Blick traf, zuckte ich nur mit den Schultern und bedankte mich. Wenn sie ihr Geld aus dem Fenster schmeißen wollte, sollte mir das doch egal sein.

Gerade als ich die Scheine in der Kasse verstaut hatte, stürmten zwei junge Kerle ins Café. Sonnengebräunt und geschätzt Anfang zwanzig. Auch sie sahen nicht wie die typischen Touristen aus. Weder waren sie Surferboys, deren Haare vom Salzwasser ausgeblichen waren, noch liefen sie barfuß, in Badelatschen oder gar in Wanderschuhen herum. Sie trugen stattdessen Bermudashorts, Segelschuhe und Polohemden. Über den Schultern hatte jeder von ihnen einen Pulli gelegt und das Haar zurückgegelt. Hätte ich nur die Kleidung gesehen, wäre ich vermutlich davon ausgegangen, dass es sich bei den beiden um Zwillinge handelte.

Zielstrebig steuerten sie den Tresen an, und Mrs Wichtig wedelte mit der Hand in Richtung der Kartons. Einer lächelte mich an und dann verschwanden die beiden schon mitsamt den Backwaren, ohne dass einer in dieser merkwürdigen Truppe miteinander geredet hätte. Ohne sich zu verabschieden, stöckelte die Frau ebenfalls aus meiner Bäckerei und nippte dabei an ihrer Kaffeespezialität.

Kopfschüttelnd blickte ich den dreien hinterher.

»Mach den Mund zu, Hailey«, wies mich Phil zurecht, nachdem er aus der Küche in den Gastraum getreten war, um frische Gebäckteilchen in die Auslage zu packen. Offensichtlich hatte er meinen Gesichtsausdruck bemerkt.

Phil war erst seit ein paar Wochen meine neue Aushilfe, doch der gelernte Bäcker hatte sich innerhalb kürzester Zeit zu einem festen Bestandteil meines Teams entwickelt. Er konnte sogar kochen und nahm mir viel Arbeit ab. Deshalb spielte ich tatsächlich mit dem Gedanken, dem geborenen Iren eine Festanstellung anzubieten.

Normalerweise arbeitete ich in den Wintermonaten allein im *Lizzy's*. Nur in den Sommermonaten stellte ich Aushilfen ein. Das waren größtenteils Studenten oder andere junge Leute, die sich ihren Aufenthalt in Schottland finanzierten. Doch er war ein erwachsener Mann von dreißig Jahren, den es nach Tobermory verschlagen hatte. Bei seinem ersten Aufenthalt, als er im vergangenen Jahr für einige Tage hier Urlaub gemacht hatte, hatte er sich in die Insel verliebt und entschieden, hier leben zu wollen. Neben Phil arbeitete momentan noch Moira bei mir, die meistens die Nachmittagsschicht übernahm und entweder ihn oder mich ablöste.

Meine Geschäfte liefen hervorragend und ich hätte es mir sogar leisten können, im Winter für ein paar Wochen komplett zu schließen, doch das konnte ich den Anwohnern von Tobermory nicht antun. Viele von ihnen kamen zum Mittagessen her oder kauften sich bei mir ihre Backwaren fürs Frühstück oder den Afternoon-Tea. Das *Lizzy's* und ich waren schon lange nicht mehr nur eine Touristenattraktion, sondern ein fester Bestandteil des Insellebens.

»Wer war das?«, fragte Phil und deutete mit dem Kinn zur Straße, wo man die drei merkwürdigen Kunden von dannen eilen sah.

Ich zuckte mit den Schultern. »Keine Ahnung. Irgendwelche Leute mit zu viel Geld und, so wie es aussieht, Hunger.«

Phil lachte laut los. Sein ganzer Körper erzitterte, was angesichts seiner hageren Gestalt ein wenig so aussah, als hätte er Zuckungen. »Das habe ich schon gesehen, als die Frau hier auf ihren High Heels rein marschiert ist.« Seine braunen Augen, die beinah dieselbe Farbe wie sein Haar hatten, sahen mich amüsiert an, ehe er mir zuzwinkerte und sich dann eins der leeren Bleche schnappte. »Machst du heute früher Schluss oder ich?«

»Ich würde lieber morgen früher Feierabend machen, du kannst heute schon nach dem Mittagessen gehen, wenn das für dich passt. Ich muss morgen früher gehen, weil Ally und Lin zu unserem …«

»… Buchclub kommen, ich weiß«, vollendete Phil den Satz für mich. »Passt für mich so. Viel Spaß dabei.« Mit einem sanften Lächeln und dem Blech in der Hand verließ er den Gastraum.

Erstaunt blickte ich ihm hinterher. Er hatte es sich gemerkt. Phil war ein aufmerksamer Mann, was mich berührte. Er wäre der perfekte Kerl für eine feste Beziehung und ich müsste mich schon sehr irren, wenn er kein Interesse an mir hatte. Es waren die Blicke, die er mir zuwarf, und dieses sanfte Lächeln, wie das, was er mir gerade eben geschenkt hatte, die mich zu diesem Schluss kommen ließen. Noch hatte er mich nicht angesprochen, vermutlich hatte er längst erkannt, dass ich keinerlei solcher Gedanken hegte. Zum einen wollte ich auf keinen Fall auf ihn als Mitarbeiter verzichten und das müsste ich zwangsläufig irgendwann, wenn das zwischen uns zu Ende ginge, zum anderen war ich der Meinung, dass Beziehungen das Leben nur unnötig verkomplizierten. Dementsprechend ging ich auf keinen der sehr vorsichtigen Annäherungsversuche von Phil ein.

Mittlerweile wurden die Aufmerksamkeitsbekundungen weniger und er verhielt sich meistens wie ein guter Freund, wofür ich sehr dankbar war. Irgendwann würde keiner von uns beiden mehr daran denken, dass er sich Hoffnungen gemacht hatte, die ich nicht hatte erfüllen wollen.

Bis jetzt war ich noch nicht dazu gekommen, das Buch, für das meine Freundinnen und ich uns beim letzten Treffen entschieden hatten, zu lesen. Bestimmt würde Ally enttäuscht sein, wenn ich ihr das beichtete. Sie war Buchhändlerin und hatte ebenfalls einen Laden in der Main Street. Ihre Buchauswahl war immer toll, aber durch die Bäckerei und den Sommeransturm kam ich zurzeit kaum zum Lesen.

Doch in diesem Moment war es relativ ruhig, deshalb griff ich nach meiner Handtasche, holte das Taschenbuch heraus und las ein bisschen weiter. Der nächste Gast würde mich sicherlich bald unterbrechen, doch bis dahin konnte ich die Zeit ja sinnvoll nutzen und versuchen, meine besten Freundinnen nicht unnötig zu enttäuschen.

* * *

Im Radio lief ein Song von Adele und ich sang aus vollem Halse mit, während ich die Tische abwischte und anschließend noch einmal in der Küche nach dem Rechten sah. Alles war für den morgigen Tag hergerichtet. Zufrieden nickte ich, nachdem ich den Lappen ausgewrungen hatte, und griff nach meiner Jacke. Heute war am Nachmittag nach Phils Feierabend so viel im *Lizzy's* losgewesen, dass ich bereits um zwei Uhr kaum noch etwas im Angebot gehabt hatte, was ich verkaufen konnte – von den Getränken mal abgesehen.

Die zunehmende Zahl an Touristen stellte mich vor das Problem, hin und wieder räumlich und in Bezug auf mein Angebot an Backwaren an meine Grenzen zu stoßen. Das Café zu vergrößern war sozusagen unmöglich. Zudem mochte ich es so, wie es war. Klein und gemütlich, wie so vieles hier auf der Insel.

Auf der einen Seite war es super, dass ich mir keine Gedanken mehr um das Finanzielle machen musste, aber auf der anderen Seite sorgte der stetige Ansturm auf meine Backwaren dafür, dass ich mehr Personal einstellen musste und allein nicht mehr alles schaffte.

Ich liebte meine Arbeit in der Bäckerei, die ich von Granny Lizzy übernommen hatte, der Großmutter meiner besten Freundin Ally. Das Geschäft trug noch immer deren Namen. Schon früh hatte sie mir alle Kniffe und Tricks beim Backen beigebracht und mich so an das laufende Geschäft herangeführt.

Granny Lizzy war für mich der Mensch, der – von meinen beiden besten Freundinnen mal abgesehen – einer Familie am nächsten gekommen war. Ihr Tod vor mehr als einem Jahr war mir sehr nahe gegangen. Meine Freundinnen Lin und Ally kannte ich praktisch schon immer, und wir waren unzertrennlich und bereits zusammen durch dick und dünn gegangen. Man begegnete vielen Menschen im Leben, aber nur wenige schafften es, einen so festen Platz im Herzen einzunehmen, wie es diese zwei wundervollen Frauen bei mir getan hatten.

Nachdem ich den Laden abgeschlossen hatte, holte ich mein

Rad aus der Seitenstraße, die zwischen Allys Buchladen und der Bäckerei lag und legte meine Tasche in den Korb am Lenker. Während ich nach Hause fuhr, blies mir der warme Wind, der über das Meer nach Tobermory wehte, ins Gesicht.

Mein Cottage lag ein wenig außerhalb der Stadt und der Weg nach Hause mit dem Rad dauerte etwa fünfzehn Minuten. Fünfzehn Minuten, die ich genoss, auch wenn es teilweise steil bergauf ging. Den ganzen Tag hatte ich Leute um mich gehabt und war nun froh, endlich die Ruhe und die Stille nur mit mir selbst und meinen Gedanken zu verbringen. Und ich freute mich schon auf mein Zuhause.

Das Cottage, das ich mir vor ein paar Monaten gekauft hatte, lag auf einem der vielen Hügel, die die Isle of Mull so besonders machten, und bot einen grandiosen Blick über das Wasser bis zur Insel Coll. Am Besichtigungstag hatte ich vom ersten Moment an gewusst, dass ich hier wohnen wollte, und war überglücklich gewesen, als ich den Zuschlag bekommen hatte.

Das Haus hatte ich ganz nach meinem Geschmack eingerichtet. Neues und Altes, Erinnerungen und viel Gemütlichkeit empfingen mich, als ich die Tür aufschloss. Ich atmete tief ein und legte den Stapel mit Briefen, den ich zuvor aus dem Briefkasten geholt hatte, auf der Kommode im Flur ab. Doch als mein Blick auf einen der Umschläge fiel, der zwischen zwei anderen hervorschaute, hielt ich mitten in der Bewegung inne und schluckte.

Der Absender war der Name eines Anwalts und ohne, dass ich den Brief geöffnet hatte, wusste ich, was das zu bedeuten hatte.

* * *

»Übermorgen fährst du schon, oder? Wann ist die Hochzeit noch mal?«, fragte ich Ally, während ich Zucker in den Tee gab. Neben meinem Stuhl lag mein Kater Warrior. Er war wirklich ein Kämpfer. Ich hatte ihn vor ein paar Wochen in einer der Seitenstraßen der Main Street gefunden. Er war verletzt gewesen und dem Tod näher als dem Leben. Ich hatte versucht, seinen Besitzer ausfindig zu machen, doch da ihn niemand vermisst hatte, hatte ich ihn mitgenommen. Er hatte den Kampf gewonnen und seitdem verließ er mein Grundstück nicht mehr. Hier führte er sich wie ein Kaiser auf, aber sobald ich ihn aus dem Garten locken wollte, versteckte er sich.

Da ich als Jugendliche außerdem gern die Warrior-Cats-Bücher gelesen hatte, hatte es nahe gelegen, eine vom Kampf verletzte Katze, die sich zurück ins Leben gekämpft hatte, Warrior, also Kämpfer, zu nennen.

Ally lehnte sich in der Liege zurück, die ich auf meiner Terrasse aufgestellt hatte, und strahlte mich an. Ihr dunkelbraunes Haar glänzte in der Abendsonne und sie sah zufrieden aus. »Nächsten Samstag, aber wir fahren nun doch schon am Montag los, damit wir ein paar Tage haben, um London zu besichtigen, ehe am Wochenende die große Feier ist. Dad und Anna kommen am Freitag nach der Schule nach. Bis dahin kümmert er sich um den Buchladen und Samstag übernimmt Matts Freundin Tally das.« Seit sie mit Jamie zusammen war, blühte sie regelrecht auf. Und Anna, Jamies Tochter, war ein solcher Sonnenschein, der viel Freude in das Leben von Ally brachte, genau wie in Lins und meins. Auch Allys Vater verstand sich wunderbar mit der Kleinen und war für sie innerhalb kürzester Zeit zu Grandpa Frank geworden.

»Oh, da habt ihr dann ein paar Tage nur für euch! Wie romantisch.« Lin – sie hatte den Hängesessel in Beschlag genommen – seufzte. »Ich war schon so lange nicht mehr auf einer Hochzeit. Dabei liebe ich es so sehr zu sehen, wie sich zwei Liebende das Jawort geben.« Verträumt strich sie sich eine Strähne ihres roten leicht gelockten Haares hinter das Ohr. »Apropos«, sagte sie mit diesem Unterton in der Stimme, der mich aufhorchen ließ, und fixierte dabei unsere Freundin. »Wann heiratet ihr eigentlich?«

Ally verschluckte sich an ihrem Tee und stellte hustend die Tasse auf dem kleinen Tisch ab, der neben ihrer Liege stand.

Grinsend erhob ich mich von meinem Platz und ging zu ihr, um ihr auf den Rücken zu klopfen. Nachdem sie noch ein paarmal gehustet hatte, beruhigte sie sich langsam und holte tief Luft.

»Lin! Wir sind doch gerade erst drei Monate zusammen.« Ally schüttelte den Kopf, aber mir entging nicht, dass ihr die Vorstellung von einer Hochzeit im Grunde genommen gefiel. Da war so ein Leuchten in ihren Augen zu sehen, das deutlich machte, dass sie nicht abgeneigt wäre.

Kopfschüttelnd setzte ich mich wieder auf das Loungesofa und legte die Beine auf die Liegefläche. Ich hatte auf der Terrasse, genau wie im Innern des Hauses, verschiedene Möbel in Naturtönen aufgestellt. Der Boden war mit hellem Holz ausgelegt, und ein Outdoorteppich rundete das Ganze ab. Ich liebte den Bohostyle sehr und kleidete mich auch oft in dieser Art. Lockere Kleider in natürlichen Materialien, Jeans und Blusen mit Blumenmuster – aber ich legte mich ungern auf einen Stil fest, probierte lieber immer mal wieder etwas Neues aus und experimentierte mit neuen Kombinationen.

»Ihr zwei Romantikerinnen!«, stieß ich mit gespieltem Entsetzen hervor und erntete prompt einen bösen Blick von Lin. Ergeben hob ich die Hände und lächelte. »Schon gut!« Sollten die beiden doch ihr großes Liebesglück haben. Ich für meinen Teil war allein viel besser dran. »Ich habe es übrigens geschafft, das Buch zu Ende zu lesen.« Nachdem ich gestern den Brief entdeckt hatte, hatte ich mir das Buch geschnappt und mich in der Geschichte vergraben, anstatt mich der Realität zu widmen. Im Verdrängen war ich Weltklasse.

»Hey, das ist super!«, lobte Lin mich und hielt den Daumen hoch. »Es war grandios, hab sogar geweint. Und als ich es weggelegt hab, hatte ich Abschiedsschmerz. Wenn das kein gutes Buch ist, dann weiß ich auch nicht.«

»Geweint?«, fragte ich verwirrt. Ich weinte nie und konnte oft nicht nachvollziehen, weshalb Menschen das ständig und in den blödsinnigsten Situationen taten. Ich war nicht gefühlskalt, ganz im Gegenteil, aber das Leben hatte mich, was Verletzungen betraf, abgehärtet. Das letzte Mal, dass mir Tränen die Wangen herabgeflossen waren, schien mir eine Ewigkeit her zu sein. Vermutlich war ich da noch ein Kind gewesen, das an Wunder geglaubt hatte und mal wieder bitter enttäuscht worden war. Wie so oft zu der damaligen Zeit.

Um die unnötigen Erinnerungen abzuschütteln, blinzelte ich ein paarmal und griff nach meiner Tasse. Lecker. Süß und stark, so liebte ich meinen schwarzen Tee. Zudem half er, meine trüben Gedanken zu vertreiben. Warrior, der sehr sensibel auf meine Stimmungen reagierte, schmiegte sich an meinen Unterschenkel und schnurrte. Ich fuhr sanft durch sein weiches Fell, was mir sofort mehr Ruhe bescherte.

Lin und Ally plapperten über das Buch, während ich mich

auf dem Gartensofa ausstreckte und meinen Blick über das satte Grün schweifen ließ.

»Na ja, deshalb bin ich die kommenden zwei Wochen auch nicht da«, hörte ich Lin sagen, was sofort meine Aufmerksamkeit auf sich zog.

»Moment, du bist die nächsten vierzehn Tage weg? Was ist mit deinem Blumenladen und den Kursen?« Ich richtete mich auf und sah meine Freundin genauer an. Mist. Ich hatte das Wichtigste verpasst.

Lin kicherte. »Erwischt.«

Ich riss die Augen auf und zeigte mit dem Finger auf sie. »Du!«

»Ja, ich. Es sind nur drei Tage, die ich weg bin, vielleicht verlängere ich auf fünf, aber ich wollte wissen, ob du zuhörst.« Als sie mir die Zunge herausstreckte, griff ich mir eins der Kissen vom Sofa und warf es nach ihr.

Lin war nicht schnell genug und der Stoff traf sie mitten im Gesicht. Echauffiert schnaubte sie.

»Oh man, wie alt seid ihr eigentlich?«, fragte Ally amüsiert und verdrehte die Augen.

Das ließ ich nicht auf mir sitzen, griff mir ein weiteres Kissen und warf es nach meiner anderen Freundin. Doch Ally hatte eine bessere Reaktionszeit und fing es auf, danach verfolgte sie mich mit dem Teil durch den ganzen Garten, bis wir auf der Wiese kichernd, erschöpft und glücklich zusammenbrachen.

Lin schlenderte zu uns und setze sich mit einem breiten Grinsen im Schneidersitz neben mich. »Seid ihr fertig?«

»Fix und fertig. Und nun erzähl mir, warum du drei Tage von der Insel verschwindest!«, wies ich sie an.

»Ich habe mich zu einer Fortbildung eingeschrieben, die von

einer Youtuberin organisiert wird. Ich bin ganz begeistert von ihrem DIY-Kanal und hatte mich schon vor Wochen eingeschrieben. Aber ich bin zu spät gewesen und der Kurs war schon zu voll. Und dann kam gestern eine Mail, dass ein Platz frei geworden ist. Habe ganz spontan alles umgeplant und mich dazu entschieden nach Inverness zu fahren. Ist keine große Sache, aber ich will da so gerne hin und ich fahre mit dem Auto.« Lin zuckte lapidar mit den Schultern, als wäre das keine große Sache. Doch das war es.

»Du veränderst dich von Tag zu Tag, seitdem du die Sache mit den Bastelkursen angefangen hast.« Ally setzte sich auf und sah sie an, als hätte sie eine Fremde vor sich.

Die Unsicherheit war Lin anzumerken. »Ich weiß, aber irgendwann muss ich nach vorne schauen und mein Leben in den Griff bekommen. Und es ist nur eine vierstündige Fahrt, in Inverness bin ich ja nicht allein. Ich kenne die Leute zwar nicht, aber durch die vielen Videos, die ich mir von der Frau angesehen habe, kommt es mir so vor, als wären wir alte Bekannte.« Langsam, in Gedanken versunken, schlenderte sie zu der Sitzgruppe zurück.

»Das ist toll, Linnymaus.« Ich grinste sie an und hoffte, dass sie nicht kurzfristig einen Rückzieher machen würde. Auch ich rappelte mich vom Boden auf und ging zurück zu dem Gartensofa, wo ich mich in die Kissen lümmelte. »Ich finde es großartig, dass du langsam auftaust und wieder aufgeschlossener bist.« Durch eine in die Brüche gegangene Beziehung und finanzielle Sorgen in den letzten Monaten hatte sie sich sehr aus dem Leben zurückgezogen. Es wäre schön, wenn sie das alles hinter sich lassen und wieder mehr Spaß haben könnte. Wieder mehr sie selbst zu sein – das sollte ihr großes Ziel sein. Und darin würde ich sie jederzeit unterstützen.

Lin wohnte wie Ally und ich schon ihr ganzes Leben auf der Insel, doch im Gegensatz zu uns war sie, was das Kennenlernen von neuen Menschen betraf, eher zurückhaltend. In Allys Gesicht konnte ich, als sie zu uns kam, sehen, dass sie sich so wie ich über Lins Veränderung freute.

»Das bedeutet also, dass ich mindestens drei Tage lang sturmfreie Bude habe? Ohne meine Freundinnen?« Kichernd riss ich die Augen auf. »Die eine fährt auf eine Hochzeit, die andere zu einem megacoolen Youtube-Event. Das schreit nach einer Party«, scherzte ich.

»Ach du Quatschkopf!« Lin schüttelte ihre rote Mähne. »So, wie ich dich kenne, genießt du die Ruhe vor uns.«

Da lag sie vollkommen richtig. Ich liebte die Stille in meinem Cottage, den weiten Blick bis zum Meer und den Frieden, den mir meine eigenen vier Wände schenkten. Gerade nach einem anstrengenden Arbeitstag, an dem ich ununterbrochen mit fremden Kunden und alten Bekannten gequatscht hatte und auf den Beinen gewesen war, stellte mein Zuhause einen sicheren Hafen für mich dar. Was aber nicht bedeutete, dass ich die Nähe zu meinen Freundinnen als störend empfand.

»Exakt. Ohne euch wird es hier endlich mal ruhiger zugehen.« Ich zwinkerte den beiden zu. »Aber vielleicht nutze ich die Zeit und lese mal wieder ein bisschen mehr in den Mittagspausen. Der Bücherstapel neben meinem Bett hätte es verdient, abgebaut zu werden.« Meistens trafen wir uns zum Mittagessen bei mir im Café und redeten über alles, was uns am Tag passiert war. Fiel unsere gemeinsame Pause aber weg, wäre das für mich Zeit, die ich zum Lesen verwenden konnte.

»Oder du findest wie so oft ein neues Charity-Projekt interessant und kümmerst dich darum.« Ally hatte vermutlich damit ebenso recht wie Lin mit der Behauptung, dass ich die Ruhe genießen würde.

Mir ging die Ungerechtigkeit auf der Welt sehr nahe, was wahrscheinlich daran lag, dass ich selbst nicht gerade eine angenehme Kindheit gehabt hatte. Deshalb hatte ich meistens mehrere Projekte, für die ich mich einsetzte. Oft ging es nur darum, Hilfsgüter zu sammeln oder Aufmerksamkeit zu schaffen, aber ich war auch schon hin und wieder bei Obdachlosenheimen zu finden, wo ich mich um die Suppenküche kümmerte. Da ich jedoch auf der Insel lebte und es hier so etwas nicht gab, beschränkte sich der Großteil meiner karitativen Arbeit auf Sammlungen, die ich organisierte und überwachte.

»Okay, wenn wir dann schon bei großen Ankündigungen sind«, begann Ally und schaute auf die Hände, die gefaltet in ihrem Schoß lagen. Sie sah aus, als wäre es ihr ein bisschen unangenehm, was sie uns zu erzählen hatte. »Jamie und ich wollen am Montag zuerst nach Manchester, um meine Mum und seinen Dad zu besuchen.«

Diese Ankündigung war so bedeutend, dass wir alle einen Moment innehielten. Mir stockte der Atem und ich wusste zuerst nicht, was ich dazu sagen sollte, doch ich hatte mich schneller im Griff als Lin. »Ich finde das ist eine großartige Idee. Es wäre schön, wenn ihr eure Vergangenheit abschließen und dadurch mehr auf die Zukunft schauen könnt.«

Allisons Mutter hatte die Insel und auch ihre Tochter und ihren Mann, Frank Forbes, verlassen, als Ally acht Jahre alt gewesen war. Alle waren davon ausgegangen, dass sie niemals zurückgeblickt hatte, doch vor drei Monaten, kurz nachdem Ally Jamie kennengelernt und sich Hals über Kopf in ihn verliebt hatte, hatte Mister Forbes alte Briefe gefunden, die seine

Ex-Frau an Granny Lizzy – seine Mutter – geschrieben hatte. Allein schon die Tatsache, dass die beiden sich über die Jahre etliche Briefe geschickt hatten, wäre schockierend gewesen, doch deren Inhalt übertraf das bei Weitem. Offenbar war Mrs Forbes tablettenabhängig gewesen, als sie noch auf der Insel gewohnt hatte, und hatte zudem eine Affäre gehabt. Es stellte sich heraus, dass sie mittlerweile mit diesem Mann zusammenlebte und mit ihm zwei Kinder hatte. Und der Mann war kein Geringerer als der Vater von Jamie, mit dem Ally gerade erst angefangen hatte, über eine Beziehung nachzudenken.

Für die beiden war das ein Schock gewesen, immerhin hatten sie ihre Elternteile, schon seitdem diese vor so vielen Jahren zusammen abgehauen waren, nicht mehr gesehen. Einen kurzen Moment hatte alles auf der Kippe gestanden. Lin und ich hatten befürchtet, dass diese Entdeckung, diese Last zu viel für die junge Liebe sein würde, doch es war schnell klargeworden, dass diese Liebe deutlich stärker war als jedes Hindernis.

Dennoch war die Ankündigung, dass Ally und Jamie nach Manchester fahren wollten, um ihren verlorenen Elternteilen und ihren Halbgeschwistern einen Besuch abzustatten, sich der Situation zu stellen, eine Sensation.

»Ich hoffe, dass es uns hilft, die beiden besser zu verstehen und ihnen irgendwann vergeben zu können.« Für einen Moment hielt sie inne und hatte dabei einen ganz leeren Blick. »Aber irgendwie habe ich ein schlechtes Gewissen Dad gegenüber.«

Da ich wusste, welch inniges Verhältnis die beiden hatten, konnte ich nachvollziehen, warum es ihr so ging. »Hast du ihm erzählt, dass ihr hinfahrt?«, fragte ich nach.

Ally nickte. »Ja, schon. Er hat gemeint, dass er mich verstehen kann und es gut findet, wenn ich das mit meiner Mutter kläre. Aber es fühlt sich ein bisschen wie Verrat an. Immerhin ist Dad von ihr verlassen und betrogen worden. Er und Granny waren es, die mich großgezogen und sich um mich gekümmert haben. Und nun fahre ich zu meiner Mutter, anstatt sie zu meiden, so wie sie uns all die Jahre gemieden hat.«

»Ich kann nachvollziehen, dass du so empfindest, aber dein Dad versteht das.« Lin stand auf und ging zu Ally, nahm sie in den Arm und strich ihr liebevoll über den Rücken.

»Das kann ich auch«, sagte ich nachdenklich, »aber lass dich von deinem schlechten Gewissen nicht abbringen. Ich denke, es ist wichtig, dass du das machst. Entweder, um Frieden mit ihr zu schließen oder aber, wenn ihr das nicht schafft, um einen endgültigen Schlussstrich ziehen zu können, dich mit ihr auszusprechen, ihr endlich sagen zu können, wie du dich all die Zeit gefühlt hast. Was sie durch ihren Weggang in dir zerstört hat. Auch wenn es weh tun wird, ist es ein guter und richtiger Schritt.«

Unruhig stand ich auf. Dieses Gespräch führte leider dazu, dass ich mir Gedanken über meine eigene verkorkste Kindheit machte. Obwohl das bisher niemand vermutet hatte, wies mein Leben, als ich noch klein war, seit neuestem Parallelen zu Allys auf. Zudem fiel mir wieder der Brief ein, der gestern im Briefkasten gelegen hatte.

Lin setzte sich zurück auf die Liege und faltete die Hände im Schoß. »Wissen deine Mum und Jamies Dad denn überhaupt, dass ihr kommt?«

Ally schüttelte den Kopf. »Nein, wir wollen spontan hinfahren. Vielleicht entscheiden wir uns genauso spontan dazu, nicht zu klingeln und mit ihnen zu sprechen.«

»Feiglinge!«, gab ich lachend von mir.

Ally grinste ertappt. »Ja, so kann ich einen Rückzieher machen. Jamie ist eh nicht so begeistert von der Idee, seinem Vater ins Gesicht blicken zu müssen. Er hat ihm nicht vergeben und wird das wahrscheinlich auch nicht tun. Im Grunde genommen kommt er nur meinetwegen mit. Das rechne ich ihm hoch an.«

»Das ist wirklich eine große Geste von ihm«, stimmte ich ihr zu.

»Und welche Ankündigung hast du zu machen, Hailey?« Ally, die offenbar die Lust verloren hatte, über ihr eigenes großes Thema zu sprechen, versuchte abzulenken.

»Ich?«, fragte ich und riss die Augen auf. Der Brief! Wusste Ally davon?

Meine Freundin kicherte jedoch. »Na, weil wir alle eine große Ankündigung gemacht haben. Jetzt fehlst noch du.«

Lin hüpfte auf der Liege auf und ab. »Ich weiß es. Hal lässt sich ihre hübschen blonden langen Haare abschneiden und grün färben. Grün wie ihre Augenfarbe.«

Erleichtert atmete ich aus. »Ganz genau, du hast es erfasst. Am Montag hab ich einen Termin bei Chrissy.« Chrissy war unsere Haarkünstlerin auf der Insel. Sie beherrschte ihr Handwerk so gut, dass sie auch in Hollywood einen Laden eröffnen könnte, der dazu noch gut laufen würde. Sie war die Beste.

Die anderen beiden beließen es dabei und ich war erleichtert, weil ich mir nicht sicher sein konnte, dass sie mich bei einem weiteren Ablenkungsmanöver nicht doch durchschaut hätten.

Den restlichen Abend verbrachten wir damit, über den neuesten Thriller zu sprechen, den Ally für uns mitgebracht hatte und den wir in den nächsten vier Wochen lesen wollten. Ich war froh, dass wir uns dieses Mal für etwas mit Spannung entschieden hatten, noch mehr Liebesromane hätte ich beim besten Willen nicht ertragen. Immerhin spielte sich die schönste Liebesgeschichte schon direkt vor meinen Augen ab. Ally und Jamie waren ein wundervolles Paar und ihre gemeinsame Geschichte war besser, als jeder Liebesroman es sein konnte.

* * *

Montag, 7. August

Ich hielt das schnurlose Telefon in der Hand und sah dabei aus dem Fenster. »Wenn du magst, brauchst du heute nicht zu kommen«, bot ich Moira an. Ich hatte sie kurz entschlossen angerufen, weil es Blödsinn gewesen wäre, sich an einem solchen Tag zu zweit im Café zu langweilen.

Moira stimmte sofort begeistert zu. »Ich hab schon mehrmals aus dem Fenster geguckt und gehofft, dass du anrufst! Ich bin echt froh, dass ich heute meine Schicht nicht antreten muss.« Ihre Freude, bei dem Wetter nicht vor die Tür zu müssen, war deutlich aus ihren Worten herauszuhören. Vermutlich wäre sie klitschnass hier angekommen und das für eine Kundschaft, die, wenn es gut liefe, an einer Hand abzuzählen war.

Phil hatte schon mittags Feierabend gemacht und den Bus genommen, um zu seiner Wohnung zu kommen. Das Rad hatte er stehen gelassen, was vermutlich eine gute Entscheidung gewesen war. Dank des Wetterberichts am Morgen war ich mit dem Auto hergefahren und würde somit auch trocken nach Hause kommen.

Das Wetter war heute extrem unfreundlich, selbst für schottische Verhältnisse. Dunkle Wolken zogen über den Himmel und sorgten dafür, dass es unaufhörlich regnete. Besorgt hatte ich im Chat nachgefragt, ob Ally und Lin gut auf dem Festland angekommen waren. Immerhin war die Überfahrt mit der Fähre bei diesem Wetter nicht ungefährlich. Aber die beiden hatten am Morgen zusammen mit Jamie das erste Fährschiff genommen und waren noch vor dem Sturm in Oban angekommen. Das hatte mich erleichtert, so konnten die zwei ihre für sie so wichtigen Termine wahrnehmen.

Nun wartete ich gespannt auf Nachricht von beiden, wie der Tag abgelaufen war. Vor allem Allys erstes Aufeinandertreffen mit ihrer Mutter nach fast zwanzig Jahren sorgte dafür, dass meine Neugier Überstunden schob. Doch bis die beiden von sich hören ließen, würde bestimmt noch einige Zeit vergehen.

Seit einer Stunde war jetzt schon kein Kunde mehr in den Laden spaziert. Ich hatte mittlerweile alle Tische abgewischt und auch auf den Regalen für Ordnung gesorgt. Kurzfristig hatte ich mit dem Gedanken gespielt, die Bäckerei früher zu schließen, immerhin war es schon halb drei Uhr nachmittags und regulär hätte ich eh um vier Uhr Feierabend gemacht. Doch zu Hause würde ich vermutlich auch nichts anderes tun, als zu lesen oder einen Film zu streamen. Warum also nicht eine dieser Beschäftigungen einfach hierher verlegen? Um etwas zu tun zu haben, war ich deshalb auf die Idee gekommen, mich mit dem Thriller auseinanderzusetzen, den Ally mir vor zwei Tagen am Samstag überreicht hatte. Ich holte das Buch aus meiner Tasche, setzte mich damit in einen der gemütlichen Sessel, die an den Zweiertischen standen, und schlug die erste Seite auf. Das stetige Tröpfeln des Regens gegen die Scheibe und die Duftkerze, die ich angezündet hatte, sorgten dafür, dass ich innerhalb kürzester Zeit tief in der Geschichte versunken war.

Gerade war ich mitten in einer spannenden Szene, als das Glöckchen über der Tür bimmelte und einen neuen Gast ankündigte. Blinzelnd kam ich im Hier und Jetzt an. Doch zuerst hob ich nicht den Kopf, weil ich mich kaum von dem Text losreißen konnte, aber als das Glöckchen kein zweites Mal bimmelte und stattdessen eiskalter Wind in den Laden wehte, schaute ich hoch.

In der Tür stand ein Mann, dessen Gesicht ich nicht richtig erkennen konnte. Er hatte dunkle Haare, die ein bisschen länger waren, gebräunte Haut, als hätte er viel Zeit in der Sonne verbracht und er war vollkommen durchnässt. Seine Kleidung sah irgendwie nicht nur durchnässt, sondern zudem noch mitgenommen aus. Orientierungslos stand er im Eingang, sah hinaus und dann wieder zu einem der Tische. Das wiederholte er einige Male, so als wäre er sich nicht sicher, ob er in den Regen zurück oder lieber einen Platz im Warmen und Trockenen haben wollte.

Einen Moment lang beobachtete ich ihn, doch dann wurde es mir einfach zu kalt im Raum. Bereits jetzt bildete sich eine Gänsehaut auf meinen Armen, weshalb ich nach der Strickjacke griff, die über der Lehne des Sessels lag, sie anzog und mich dann meinem Gast widmete.

»Willkommen im *Lizzy's*. Kommen Sie doch rein, sonst kühlt der Laden viel zu sehr aus.« Lächelnd sah ich ihn an und hoffte, dass er meiner Aufforderung schnell folgen würde.

Der Mann erwiderte meinen Blick aus Augen, so blau wie der Himmel über Schottland an einem sonnigen Tag. Doch darin war ein gehetzter Ausdruck zu erkennen. Seine Gesichtszüge waren klassisch schön. Lippen, die nicht zu voll und nicht zu dünn waren, ein maskulines Kinn, das den Eindruck vermittelte, dass ich es mit einem durchsetzungsstarken Mann zu tun hatte. Und sein Körper sah aus, als trainiere er regelmäßig.

Blinzelnd löste er unsere Verbindung und schloss die Tür, ehe er sich an den Tisch setzte, der dem Eingang am nächsten war.

Ich ließ ihm ein bisschen Zeit, sich zu akklimatisieren und anzukommen. Irgendwie hatte ich das Gefühl, dass er noch nicht mit mir reden und etwas bestellen wollte. Dennoch ließ ich ihn nicht vollkommen aus den Augen und legte den Roman unter den Tresen.

Etwas an dem Mann passte nicht. Der Bartschatten ließ darauf schließen, dass er sich schon eine Weile nicht rasiert hatte, aber sein Gesicht wirkte ansonsten gepflegt, der Bart gewollt. Nur seine Kleidung wies Löcher auf, und als ich genauer hinsah, erkannte ich, dass er lediglich einen Schuh trug.

War er ein Obdachloser? Auf der Insel gab es solch gescheiterte Existenzen eigentlich nicht. Wie hatte er sich hierher verirrt? War er vielleicht als blinder Passagier auf die Isle of Mull gekommen?

Durch meine bisherigen Erfahrungen in den Suppenküchen von Oban oder Glasgow hatte ich schon oft mit Obdachlosen zu tun gehabt und dementsprechend keine Berührungsängste. Doch dieser Mann wirkte nicht so, als hätte er kein Zuhause, eher, als hätte er sich verirrt. Deshalb verwarf ich den Gedanken vorerst.

Nachdem er schon fünf Minuten an dem Tisch gesessen und keine Anstalten gemacht hatte, in die Karte zu schauen oder mich zu rufen, ging ich langsam auf ihn zu. Er sah aus dem Fenster, vor sich die gefalteten Hände, während es aus dem Saum seines Langarmshirts stetig auf den Boden unter dem Stuhl tropfte.

Ich spürte das Bedürfnis, ihn nicht zu verschrecken, so als wäre er ein verwundetes Tier.

Gleichzeitig war ich mir sicher, dass er mir nicht gefährlich werden würde. Woher ich diese Gewissheit nahm, ohne ihn zu kennen, wusste ich nicht. Vielleicht lag es daran, dass ich durch meinen Job und das, was ich bisher in meinem Leben erlebt hatte, Menschen recht gut einschätzen konnte. Dennoch näherte ich mich ihm nur vorsichtig.

Als ich neben dem Tisch zum Stehen kam, hob der Mann den Kopf und wieder traf mich der Blick aus diesen blauen, unergründlichen Augen. Eine leichte Furche bildete sich auf seiner Stirn, so als fragte er sich, was er hier mache.

»Kann ich Ihnen helfen?«, versuchte ich das Eis zwischen mir und dem im Grunde genommen gut aussehenden Mann zu brechen.

Für einen kurzen Moment schloss er die Augen, dann öffnete er sie wieder und sah mich eindringlich an. »Kennen wir uns?«

»Nicht dass ich wüsste«, erwiderte ich mit leicht hochgezogenen Augenbrauen.

»Sie wissen nicht, wer ich bin?« Sein angespannter Gesichtsausdruck machte mich stutzig. Diese tiefe kultivierte Stimme, die so gar nicht zu seiner Optik passte, irritierte mich fast mehr als die Wörter, die er von sich gab.

»Sollte ich Sie denn kennen?«

Unbeholfen zuckte er mit den Schultern. »Ich weiß es nicht. Ich weiß gerade gar nichts mehr.«

»Wie wäre es, wenn Sie erst mal einen Kaffee oder Tee trinken? Bestimmt sieht die Welt dann schon besser aus.« Mit leicht schräg gelegtem Kopf musterte ich ihn. Vielleicht war er unglücklich, weil ihn seine Freundin oder Frau verlassen hatte?

So etwas warf den stärksten Kerl aus der Bahn. Doch dann entdeckte ich eine Wunde an seinem Kopf, die zwar nicht mehr blutete, aber aussah, als hätte er sich böse den Hinterkopf angeschlagen oder einen heftigen Schlag verpasst bekommen. Und wenn ich mich nicht täuschte, war der dunkle Fleck am Kragen seines Longsleeves angetrocknetes Blut.

Was war ihm zugestoßen, dass er so aussah und so verloren wirkte? Tausend Möglichkeiten spannen sich in meinem Hirn zu einer Geschichte zusammen, aber ich schob meine phantasievollen Erklärungen in die hinterste Ecke und konzentrierte mich stattdessen auf den Mann vor mir. Sofort sprang dieses besondere Gen an, das mir in die Wiege gelegt worden war. Das Gen, das für mein ständiges Bedürfnis, Menschen helfen zu wollen, verantwortlich war.

»Ich glaube, ich habe kein Geld«, erwiderte der Mann und sprang auf, so als wolle er sogleich aus dem Café stürmen.

Ich legte ihm eine Hand auf den Unterarm und schüttelte den Kopf. »Draußen geht gerade die Welt unter.« Ich deutete mit dem Kinn zum Fenster, wo in diesem Moment ein Blitz über den Himmel zuckte. »Bleiben Sie ruhig hier. Ich hab schon eine Kanne Tee fertig, da können Sie gern eine Tasse oder auch zwei oder drei von abhaben. Und das mit dem Bezahlen schieben wir auf einen anderen Tag. Einverstanden?« Am liebsten hätte ich ihn gefragt, ob ich mir die Wunde einmal genauer anschauen und verarzten könnte, aber er wirkte so abwesend, dass ich das Gefühl hatte, er würde flüchten, wenn ich ihn in die Enge triebe.

Sein Blick schweifte unstet umher, auch er hatte den Blitz bemerkt. Mittlerweile schlug der Regen waagerecht gegen die großen Scheiben des *Lizzy's*, und viel weiter als bis zu den Booten, die im Hafen vertäut lagen und wild herumgeschaukelt wurden, konnte man nicht schauen.

Zaghaft nickte er, als ihm klarwurde, dass es Blödsinn war, jetzt hinaus in das Unwetter zu gehen. Ich atmete leise aus, als er sich erneut auf dem Stuhl niederließ. »Danke.«

»Keine Ursache. Schön, dass ich bei dem Wetter nicht allein hier bin. Wir können zusammen warten, bis es draußen etwas freundlicher ist. Vorher kann ich eh nicht nach Hause und muss hierbleiben.« Wieder lächelte ich und stellte mich ihm dann vor. »Ich bin übrigens Hailey, mir gehört die Bäckerei.«

Er strich befangen seine dunklen Haare nach hinten und auf seiner Stirn erschienen wieder die Denkfalten. Er schluckte und sah mich dann an. »Mein Name ist ... Arran ... Hammilton.«

Warum zögerte er so, mir seinen Namen mitzuteilen? Hatte er etwas zu verbergen? Doch ich entschied mich, nicht skeptisch zu sein. Granny Lizzy hatte immer gesagt, dass man mit offenem Herzen durchs Leben gehen und sich nicht von Vorurteilen leiten lassen solle. Diesen Grundsatz hatte ich stets versucht zu beherzigen, auch wenn es mir nicht immer leichtgefallen und bestimmt auch nicht immer gelungen war. Leicht beschämt musste ich daran denken, wie skeptisch ich Jamie bei seiner Rückkehr auf die Insel gegenübergestanden hatte.

»Schön, dich kennenzulernen, Arran Hammilton. Ich hole mal den Tee.« Entschlossen, mich nicht länger von dem Blick aus diesen blauen Augen nervös machen zu lassen, drehte ich mich um und ging zurück zum Tresen, wo ich ihm eine große Tasse Kräutertee eingoss und einen Schuss Honig hineingab. Dann griff ich nach einem Teller, legte drei verschiedene Cookies darauf und trug beides zu dem Tisch.

Kaum, dass ich bei ihm ankam, stand Arran wieder auf. Er

war ungefähr einen halben Kopf größer als ich mit meinen ein Meter fünfundsechzig und das, obwohl ich heute Sandalen mit Plateau-Absatz zu den knöchellangen Jeans trug. »Sie kennen mich wirklich nicht? Haben mich noch nie gesehen?«, fragte er wieder mit diesem gehetzten Ton in der Stimme, so als hinge sein Leben von meiner Antwort ab.

Nachdem ich den Tee und den Teller mit den Cookies nach Granny Lizzys Rezept auf dem Tisch abgestellt hatte, blickte ich ihn ruhig an und schüttelte nur leicht den Kopf. »Nein, noch nie. Warum fragen Sie mich das?«

Arran raufte sich verzweifelt die Haare, leckte sich über die spröden Lippen und ließ dann seine Arme in einer hilflosen Geste fallen. »Weil ich nicht weiß, wer ich bin und wie ich hierhergekommen bin.«

Emma Bishop
Die schottische Bäckerei zum Glück
Roman

Erscheint am 25.09.2024
ISBN 978-3-596-70929-8

# Danksagung

Es ist nicht immer einfach, einen Roman zu Ende zu schreiben. Die Betonung liegt hierbei tatsächlich auf dem *zu Ende schreiben*. Kaum jemand kann sich vorstellen, wie viele angefangene Projekte ich auf der Festplatte meines PCs liegen habe. Doch bei der Isle-of-Mull-Reihe bin ich standhaft geblieben, zu sehr hat mich die Geschichte gepackt und nicht mehr losgelassen.

Viele Leserinnen und Leser, Bloggerinnen und Blogger oder auch Journalistinnen und Journalisten fragen mich, wie ich es schaffe, was mich motiviert und antreibt, Bücher zu schreiben. Das ist ganz einfach: meine Leserinnen und Leser. Die Rückmeldungen, Mails, PN und Leserbriefe sind ein wahrer Booster für meine Kreativität. Ich freue mich über jede einzelne Nachricht.

Doch bevor ein Buch in die Welt der Leser entlassen wird, gibt es so viele Leute, die bereits zuvor dafür sorgen, dass ich nicht den Mut verliere oder zu stark an mir selbst zweifle.

Besonders bedanken möchte ich mich deshalb bei den Menschen, die ich im Folgenden erwähnen werde. Sollte ich jemanden vergessen haben, bitte ich mir das nachzusehen.

Auf diesem Weg begleitet mich von Anbeginn meines Autorendaseins meine Freundin und Kollegin Karina Reiß. Gerade in der ersten Zeit war sie mein Fels in der Brandung.

Doch dieses Buch beziehungsweise diese Reihe hätte niemals den Weg zum grandiosen S. Fischer Verlag gefunden, wenn meine liebe Freundin Sina Müller mir nicht ins Gewissen geredet hätte, dass ich diese Reihe einer Agentur vorlegen sollte. Was soll ich sagen? Ich habe auf sie gehört und nun haltet ihr dieses Buch in den Händen. Außerdem hat die liebe Sina meine Geschichte vorab auf Herz und Nieren geprüft und mich dazu motiviert weiterzuschreiben, als ich an mir und meinem Können gezweifelt habe. Danke, du Engel!

Womit wir auch schon bei meiner wundervollen Agentin Eva Semitzidou von der Literaturagentur Michael Gaeb sind. Nur durch sie und ihren Glauben an mich hat die Reihe ein solch tolles Zuhause gefunden. Danke, liebe Eva!

Und damit kommen wir zu Tanja Seelbach, meiner Lektorin beim S. Fischer Verlag, die an mein Projekt geglaubt und mir diese Chance gegeben hat, mich während meiner Arbeit an dieser Geschichte betreut und mit ihrer umfassenden Kompetenz unterstützt hat. Vielen Dank!

Ein ganz großes Dankeschön geht auch an Christiane Branscheid, die meinen Text auf Herz und Nieren geprüft und so viel besser gemacht hat. Dafür ein großes Danke.

Außerdem möchte ich natürlich meinem Bloggerteam danken, denn ohne diese wunderbaren lesebegeisterten Bloggerinnen wäre ich niemals so sichtbar geworden, dass Fremde meine Bücher entdeckt hätten. Ihr seid großartig, Mädels!

Doch auch außerhalb der Buchbubble gibt es Menschen, die mir immer zur Seite stehen und mir das Schreiben erleichtern. Dazu zählt meine Familie. Wenn ich in einem Buch versinke und mich vollkommen der Geschichte hingebe, an der ich schreibe, kommt manches zu kurz. Danke für eure Geduld!

Eine junge Frau muss ich im Besonderen erwähnen: meine Tochter, die für mich die wunderschönen Fotos macht und sie auf Instagram mit den richtigen Hashtags versieht und immer dafür sorgt, dass ich meine Motivation nicht verliere. Danke, mein Schatz!

Und *last but not least* seid da ihr, meine Leserinnen und Leser, die meine Romane kaufen, verschlingen und hoffentlich lieben. Ohne Leserinnen und Leser wären Bücher nur einfache Geschichten. Die Seele und das Leben werden erst durch die Phantasie desjenigen in die Erzählung gehaucht, der sie liest.

Danke allen, die mich auf dem Weg, meinen Traum zu leben, begleiten und unterstützen.

Eure
Emma Bishop alias Tanja Neise

Rezept für

# Oma Lizzys Scones

| | |
|---|---|
| 250 g | Weizenmehl (Typ 405) |
| 60 g | weiche Butter |
| 20 g | Zucker |
| 1 | Ei |
| 1 | Eigelb |
| 125 g | Joghurt |
| ½ P. | Backpulver |
| 2 TL | Natron |
| 1 Pr. | Salz |

1. Trockene Zutaten vermengen. Anschließend das Ei, die Butterflocken und den Joghurt unterkneten (nicht zu lang).
2. Backofen auf 190 Grad Ober-/Unterhitze vorheizen.
3. Teig auf bemehlter Fläche ausrollen (ca. 2,5 cm dick) und rund ausstechen und auf ein mit Backpapier ausgelegtes Backblech geben.
4. Eigelb mit 1 EL Wasser verquirlen und damit die kleinen Teigfladen bestreichen.
5. Scones für 15 Minuten backen und anschließend nur kurz abkühlen lassen. Warm schmecken sie am besten.

Lia Scott

**Sturmjahre**

Das Versprechen einer neuen Zeit

Schottland 1919: Nach dem Ende des Ersten Weltkrieges kämpfen sich die Menschen zurück in den Alltag. Archie Dennon ist lebend nach Schottland zurückgekehrt, doch von den Folgen des Krieges stark gezeichnet. Zu Vika, die in seinem Pub arbeitet, fühlt sich Archie schon lange hingezogen. Doch die dunklen Erinnerungen an den Krieg holen ihn immer wieder ein und machen es schwer, Gefühle zuzulassen. Als Archie sich endlich eingesteht, was er für Vika empfindet, ist es zu spät. Vika hat den Glauben an eine gemeinsame Zukunft verloren. Deshalb verlässt sie Foxgirth kurzerhand und versucht in Glasgow neu anzufangen. Aber können die beiden einander wirklich vergessen?

*Roman*
512 Seiten, Klappenbroschur

Weitere Informationen finden Sie auf
*www.fischerverlage.de*

Lia Scott

**Sturmjahre**

Ein Gefühl von Unendlichkeit

Schottland 1917: Grüne Wiesen, graue Steinhäuser und starke Winde – das ist die Heimat von Bonnie und ihrer großen Familie im beschaulichen Foxgirth. Dort ist Bonnie Krankenschwester. Doch seit der Erste Weltkrieg tobt, versorgt sie verletzte Soldaten in einem weit entfernten Krankenhaus. Eines Tages landet ihr Bruder Archie verwundet auf ihrer Station, zusammen mit seinem Kameraden Connor, den Bonnies Lachen in all der düsteren Zeit glücklich macht. Bald reisen Bonnie und die Männer zurück in die Heimat, wo sie auf eine bessere Zukunft hoffen. Doch als Connor die Schatten der Vergangenheit einholen, muss Bonnie eine mutige Entscheidung treffen.

512 Seiten, Klappenbroschur

Sophie Oliver

**Das Haus am Walchensee**

Neuanfang in Traumlage

**Willkommen bei uns am See**

Es ist viele Jahre her, seitdem Freya Siebert zuletzt hier war. Es überrascht sie, wie der Anblick des türkisfarbenen Gewässers und der Berge ihr Herz freudig höherschlagen lässt. Denn die Erinnerung an das malerische Voralpenland in Oberbayern ist auch schmerzlich. Das alte Gasthaus der Familie am Fischerfleck mit eigener Fischerei war der ganze Stolz ihres Vaters. Jetzt steht sie gemeinsam mit ihrem Bruder Niklas an seinem Grab. Wenn ihr Traditionshaus am See eine Zukunft haben soll, müssen sie die Vergangenheit loslassen.

Wird Freya hier wirklich wieder eine Heimat finden?

*Roman*

384 Seiten, Klappenbroschur

Weitere Informationen finden Sie auf

*www.fischerverlage.de*

Sophie Oliver

**Das Haus am Walchensee**

Glück ist Familiensache

**Eine Überraschung, die es in sich hat**

Niklas und seine Schwester Freya haben es geschafft: Das Gasthaus am See, das sie vom Vater geerbt haben, läuft richtig gut. Endlich kann Niklas sich den Plänen für die nachhaltige Zukunft der Fischerei der Familie zuwenden. Doch als seine Exfreundin völlig überraschend wieder in sein Leben tritt, ziehen in der Bergidylle dunkle Wolken auf. Und die bedrohen nicht nur seine unternehmerischen Pläne, sondern auch seine Beziehung zur Tierärztin Jessica. Stürmische Wogen und eine Heimkehr, die für Aufregung sorgt: der zweite Band der Walchensee-Reihe von Sophie Oliver

*Roman*

384 Seiten, Klappenbroschur